Roxanne Veletzos

IM LICHT DER FREIHEIT

atb aufbau taschenbuch

Roxanne Veletzos wurde in Bukarest geboren und zog mit ihrer Familie nach Kalifornien, als sie ein Teenager war. Nach ihrem Studium des Journalismus arbeitete sie als Lektorin, Autorin und Marketingmanagerin für verschiedene Firmen. Mit ihrem Mann und ihren zwei Söhnen lebt sie in San Francisco.

Mehr zur Autorin unter www.roxanne-veletzos.com

Corinna Rodewald studierte Literaturübersetzen und arbeitet als freie Übersetzerin und Lektorin in Berlin. Sie übertrug unter anderem Meredith Jaeger, Rona Jaffe und Philippe Georget ins Deutsche.

Anton und Despina, die einen alten Schreibwarenladen in Bukarest betreiben, adoptieren das kleine Mädchen Natalia, das von seinen jüdischen Eltern auf der Flucht vor den Nazis zurückgelassen wurde – in der verzweifelten Hoffnung, es auf diese Weise zu retten. Als die Zeit der sowjetischen Besetzung Bukarests anbricht, gerät die kleine Familie zunehmend in Bedrängnis. Vor allem Natalia, die immer wieder Zuflucht im Klavierspiel sucht und sich in den jungen Victor verliebt, sehnt sich danach, sich endlich frei zu fühlen. Als sie die Chance auf einen Neubeginn und ein Wiedersehen mit ihren leiblichen Eltern erhält, steht sie vor der Frage: Kann sie ihr persönliches Glück über das ihrer Familie stellen?

ROXANNE VELETZOS

IM LICHT DER FREIHEIT

Roman

Aus dem Amerikanischen
von Corinna Rodewald

atb aufbau taschenbuch

Die Originalausgabe unter dem Titel
The Girl They Left Behind
erschien 2018 bei Atria Books, an Imprint of Simon & Schuster, Inc., New York.

Mit 10 Abbildungen

MIX
Papier aus verantwortungsvollen Quellen
FSC® C083411
FSC
www.fsc.org

ISBN 978-3-7466-3582-8

Aufbau ist eine Marke der Aufbau Verlag GmbH & Co. KG

1. Auflage 2020

Umschlaggestaltung www.buerosued.de, München
unter Verwendung eines Motivs von © Mauritius Images/Old visuals
Satz und Reproduktion LVD GmbH, Berlin
Druck und Binden CPI books GmbH, Leck, Germany
Printed in Germany

www.aufbau-verlag.de

Für meine Großeltern

Schätzungen zufolge wurden zwischen Oktober 1940 und dem Ende des Zweiten Weltkriegs auf rumänischem Gebiet mehr als 280 000 Juden ermordet. Eines der bekanntesten Ereignisse, der Bukarest-Pogrom, fand im Januar 1941 statt, als Hunderte Juden auf die Straße gezerrt und dort zusammengeschlagen oder getötet wurden.

ERSTER TEIL

ANTON UND DESPINA

1

Bukarest
Januar 1941

Das Mädchen sitzt allein draußen auf den Stufen vor dem Gebäude. Die Dunkelheit ist undurchdringlich, und die Kleine zittert. Sie hat die Arme um den schmalen Körper geschlungen und das Gesicht im Kragen der Strickjacke verborgen. Sie versucht sich zu erinnern, was genau ihre Mutter gesagt hat. Hat sie erwähnt, wie lange sie wegbleiben würde? Das Mädchen hat seinen Eltern noch nachgesehen, als sie um die Ecke verschwanden, die Mutter mit hängenden Schultern und zitternd in ihrem dünnen Kleid, der Vater kraftlos ein paar Schritte hinter ihr auf dem vereisten Bürgersteig.

Ein eisiger Schauer durchfährt das Mädchen, als es die Hände auf den kalten Beton unter sich legt. Der Wind peitscht ihr gegen die nackten Beine, und sie wünscht, sie hätte eine Decke oder Fäustlinge oder zumindest ihre Mütze, die sie verloren haben muss. Trotzdem ist sie lieber hier draußen in der Eiseskälte als in der düsteren, muffigen Eingangshalle. Der Geruch nach gedünstetem Kohl, der dort aus einer der Wohnungen strömt, hat ihren Magen vor Hunger knurren lassen, obwohl sie sich zu Hause stets weigert, Kohl zu essen.

Sie zieht die Knie an die Brust und blickt an dem dreistöckigen Gebäude hoch, dessen ausladende, runde Balkone drohend hervorragen. Sie ist sich sicher, dass sie dieses Haus noch nie gesehen hat. Auch nicht diese verlassene Straße, die nur in der Ferne schwach beleuchtet wird von einer Laterne, deren

Licht den schmutzigen Schnee glitzern lässt. Keine Menschenseele ist in Sicht. Es ist, als hätte jemand die Lichter dieser einst lebhaften Stadt gelöscht und damit jegliches Umherspazieren, jedes Gespräch, sämtliches Gelächter unterbunden.

Die Eltern werden jeden Augenblick wieder zurück sein, sagt sich das Mädchen, während es erneut die Straße mit dem Blick absucht. Es versucht, sich an die Worte seiner Mutter zu erinnern, an ihre sanfte Stimme, die sagt, sie solle keine Angst haben, alles werde gut. Doch das Mädchen weiß, dass es um diese Uhrzeit nicht draußen sein sollte. Erst vor ein paar Tagen hörte sie, wie ihre Eltern darüber sprachen, dass die Eiserne Garde in der Stadt patrouillierte und jeden verhaftete, der nach Sonnenuntergang noch auf der Straße war. Dass sie jemanden direkt vor ihrem Wohnhaus erschossen und alle es gesehen hatten. Die Eltern sprachen auch über andere Dinge, die ihre Tochter nicht hören sollte, sie flüsterten im Nebenzimmer, nachdem sie schon längst zu Bett gebracht worden war. Die Worte waren gedämpft, doch der Anflug von Verzweiflung, der in ihren Stimmen lag, ließ das Mädchen in seinem warmen Bett erschaudern.

In der Ferne hört sie Lärm – Geschrei und Gezeter, vermischt mit dem rhythmischen Stampfen von Stiefeln und dem Zuschlagen von Fenstern. Das Gleiche ist auch schon die letzten Abende passiert, aber diesmal wird der Lärm von einem seltsamen Geruch begleitet, er erinnert an verglühende Kohlen, riecht aber zugleich ekelhaft süßlich, so dass sich ihr der Magen umdreht. Sie zieht sich die Strickjacke höher über die Nase und denkt an ihr Zuhause und ihr Bett mit der rosafarbenen Satindecke und dem vertrauten Licht, das durch die angelehnte Tür zwischen dem Schlafzimmer der Eltern und ihrem eigenen fällt.

Ihr steigen die Tränen in die Augen, sie kann sie nicht länger zurückhalten. Sie schämt sich dafür, dass sie nicht tapfer ist, obwohl sie es ihrer Mutter doch versprochen hat. *Ich werde brav sein, Mama, und geduldig,* hatte sie gesagt, doch jetzt kommt es ihr vor, als hätte sie die Worte vor einer Ewigkeit ausgesprochen.

Sie versteckt das Gesicht in ihrer Armbeuge, und ihr Schluchzen durchbricht die Stille, hallt durch Hinterhöfe und Gassen. Auch wenn sie weiß, dass sie still sein sollte, kann sie ihre Verzweiflung nicht mehr zurückhalten. Sie weint, bis keine Tränen mehr übrig sind. Dann legt sie sich auf den kalten Treppenabsatz, rollt sich zu einer Kugel zusammen und versinkt in einen tiefen Schlaf.

Bis plötzlich zwei kräftige Arme sie packen und hochheben. Als sie die Augen aufschlägt, blickt sie in das Gesicht einer ihr unbekannten Frau. Sie hat das silbrige Haar zu einem Knoten geschlungen, und einzelne Strähnen fallen in das von Falten durchzogene, rundliche Gesicht. Das Mädchen nimmt den schwachen Geruch nach Wäschestärke und Schweiß wahr, als die Frau sie so fest an ihre Brust drückt, dass sie sich nicht aus der Umklammerung befreien kann, obwohl sie sich mit aller Kraft dagegen wehrt und wild um sich schlägt. Doch in der Umarmung liegt auch etwas Zärtliches, etwas Tröstliches, und dem Mädchen ist so kalt, dass es das Gesicht schließlich an der Brust der Frau vergräbt und erneut zu weinen beginnt. Mit dem Ellbogen stößt die Frau die Tür zur Eingangshalle auf und trägt das Bündel hinein. Das Mädchen will fragen, ob die Frau etwas über ihre Eltern weiß, ob sie bald kommen, um sie abzuholen, doch als sie den Mund öffnet, bringt sie nur ein Krächzen zustande.

»Sch…«, flüstert die Frau ihr ins Ohr. »Ich bin ja hier. Sch… Es ist alles gut. Alles ist gut.«

Das Scheinwerferlicht eines vorbeifahrenden Autos fällt auf das Gesicht der Frau, und es leuchtet blass wie der Mond, den die vorüberziehenden Wolken freigeben, ihre Augen glänzen feucht. Ihre Arme legen sich enger um sie, sanft und stark zugleich, und ihr Duft hüllt das Mädchen ein.

»So ein süßes Ding«, glaubt sie die Stimme der Frau murmeln zu hören, als spräche sie mit sich selbst. »So ein süßes kleines Ding.« Sie schnalzt mit der Zunge. »Was für ein Jammer.«

*

Seit zwanzig Jahren arbeitet sie schon als Concierge in dem Gebäude. Zwanzig lange Jahre, im Laufe derer sie jede Familie in den umliegenden Häusern kennengelernt hat. Sie könnte schwören, dass dieses kleine Mädchen zu keiner von ihnen gehört. Nein, es stammt mit Sicherheit aus einem anderen Teil der Stadt. Vielleicht haben seine Eltern jemanden im Haus besucht, und das Mädchen hat sich davongestohlen, ohne dass sie es bemerkten. Doch wer würde ein Kind, vermutlich noch keine vier Jahre alt, allein auf dem Dacia Boulevard herumspazieren lassen? Und das nach der Sperrstunde, trotz der Schüsse und Leichen am Straßenrand? Ungläubig schüttelt die Frau den Kopf. Sie zählt nicht zu den gebildetsten Frauen, doch sie weiß, was sich gehört, und das hier, das weiß sie genau, gehört sich nicht.

Selbst im Schlaf noch klammert sich das arme Kind so fest an ihre Hand, dass es ihr nicht gelingt, von der Treppe in der Eingangshalle aufzustehen, wo sie sich mit dem Mädchen, halb auf ihren Schoß gebettet, niedergelassen hat. Jedes Mal, wenn sie glaubt, sie könne es hochheben, verkrampft sich das Kind und windet und krümmt sich, so dass ihr nichts anderes übrig bleibt, als es weiterhin beruhigend an sich zu drücken und ein Gebet zu sprechen.

Stunden später ist es ihr schließlich gelungen, das Mädchen hinunter in ihr Zimmer im Souterrain zu bringen, wo durch das schmale Fenster bereits das gedämpfte Licht der winterlichen Dämmerung sickert.

Als das Mädchen aufwacht, setzt es sich im Bett auf. Verschlafen schweift ihr Blick in dem kleinen Zimmer umher. Von einem alten Frisiertisch blättert die Farbe ab; hinter einem fadenscheinigen Vorhang erahnt sie die Küchenzeile, und in einer anderen Ecke steht die rostige *sobă*, ein Ofen, in dem ein paar zischende Flammen flattern wie große Motten. Das Mädchen zieht die Decke fester an sich und rückt ans Bettende, doch in seinem Gesicht zeichnet sich keine Angst mehr ab, nur noch Verwirrung.

»Wo ist meine Mama?«, bricht es nach einem Moment der Stille aus ihr hervor. Ihre Stimme ist so leise, dass sie kaum zu hören ist. »Holt sie mich bald ab?«

Die Frau blickt auf ihre kalten Hände, die sie in ihrem Schoß aneinanderreibt. Im Holzofen lodert die Glut auf und knackt, und erst als sie vollkommen verglimmt ist, hebt die Frau den Blick.

»Nein, meine Kleine«, sagt sie nur. »Nein.«

2

Anton und Despina Goza waren in ihrem großen Familien- und Freundeskreis dafür bekannt, stets pünktlich zu sein. Nie kamen sie auch nur eine Minute zu spät zu Verabredungen, es spielte keine Rolle, dass die Straßenbahnen unregelmäßig fuhren, die Bürgersteige von Eisregen überzogen waren und die Stadt sich seit einigen Wochen in einem besorgniserregenden Zustand befand. Despina hatte die gesellschaftlichen Umgangsformen verinnerlicht und traf stets zur vereinbarten Zeit ein, und zwar vollendet zurechtgemacht, angefangen bei ihrem Hut, gefertigt nach der aktuellen Pariser Mode, bis zu ihren Pumps aus Reptilleder, die ebenso zu ihrer Handtasche passten wie zu ihrem Gürtel, der ihre Wespentaille zur Geltung brachte. Obwohl sie ihre vier älteren Schwestern um mindestens einen Kopf überragte, war sie überaus feminin und elegant. Ihr Gesicht glich dem einer griechischen Göttin, sagten die Freundinnen ihrer Mutter oft bewundernd und möglicherweise ein wenig neiderfüllt angesichts von Despinas Porzellanhaut, ihren hohen Wangenknochen und ihrem gewellten dunklen Haar.

Als Despina an diesem Morgen die Augen aufschlug und zur Pendeluhr an der Wand sah, stellte sie entsetzt fest, dass sie verschlafen hatte. Trotzdem blieb sie noch einen Moment im Bett sitzen, ein Kissen im Rücken, und hörte zu, wie die Welt vor ihrem Fenster allmählich zum Leben erwachte. Jeden Tag wurde sie von den Geräuschen des morgendlichen Verkehrs auf der Strada Vlaicu begrüßt, von Schritten und gedämpften Stimmen, die einander grüßten. Das alles war ihr vertraut, und sie empfand es als tröstlich: ihr Mann, der neben ihr schlief, das schräg über das Fußende ihres viktorianischen Betts fallende Sonnenlicht, die milchkaffeefarbenen Seidenlaken, die sie schimmernd umhüllten wie feiner Wüstensand. Als Despina an diesem Morgen jedoch an den vor ihr liegenden Tag dachte, vollführte ihr Magen ein Salto. *Was für ein Wahnsinn, es ausgerechnet jetzt anzugehen*, dachte sie. *Jetzt, wo der Krieg vor der Tür steht.*

Tief in ihrem Innern wusste sie, dass es nie den richtigen Zeitpunkt geben würde, dass der richtige Zeitpunkt womöglich schon längst hinter ihnen lag. Dass ihr trotz ihres Glücks und ihres erfüllten Lebens das, was sie sich am sehnlichsten wünschte, verwehrt blieb. Es schien ihr, als hätte Gott ihr den Rücken gekehrt, denn obwohl sie an ihn appellierte, mit ihm verhandelte, hatte sie noch immer kein Kind. Die leise Hoffnung in ihrem Herzen wollte sie am liebsten zum Verstummen bringen. Dann könnte sie nach der langen Zeit des Aufruhrs endlich wieder zur Ruhe kommen. *Hör auf, es zu wollen*, mahnte sie sich immer wieder, doch ihr Herz wollte nicht auf sie hören.

Zumindest hatte sie es aufgegeben, dafür zu beten. Sie hätte schon vor Jahren damit aufhören sollen, als klar geworden war, dass sie kein Kind bekommen konnte, als ihr Selbsthass so stark geworden war, dass ihre Schwestern sie nur noch zusammen besuchen wollten, auf Zehenspitzen um sie herumschlichen und versuchten, sie mit unverfänglichen Themen auf andere Gedanken zu bringen. Ein vorschnelles Wort, eine unbedachte Bemerkung genügten inzwischen, und schon brach Despinas Verzweiflung aus ihr heraus, die tagelang andauern konnte.

»Du bist mit so vielem gesegnet, Despina. Konzentrier dich auf das, was du in deinem Leben hast«, redeten sie ihr aufmunternd zu, während sie wissende Blicke austauschten, Schachteln mit Schokolade auspackten, Tee servierten und ihr die Hände rieben. Doch Despina saß wie ein Häufchen Elend in ihrem Sessel und war am Boden zerstört.

Vier Fehlgeburten. Nachdem jede von ihnen eine neue Wunde in ihrem Herzen hinterlassen hatte, nachdem die Enttäuschungen vorhersagbar geworden waren und ihre Schärfe verloren hatten, war Despinas Hoffnung immer weniger geworden. Und nun diese unverhoffte Chance. Der Termin war so rasch vereinbart worden, dass sie kaum Zeit gehabt hatte, sich darauf vorzubereiten.

Im Bad seufzte sie beim Blick in den Spiegel über dem Waschbecken und drückte die Fingerspitzen auf die zarte Haut unter ihren mandelförmigen Augen. Ihr Gesicht war eine blasse Maske, die Gesichtszüge ausgeprägter als gewöhnlich. Im Schlaf musste sie sich auf die Lippe gebissen haben, denn sie war geschwollen und leicht gerötet. Sie spritzte sich kaltes Wasser ins Gesicht, und ihre Gedanken richteten sich wieder auf den vor ihr liegenden Tag.

Als Anton ins Bad kam, begegneten sie sich in der Tür.

»Guten Morgen, Liebes.«

Er küsste sie auf die Wange und schenkte ihr ein Lächeln, wirkte aber abwesend. Despina bemerkte, wie gut er in seinem gestreiften Seidenpyjama aussah, selbst zu dieser frühen Stunde, die kurzen Haare zerzaust und noch ein Hauch des abendlichen Whiskeys in seinem Atem. Er nahm seine Zahnbürste und summte vor sich hin.

Bisweilen brachte es Despina aus dem Konzept, wie grenzenlos optimistisch er war, aber genau das machte seinen Charme aus. Selbst an diesem Morgen konnte sie nicht anders als lächeln, während sie ihn beobachtete.

Nicht nur auf Despina übte Anton diese Wirkung aus, sondern auf jeden, der ihm begegnete. Seine Unbeschwertheit war ansteckend, unwiderstehlich. Auf der Straße drehten sich die Frauen nach ihm um, wenn er wie Cary Grant in seinem wie angegossen sitzenden Anzug an ihnen vorbeiging, einen weißen Angoraschal um die breiten Schultern geschlungen, wenn er die Hand an den Hut legte und ihn zum Gruß leicht anhob. Selbst Männer warfen ihm ein Lächeln zu, angesteckt von seiner *joie de vivre* und beeindruckt von seinem Wohlstand und davon, wie er den neuen Tag voller Zuversicht begann.

*

Zehn Jahre waren vergangen, seit Despina Anton begegnet war, und doch erinnerte sie sich noch in allen Einzelheiten an den Tag, als wäre es gestern gewesen. Amüsiert dachte sie darüber nach, dass sie einander womöglich nie kennengelernt hätten, wäre Despinas Vater an jenem Tag nicht die Tinte für seinen Montblanc ausgegangen oder hätte er sich dazu entschlossen, selbst ein neues Tintenfass zu besorgen. Doch ihr Vater war mit seiner Buchführung beschäftigt gewesen, und in der Luft hatte schon der erste Anflug von Frühling gelegen, so dass Despina, als er sie bat, neue Tinte zu besorgen, gern einwilligte.

»*Piața Romană*«, hatte er zu ihr gesagt, als er ihr mehrere große Banknoten in die Hand drückte. »Du kennst ja das

Geschäft. Und vergiss nicht, auch ein paar Briefumschläge mitzubringen. Die aus Leinen, wenn du sie findest.«

Das war ihnen inzwischen zu einem Ritual geworden. Despina besorgte, was er benötigte, dafür durfte sie das Wechselgeld behalten. Ihr Vater fragte sie nie, was sie damit anstellte, und es gab immer etwas, das ihr in einem der Schaufenster ins Auge fiel – ein hübscher Hut, eine Handtasche aus Seide, ein bunter Schal, der zu ihren Haaren passte.

In Gedanken versunken schlenderte Despina in gemütlichem Tempo die Straße Richtung *Piața Romană* entlang. Ohne auf die Straßenschilder zu achten, überquerte sie die Kreuzungen, denn sie kannte den Weg zum Geschäft auswendig. Ihr Vater kaufte seit Jahren dort seine Schreibwaren, und die Inhaberin, Frau Zoltof, kannte Despina inzwischen gut. Als sie die Ladentür öffnete, war sie verwundert, statt der älteren Dame einen jungen Mann vorzufinden, der auf einer Leiter stand und Zigarettenschachteln in das Regal über der Kasse räumte. Ihr erster Gedanke war, dass sie das falsche Geschäft betreten haben musste, doch als sie Anstalten machte, wieder hinauszugehen, ließ seine Stimme von der Leiter herab sie innehalten.

»Guten Morgen, die Dame.«

Ein warmes, sanftes Lächeln lag auf den Lippen des Mannes. Einen Augenblick lang starrte sie ihn nur selbstvergessen an. Seine gerade, römische Nase, ein markantes Kinn mit Grübchen. Hellbraune Augen, die sie freundlich anblickten. Die Farbe erinnerte sie an einen Schluck des Cognacs ihres Vaters, der unten im Glas umherwirbelte.

Als der Mann scheinbar völlig mühelos die Leiter herunterstieg, wagte sie einen Blick auf seine muskulösen Unterarme, die honigfarben unter den hochgekrempelten weißen Hemdsärmeln hervorragten.

»Bitte kommen Sie doch herein«, forderte er sie auf. »Womit kann ich Ihnen behilflich sein?«

Sie trat ganz in den Verkaufsraum und schloss die Tür hinter sich.

»Ich bräuchte Briefumschläge und Tinte, bitte«, sagte sie knapp und hob ihr Kinn. »Ich bin die Tochter von Herrn Papodopulos. Eine seiner Töchter.«

Augenblicklich kam sie sich lächerlich vor. Was kümmerte es ihn, wer sie war? Sie war nur hier, um Umschläge und Tinte zu kaufen, um Himmels willen. Doch der junge Mann schien sich darüber zu freuen, dass sie sich vorgestellt hatte. Als er hinter dem Ladentresen hervortrat und mit der Hand durch seine dichten, beinahe schwarzen Haare fuhr, lächelte er sie einnehmend an.

»Zu Ihren Diensten. Was immer Sie benötigen.«

Despina spürte, wie ihre Wangen zu glühen begannen, und sie sah sich nach etwas um, worauf sie ihren Blick heften, worüber sie eine Bemerkung machen konnte, um von der Tatsache abzulenken, dass sie sich wie ein Tölpel aufführte. *Wie peinlich*, dachte sie. *Er ist doch nur ein Angestellter im Laden*. Rasch wandte sie sich ab und begann in den Hunderten von Briefpapiermustern zu stöbern, die in schmalen Holzfächern an der Wand ausgestellt waren.

»Ich hätte gern fünfhundert von diesen Umschlägen hier«, sagte sie kühl und hielt ihm einen hin.

Sie hatte keine Ahnung, was sie da aus dem Fach gezogen hatte. Als er ihr den Umschlag aus der Hand nahm, berührten sich ihre Finger leicht. Despina errötete noch mehr, wandte den Blick ab und begann mit den Miniaturstatuetten aus Glas herumzuspielen, die auf einer Auslagevitrine standen. Aber sie konnte spüren, dass er sie beobachtete und dass er dabei amüsiert lächelte.

*

Von Anfang an fügte Anton sich in ihr Leben wie das fehlende Teil eines Puzzles. Despinas Vater, ein vermögender Geschäftsmann aus Griechenland, der nach dem Krieg mit seiner Familie nach Bukarest gezogen war, nahm Anton unter seine Fittiche und war selbst erstaunt, wie schnell er den jungen Mann ins Herz schloss. Es stimmte, Anton stammte nicht aus einer wohlhabenden Familie, aber in den wenigen Wochen, die Despina ihn nun kannte, hatte sie sich so sehr verändert, dass ihrem Vater keinerlei Einwände einfallen wollten.

Über Nacht hatte seine jüngste Tochter begonnen, den Panzer, der sie umhüllte, seit sie in dieses fremde Land gekommen waren, abzulegen. Als sie Griechenland zwölf Jahre zuvor verlassen hatten, war Despina noch ein Kind gewesen, das vor Energie und Lebensfreude sprühte. Nun, mit dreiundzwanzig, war sie ihm oft beinahe vorgekommen wie eine Fremde. Sie war zu einer Schönheit herangewachsen, strahlte dabei aber stets etwas Kühles, Distanziertes aus.

Seit sie Anton begegnet war, war das Leuchten in ihren Augen zurückgekehrt. Zu Hause wirbelte sie wieder in ihren Seidenkleidern umher, die Arme ausgestreckt, lachte und machte Bemerkungen über die Schönheit von diesem und jenem, die ihr bisher nicht aufgefallen war. Ihre Ausgelassenheit war ansteckend. So dauerte es nicht lang, und der gesamte Haushalt erwartete Antons Besuche mit dem gleichen Überschwang wie Despina.

Es verging keine Woche, in der der junge Mann nicht zum Tee oder zum Abendessen eingeladen wurde. Er freute sich auf die frisch gebackenen Blätterteigtaschen, jedes Mal mit einer anderen Füllung, sei es Käse, Spinat oder Pflaumen, und auf den dreißig Jahre alten Brandy, der auf dem Servierwagen in der Bibliothek bereitgestellt wurde. Er genoss es, wenn sie gemeinsam eine Feier besuchten und sich alle um ihn herum ins Auto drängten, als wäre er bereits Teil der Familie.

Von Despinas Vater lernte Anton viel über Politik, Weltgeschehen und Geschäfte. Er führte ihn ein in die Schönheit der Kunst, und daraus ergab sich seine zunehmende Wertschätzung all der schönen, sorgfältig ausgewählten Dinge, die den Lebensstil der Familie hier und da begleiteten – Weingläser aus Kristall, Silberbesteck mit Monogramm, das Aroma importierter Zigarren, das herrliche Gefühl der Seiden- und Leinenanzüge, mit denen die Familie ihn trotz seiner Proteste überhäufte. Die Anzüge trug er, wenn er sonntags mit Despina in die Oper oder zum Pferderennen ging. Er lernte, wie er die behandschuhte Hand einer Frau küsste und ihr dabei nur einen kurzen Moment lang in die Augen sah, wie er einem Mann selbstbewusst die Hand schüttelte, und er eignete es sich an, so zu sprechen, dass ihm Respekt entgegengebracht wurde.

Rasch wurden Anton und Despina, ein elegantes und schönes Paar, zum Gesprächsthema der gesamten griechischen Gemeinde in Bukarest. Despina strahlte mehr denn je. Als die Wochen vergingen und sie immer mehr Zeit zusammen verbrachten, wurde ihr eines klar: Das wahre Leben hatte für sie erst an dem Tag begonnen, als ihr Vater sie zum Schreibwarenladen geschickt hatte und sie Anton begegnet war. Inzwischen war er der Inhaber des Ladens und dreier weiterer Filialen in den wohlhabendsten Vierteln der Stadt.

Seither führte Despina ein zufriedenes Leben. Die glückseligen Momente überwogen die kleinen Ärgernisse, gegen die keine Beziehung immun war.

Eine ihrer liebsten Erinnerungen war an einem Tag im Herbst 1935 entstanden, als Anton und sie Arm in Arm die Patriarchalkathedrale oben auf dem Mitropoliei-Hügel verlassen hatten. Ein Fotograf hatte ihnen zugewinkt – »Schauen Sie zu mir, das Licht ist wundervoll!«, hatte er gerufen – und sich durch die jubelnde Menge auf der Treppe zu ihnen gekämpft. Wenn Despina die Fotografie in ihrem silbernen Rahmen betrachtete, auf der sie in einem cremeweißen Kleid aus Satin und Anton in einem schwarzen Smoking zu sehen waren, stockte ihr kurz der Atem. Der Fotograf hatte an jenem Tag das Glück in ihren Blicken eingefangen.

*

Als Despina im Esszimmer einen Schluck Kaffee nahm, schlug die Pendeluhr neunmal. Despina merkte kaum, dass sie sich den Gaumen verbrüht hatte. Anton zog hinter seiner Zeitung eine Augenbraue hoch, dann legte er die Zeitung auf den Tisch neben seinen Teller.

»Wenn ich doch nur Gedanken lesen könnte«, sagte er und nahm einen Bissen von seinem Toast.

»Ach, es ist nichts«, entgegnete Despina sanft.

»Sag schon.«

»Ich weiß doch auch nicht, Anton. Was, wenn es wieder …«, sie wagte kaum, es auszusprechen, »wenn es wieder nichts wird?«

»Dann versuchen wir es eben noch einmal«, erwiderte Anton, ohne zu zögern, als gäbe es für ihn keine andere Antwort.

Despina lächelte schwach. Sie fühlte sich etwas weniger ängstlich und war dankbar für seine Zuversicht. Doch sie wusste, dass es auch für ihn schwer war. Sie bemerkte seine wehmütigen Blicke, wenn sie einen Nachmittag mit ihren Schwestern und deren Kinderschar verbrachten.

Beinahe wollte sie vorschlagen, lieber zu Hause zu bleiben und es sich vor dem Kamin gemütlich zu machen. Es sah aus, als würde es bald wieder schneien.

»Despina, schau mich an«, sagte er mit Nachdruck. »Liebling.«

»Anton«, setzte sie an. »Ich glaube …«

»Wir geben nicht auf«, schnitt er ihr das Wort ab, und in seiner Stimme lag eine Schärfe, die sie nicht von ihm gewohnt war. »Wir geben nicht auf, bis du entscheidest, dass es genug ist. Was, so wie ich meine schöne, starrköpfige Frau kenne«, fügte er leise lachend hinzu, »niemals der Fall sein wird.«

Tränen stiegen ihr in die Augen, und sie schüttelte den Kopf, weil sie nicht wusste, was sie sagen sollte. Sie wollte sich in die Arme ihres Mannes schmiegen, doch dann fiel ihr Blick auf die Uhr. Es wurde Zeit.

Als Anton ihren Stuhl nach hinten zog und nach ihrer Hand griff, verschränkte sie ihre Finger mit seinen und drückte fest seine Hand. Was sie miteinander verband, war stark genug und würde weiterbestehen, egal, was das Schicksal heute für sie bereithielt.

3

Die Stadt rauschte an ihnen vorbei. Die weißen Spitzen der Jugendstilgebäude, der Telefonpalast, die Pracht der Calea Victoriei, das Hotel Capitol mit seiner zarten Fassade aus der Belle Époque, wo sie an vielen heißen Sommerabenden kühle Drinks zu sich genommen hatten. Heute saßen keine elegant gekleideten Gäste auf der im Bogen verlaufenden und mit schmiedeeisernem Geländer eingefassten Terrasse, kein Licht war in den breiten Fenstern zu sehen. Selbst die im Zickzack über die Dâmboviţa führenden Brücken sahen aus, als erfüllten sie keinerlei Zweck.

Weiter ging es die verlassen wirkende Allee entlang, bis der Palast mit seinen endlosen Fensterreihen in Sicht kam. Vor den Toren standen eine Handvoll Wachen wie Wachsfiguren und blickten teilnahmslos auf den majestätischen Platz, dessen Pflastersteine, über die schon unzählige Fußgänger gelaufen waren, unter einer neuen, glitzernden Schicht Schnee lagen.

Sie wechselten nur wenige Worte mit ihrem Fahrer. Die unaussprechlichen Ereignisse, die die Stadt in den letzten Tagen in ihren Grundfesten erschüttert hatten, machten oberflächliche Konversation kaum möglich, auch wenn Anton ein- oder zweimal versuchte, das unangenehme Schweigen zu brechen, indem er bemerkte, dass seine Geschäfte nur noch schleppend vorangingen.

»Wer braucht denn in diesen Zeiten schon die nutzlosen Dinge, die es bei mir zu kaufen gibt?«, fragte er, und der Fahrer wandte sich halb zu ihm um und nickte nur. Despina saß auf dem Rücksitz, den Kopf gegen die kühle Scheibe gelehnt, und betrachtete die großen, schweren Schneeflocken, die auf der Windschutzscheibe landeten, wo sie zu winzigen Sternen schrumpften. Sie wünschte, all das Schreckliche, was sie in der letzten Zeit hatte mit ansehen müssen, könnte auf dieselbe Weise aus ihrem Gedächtnis verschwinden.

Drei Tage Massaker, bei denen ganze Viertel in Flammen aufgegangen waren und Leichen die Straßen säumten; zerschmetterte Fenster und verstörte Menschen, schreiende Frauen und der Gestank verbrannter Körper. Männer, die nachts spurlos verschwanden, Schüsse im Cişmigiu-Park. Horden von Menschen waren mit Schildern durch die Straßen marschiert, darauf Parolen wie *Juden sind unser Feind* und *Löst das jüdische Problem*. Viele hatten ein Kreuz auf ihre Türen gemalt, damit ihre Häuser nicht verwüstet, ihre Fassaden nicht beschädigt wurden. Und hinter ihnen, verbunden durch den gemeinsamen Hass, sammelte sich die Meute mit erhobenen Fäusten. Es war schon beinahe zu einem alltäglichen Anblick geworden: brennende Autos auf den Boulevards, Männer und Frauen, die auf die Straße gezerrt wurden, wo man sie niederschlug und auf sie eintrat.

Nachts kam die Stadt zwar meist zur Ruhe, doch die Angst der Menschen wuchs ins Unermessliche. Sie schlossen die Fenster, zogen die Vorhänge zu und ließen die Rollläden herunter, um die Welt draußen auszusperren. Sie plauderten über Bekannte oder ihre Kinder oder darüber, was sie zu Abend essen würden, um sich davon abzulenken, dass draußen die Legionäre der Eisernen Garde mit Bajonetten die Straßen auf und ab marschierten.

Angeblich zählte dieser von den Nazis unterstützte und als die Todesschwadron bekannte Teil der rumänischen Armee zu den gefürchtetsten in ganz Europa. Nacht für Nacht patrouillierten sie in ihren grünen Uniformen mit dem Symbol des dreifachen Kreuzes auf dem Ärmel durch die Stadt. Schon von Weitem hörte man den Gleichschritt ihrer Stiefel und wie sie im Chor ihre finstere Hymne anstimmten:

Der Tod, ja der Tod eines Legionärs allein
wird uns die lieblichste Hochzeit sein.
Für das Heilige Kreuz, für unser Land
zerstören wir Wälder, erobern wir Berge.

Hitlers Einfluss verbreitete sich inzwischen bis in die Tiefen Mittel- und Osteuropas, immer weiter, und hatte nun auch das rumänische Volk erreicht.

Kurz nach den Feiertagen, als Despina eines Nachmittags mit einem Korb aufgebrochen war, um Lebensmittel zu kaufen, hatten die meisten Geschäfte in ihrer Nachbarschaft aus Angst vor der ständigen Plünderei ihre Rollläden geschlossen, und so war sie beinahe zwei Stunden gelaufen, bis sie einen Lebensmittelhändler gefunden hatte, der noch das Notwendigste auf Lager hatte: Mehl, Eier, Öl. Wegen der schweren Einkäufe wollte sie einen kürzeren Weg nach Hause nehmen, obwohl sie Anton versprochen hatte, auf den Hauptstraßen und in der Nähe anderer Fußgänger zu bleiben. Doch ehe sie sich versah, war sie in einem von Scherben und verkohlten Trümmern übersäten Gassengewirr gelandet. Anton wäre außer sich gewesen, hätte er gewusst, dass sie ohne Begleitung durch diese geplünderten Viertel ging. Schon bald war sie auf die Strada Negru Vodă gelangt, eine ruhige, im Schatten uralter Eichen liegende Straße. Sie führte durch ein ruhiges Viertel, in dem sich die Menschen einst die Zeit genommen hatten, einander zu grüßen und sich miteinander zu unterhalten, während die Kinder ihren Eltern um die Beine liefen und Fangen spielten. Heute jedoch blieb Despina an der Ecke stehen. Ihr stockte bei dem Anblick, der sich ihr bot, der Atem. Die Cahal Grande Synagoge, eines der ältesten Wahrzeichen der Stadt, stand in Flammen. Johlende Legionäre standen davor und schlugen sich gegenseitig auf die Schulter. Das Gebäude war bis auf die Grundmauern heruntergebrannt. Nichts war übrig von seiner kunstvollen Architektur. Nicht die Menora, nicht die alten Schriften. Nicht einmal die Waschräume.

Auf den Gesichtern der Legionäre lag pure Freude, ihr hämisches Grinsen wurde vom Schein der Flammen grotesk beleuchtet und verzerrt. Despina aber stand wie angewurzelt da. Einer der Männer sah in ihre Richtung, musterte sie mit unverhohlener Bewunderung und grinste anzüglich. Dann verbeugte er sich so tief, dass sein Arm beinahe über den Boden strich. Despina drehte sich um und rannte los, laut klapperten ihre Absätze über den Bürgersteig. Sie wollte nur noch nach Hause und das Grauen abschütteln, das sich in ihrer Magengrube eingenistet hatte, den bitteren Geschmack loswerden, der ihr die Kehle hochstieg.

Die Gewalt war wie über Nacht in Bukarest ausgebrochen und drohte in diesen Tagen nun völlig außer Kontrolle zu geraten.

*

Despina war noch tief in Gedanken versunken, als der Buick vor einem trostlosen zweistöckigen Gebäude hielt, von dem der Putz abblätterte. Das Dach war mit billigem Metall gedeckt, und an dem verfärbten Stuck über der Eingangstür hing ein dunkelblaues Schild, das ihnen zeigte, dass sie ihr Ziel erreicht hatten: das Waisenhaus.

Der Fahrer ging um den Wagen herum, öffnete Despina die Tür und hielt ihr seine behandschuhte Hand hin. Ihr Herz flatterte aufgeregt, als sie aus dem Wagen stieg und ihren Mantel enger um sich schlang. Sie hatten lange auf diesen Besuch warten müssen, trotz ihrer zahlreichen Versuche, bei der Direktorin der Einrichtung, Frau Tudor, vorsprechen zu dürfen. Schließlich hatte sich sogar Despinas Cousine Maria eingeschaltet, die ehrenamtlich im Waisenhaus arbeitete. »Wir handeln nicht mit Kindern«, war Maria gesagt worden. »Ihr Geld wird ihnen hier nichts nützen.« Doch dann war das kleine Mädchen eingetroffen, und da das Waisenhaus ohnehin schon völlig überfüllt war, hatte Frau Tudor schließlich eingewilligt.

Maria half drei Tage die Woche, Mahlzeiten auszugeben, die Kinder zu baden, ihnen die Köpfe zu scheren und Wunden zu heilen, und das trotz der Proteste ihres Mannes und der erstaunten Blicke ihrer Freundinnen. *Warum um alles in der Welt tut sie das freiwillig?*, fragten sie sich, wenn sie auf einer der Restaurantterrassen zu Mittag aßen, zum Pferderennen und in den Schneidersalon gingen und in der Konditorei auf der Strada Lipscani Süßigkeiten für ihre Kinder kauften. *Und was ist mit ihrem Mann, was ist mit seinem Ruf?* Doch Maria kümmerte sich nicht um das Gerede, rührte unermüdlich Haferbrei an, heizte Badewasser und versorgte die vielen Kinder, die niemanden mehr hatten.

Despina wusste, was ihre Cousine dazu bewegte. Mit Maria verband sie nicht nur eine auffällige äußerliche Ähnlichkeit, sondern auch eine emotionale Verbundenheit, die enger war als das, was Despina für ihre Schwestern empfand. Sie wusste, wie sehr Maria ihren Sohn vermisste, der mit gerade einmal neun Jahren an Typhus erkrankt war. Der Junge war so schnell an der Krankheit verstorben, dass Maria kaum Gelegenheit gehabt hatte, sich von ihm zu verabschieden. Seinetwegen arbeitete sie hier und widmete sich den verlorenen Kindern.

Mit diesem Gedanken griff Despina nach Antons Hand und führte ihn durch das Holztor hinein.

4

Ein fauliger Geruch, den Despina nicht einordnen konnte, schlug ihr entgegen, und sie blieb stehen. *Abfälle*, wurde ihr klar, und weil sie sich plötzlich schwach auf den Beinen fühlte, suchte sie Halt an der Wand. Mit heftig klopfendem Herzen sah sie sich auf dem trostlosen Innenhof um, der dem St.-Paulus-Waisenhaus als Spielplatz diente. In der Mitte des Hofes, neben einer Eiche, deren karge Äste in den schiefergrauen Himmel ragten, stand eine Metalltonne. Darum herum spielten Dutzende Kinder in einheitlicher, abgetragener, khakifarbener Kleidung Fangen und quietschten dabei vergnügt, als würde der fürchterliche Gestank ihnen nichts ausmachen.

Despina hielt sich den Handrücken vor die Nase, und in dem Bemühen, ihre Beklommenheit abzuschütteln, wagte sie sich vorsichtig ein paar Schritte auf den unebenen grauen Pflastersteinen vorwärts. Diese Kinder zu sehen – allesamt mit laufender Nase und kahl geschorenem Schädel, mit zerschrammten Knien und leerem Blick –, erfüllte sie mit einer derartigen Traurigkeit, dass sie nur noch davonlaufen wollte. Warum waren Anton und sie hergekommen? Was hofften sie an einem solchen Ort zu finden? *Es war ein Fehler*, wollte sie Anton zuflüstern und zog ihn am Arm. Aber als er sich zu ihr umdrehte, lächelte er, als würde er an einem sonnigen Nachmittag Kindern beim Spielen im Park zusehen.

»Komm, Liebling«, sagte er und hakte sich bei ihr ein. »Es ist alles in Ordnung.«

Er führte sie über den Hof auf das Gebäude zu, das wohl das Haupthaus war. Sie waren beinahe angekommen, als ein schlaksiger, etwa zehnjähriger Junge, der ein Jo-Jo auf und ab schnellen ließ, auf sie zugeschlendert kam.

»Sie wollen wohl unser hübsches Heim hier besichtigen, was? Und uns Kinder?«, fragte er und fing das hölzerne Spielzeug geschickt in seiner Hand. »Ich bin der beste Fußballspieler, den es gibt. Und ich kann Wechselgeld zählen.«

Anton griff in seine Manteltasche und zog einen Schein hervor. Ohne einen Blick darauf zu werfen, hielt er ihn dem Jungen hin, der ihn sich sofort schnappte. Staunend riss er die Augen auf, drehte und wendete den Schein, um herauszufinden, wie viel er wert war.

»Danke, danke sehr!«, sagte er und bückte sich, um den Schein in seine Socke zu stopfen.

»Gern geschehen«, entgegnete Anton freundlich. »Kannst du uns dafür zeigen, wo sich das Büro der Heimleiterin befindet?«

»Das wird nicht nötig sein«, ertönte es barsch hinter ihnen.

Anton und Despina drehten sich um. Vor ihnen stand eine drahtige Frau mittleren Alters, die ihr grau meliertes Haar in einem strengen Dutt trug und sich einen grauen Wollschal um die schmalen Schultern geschlungen hatte.

»Ich habe Sie bereits erwartet«, sagte Frau Tudor und warf zuerst einen Blick auf ihre Uhr und dann auf Despina – eine unverhohlene Rüge, die Despina erröten ließ.

»Sie müssen Marias Cousine sein.«

»Ja«, antwortete Anton anstelle seiner Frau, der es die Sprache verschlagen hatte. Viel zu überschwänglich schüttelte er der Heimleiterin die Hand, und es war ihm offensichtlich etwas peinlich, als sie ihm schließlich ihre Hand entzog und sie steif hinter ihren Rücken schob.

»Nun denn, hier entlang«, forderte sie sie auf, doch ihr reserviertes Lächeln erreichte ihre Augen nicht.

Hastig und ohne einen Blick zurückzuwerfen, führte Frau Tudor sie einen schummrigen Gang entlang, in dem es nach Ammoniak und frischer Farbe roch. Einen Augenblick später standen sie in einem Büro, das fast vollkommen von einem gewaltigen Schreibtisch aus Holz ausgefüllt wurde.

»Bitte, nehmen Sie Platz.« Frau Tudor wies auf die beiden Stühle vor ihrem Schreibtisch.

Anton setzte sich, zog die Handschuhe aus und lehnte sich bequem zurück. Despina rutschte auf ihrem Stuhl nach vorn bis an die Kante.

»Zuerst möchte ich ein paar Fakten mit Ihnen klären«, begann Frau Tudor, die in ihrem Stuhl hinter dem massiven Schreibtisch fast verschwand, nachdrücklich. Sie hielt inne, um ihre übergroße Brille auf der Nase nach oben zu schieben, und schlug eine Mappe auf. »Das Mädchen, um das es geht … Es ist äußerst in sich gekehrt. Wie Sie ja sicher von Maria wissen, wurde es Ende Januar unter ungewöhnlichen Bedingungen hierhergebracht. Offenbar wurde es auf dem Dacia Boulevard von der Concierge vor einem Wohnhaus gefunden. Die Dame nahm das Kind über Nacht bei sich auf und ging mit ihm am nächsten Tag aufs Polizeirevier in der Hoffnung, dass sich jemand nach ihm erkundigt hatte. Das war aber nicht der Fall, und deswegen brachte die Polizei das Mädchen hierher.«

Frau Tudor räusperte sich und trank einen Schluck Wasser. »Als das Mädchen hier eintraf, sah es im Grunde ganz normal aus, gut entwickelt und im vollen Besitz seiner geistigen Fähigkeiten, aber … es hat noch kein einziges Wort von sich gegeben. Sie kann sprechen – irgendwie ist es der Concierge gelungen, den Namen und den Geburtstag aus ihr herauszubekommen –, aber hier wirkt sie vollkommen …«, Frau Tudor hielt inne, als würde sie nach dem richtigen Begriff suchen, »… abwesend. Das Einzige, wofür das Kind sich zu interessieren scheint, ist das alte Klavier in der Abstellkammer. Stundenlang sitzt das Mädchen da oben und spielt, manchmal weigert es sich sogar, zum Abendessen herunterzukommen.« Sie klappte die Mappe zu und schob sie unwillig von sich. »Nun ja, wollen Sie das Mädchen immer noch sehen?«

Frau Tudor war daran gelegen, zügig zum Kern der Sache zu kommen. Sie war überzeugt, dass der Besuch des Paares vor ihr ein abruptes Ende finden würde, wenn die beiden das Mädchen erst einmal gesehen hatten. Leute wie sie, Leute in teuren Kleidern und mit einem privaten Wagen, der vorn am Bordstein parkte, hatten doch keine Ahnung, was es einem abverlangte, sich um so viele Kinder zu kümmern, einen Ort wie diesen zu leiten. Sie konnte ihr Missfallen nicht verbergen. In stummer Geringschätzung sanken ihre Mundwinkel nach unten.

»Ja, natürlich«, antwortete Despina jedoch. »Das wollen wir. Nicht wahr?«

Anton nickte und griff nach ihrer Hand, noch immer sein geduldiges Lächeln auf den Lippen.

»Also gut. Wenn Sie wirklich sicher sind«, sagte Frau Tudor mit Nachdruck. »Ich denke, das Mädchen sollte Sie zuerst treffen, gnädige Frau. Allein.«

»Allein? Aber es ist nicht nur meine Entscheidung. Mein Mann –«

»Ja, gnädige Frau, allein wäre am besten. Nach allem, was das arme Ding durchgemacht hat, ersparen wir es ihm besser, vor zu vielen Menschen vorgeführt zu werden.«

Schon war sie aufgestanden und hielt die Tür auf.

»Ich komme gleich nach«, sagte Anton, als Despina, die Frau Tudor zögerlich aus dem Büro folgte, sich noch einmal zu ihm umblickte. »Du wirst fühlen, was das Richtige ist, meine Liebste.«

*

Nervös ging Despina in dem muffigen Zimmer auf und ab. Durch ein kleines, vergittertes Fenster konnte sie nach unten auf den Hof sehen, auf dem inzwischen keine Kinder mehr herumliefen. Zuerst dachte Despina, sie wären wohl wieder in ihren Klassenzimmern, doch dann wurde ihr klar, dass es an einem Ort wie diesem höchstwahrscheinlich keine gab. Keine Bücher, kein Spielzeug. Nichts als unendlich viel Zeit. Sie atmete tief durch, setzte sich auf einen der Kinderstühle und wartete.

Sie hatte keine Ahnung, wie viel Zeit verstrichen war, als die Tür mit einem Klicken aufging und sie aus ihren Gedanken gerissen wurde.

»Komm«, hörte sie Frau Tudor überraschend liebevoll sagen. »Komm, Liebes.« In der Tür erschien ein zierliches Mädchen. Von Frau Tudor sanft angeschoben, trat es langsam über die Schwelle.

Es konnte unmöglich älter als vier sein, stellte Despina fest. Das Mädchen reichte ihr kaum bis zur Hüfte. Trotz der kurz geschorenen Haare und der schmutzigen, blassen Haut war unschwer zu erkennen, dass es hübsch war. Der herzförmige Mund und die hohen Wangenknochen – die eine Wange zierte ein kleiner Schönheitsfleck – verliehen dem Mädchen ein puppenhaftes Aussehen. Und die Augen erst – noch nie hatte Despina solche Augen gesehen. Ein dunkles Moosgrün, wie ein Teich an einem Sommertag.

»Hallo.« Despina lächelte dem Kind zu. Als sie aufstand, ließ sie vor lauter Aufregung beinahe ihre Handtasche fallen.

Ein Zittern erfasste sie, und die Zeit schien in diesem Augenblick stehenzubleiben. Doch das Mädchen sah nicht einmal vom Dielenboden auf, sondern stand nur da, schniefte und wischte sich die Nase mit dem Ärmel ab. Ihr Unbehagen war fast greifbar.

»Hier, vielleicht brauchst du das«, brachte Despina hervor und kramte nach ihrem Taschentuch. Sie hielt es dem Mädchen hin, doch es griff nicht danach, so dass Despina das Tuch schließlich wieder sinken ließ. Sie wusste, dass ein falscher Blick oder eine unüberlegte Geste alles zunichtemachen konnte, noch ehe sie eine Chance gehabt hatten, einander kennenzulernen. Doch Despina konnte die Augen nicht von dem kleinen Mädchen abwenden, als wäre alles um sie herum in einem Nebel versunken.

Als sie und Anton beschlossen hatten, es mit Adoption zu versuchen, hatte sie sich alles anders ausgemalt. Sie hatte sich ein kleines Mädchen mit hüpfenden blonden Locken und mit einem ansteckenden Lächeln vorgestellt. Ein Kind mit rundlichen, geröteten Wangen und strahlenden Augen. Das Mädchen, das vor Despina stand, hatte nichts mit diesem Bild zu tun. Aber dennoch berührte es Despina auf unerklärliche Weise.

Vorsichtig streckte sie die Hand aus, damit das Mädchen nicht erschrak, und strich mit den Fingern sacht über den kahl geschorenen Kopf. Es zuckte zusammen, als hätte die Berührung ihm einen Stich versetzt, doch dann hob es, schüchtern zunächst, den Blick, und seine eindrucksvollen grünen Augen trafen auf Despinas, die voller Tränen standen.

*

In den folgenden sechs Wochen traf Despina stets überpünktlich zu ihren Terminen im Waisenhaus ein. Meist kam sie allein, doch wenn Anton den Anforderungen seiner Geschäfte für ein paar Stunden entkommen konnte, begleitete er sie. Dann schlenderten sie mit dem Mädchen in ihrer Mitte zum Park, der nur ein paar Straßen weiter lag. Nach den Gewaltausbrüchen auf den Straßen hatte sich eine unheilvolle Ruhe über die Stadt gelegt, und so konnten sie eine Weile auf einer Bank sitzen und die frischen Blätterteigtaschen essen, die Despina am Abend zuvor gebacken hatte. Manchmal kauften sie warme Brezeln mit Mohn vom Stand am Parkeingang. Jedes Mal brachte Despina ein anderes Buch mit, das sie zusammen lesen konnten. Während sie in Märchen und Sagen eintauchten, saß das Mädchen mit dem Kopf an Despinas Schulter gelehnt da. Inzwischen waren ihre Haare etwas nachgewachsen, und sie glänzten kupferfarben. Sie sprach noch immer nicht, aber Despina hatte das Gefühl, dass sie vorerst keine Worte brauchten. Sie war einfach froh, gemeinsam im Cişmigiu-Park unter den Statuen berühmter Dichter und Komponisten sitzen zu können und den Schwänen zuzuschauen, die über den See glitten. Die Tage wurden wärmer, aber noch war es frisch. Die Sonne wärmte ihre blassen Gesichter, und in manchen dieser Momente schienen die Grauen des vergangenen Winters einer anderen Welt anzugehören.

Noch Jahre später würde Despina in Gedanken zu dieser Parkbank zurückkehren, auf der sie trotz des Krieges, der in Europa wütete, für kurze Zeit glücklich und unbeschwert gewesen war. Nie würde sie jenen herrlichen Nachmittag vergessen, an dem sie, die Hand des Mädchens fest in ihrer, zum letzten Mal über den Hof voller Kinder und hinaus durch die schweren Holztore des St.-Paulus-Waisenhauses ging.

5

Stefan drehte am Radioknopf, um die richtige Wellenlänge zu finden, aber die Stimme des Nachrichtensprechers brach immer wieder ab. Er setzte seine Brille mit dem Drahtgestell auf, und aus Gewohnheit strich er sich ein paar seiner blonden Strähnen über die Stirn, um seine früh beginnenden Geheimratsecken zu verdecken. Er war keine vierzig, sah jedoch älter aus und fühlte sich auch so, viel älter als seine Frau Maria, der es gelungen war, ihre Jugend und grenzenlose Energie zu bewahren, obwohl sie nur fünf Jahre trennten. Gerade bewegte sie sich eifrig um ihn herum, staubte den Kaminsims ab, schob die Topfblumen auf der Fensterbank hin und her und ordnete die Teller im Geschirrschrank neu an.

Seine Frau hatte es mit der Hausarbeit schon immer genau genommen, aber diesmal war es nur ihr Versuch, sich von dem herzzerreißenden Schluchzen abzulenken, das aus dem Stockwerk über ihnen zu hören war.

»Wie lange bleiben sie denn noch?«, fragte Maria, obwohl sie wusste, dass sie auch diesmal keine Antwort bekommen würde. »Ich halte das keine Sekunde länger aus.«

Stefan blickte vom Radio hoch und schüttelte den Kopf, als wollte er sagen: *Nicht jetzt, wir reden später darüber.*

Maria seufzte und polierte weiter die Champagnergläser. In all den Jahren, die sie nun verheiratet waren, hatte sie stets

Stefan die wichtigen Entscheidungen treffen lassen. Sie vertraute ihm blind. Einige der bedeutendsten Familien Bukarests hatten sich Rat bei ihm geholt und ihn damit betraut, ihr Testament aufzusetzen, ihr Kapital zu verwalten und sie in schwierigen persönlichen Angelegenheiten zu unterstützen. Jedes ihrer Geheimnisse hatte er gehütet, nicht nur weil es zu seinem Beruf gehörte, sondern weil er ein rechtschaffener Mann war. Nun befürchtete Maria jedoch, dass er seine Entscheidung übereilt getroffen hatte. Sie lebten in gefährlichen Zeiten. Stefan wusste das besser als jeder andere. Dennoch weigerte er sich, das Paar fortzuschicken, trotz Marias unaufhörlicher Proteste, trotz des gewaltigen Risikos, das sie eingingen, wenn die Frau im Stockwerk über ihnen so weitermachte.

»Bitte vertrau mir, Maria.« Stefan trat jetzt zu ihr und massierte ihr die Schultern. »Du weißt, dass ich sie nicht einfach auf die Straße setzen kann. Das würde ihren Tod bedeuten.«

Sie schüttelte erneut den Kopf und schloss leise die Vitrinentür. »Ich weiß«, flüsterte sie, ohne sich umzudrehen. »Aber wir können nicht Tag für Tag so weitermachen. Wie lange können sie unter diesen Umständen leben?«

Das Paar wohnte nun schon seit geraumer Zeit ohne frische Luftzufuhr und ohne sich vernünftig waschen zu können auf dem dunklen Dachboden. Sie hatten dieser Tage nicht viel zu essen übrig, und trotzdem tat Maria ihr Bestes. Meistens stellte sie etwas frisches Brot und Gemüse aus der Dose vor die Tür, ein wenig übrig gebliebenen Eintopf, dazu eine Karaffe kaltes Wasser und hin und wieder eine Flasche Wein, die aber nie angerührt wurde. Mindestens drei Wochen ging das nun schon so. Drei Wochen, in denen sie in Angst lebten, in denen Stefan und sie sich häufiger stritten als je zuvor, obwohl sie doch wusste, dass er nicht anders hätte handeln können. Obwohl sie ihn für seinen Mut liebte.

Als ein Klopfen an der Tür sie vor drei Wochen aus tiefem Schlaf gerissen hatte, war ihr erster Gedanke gewesen, dass man ihren Mann bei einer dringenden juristischen Angelegenheit zurate ziehen wollte. Es wäre nicht das erste Mal, dass man ihn mitten in der Nacht rief, um in letzter Sekunde ein Testament zu ändern. Und so war sie verblüfft gewesen, als sie die Tür öffnete und vor ihr ein Paar stand, beide nicht älter als Mitte zwanzig.

Die Frau trug lediglich ein dünnes Baumwollkleid mit aufgerissenem Saum. Es klebte an ihren nackten Beinen, so sehr peitschte der eisige Wind um ihre schmale Gestalt. Der dunkelblonde Mann neben ihr zitterte in seinen Hemdsärmeln. Seine Hände waren dreckverkrustet, beinahe schwarz, als hätte er mit Kohlen in einer Feuerstelle hantiert.

»Es tut uns sehr leid, dass wir um diese Zeit bei Ihnen hereinplatzen«, murmelte der Mann. »Ich hatte gehofft, wir könnten kurz mit Ihrem Mann sprechen, wenn er noch wach ist.«

Ein Auto fuhr vorbei, und das Scheinwerferlicht erhellte für einen Augenblick das Gesicht der Frau. Maria sah den Schmerz darin, sah die großen Augen, die teilnahmslos in die Ferne starrten, ohne etwas wahrzunehmen.

»Ja, natürlich.« Maria lächelte verunsichert, und sie durchfuhr ein Zittern.

In dem Augenblick erschien Stefan in Morgenmantel und Pantoffeln hinter ihr, die Brille schon auf der Nase. Im schummrigen Licht kniff er die Augen zusammen und wurde blass.

»Kommen Sie herein, bitte folgen Sie mir«, sagte er ernst

und winkte das Paar herein. »Maria, würdest du uns wohl etwas Tee ins Arbeitszimmer bringen, bitte?«, bat Stefan sie, als er das Paar die Stufen hinaufführte. Ihren fragenden Blick beachtete er nicht. Etwas in Stefans Stimme verriet ihr, dass das nicht der richtige Zeitpunkt war, um nachzuhaken.

Als sie kurz darauf mit einem Tablett mit einer dampfenden Kanne Tee und Porzellantassen vor der Tür zum Arbeitszimmer stand, machte Stefan nicht auf, obwohl sie beharrlich klopfte. Sie schob die Tür auf und spähte ins schwach erleuchtete Zimmer. Die junge Frau saß zusammengesackt im braunen Ledersessel neben dem Bücherregal, den Kopf in die Hände gestützt, so dass ihre langen, kastanienbraunen Haare auf ihre Knie fielen. Sie blickte nicht auf, als Maria eintrat und das Tablett auf den Schreibtisch stellte.

Als Maria später im Schlafzimmer einzuschlafen versuchte, konnte sie die Stimmen noch immer hören. Der Schlaf wollte sich nicht einstellen, Gedanken jagten durch ihren Kopf. Sie wusste, dass ihr Mann sich schon um viele heikle Angelegenheiten hatte kümmern müssen, dass er als Anwalt viele unschöne Wahrheiten hatte verstecken müssen. Doch was auch immer sich um diese Uhrzeit unter ihrem Dach ereignete, hatte rein gar nichts mit Stefans Beruf zu tun, so viel war ihr klar.

*

Als Stefan schließlich zu ihr ins Bett kam, drang bereits der rosafarbene Schimmer kurz vor der Dämmerung in ihr Schlafzimmer. Stefan bemühte sich nicht sonderlich, keinen Lärm zu machen, denn er konnte sich denken, dass Maria noch wach war.

Er drehte den Kopf auf dem Kissen zu Maria, die eine Erklärung von ihm erwartete. »Ich kann dir nicht sagen, warum ich das hier tun muss«, flüsterte er, »aber bitte versuch nicht, mich davon abzubringen.«

»Ich habe aber eine Erklärung verdient«, sagte Maria, den Blick auf einen Riss an der Decke gerichtet. »Wer sind sie? Warum sind sie bei uns aufgetaucht, um diese Uhrzeit?«

»Ich erzähle dir alles«, antwortete Stefan. »Bald. Aber fürs Erste bitte ich dich, Maria, lass mich versuchen, ihnen zu helfen. Ich verdanke seinem Vater mein Leben, verstehst du?«

Nach langem Schweigen fuhr er fort. »Es ist nicht für lange.« Er musste sich anstrengen, ihr nicht alles über die Familie des Mannes zu berichten. »Nur so lange, bis ich etwas anderes für sie gefunden habe. Höchstens zwei Wochen, bis sich die Lage dort draußen beruhigt hat. Bis dieser ganze Wahnsinn endlich vorbei ist.«

Maria konnte die Sorge, die die ganze Nacht über in ihr gewachsen war, nicht länger zurückhalten. »Bist du verrückt geworden?«, fuhr sie ihn an. »Hast du völlig den Verstand verloren? Wie kannst du ihnen so etwas versprechen? Ist dir denn nicht klar, dass auch wir verhaftet werden, wenn man sie entdeckt, dass man uns an der Mauer aufstellen und auf offener Straße erschießen wird wie streunende Hunde? Weißt du nicht, was mit unserer Familie passieren könnte, mit allen, die uns nahestehen? Und was wird aus deiner Karriere? Keiner deiner Klienten wird je wieder etwas mit dir zu tun haben wollen.«

Noch nie hatte sie in einem solchen Ton mit ihm gesprochen, doch das spielte jetzt keine Rolle, denn sie war es leid, immer die Vernünftige zu sein und ihrem Mann die Entscheidungen zu überlassen. Es war ihr egal, ob das Paar unter ihrem Dach sie hören konnte.

Stefan warf die Decke zurück und sprang aus dem Bett. Er begann, im Zimmer auf und ab zu laufen, und seine Füße strichen bei jedem Schritt über den weichen türkischen Teppich. Eine Zeit lang sagte er nichts.

»Hör mal, Maria«, brach es dann aus ihm hervor. »Hörst du sie weinen? Weißt du, warum sie weint?«

Maria sagte nichts. Diesmal würde sie nicht klein beigeben.

»Weil sie ihr einziges Kind zurücklassen mussten«, erklärte Stefan eindringlich, denn er wusste, dass das alles verändern würde.

Maria starrte ihn an und hob entsetzt die Hand an den Mund. Tränen stiegen ihr in die Augen, und Stefan wusste, woran sie dachte. Sie erinnerte sich an ihr eigenes Kind, ihren wundervollen Sohn, den sie nie wiedersehen würden. Von seiner eigenen Trauer überwältigt, setzte Stefan sich neben seine Frau und nahm ihre Hand.

»Ich erzähle dir alles, mein Liebling«, flüsterte er mit erstickter Stimme, »wenn du mich lässt.«

Schweigend hörte sie ihm zu, während die Umrisse der kahlen Bäume und der von Frost überzogenen Dächer auf der gegenüberliegenden Straßenseite im diesigen Licht der Dämmerung immer schärfer hervortraten. Und während Stefan ihr davon erzählte, was das junge Paar zu ihrer Haustür geführt hatte, wurde Maria klar, was auf dem Spiel stand, und sie wusste, dass nichts ihren Mann umstimmen würde.

6

Es hatte am Vorabend begonnen, kurz nach dem Abendessen, als das junge Paar sich gerade bereit machte, ins Bett zu gehen. Es klopfte an der Tür zu ihrer kleinen Wohnung. Zuerst dachte die Frau, es sei wohl die ältere Dame von nebenan, die mal wieder etwas borgen wolle. In der Regel bat sie um etwas Mehl oder eine Tasse Zucker, und die junge Frau brachte es nie über sich, sie fortzuschicken, obwohl sie selbst kaum über die Runden kamen. Das Klopfen wurde lauter. Als sie die Tür aufzog, war sie überrascht, nicht die Nachbarin vor sich stehen zu sehen, sondern einen Polizisten in einem dunklen Trenchcoat und mit einer tief in die Stirn gezogenen Mütze.

»Guten Abend, gnädige Frau«, sagte er freundlich lächelnd und nahm die Mütze ab. »Ist Ihr Mann zu Hause? Wenn es nicht zu viele Umstände macht, würde ich gern kurz mit ihm sprechen.«

Verhalten musterte die Frau ihn durch die halb geöffnete Tür, aber er klang höflich, als würde er die späte Störung bedauern, also trat sie zur Seite und ließ ihn herein. »Ja«, sagte sie zögerlich. »Wen darf ich ihm ankündigen?«

»Guten Abend«, wiederholte der Fremde, anstatt seinen Namen zu nennen, und sie brauchte einen Augenblick, um zu bemerken, dass ihr Mann hinter sie getreten war. Er hatte die Krawatte abgenommen, und seine Hände waren noch nass vom Abwasch. Er rollte seine Hemdsärmel herunter.

»Ihre Frau war so nett, mich hereinzubitten.«

Sie setzten sich an den Tisch wie zwei alte Freunde, die nach einem Tag harter Arbeit zusammen ein Glas Brandy tranken. Hinter ihnen tickte unermüdlich die Uhr. Eine Stunde verging, vielleicht auch zwei. Ihr Mann rieb sich immer wieder erschöpft über die Augen, und auf seiner Stirn und über seiner Oberlippe hatten sich Schweißperlen gebildet. Während die Männer sprachen, hatte die Frau die Küche aufgeräumt und noch einmal nach ihrer kleinen Tochter gesehen, die bereits schlief.

Jetzt ging sie beunruhigt im Schlafzimmer auf und ab. Sie hatte die unzähligen Fragen des Mannes gehört, Fragen nach ihrem Schwiegervater, seinem früheren Posten im königlichen Parlament, was ihr Mann über die gegenwärtigen Arrangements des Königs wisse. Und das, so viel war ihr klar, konnte nur eines bedeuten.

*

Erst wenige Monate zuvor hatte die Abdankung König Carols II. ganz Europa in Erstaunen versetzt. Unter Kugelhagel war er geflohen, aus dem Land vertrieben wie ein gejagtes Tier. Nicht dass er je bei seinem Volk beliebt gewesen wäre, doch die Abscheu der Menschen ihm gegenüber hatte sich zuletzt noch verstärkt, geschürt davon, dass er rumänische Gebiete an Ungarn und die Sowjetunion abgetreten hatte. Was das Fass jedoch zum Überlaufen brachte und die Menschen auf der Straße wüten ließ, war sein Widerwille, sich von Magda Lupescu, seiner Mätresse seit nahezu zwanzig Jahren, zu trennen, für die er sein Land, seine Ehre und die rechtmäßige Königin und Mutter seines einzigen Kindes aufzugeben bereit war. Immer wenn der königliche Konvoi durch die Straßen von Bukarest zog, Magda und Carol auf dem Rücksitz ihres Rolls-Royce, riefen die Menschen ihnen Obszönitäten und Beleidigungen hinterher, und Kinder bewarfen die Wagen mit Steinen. »Nieder mit der Judenhure!«, schrie die wütende Meute, wenn das Paar die Stufen zum Palast hochlief, in dem Magda die letzten fünf Jahre wie eine Königin gelebt hatte.

Als Schüsse auf die Palastfenster abgefeuert wurden, wurde es schließlich zu viel. Mit dem Notwendigsten in ein paar Truhen und ihren engsten Vertrauten flohen Magda und Carol eines Nachts mit dem Zug nach Spanien. Fortan stand Rumänien unter der Herrschaft des Generals Antonescu, eines Anhängers Hitlers, und der junge Prinz Michael war nichts als eine Marionette auf dem Thron, während Antonescus grausame Legionäre sechzig ehemalige Berater des Königs ermordeten und die Stadt in ein Schlachtfeld verwandelten.

*

»Ich habe Ihnen bereits alles gesagt«, hörte sie die Stimme ihres Mannes. »Mein Vater hat seine beruflichen Angelegenheiten mit niemandem besprochen, und schon gar nicht mit mir.«

»Was ist mit den Ausflügen aufs Land, die Sie unternommen haben, als Sie noch ein Junge waren? Es ist eine bekannte Tatsache, dass Ihr Vater seit seiner Kindheit mit Magda Lupescu befreundet war. War sie bei diesen Urlauben dabei?«

»Von wem reden Sie?«

»Von der Mätresse des Königs. Der Frau, die Ihrem Vater zu seinem Posten im Kabinett verhalf, die auch andere Juden unter die Fittiche des Königs brachte und die den König den Thron kostete. Wollen Sie etwa behaupten, Sie kennen sie nicht?«

Der Polizist hatte die falsche Höflichkeit inzwischen abgelegt und schrie beinahe. Trotzdem sah der junge Mann ihn ruhig an. »Es tut mir leid«, sagte er, »aber ich kann mich an keine Ausflüge erinnern.«

Der Polizist lehnte sich in seinem Stuhl zurück, löste den oberen Knopf an seinem Kragen und trank einen Schluck Tee. An seinem gezwungenen Lächeln mit den herabgezogenen Mundwinkeln konnte der junge Mann die Verachtung für seine Familie ablesen, den Hass und die Frustration darüber, dass diese Befragung nirgendwohin führte.

»Sie werden mit aufs Revier kommen müssen. Reine Routine, verstehen Sie. Wir haben noch ein paar Fragen. Sollte nicht länger als eine Stunde dauern.«

Mit einem kaum merklichen Nicken sah der Mann auf seine Hände. Es hatte keinen Sinn, darüber zu diskutieren, das würde alles nur noch schlimmer machen, also stand er auf und machte Anstalten, zur Wohnungstür zu gehen. Doch dann sagte der Polizist etwas, von dem der junge Mann gehofft hatte, er könnte, wenn er rasch genug Folge leistete, davon ablenken.

»Ihre Frau und Ihre Tochter müssen auch mitkommen.«

»Warum?«, fragte er, ohne sich umzudrehen. »Sie haben nichts getan. Unsere Tochter ist erst drei …«

Doch ihr Gespräch war beendet. Er hörte die forschen Schritte des Polizisten, der ans Fenster trat und auf das Fahrzeug unten deutete.

»Selbstverständlich kommen wir mit«, sagte der junge Mann jetzt. Ihm schwirrte der Kopf, und die Panik, die in ihm aufstieg, ließ seine Worte zu schnell aus ihm hervorsprudeln. Es kostete ihn Mühe, sich zu beruhigen. »Wenn Sie mir nur ein paar Minuten geben, damit ich meiner Frau die Lage erklären kann … Sie regt sich schnell auf, wissen Sie. Ich denke, wenn ich zuerst mit ihr rede, würde das unseren Ausflug aufs Revier ein wenig erleichtern.«

Der Polizist wandte sich vom Fenster ab und sah auf die Uhr. Solche Situationen lagen ihm nicht. Es gefiel ihm besser, wenn er ganz gewöhnliche Juden aus ihrem Haus abführen konnte. Aber diese Familie hier sollte mit Umsicht behandelt werden; so lautete der Befehl. Außerdem missfiel ihm nichts mehr als eine Szene.

»Ich gebe Ihnen zehn Minuten«, fauchte er. »Und zwar ab jetzt. Ich warte draußen.« Damit setzte er seine Mütze auf, marschierte aus der Wohnung und schlug die Tür hinter sich zu.

*

In der Schreibtischschublade herrschte das reinste Durcheinander: Umschläge, offene Rechnungen, ein Brieföffner, an dem er sich schnitt. Er konnte die Banknoten fühlen, einen ganzen Stapel, dort im Geheimfach, wo er sie versteckt hatte, für einen Notfall oder eine überstürzt angetretene Reise, jedoch nicht für das hier. Hastig stopfte er sie in seine Hemdtaschen, Hosentaschen, auch in seine Socken.

Er stürzte durch die Schlafzimmertür und hob ihre kleine Tochter aus dem Bett. Aus dem Augenwinkel sah er, wie seine Frau, ohne Fragen zu stellen, einen Schal griff, eine Mütze für das Mädchen, die Decke. Er sah, wie sie sich suchend nach ihren Schuhen umblickte und sich dann mit den Pantoffeln zufriedengab. Und dann rannten sie durch die Küche und die Hintertür hinaus in den Dienstbotenaufgang, und sein Herz klopfte, es klopfte so heftig wie noch nie in seinen siebenundzwanzig Jahren.

*

Es war warm und feucht im Heizungskeller. Der Wasserboiler gurgelte vor sich hin. Sie hatten riesiges Glück gehabt, dass die Wachen am Vordereingang laut miteinander gescherzt, eine Zigarette geraucht und ihnen den Rücken zugekehrt hatten, als sie an ihnen vorbeigehastet und in die Tiefen des Gebäudes abgetaucht waren. Aber sie waren nicht in Sicherheit, noch längst nicht, die Wachen hielten nach ihnen Ausschau, und ihr kleines Mädchen wimmerte in den Armen seiner Mutter.

»Alles ist gut«, redete sie sanft auf ihre Tochter ein, während sie sie wiegte und ihr über das Gesicht strich. »Alles ist gut.« Als die Mutter einen Finger an die Lippen presste, schien das Mädchen zu spüren, dass es still sein musste.

Der Mann schleifte ein paar Holzkisten aus einer staubigen Ecke hervor und stapelte sie vor der Wand. Es gab keinen anderen Ausweg. Beinahe war er überrascht, als er auf die Kisten kletterte, die Arme ausstreckte und die Kante des Kellerfensters erreichte. Er wischte Staub und Spinnweben fort und klappte das Fenster auf, vorsichtig, um kein Geräusch zu verursachen. Die Öffnung war kaum groß genug für einen Erwachsenen, doch er wollte keinen weiteren Gedanken daran verschwenden, sondern griff nach den Eisenstäben zu beiden Seiten der Lücke und zwängte sich hindurch, Zentimeter für Zentimeter. Als er auf dem Bürgersteig landete, beugte er sich hastig wieder hinunter zum Fenster. Es musste schnell gehen.

»Gib sie mir«, flüsterte er seiner Frau zu. »Gib sie mir jetzt.«

Durch die Öffnung tastete er nach seiner Tochter. Er griff nach ihren Armen, und als er ein wenig zu ruppig an ihr zog, schrie sie auf. Beinahe zerriss es ihm das Herz, doch er gab nicht nach. Das Blut pochte in seinen Schläfen, und er dachte: *Gleich schnappen sie uns, gleich werden wir erschossen, sie wird ihren vierten Geburtstag nicht mehr erleben.* Die Angst hatte jede Nervenzelle seines Körpers erfasst, und mit einem Ruck zog er seine Tochter heraus. Schließlich hatte er auch seiner Frau geholfen, auf die Straße zu klettern, und dicht zusammengedrängt, zitternd, die Arme umeinandergeschlungen, standen sie einen Moment ratlos in der Dunkelheit.

Geduckt liefen sie weiter durch die Schatten, sie eilten durch Gassen, schoben sich an Mauern entlang. An jeder Straßenecke standen Polizisten, pfiffen und riefen Befehle, trieben einander an, schneller, schneller, Bewegung. Wie von Berggipfeln hallten das Quietschen von Reifen und das Zuschlagen von Autotüren aus den Gassen, und hinter zugezogenen Gardinen spähte hier und da ein Augenpaar hervor, um auszumachen, was es dort unten mit dem Aufruhr auf sich hatte. Jemand öffnete ein Fenster, und der junge Mann zog seine Frau und seine Tochter in den nächsten Hauseingang.

Er erkannte ein Wohngebäude aus seiner Kindheit wieder, in dem es einen rostigen alten Aufzug gab, der seit Jahrzehnten nicht mehr in Betrieb war. Oft hatte er sich beim Versteckspiel mit seinen Freunden in die Nische hinter dem

Schacht gekauert. Niemand hatte ihn je dort gefunden. Niemand hatte überhaupt gewusst, dass es die Nische gab. Er machte seiner Frau ein Zeichen, dass sie in das Haus gehen und sich dort verstecken sollten.

Es war in diesem Geheimversteck aus seiner Kindheit jedoch nicht so warm wie im Heizungskeller, und auch nicht so behaglich. Einzig eine alte, von Motten zerfressene und nach Benzin stinkende Wolldecke, die er in einem Besenschrank aufstöberte, spendete ihnen Wärme.

»Hier können wir nicht bleiben«, flüsterte er, als es draußen ein wenig ruhiger zu werden schien. »Wir müssen weiter. Sie werden zurückkommen und jeden Winkel durchkämmen, jeden Eingang, jedes Haus. Sie werden jeden aus der Nachbarschaft befragen, der uns Unterschlupf gewähren könnte. Wir müssen ans andere Ende der Stadt. Noch heute Nacht.«

Doch seine Frau schien ihn nicht zu hören. Zusammengerollt kauerte sie auf dem Boden, die zerzausten Haare um das Gesicht, und rieb sich die Füße und die Arme.

»Liebling«, redete er auf sie ein, aber sie reagierte nicht, starrte nur apathisch vor sich hin. Als er ihr aufhelfen wollte, entzog sie sich ihm. Da packte er sie an den Schultern und schüttelte sie energisch.

»*Bitte*«, flehte er sie an. »Bitte steh auf. Wenn wir nicht weiterziehen, werden wir den Morgen nicht mehr erleben.«

»Du hast ja recht«, willigte sie schließlich mit ausdrucksloser Stimme ein. Sie stand auf, strich sich das Kleid, dessen Stoff inzwischen an einigen Stellen gerissen war, glatt und trat ins Dunkel.

Zurück auf der Straße begann ihre Tochter erneut zu wimmern, so dass der Mann seine Schritte beschleunigte. Normalerweise würde er stehen bleiben und auf seine Frau warten, doch wenn er voranging, wusste er, dass sie ihm folgen würde. Nur so konnte er sie in Bewegung halten. Eine Sirene ertönte gefährlich nah, und sie schlüpften erneut in die Eingangshalle eines Hauses. Sie mussten rasch weiter, aber ihre Tochter hörte nicht auf zu weinen, ihre schmale Brust hob und senkte sich, ihre Tränen durchnässten sein Hemd. Auch seine Frau war am Ende ihrer Kräfte. Sie hatte sich auf die Stufen des Hauses gesetzt.

»Ich kann nicht mehr«, schluchzte sie.

Er ging zu ihr und wollte sie trösten, doch auch ihn verließen die Kräfte, seine Beine waren bleischwer, seine Arme taub von der Kälte und dem Gewicht seiner Tochter, die er so viele Stunden getragen hatte. Und das war erst der Anfang dessen, was ihnen bevorstand. Woher würden sie Lebensmittel beschaffen, wo einen Unterschlupf finden? Wer würde sie bei sich aufnehmen? Sie waren auf der Flucht und wurden gesucht – niemand würde ihnen helfen.

Er drückte die Wange auf den Kopf seiner Tochter und schloss die Augen. Er wusste, dass es nur eine Möglichkeit gab, wie sie zumindest ihr kleines Mädchen retten könnten. Sie mussten es versuchen, auch wenn ihm beim Gedanken daran beinahe das Herz brach.

»Mein Schatz.« Er wandte den Blick ab. Er konnte selbst kaum glauben, was er seiner Frau gleich sagen würde. Er holte tief Luft und schluckte die Tränen herunter. »Wir müssen versuchen, ihr eine Chance zu geben.« Vorsichtig setzte er seine Tochter ab, hockte sich neben seine Frau und zog ihr die Hände von ihrem tränenüberströmten Gesicht. »Wenn wir sie hierlassen, hier in der Wärme dieser Eingangshalle, dann hat sie eine Chance. Man wird sie finden und sich um sie kümmern, sie ist ja noch ein kleines Kind. In ein paar

Tagen holen wir sie dann, wenn es … wenn die Lage sich beruhigt hat. Aber wenn man uns zusammen mit ihr erwischt, dann ist auch sie verloren.«

Im Blick seiner Frau sah er ihre Verwirrung. Dann verzog sie den Mund zu einer Grimasse und starrte ihn an. »Was hast du gesagt?«

Er griff nach ihren Händen und hob sie an sein Gesicht, schmiegte die Wangen hinein.

»Bitte, hör mir zu. Niemand weiß, wer sie ist, woher sie kommt oder dass wir ihre Eltern sind. Wenn wir sie hier in der Eingangshalle verstecken, ist sie noch eine Weile im Warmen, bis jemand sie findet, womöglich einer der Bewohner hier. Niemand würde ein kleines Mädchen abweisen. Sie hätte ein Dach über dem Kopf, etwas zu essen und hoffentlich ein Bett, in dem sie heute Nacht schlafen kann, vielleicht sogar ein paar Nächte. Nur bis wir uns einen Plan zurechtgelegt haben.«

Die Augen seiner Frau waren dunkel, voller Wut. Einen Augenblick lang dachte er, sie würde ihn schlagen.

»Wenn die Polizei oder die Garde uns heute Nacht schnappt, dann haben wir keine Chance«, fuhr er unbeirrt fort. »Dann hat *sie* keine Chance. Du weißt doch, was Leuten wie uns droht.« Seine Stimme brach. »Ich kenne jemanden, den wir aufsuchen können, einen Freund meines Vaters. Er wohnt am Brătianu Boulevard, nicht weit von hier. Vielleicht kann er uns für ein paar Tage bei sich aufnehmen. Ich weiß nicht, ob ich ihm vertrauen kann, aber es ist die einzige Möglichkeit. Wenn alles gut geht und wir bei ihm unterkommen können, dann holen wir sie in ein paar Tagen.«

Nun weinte auch er, während das Mädchen sie beobachtete, die Augen weit aufgerissen und die kleine Faust fest in den Rocksaum ihrer Mutter gekrallt. Aus den Augen seiner Frau war das Leben gewichen, leer starrten sie ihn an, während ihr die Tränen über die Wangen strömten. Doch da war noch etwas anderes. Er sah den gleichen Funken Hoffnung aufblitzen, an den auch er sich klammerte. Sie wussten beide, dass ihnen keine Wahl blieb.

7

Juni 1941

Anton saß spätabends vor dem Feuer und hatte die Tageszeitung auf dem Schoß liegen. Soeben hatte er in den Schlagzeilen gelesen, dass Rumänien sich Deutschland beim Einmarsch in die Sowjetunion angeschlossen hatte und die Ostfront mit Ausrüstung und Öl belieferte und mit mehr Truppen unterstützte als sämtliche anderen Verbündeten Deutschlands. Jetzt, da rumänische Streitkräfte in die Schlachten in der Ukraine und Bessarabien und in Stalingrad involviert waren, gab es kein Zurück mehr.

Die Flammen im Kamin spiegelten sich auf dem Glastischchen und warfen einen bernsteinfarbenen Schimmer an die Wände. Eine tiefe Unruhe hatte sich in ihm breitgemacht. *Das hier ist unser letzter Zufluchtsort*, dachte er in Gedanken daran, was ihnen nun bevorstünde, da sein Land diesem schrecklichen Krieg nicht mehr neutral gegenüberstand. Rumänien hatte sich auf die Seite Hitlers geschlagen, und so war es nur noch eine Frage der Zeit, bis die ersten Bomben der Alliierten auf Bukarest fielen.

Unser Land, dachte er, *hat schon immer im Kreuzfeuer zweier Welten gestanden, es ist die Schwelle zwischen Russland und dem Rest der Welt*. Wer würde sein Land in den kommenden Tagen beschützen, ohne einen rechtmäßigen König?

Obwohl die Legionäre sich nach dem Massaker von Bukarest aufgelöst hatten, streiften sie inzwischen wieder durch die Straßen und hatten, diesmal mit voller Unterstützung des Militärs, Ausschreitungen in Iași angestiftet. Niemand wusste, wann all das ein Ende finden, wie viel schlimmer es noch werden würde. Schon die Geschichten vom vergangenen Januar jagten Anton einen Schauer der Abscheu über den Rücken, und er schämte sich in diesem Moment dafür, ein Rumäne zu sein.

In letzter Zeit schlief er kaum, sondern dachte über das nach, was er gehört hatte; er konnte die Bilder nicht aus seinem Kopf verbannen: wie in den jüdischen Vierteln die Wohnungen gestürmt und Frauen vor den Augen ihrer Ehemänner und Kinder vergewaltigt wurden, wie Männer gezwungen wurden, Abschiedsbriefe zu schreiben, bevor man sie auf offener Straße erschoss. Dutzende, wenn nicht Hunderte, waren im Băneasa-Wald im Norden von Bukarest getötet worden.

Eine Schilderung hatte ihn besonders entsetzt, so sehr, dass er auf dem Bürgersteig vor dem Tabakladen, in dem er Zigaretten gekauft hatte, zusammengesackt war. Die Geschichte würde ihn für den Rest seines Lebens verfolgen, das wusste er. Im Laden hatte er gehört, wie ein Mann dem Verkäufer erzählte, dass eine Gruppe Juden verhaftet und zum städtischen Schlachthaus gebracht worden war, wo man sie erst folterte und anschließend an die Viehhaken hängte und sterben ließ.

Anton faltete die Zeitung zusammen und legte sie neben sich. Er musste nicht weiterlesen, um zu wissen, was bevorstand. Es ging nicht mehr darum, dass Rumänien Öl exportierte und damit seit mehreren Jahren Hitlers militärische Bemühungen unterstützte. Jetzt würden Hunderte, ja Tausende Rumänen ihr Leben lassen, nicht nur an der Ostfront, sondern auch hier zu Hause. Selbst hier in der Hauptstadt würden sie für den Führer sterben.

Er brauchte Zeit zum Nachdenken, wenn er den Veränderungen, die ihnen bevorstanden, einen Schritt voraus sein wollte. Denn wenn er auch nur eine einzige Verpflichtung hatte, dann die, Despinas und sein neu gewonnenes Glück zu bewahren. Erst vor wenigen Monaten waren sie zu einer Familie geworden, und er konnte sich nicht erinnern, jemals zuvor so zufrieden gewesen zu sein. Sie waren jetzt Eltern eines reizenden und schüchternen kleinen Mädchens, das ihr Leben auf eine Art bereicherte, die er sich nie hätte ausmalen können. Doch mit dem Krieg im Nacken konnte niemand wissen, was die Zukunft bereithielt.

Mit Sicherheit würden sie ihren Lebensstil zurückschrauben müssen. Das würde fast ausschließlich Anton betreffen, denn seine größte Schwäche bestand darin, dass er dazu neigte, zu viel Geld auszugeben. Eine Weile zumindest müssten sie weniger Feiern geben und seltener den französischen Schneider aufsuchen, der ihre Kleidung nach der aktuellen europäischen Mode anfertigte. Er würde darüber nachdenken müssen, allmählich drei seiner Filialen zu schließen und lediglich das Geschäft an der Piața Romană weiterzuführen, in dem er bereits als junger Mann gearbeitet hatte und in dem die Leute aus der Nachbarschaft ihn noch immer mit dem Vornamen ansprachen.

Mit wachsendem Unbehagen dachte Anton an die unschätzbar wertvolle Briefmarkensammlung, die er über die Jahre zusammengetragen hatte und an der er sehr hing. Womöglich war es zu riskant, sie im Tresor im Geschäft liegen zu lassen. Er würde sie nach Hause holen, wo er sie in seiner Nähe wusste. Sein kostbarstes Stück, der berühmte Eberkopf, war allein schon mehr wert als all ihr restliches Vermögen, mehr als die Mietwohnungen, das Wochenendhaus am Băneasa-See, selbst als seine drei geliebten Pferde, die in einem Reitstall untergestellt waren. Von all seinen Besitztümern bedeutete die Briefmarkensammlung ihm am meisten, und er wollte sie nicht verlieren.

Seine Gedanken wanderten zu seiner Frau, die oben friedlich schlief. Wie glücklich sie in so kurzer Zeit geworden war, wie unbekümmert. Auch für ihn war die Nähe des Mädchens wie Balsam für sein Herz. Er konnte es nicht abwarten, abends nach Hause zu kommen, den Arbeitstag hinter sich zu lassen und sich darüber zu freuen, wie ihm die Kleine die Arme um den Hals schlang. Selbst im Geschäft, wenn Despina sie am Nachmittag vorbeibrachte, konnte er an nichts anderes denken, während sie mit einem Kuscheltier an die Brust gepresst unter seinem Schreibtisch ein Nickerchen machte, ungeachtet des Kommens und Gehens der Kundschaft und seines Gelächters und Geplauders mit ihnen. Und dann das Klavier. Nichts hätte ihn auf ihre Reaktion vorbereiten können, als sie den alten Steinway sah, einen recht ramponierten Stutzflügel, den er günstig in einem Antiquitätenladen erstanden hatte und im Salon hatte aufstellen lassen.

Sie hatte ihn weder angesehen noch gelächelt, sondern war einfach auf den Flügel zugegangen und hatte sich auf den mit rotem Samt bezogenen Hocker gesetzt. Die Tasten unter ihren Händen glänzten wie Perlen, leicht gelblich im hereinfallenden Sonnenlicht, doch keine Töne erklangen aus dem geöffneten Deckel. Sie strich lediglich mit sachten, federleichten Bewegungen über das Elfenbein.

»Für mich?«, hatte sie gefragt und erstaunt zu ihm aufgesehen, und das waren die ersten Worte gewesen, die sie von sich gegeben hatte, seit sie sie kannten.

Von diesem Zeitpunkt an begann sie zu sprechen. Beim

Abendessen bat sie um etwas zu trinken, ein anderes Mal fragte sie, ob sie in den Cişmigiu-Park gehen könnten und ob Anton ihr ein Eis am Eisstand kaufen würde. Langsam blühte sie auf, direkt vor seinen Augen, ihr Lächeln wurde unbeschwerter, ihr Blick ausdrucksstärker, ihre Gesten lebendiger, jeden Tag mehr. Obwohl sie eigentlich noch zu klein war für richtige Klavierstunden, engagierte er die beste Lehrerin, die er auftreiben konnte, denn es zeichnete sich schon bald ab, dass das Mädchen eine besondere Gabe am Klavier hatte, die Anton fördern wollte.

Dieses kleine Mädchen war der Grund, weshalb er morgens aufstand, und auch Despina lächelte viel häufiger, wenn sie spätabends bei einem Glas Wein gemütlich vor dem Kamin saßen, zufrieden in dem Wissen, dass ihre Familie nun endlich vollständig war.

All das durfte Anton nicht verlieren. *Was kann ich nur tun, um sie zu beschützen?*, fragte er sich, auch wenn er tief in seinem Innern wusste, dass er niemals gegen das ankommen würde, was der Krieg ihnen abverlangen mochte.

*

Anton war nicht schon immer mit seinem Charme und Wohlstand gesegnet gewesen. Er kam auf dem Land zur Welt, in einer Hütte mit zwei Zimmern, die auf dem weitläufigen Gelände eines Gutshofs stand, auf dem sein Vater als Verwalter angestellt war. Seine Mutter war eine zierliche und anfällige Frau, die ein wenig dazuverdiente, indem sie den ortsansässigen Kindern im Hinterzimmer der Dorfkirche Rechnen beibrachte. Vielleicht lernte Anton aus diesem Grund schon mit sechs, wie er sich um sich selbst kümmerte. Er machte sich Frühstück, fütterte die Hühner und fegte die Stufen vor der Hütte. Er schleppte eimerweise Wasser vom Brunnen am Ende des Feldwegs, wo ihre zwei Morgen Land endeten und das Anwesen begann. Nachdem er seine Aufgaben erledigt hatte, stand es ihm frei, über die Hügel zu streifen, die sich bis zum Horizont erstreckten, sich im Schatten der wuchernden Weinreben auszuruhen, Äpfel und Birnen von Bäumen zu pflücken, deren Äste sich schwer von den Früchten des Sommers herunterneigten.

Da er nachmittags meist nichts zu tun hatte, spazierte er oft bis zum Haupthaus. Der Gutsherr, ein Witwer, war häufig verreist und überließ sein gewaltiges Anwesen der Aufsicht einer alten Hausangestellten, deren einzige Aufgabe darin bestand, die Pflanzen zu gießen und die Möbelstücke abzustauben. Und sie war darauf erpicht, Gesellschaft zu haben, wenn der Gutsherr wieder einmal nicht im Hause war.

»Komm rein, komm rein, ich hab was für dich!« Fröhlich winkte sie ihm aus einem geöffneten Fenster zu, sobald Anton, Kieselsteinchen vor sich her tretend, die geschotterte Auffahrt hinaufschlenderte.

Wenn er dann durch die gewölbte Eichentür trat, stand schon ein Glas Limonade auf der Veranda für ihn bereit, und manchmal auch eine Scheibe Brot mit Marmelade, oder, und das mochte er am liebsten, eine Kugel Sorbet. Von all den besonderen Vergnügen, die ihn im Herrenhaus erwarteten, kam jedoch nichts der Ruhe in der Bibliothek des Gutsherrn gleich. Obwohl Anton kaum lesen konnte, bereitete nichts ihm größere Freude, als in den langen Stunden bis zum Abendessen durch die vielen Bücher zu stöbern, die die Wände säumten, den Geruch der vergilbenden Seiten einzuatmen und die Buchdeckel aus Leder unter seinen Fingerspitzen zu spüren.

Die Sommer waren lang und träge, und die Tage vergingen rasch, bis Anton beinahe zehn war. Im Frühjahr 1907, nur eine Woche vor seinem Geburtstag, brach ein Bauernaufstand in einer nahe gelegenen Provinz aus. Antons Vater sprach davon, eine Weile fortzugehen, zumindest bis der Missstand der Bauern geklärt war und sich ihre Wut gelegt hatte. Doch wenige Tage später, als die Armee zu Hilfe geholt wurde und Schüsse auf die Bauern abfeuerte, geriet die Situation außer Kontrolle.

Mit erhobenen Gewehren und Heugabeln marschierte eine wütende Meute auf das Anwesen, auf dem Anton lebte, und geradewegs auf das Gutshaus zu. Antons Vater konnte von seiner eigenen Haustür aus beobachten, wie sie über die Hügel kamen, und ein einziger Gedanke formte sich in seinem Kopf: Er hatte seinen Sohn seit dem Mittag nicht mehr gesehen. Er schnappte sich seine Pistole und machte sich auf den Weg zum Gutshaus, den Feldweg entlang.

Anton, der in der Bibliothek saß, hörte, wie jemand seinen Namen rief. Einen Augenblick lang dachte er, er habe es sich eingebildet. Dennoch legte er sein Buch beiseite und ging auf die Veranda. Sein Herz begann heftig zu schlagen, und seine Knie wurden weich.

Am Rande der geschotterten Auffahrt lag sein Vater reglos im Gras. Er rührte sich auch dann nicht, als Anton zu ihm rannte und ihn zuerst sanft, dann mit wilder Entschlossenheit schüttelte. Sein Gesicht lag dem Erdboden zugewandt, und dunkle Rinnsale rannen seinen Nacken hinab und färbten den Kragen seines Leinenhemds. Als es Anton schließlich gelang, ihn auf den Rücken zu drehen, erschrak er. Die

Augen seines Vaters waren geöffnet, doch ihr Blick war leer. *Lass mich nicht allein*, war sein einziger Gedanke, doch es war zu spät.

Zwei Monate später erkrankte Antons Mutter schwer, und schon bald starb sie an dem Fieber, das bereits das halbe Dorf erfasst hatte. »Anton«, flüsterte sie, als er sich über ihre zitternden Lippen beugte. Es klang wie der Wind, der bei einem Unwetter durchs Kornfeld strich. Dann war sie tot.

Es war ihm nie gelungen, ihren Anblick, als sie starb, abzuschütteln. Er dachte an sie, als er die letzten Reste des Brotes aus der Vorratskammer aß, den übrig gebliebenen Kartoffeleintopf, der schon verdorben und leicht verschimmelt war. Als es nichts mehr zu essen gab, ernährte er sich von Beeren und Pilzen und dachte dabei an seine Mutter. Er wusste, sie hätte sich Sorgen gemacht, er könnte sich vergiften. Er dachte an seine Mutter, wenn er sich mit einem Stück Seife, das sie erst wenige Wochen zuvor in einer Eisenwanne vorm Haus hergestellt hatte, im schmalen Bach hinter ihrer Hütte wusch.

Erst als der Hunger größer wurde als seine Würde, schlich er hoch zum Gutshaus und suchte nach Essensresten, die der Gutsherr bisweilen auf der Veranda vergaß, Brotkrusten und zur Hälfte gegessenes Gebäck, braun gewordenes Obst, das auf einem aufgeheizten Teller in der Sonne vor sich hin faulte. Er durchsuchte sogar den Abfalleimer vor der Küchentür. Ihm war sein Verhalten peinlich, und er wollte der Haushälterin so nicht begegnen. Eines Tages ertappte sie ihn jedoch dabei, wie er hinten um das Haus schlich, und ihr stockte der Atem. Sie wusste, dass sie dem Jungen helfen musste, sonst würde er an Skorbut oder an giftigen Beeren sterben oder verhungern.

In jener Nacht konnte sie nicht schlafen. Unruhig wälzte sie sich hin und her, und als die Sonne aufging, hatte sie ihre Entscheidung getroffen.

Der zehn Jahre alte Anton wurde als Aushilfe in einem Schreibwarenladen in Bukarest aufgenommen, der einer ungarischen Freundin der alten Haushälterin gehörte. Für fünfzehn Stunden Arbeit am Tag bekam Anton eine Liege im Hinterzimmer, auf der er schlafen konnte, Wechselkleider und ausreichend zu essen, um wieder zu Kräften zu kommen. Jeden Tag stand er um Punkt vier Uhr auf, um die Böden zu wischen und den Bürgersteig mit Wasser abzuspülen, den Eingang zu kehren oder im Winter Schnee zu schippen. Später erledigte er zu Fuß die Auslieferungen, schleppte Kartons und Kisten die vereisten Boulevards entlang und im Sommer durch die drückende, feuchte Hitze der Stadt. Er bekam Muskeln und einen starken Willen, der nicht unterzukriegen war. Er lernte, zu den Kunden höflich zu sein, und bald schon wurden ihm auch höhere Geldsummen anvertraut. Es dauerte nicht lange, und er war im Laden unersetzlich.

Aber erst nach zehn Jahren Ausbildung begann Anton auch vorn im Laden zu arbeiten. Inzwischen zitterten die Hände der alten Dame so stark, dass sie keine Quittungen mehr schreiben und sich auch keine Tasse Kaffee mehr einschenken konnte, und sie hatte begonnen, sich selbst bei diesen einfachen Aufgaben auf Anton zu verlassen. Auch ihre Sehkraft war zurückgegangen, und schon bald konnte sie kaum noch das Wechselgeld in der Kasse zählen. Da fing sie an, Anton die Buchhaltung beizubringen und wie man Inventur machte, wie man Zahlungen verwaltete und den Überblick über die Lieferanten behielt, so dass keine Lieferung zu spät kam oder unbezahlt blieb. Und all das gelang ihm tadellos. Das Geschäft florierte.

*

Anton hatte nie einer Menschenseele von seiner Kindheit erzählt, nicht einmal seiner Frau. Despina hatte mehrmals vorgeschlagen, das Dorf zu besuchen, in dem er aufgewachsen war, aber er hatte entschieden abgelehnt. Die Vergangenheit wollte er lieber ruhen lassen, begraben mit seinen Eltern unter dem Flecken wuchernden Grases hinter ihrer Hütte von damals. Was würde es nützen, wenn Despina die trostlosen Einzelheiten seiner Kindheit erführe?

Sein wahres Leben hatte erst mit ihr begonnen. Gott hatte ihnen die wertvollsten Geschenke gemacht: Liebe, Wohlstand und Verheißung, und noch viel mehr, als er sich je hätte erträumen können. Er würde sich nicht länger mit diesen lange vergangenen Tagen beschäftigen, in denen ihm innerhalb so kurzer Zeit alles entrissen worden war, was ihm lieb war.

8

Seit etwa sechs Monaten wohnten sie jetzt auf dem Dachboden. Erst vor Kurzem war sie langsam aus ihrem Schock und der lähmenden Benommenheit aufgetaucht und hatte einen Blick aus dem Fenster geworfen und begonnen, die Tage zu zählen. Sie notierte es in einem vergilbten Büchlein, das sie zusammen mit ein paar alten Zeitungen in einem Karton gefunden hatte. Ein Strich nach dem anderen, Tag für Tag. Zumindest hatte sie so etwas zu tun. Sie hatte schon längst aufgehört, die Bücher zu lesen, die Maria ihr gebracht hatte. Jetzt saß sie einfach nur noch auf der unebenen Matratze zwischen den verstaubten Truhen und ausrangierten Möbeln und schrieb wie wild in ihr Büchlein. Die Anzeichen einer neuen Jahreszeit – Temperaturveränderungen, die länger werdenden Tage, das Zwitschern der Vögel, die Kirschblüten – sie wurden allesamt detailreich dokumentiert. Ihr Mann dagegen lief unermüdlich auf dem Dachboden auf und ab, Tag und Nacht, hin und her, und die Hartholzdielen ächzten unter seinen Füßen.

»Hör auf!«, rief sie dann irgendwann wütend. »Hör auf, du machst mich wahnsinnig!«

Immer wieder hielt er inne und wandte sich zu ihr um, als wollte er etwas sagen, doch jedes Mal blickte er sie nur wortlos an. Je mehr Tage vergingen, umso weniger erkannte sie in ihm ihren Mann wieder. Ihm fehlten die frische Luft und gutes Essen. Ihm fehlte Leben. Auf seinem Gesicht sah sie keine Emotionen mehr, nur noch den rastlosen Ausdruck eines in die Enge getriebenen Tiers. Insgeheim fragte sie sich manchmal, ob er es so verdient hatte. Vielleicht hatte sich ihre Tochter genauso gefühlt, als sie in jener Nacht nicht zurückgekommen waren, um sie zu holen, als ihr nach einer Weile klar geworden sein musste, dass sie sie in der in Flammen stehenden Stadt allein zurückgelassen hatten.

Weil sie weniger Appetit hatte als er, überließ sie ihm das meiste Brot und die Butter, den Schinken und den Käse, den sie gelegentlich vor ihrer Tür vorfanden. Sie wussten nie, wann es wieder etwas geben würde oder wie lange noch. Maria kam mittlerweile nicht mehr so regelmäßig hoch, und wenn, dann klopfte sie stets leise an die Tür, als wollte sie sie nicht stören. Als wäre sie ein Zimmermädchen in einem Hotel, das ihnen eine Bestellung aufs Zimmer brachte.

»Lassen Sie es einfach stehen!«, rief die Frau dann aus dem Innern der Kammer. Es war nicht ihre Absicht, undankbar oder unfreundlich zu sein. Aber in ihrem Herzen war nur noch wenig Gnade übrig. Sie hatte nicht die Kraft für höfliche Floskeln oder anständige Manieren. Mit jedem Tag, den sie auf diesem dunklen Dachboden verbrachten, fühlte sie sich weniger wie ein Mensch; sie spürte geradezu, wie ihre Menschlichkeit schwand.

Eines Morgens wachte sie auf und stellte fest, dass es ihr vollkommen gleich war, ob Maria und Stefan sie vor die Tür setzten. Sie stellte sich vor, wie sie zurück in ihr abgebranntes Viertel rannte und in allen Gassen nach ihrer Tochter rief. So laut sie konnte, ohne sich darum zu scheren, ob die Todesschwadron sie erwischte. Zumindest müsste sie sich dann nicht länger wie ein gejagtes Tier in einer dunklen Höhle verstecken.

Ihr Mann sprach kaum noch, doch das Schweigen zwischen ihnen war ein Segen für sie. Sie hasste ihn dafür, dass er sie dazu gebracht hatte, zu glauben, es wäre das Richtige, ihre Tochter zurückzulassen. Sie würde es ihm nie verzeihen, dass er so entschieden hatte. Sollte ihn doch der Teufel holen.

Die Tage und Nächte verschwammen miteinander. Es gab keinen Anfang, kein Ende. Beinahe vergaß sie, weshalb sie überhaupt hier waren, dass es ein Glück war, dass sie am Leben war. Sie fühlte sich für immer begraben auf diesem Dachboden. Bis sich eines Tages etwas veränderte.

Am frühen Abend klopfte es an der Tür. Das Klopfen war lauter als sonst, dringlicher, also ging sie hin, um aufzumachen. Als sie die Tür einen Spalt öffnete, stand Stefan mit ein paar Dokumenten in der Hand vor ihr.

»Ich habe gute Neuigkeiten«, verkündete er fröhlich. Er trug noch seinen Anzug von der Arbeit, und seine Haare waren etwas zerzaust wie nach einem langen Tag. »Bitte, lassen Sie mich rein. Ich muss sofort mit Ihnen sprechen. Mit Ihnen beiden.«

Rasch trat er durch die Tür, doch als er den Raum mit seinem Blick absuchte und ihren Mann teilnahmslos auf der Matratze entdeckte, wurde er blass.

»Ich habe großartige Neuigkeiten«, sagte er, diesmal weniger überschwänglich. »Sie können ausreisen, schon in ein paar Tagen. Ich konnte Papiere für Sie besorgen. Schauen Sie.«

Stefan wartete mit ausgestrecktem Arm ab, während der junge Mann sich erhob und zu ihm kam, um die Dokumente entgegenzunehmen. Stefan sah zu, wie der Mann zurück in die Ecke schlich und sich mit scheinbar geringem Interesse über die Papiere beugte.

»Ihr armer Vater«, erklärte Stefan weiter, »Gott hab ihn selig, hat noch immer Freunde in dieser Stadt, und einen gewissen Einfluss. Und das Geld, das Sie mir gegeben haben, hat auch sehr geholfen. Leider ist davon nichts mehr übrig. Ich musste es bis auf den letzten Schein aufwenden.« Er hielt inne. »In zwei Tagen fährt ein Zug von der Gară de Nord nach Genf. Ich fürchte, wir haben keine Zeit zu verlieren. Wir wissen nicht, wann die Grenzen geschlossen werden, wie viel Zeit uns noch bleibt. Es geht das Gerücht um, dass die Alliierten jederzeit anfangen könnten, Bukarest zu bombardieren. Möglicherweise schon morgen. Sie müssen diesen Zug nehmen.« Stefan betonte jedes einzelne Wort. »Das ist der einzige Ausweg. Die Schweiz ist neutral, dort sind Sie in Sicherheit. Ich habe die Fahrkarten bereits besorgt. Auf Ihre neuen Namen.«

Noch immer erhielt er keine Antwort, keinerlei Reaktion. Es war, als hätte er in einer fremden Sprache mit ihnen gesprochen.

»Hören Sie«, setzte er erneut an, »ich bin sicher, dass –«, doch da wurde er plötzlich unterbrochen.

»Ich reise nicht ohne meine Tochter ab. Gerade Sie sollten das wissen. Wir müssen sie erst finden.«

Die Worte der jungen Frau klangen hart, und erneut überkam ihn große Sorge. »Ich fürchte, das ist nicht möglich.« Er hielt sich die Hand vor den Mund und räusperte sich. »Nicht sofort. Sie werden nicht mit ihr zusammen in den Zug steigen können. Die Papiere sind nur für Sie beide.«

»Ohne sie gehe ich nicht«, wiederholte die Frau unerbittlich. »Ich sterbe hier bei Ihnen auf dem Dachboden, oder die Todesschwadron bringt mich auf der Straße um, aber ich werde sie finden. Ich verlasse die Stadt nicht ohne meine Tochter.«

Es war plötzlich zu heiß hier oben, und Stefan lockerte seine Krawatte und steckte sie zerknüllt in seine Tasche. Genau das hatte er befürchtet, dass der Plan schiefging, nach allem, was er für ihre Sicherheit aufs Spiel gesetzt hatte, nach allem, was er riskiert hatte. Ihm kam der Gedanke, dass die Frau womöglich eine Dummheit begehen könnte, wenn er sie zu sehr bedrängte. Er fürchtete, sie würde aus der Tür und hinunter auf die Straße stürmen. Er sah schon vor sich, wie sie sich aus dem Fenster stürzte.

»Sie können sie später holen, wenn es sicher ist. Wenn dieser ganze Wahnsinn vorbei ist. Ich werde Ihnen dabei helfen, das verspreche ich. Ich werde Ihnen zur Seite stehen, solange ich lebe.«

»Woher wollen Sie wissen, ob ich jemals zurückkehren kann? Dass der Wahnsinn, wie Sie es nennen, vorbei sein wird? Wie kann meine Tochter in Sicherheit sein, ein kleines Kind ganz allein in einer Stadt, in der Menschen zusammengetrieben und umgebracht werden? Woher soll ich wissen, ob ich sie jemals wiedersehen werde?«

»Bitte hören Sie mir zu«, flehte Stefan sie an. »Es wäre anmaßend, zu behaupten, ich wüsste, wie schwierig das für Sie sein muss. Aber selbst mit den neuen Papieren besteht die Gefahr, dass Sie es nicht über die Grenze schaffen. Die Schlinge hat sich in den letzten Wochen noch fester zugezogen. Die Legionäre sind wieder außer Kontrolle, und diesmal sind sie nicht allein. Antonescus gesamte Armee steht hinter ihnen. Alle Züge werden kontrolliert, vor allem die, die außer Landes fahren. Jeder Ausweis wird unter die Lupe genommen. Ich habe alles in meiner Macht Stehende getan, aber wie Sie wissen, sind die Papiere nicht echt. Wenn man Sie erwischt, gibt es keine Hoffnung mehr. Auch keine Hoffnung für Ihre Tochter.«

Er hielt inne, wischte sich den Schweiß von der Stirn. Wie konnte er in vorsichtige Worte fassen, dass sie womöglich dem sicheren Tode entgegengingen, und dass es trotzdem ihre beste, ihre einzige Chance war? Wie konnte er von ihnen verlangen, ihr Kind zurückzulassen, wo er doch selbst genau wusste, was das bedeutete?

»Wenn Ihre Tochter ohne Papiere in dem Zug säße, würde sie mit höchster Wahrscheinlichkeit abgeführt. Und Sie beide mit ihr. Begreifen Sie das nicht?«

Die Frau hockte sich auf den Boden und begann zu schluchzen. »Nein! Ich gehe nicht. Lieber sterben wir alle zusammen. Hier, in Bukarest.«

Er spürte, dass er jetzt still sein musste. Es gab nichts mehr zu sagen, ja, er *durfte* nichts mehr sagen, wenn er damit nicht jemand anderen verraten wollte. Er war der Geheimhaltung verpflichtet, und die erstreckte sich bis in den Kern seiner eigenen Familie. Doch der Anblick dieser Frau, die auf den Dielen seines Dachbodens kauerte, schnürte ihm vor Kummer die Kehle zu, und als ihm selbst die Tränen in die Augen stiegen, konnte er es nicht mehr für sich behalten.

»Ich weiß, wo Ihre Tochter ist«, sagte er schließlich. »Und ich glaube, dass sie in Sicherheit ist. Aber nur, wenn Sie sie loslassen können.«

9

An der Gară de Nord war weit mehr Betrieb, als sie erwartet hatten. Die halbe Stadt schien auf einmal am Bahnhof zusammengekommen zu sein, obwohl es über der Kuppel aus Glas und Stahl gerade erst hell wurde. Familien mit Säuglingen und Kleinkindern, Soldaten in Uniform, in Schals gehüllte Bäuerinnen sowie elegant gekleidete Frauen und Männer bevölkerten die Bahnsteige. Kinder jagten einander um Kofferberge, während Eltern sich mit Faltblättern ungeduldig Luft zufächelten und letzte Einzelheiten ihrer Reise klärten. Der Geruch nach Diesel, vermischt mit leichtem Schweißgeruch und dem Duft frisch gebackener *covrigi*, des typischen Hefeteiggebäcks mit Sesam, war kaum zu ertragen zu dieser frühen Stunde.

Stefan ging einen Schritt voraus und führte das junge Paar durch die Menge, vorbei an der nicht enden wollenden Reihe von Fahrkartenschaltern, Zeitungsverkäufern und Roma, die sich an den Bahnsteigen mit Eimern voll Blumen aufgestellt hatten. Es war nicht leicht für das Paar, ihm zu folgen; all die Monate auf dem Dachboden hatten sie körperlich geschwächt. Trotz des teuren Anzugs, den Stefan dem Mann aufgezwungen hatte, und trotz des grünen Samtkleids, das, obwohl es eine Nummer zu groß war, die schmale Figur der Frau umspielte, waren sie wie Fremdkörper inmitten der Menschen.

Stefan blieb stehen, drehte sich ein wenig zur Seite und tat so, als würde er auf seine Armbanduhr schauen, während er abwartete, dass sie ihn einholten. Jetzt, da der Tag gekommen war und es galt, ihren Plan in die Tat umzusetzen, wuchs sein

Unbehagen mit jeder Minute, doch er durfte es sich um keinen Preis anmerken lassen. Es brauchte nicht viel, dann würde das Paar umkehren, um nach dem Mädchen zu suchen. Dann wäre jede Hoffnung für sie verloren, genau wie für ihn und Maria. In dem Versuch, diesen letzten Gedanken aus seinem Kopf zu verbannen, ging er weiter, doch unvermittelt bekam er selbst weiche Knie und blieb erneut stehen.

»Aus dem Weg, bitte! Bitte, machen Sie Platz!«

Eine Bahnhofswache stieß ein Pendeltor auf, um Offiziere durchzulassen. Alle sahen zu, wie einer von ihnen lässig sein Halfter öffnete und eine kleine schwarze Pistole daraus hervorzog. Er bedeutete den anderen Männern, es ihm gleichzutun, und dann sprang der gesamte Trupp auf einen Zug auf, der bereits langsam aus dem Bahnhof rollte.

Stefan zwang sich, tief Luft zu holen, und zog die Fahrkarten aus seiner Innentasche.

»Gleis sechs. Hier, geben Sie mir den«, sagte er, so ruhig er konnte, und griff nach dem kleinen Koffer, den der junge Mann trug. Er kam nicht umhin, zu bemerken, wie kreidebleich er war und dass er aussah, als würde schon der kleinste Windstoß ihn zu Boden fegen. Er musste die beiden in den Zug nach Genf befördern, und zwar bevor es zu spät war, also ging er weiter und versuchte, seinen Herzschlag zu beruhigen, genau wie seine Schritte, obwohl er am liebsten losgerannt wäre.

Er stellte den Koffer an der Bahnsteigkante ab, steckte die Hände in die Taschen und pfiff leise vor sich hin. Es blieben nur noch wenige Minuten, bis sie einsteigen konnten, und doch hatte er noch nie erlebt, dass Zeit so langsam verging. Er konnte jetzt nichts weiter tun, als sich zu zwingen, normal zu wirken und ruhig zu bleiben. Sie waren eine ganz gewöhnliche Familie, die sich verabschiedete, sagte er sich immer wieder. Er sah keine Soldaten auf ihrem Bahnsteig, und er entspannte sich etwas.

»Vergessen Sie nicht, was wir besprochen haben«, sagte er schließlich mit gesenkter Stimme, so dass nur der junge Mann ihn hören konnte. Stefan berührte ihn an der Schulter, und er konnte spüren, wie dünn der Mann unter dem alten Jackett war. Mit der anderen Hand steckte er die Fahrkarten und ein Bündel Scheine in seine Tasche. »Denken Sie dran, wofür Sie das Geld einsetzen müssen. Wenn es so weit kommen sollte«, flüsterte er noch rasch, bevor er sich von ihm abwandte.

Er sah ihnen hinterher, als sie sich von ihm entfernten und sich auf die dampfende Lok zubewegten. Mit Mühe erklommen sie das Treppchen. Die Frau verschwand als Erste im Waggon, und als sie außer Sichtweite war, drehte ihr Mann sich noch einmal um. Der Anflug eines Lächelns huschte über sein Gesicht, ein dankbares Lächeln, doch in seinem Blick lag noch so viel mehr, dass Stefan bewegt den Blick senken musste. Und dann war auch der Mann verschwunden.

Mit seinem Hut an die Brust gedrückt blieb Stefan noch einen Moment stehen, und ihm kam der Gedanke, dass er die beiden wohl nie wieder zu Gesicht bekommen würde, dass dieser letzte Anblick sich für immer in sein Gedächtnis einprägen würde. Während weitere Passagiere mit ihren Reisetruhen an ihm vorbeidrängten, setzte er sich langsam in die entgegengesetzte Richtung in Bewegung. Vielleicht würde er noch einen letzten Blick auf das Paar erhaschen. Er wandte sich noch einmal um und entdeckte sie schließlich in einem der hintersten Abteile. Die Frau starrte geradeaus, und ihr

Mann hatte den Arm um ihre Schultern gelegt. Stefan, der ihnen vom Bahnsteig aus zuwinkte, sahen sie nicht.

Ihr seid frei, dachte er, und ein Kloß bildete sich in seinem Hals. Doch dann breitete sich ein Lächeln auf seinen Lippen aus. *Frei.*

*

Draußen vor dem Bahnhof lockerte er seine Krawatte und setzte sich auf die Treppe. Der Himmel war grau, gemischt mit einem tiefen Indigoblau, und er fragte sich, wie das Wetter in Genf wohl war. In weniger als einem Tag wären seine Freunde dort, in ihrer neuen Heimat und in Sicherheit.

Er nahm seinen Hut und stand auf. Nie zuvor hatte er sein Zuhause derart vermisst. Auf der Suche nach einem Taxi, das womöglich gerade jemanden am Bahnhof abgesetzt hatte, wanderte sein Blick über die geschäftige Kreuzung. Und dann sah er sie.

Einen Augenblick lang dachte er, sie würden nach ihm suchen, würden ihn verhaften oder direkt an Ort und Stelle erschießen. Doch dann marschierten die Soldaten an ihm vorbei, die Stufen hinauf und ins Bahnhofsgebäude. Einer von ihnen streifte ihn aus Versehen an der Schulter.

»Verzeihung«, sagte er und ging weiter die Stufen hinauf.

Stefan war stehen geblieben, und seine Arme hingen schlaff herab. Erst dachte er noch, er könnte sie irgendwie ablenken, sie aufhalten, aber er wusste nicht, wie; einen Moment stand er wie erstarrt auf den Stufen.

Doch dann rannte er los. Mit zugeschnürter Kehle rannte er ihnen hinterher ins Bahnhofsgebäude. Er wollte etwas rufen, nur wusste er nicht, was, und dann war es zu spät.

Der Offizier, der aussah, als hätte er das Sagen, befand sich bereits an Bord des Zuges nach Genf und schritt den Gang im ersten Waggon entlang. »Die Ausweise, bitte«, war das Letzte, was Stefan noch durch ein geöffnetes Fenster hören konnte, und dann setzte der Zug sich mit einem lauten Rattern in Bewegung.

10

Januar 1944

Der erste Tag des neuen Jahres erwies sich als der kälteste seit beinahe einem Jahrzehnt. Die Straßen waren leer, denn niemand traute sich hinaus in den eisigen Wind, der so heftig durch die Stadt peitschte, dass man darin kaum einen Fuß vor den anderen setzen konnte. Nur hin und wieder waren aus der Ferne das Klappern leerer Straßenbahnen und das Kratzen von Schaufeln, die die Bürgersteige vom Eis befreiten, durch die mit Frost überzogenen Fenster und verriegelten Türen zu hören.

Im vom Kaminfeuer erleuchteten Salon spielte die siebenjährige Natalia ein Stück von Chopin, das sie seit beinahe einem Jahr übte. Sie fand es wunderbar, wie die Musik sie auf ihren Flügeln trug, wie sie sich mit jedem Rhythmuswechsel erheben und wieder sinken lassen konnte, obwohl sie sich mehr als einmal verspielte und von vorn anfangen musste. Normalerweise hätte sie sich darüber geärgert, aber an diesem Tag verschwendete sie keinen Gedanken daran, ob sie gut war, sie wollte nur spielen. Denn solange sie das tat, würden ihre Eltern sich weiter unterhalten, und so konnte sie belauschen, was sie einander vor dem Kamin erzählten, ausnahmsweise einmal nicht in monotonem Flüsterton.

»Lass uns ein paar Wochen ans Schwarze Meer fahren«, schlug ihr Vater vor, den Schürhaken in der Hand, um sich um das Feuer zu kümmern. »Wir könnten ein Häuschen direkt am Strand mieten, reiten gehen, wandern. Das würde Talia guttun.«

»Du willst, dass wir mitten im Winter die Stadt verlassen, Anton? Das ist doch verrückt!« Die sonst so beherrschte Stimme ihrer Mutter wurde lauter.

Despina ging über den Perserteppich und stellte sich ans Fenster. Etwas, das hinter dem schräg gegen die Scheibe wehenden Schneegestöber auf der anderen Straßenseite lag, hatte ihre Aufmerksamkeit auf sich gezogen. Leise stellte Anton sich hinter sie und zog sie sanft am Handgelenk an sich. Ihr Gesichtsausdruck wurde weicher, und sie ließ ein schwaches Lächeln zu, das sie nicht unterdrücken konnte, obwohl sie ernst bleiben wollte. Als sie den Kopf an seine Brust schmiegte, fielen ihre tiefschwarzen Haare wie Tinte über sein weißes Hemd.

»Warum müssen wir denn verreisen?«, traute sich Natalia zu fragen. Sie hatte aufgehört zu spielen, und ihre Eltern drehten sich überrascht zu ihr um. »Weil die Alliierten uns bald bombardieren?«

»Wo hast du das denn aufgeschnappt, Talia?«, wollte ihre Mutter überrascht wissen, als wäre ihr nie in den Sinn gekommen, dass Natalia mit ihren sieben Jahren alt genug war, um solche Dinge mitzubekommen.

Natalia drehte sich auf ihrem Hocker um, lächelte und war stolz, dass sie schon so erwachsen war. »Das ist ja wohl kein Geheimnis, Mama.« Sie wickelte sich eine kastanienbraune Locke um den Finger und senkte verschwörerisch die Stimme. »Es kommt ständig im Radio, weißt du.«

Das stimmte tatsächlich. Es war kaum möglich, das Radio einzuschalten, ohne dass jemand lang und breit über die Erfolgsserie Deutschlands berichtete und darüber, dass sich fast ganz Europa in Hitlers Klauen befand. Der Krieg näherte sich auch ihnen, darüber waren sich alle einig, und es war nur noch eine Frage der Zeit, ehe die Alliierten ihre Bomben über der Stadt abwerfen würden. Doch für Natalia waren das nur leere Worte, deren Bedeutung sie nicht genau verstand. Der Krieg dauerte schon Jahre, aber in Bukarest war davon nur wenig zu spüren.

Hier gab es noch Partys und Nachmittage, die man beim Pferderennen verbrachte, Abende in der Oper oder im Theater und Wochenenden am Meer. Die Leute verdienten sich eine goldene Nase am Krieg, denn unzählige Fässer Öl wurden aus Rumänien nach Deutschland geliefert, um die Panzer und Armeewagen zu füttern. Außerdem dienten die Bahnhöfe, Gară de Nord eingeschlossen, als Durchgangspunkt für deutsche Truppen, die nach Russland an die Ostfront fuhren.

Selbst unter ihrem Dach hatte sich wenig verändert in den nahezu drei Jahren, die Natalia nun schon bei ihnen lebte. Obwohl ihr Vater unaufhörlich davon sprach, dass sie Ausgaben einschränken und den Gürtel enger schnallen müssten, hatten sie doch ständig Gäste im Haus; so viele Verwandte und Freunde kamen zu Besuch, dass kaum ein Sonntag frei blieb. Jedes Wochenende war eine Wiederholung des vorangegangenen: Etwa dreißig Personen waren um den mit feinem Porzellan und Kristallgläsern in allen Größen gedeckten Esstisch versammelt und plauderten unaufhörlich, während Sofia eine Parade von Gerichten und Weinflaschen, gefolgt von Tabletts voller Desserts und anschließend Portwein und Kognak auftischen ließ. Später, wenn die Pendeluhr Mitternacht schlug, wurden erneut die Vorspeisenplatten gereicht. Noch lange nachdem Natalia ins Bett gegangen war, konnte sie unten die Stimmen hören, wie sie anschwollen und abebbten, dann und wann in Gelächter ausbrachen und sie so in den Schlaf wiegten. Während sie sich an ihr Kissen schmiegte, stellte sie sich ihre Eltern im verrauchten Wohnzimmer vor, wie sie einander zu den Tönen von amerikanischem Jazz in den Armen lagen, der durch den im Kerzenschein leuchtenden und sie wie ein Samtschleier umgebenden Dunst hindurchsickerte, ihre Mutter in einem ihrer wunderbaren Seidenkleider, den Kopf an die Schulter ihres Vaters gelegt.

Warum fand sie diese Vorstellung nur so tröstlich? Sie wusste es nicht. Genau wie sie nicht wusste, weshalb allein die Nähe ihrer Eltern sie so friedlich stimmte. Warum es reichte, ihre gedämpften Stimmen irgendwo im Haus zu hören, um ihr heftig schlagendes Herz zu beruhigen, wenn sie mitten in der Nacht aus einem Alptraum hochschreckte, an den sie sich schon kurz nach dem Aufwachen nicht mehr erinnern konnte.

»Talia«, sagte ihr Vater jetzt, als er sich zu ihr auf den Klavierhocker setzte und ihre Hand nahm. »Du weißt, dass du hier mit uns in Sicherheit bist, nicht wahr? Dass wir nie zulassen würden, dass dir etwas zustößt?«

»Ich weiß, Papa«, sagte sie mit einem strahlenden Lächeln.

»Gut, meine Liebe.« Er tätschelte ihr die Hand und erhob sich. »Ich muss einen Anruf erledigen. Bin gleich wieder da.«

»Ich mache einen Tee«, sagte ihre Mutter, folgte ihm aus dem Zimmer und schloss die Tür hinter sich. Die Unterhaltung, das wusste Natalia, würde außer Reichweite ihrer neugierigen Ohren zu Ende geführt werden.

Allein im Salon, schloss Natalia den Deckel des Flügels und ließ sich mit einem Seufzer aufs Sofa plumpsen. Auf dem Beistelltisch lag ein Fotoalbum, das sie zur Hand nahm und vorne aufschlug. Ihr Blick wanderte träge über die Aufnahmen, die ihre Mutter chronologisch und mit höchster Sorgfalt einsortiert hatte. Nachmittage im Park. Beim Picknick in ihrem Wochenendhaus am See. Mittagessen auf Bistroterrassen unter roten Sonnenschirmen. Natalias Lieblingsfoto war das von ihr am Flügel, auf dem ihre Cousinen sich um sie versammelt hatten, allesamt festlich gekleidet in Samt und weißem Satin. Sie erinnerte sich noch daran, was für eine Freude sie erfüllt hatte, als sie zum ersten Mal *Clair de Lune* vor Publikum gespielt hatte und alle am Ende applaudierten. Ihre Lehrerin, Fräulein Eliade, eine unverheiratete Frau, die zu den Feiertagen oft bei ihnen war, hatte neben ihr gestanden und vor Stolz gestrahlt, als wäre sie allein für die Darbietung verantwortlich gewesen. Doch Natalia hatte sich nicht daran gestört. Die Töne flossen aus ihren Fingerspitzen, als führten sie ein Eigenleben.

Nicht nur dieser Moment, sondern viele weitere – es kam ihr vor wie ihr ganzes Leben – waren auf diesen Seiten festgehalten worden. Im Grunde hatte alles mit dieser ersten Seite begonnen, denn falls es davor etwas gegeben haben sollte, ein anderes Zuhause, so erinnerte sie sich nicht daran. Ihre Vergangenheit war irgendwann einfach abgetaucht, und Natalia hatte sich bereitwillig von ihr verabschiedet. Nur hin und wieder, wenn sie einen langen, verstohlenen Blick von einer der Schwestern ihrer Mutter auf sich spürte, versetzte es ihr einen heftigen Stich. Nur in jenen Momenten wurde sie daran erinnert, wer sie war und dass die Verwandtschaft sie noch immer als einen späten Nachtrag zu ihrer Familie betrachtete. Doch ihre Mutter war nie weit weg und nahm sie so fest in den Arm, dass dieses Gefühl nicht lange anhielt. Inzwischen beachtete Natalia diese Blicke einfach nicht weiter. Sie kümmerte sich nicht mehr darum, denn nichts konnte an dem rütteln, was sie und ihre Eltern verband.

Sie klappte das Album zu, rollte sich auf dem Sofa zusammen und legte den Kopf auf ein Kissen. Ihre Augenlider waren schwer vor Müdigkeit, und sie spürte, wie sie in einen wohligen Schlummer abdriftete, eingehüllt in die Wärme und das sanfte Flackern der Flammen. Schon in ein paar Tagen wäre es vorbei mit dem Faulenzen am Nachmittag. Dann würde sie zurück in die Schule müssen, in die öde alte Anstalt, die ihre Mutter die beste Akademie des Landes nannte, und zurück zu endlosen Stunden Mathe, Englisch und Französisch und in die furchtbare Uniform, die auf der Haut kratzte, egal wie oft Sofia sie wusch. Zumindest ging Natalia nicht aufs Internat, so dass sie abends nach Hause gehen durfte, anders als die meisten der armen Mädchen, die gezwungen waren, die langen Monate bis zum Sommer unter dem stets wachsamen Auge der Mutter Oberin zu verbringen. Ach, wären diese Ferien doch nie zu Ende! Weihnachten war so wunderbar gewesen.

Während der Schlaf sie weiter einhüllte, durchlebte sie den Festtag noch einmal von Anfang bis Ende. Nach dem Abendessen hatten sie die traditionelle Schlittenfahrt mit den anderen Kindern unternommen, und diesmal hatte ihr Vater die Pferde zum Triumphbogen gelenkt. Auf dem Weg hatten sie für Schokoladeneclairs und heißen Kakao angehalten. Dann, als sie den verschlafenen, gepflasterten Platz umrundeten, begann es zu schneien, und Natalia versuchte, die Schneeflocken, die im Mondlicht wie ein Vorhang vom Himmel fielen, mit der Zunge einzufangen. Das Beste jedoch hatte später wieder zu Hause stattgefunden, wo die Geschenke unter dem Weihnachtsbaum auf sie warteten.

Natalia hatte sich ein kleines Geschenk herausgesucht, das tatsächlich so winzig war, dass man es unter den größeren und aufwendig verpackten Päckchen leicht hätte übersehen können. Aber als sie das Papier aufriss, kam eine zierliche, mit Samt bezogene Schachtel zum Vorschein. Vorsichtig öffnete sie sie. Niemals hatte sie etwas so Zauberhaftes erwartet. Ein Paar Rubinohrringe mit drei purpurroten, in erlesenstem Gold eingefassten Knospen funkelten wie Sterne im flackernden Licht der Kerzen am Weihnachtsbaum.

Ihre Cousinen hatten sich staunend um sie geschart und schubsten einander, um besser sehen zu können. Die Unterhaltung zwischen den Erwachsenen war jedoch plötzlich verstummt. Natalia bemerkte, wie zwei ihrer Tanten sich einen Blick zuwarfen, als die eine zum Servierwagen ging.

»Also wirklich, Anton, braucht ein gerade mal sieben Jahre altes Mädchen solchen Schmuck?«, fragte sie, während sie sich vom Portwein nachschenkte, und es hatte wohl ein Hauch von Belustigung in ihrer Stimme liegen sollen.

Wenn Natalias Vater sie überhaupt gehört hatte, so ließ er es sich nicht anmerken. Er stand da, noch in seinem Mantel, die Arme verschränkt, den Blick unverwandt auf Natalia gerichtet und mit einem verschmitzten Funkeln in den Augen.

»Danke, Papa, danke!«, rief sie, und ihre kastanienbraunen Locken hüpften auf dem Spitzenkragen ihres besten Festtagskleids. Und dann, unter den skeptischen Blicken ihrer Tanten, war sie ihm in die Arme gelaufen und hatte ihn mit der größten und stürmischsten Umarmung belohnt, zu der ihre Arme fähig waren.

11

An dem Abend, als Natalia das Geschenk bekam, konnte sie nicht einschlafen. Die ganze Nacht lag sie wach und bewunderte die Ohrringe. So winzig und kostbar lagen sie in ihrer Handfläche, und in den purpurroten Steinen spiegelte sich schimmernd das Nachtlicht über ihrem Bett. Am nächsten Morgen ging sie früh ins Schlafzimmer ihrer Mutter und setzte sich vor den ovalen Spiegel an den Schminktisch. Vorsichtig steckte sie sich die Ohrringe an und hielt sich dann die Hände vors Gesicht. Als sie sie wieder herunternahm und die Ohrringe zum ersten Mal an ihren Ohren glitzern sah, wollte sie sie nie wieder abnehmen.

»Du solltest sie nicht jeden Tag tragen; sie sind für besondere Anlässe«, sagte ihre Mutter, die mit ausgestreckter Hand vor ihr stand, damit Natalia ihr die Ohrringe gab. »Ich lege sie in meinen Schmuckkasten, dort sind sie sicher.«

Zum ersten Mal weigerte sich Natalia, einer Bitte ihrer Mutter nachzukommen. »Bitte, Mama«, bettelte sie, und sie ließ sich theatralisch auf die Knie auf den Teppich fallen. »Bitte, lass sie mich noch einen Tag lang anbehalten!«

Despina willigte ein, aber am nächsten Tag bettelte Natalia aufs Neue. Ein Tag wurde zu einer Woche, dann zu einem Monat, und die Ohrringe blieben, wo sie waren. Schließlich bestand ihre Mutter nicht länger darauf, dass die Ohrringe zusammen mit ihrem eigenen Schmuck verwahrt wurden,

den Saphiren und Smaragden und Perlenketten, die sie unter Verschluss hielt. Und sie schimpfte auch nicht länger mit Natalia, weil sie ihre Ohrringe zur Schule trug.

Aber wie Natalia die neidischen Blicke der Mädchen aus ihrer Klasse genoss! Gewiss hatten sie selbst Schmuck – alle ihre Eltern waren wohlhabend genug –, aber sie hatte noch keines der Mädchen so zauberhafte Ohrringe wie ihre tragen sehen. Auch die Nonnen musterten sie eingehend. Doch niemand ließ eine Bemerkung darüber fallen. Zumindest eine ganze Weile nicht.

Eines Tages dann kam ein spindeldürres Mädchen, das einen ganzen Kopf größer war als Natalia, auf dem Schulhof auf sie zu. Natalia kannte es vom Sehen, aber sie hatten nie zuvor miteinander gesprochen, sie war also überrascht, als das Mädchen sich ihr in den Weg stellte.

Die Hände in die Hüften gestemmt und die Brust herausgedrückt, verkündete das Mädchen so laut, dass alle es hören konnten: »Da hat unsere kleine Waisenprinzessin wohl auch mal ein paar hübsche Ohrringe bekommen.«

Es fühlte sich an wie ein Hieb in die Magengrube. Verblüfft starrte Natalia das Mädchen an, und sie spürte, wie es ihr kalt den Rücken herunterlief. Ein bitterer Geschmack stieg in ihrer Kehle auf, aber sie schluckte ihn hinunter. Sie hatte gerade einen Schritt zur Seite gemacht, um an dem Mädchen vorbeizugehen, als sie es aufs Neue hörte.

»Ganz genau. *Waisengöre*!«, rief das Mädchen jetzt noch lauter und hielt sich dabei eine zum Trichter geformte Hand an den Mund.

Etwas barst in Natalia. Sie wusste nicht, wie ihr geschah. Es war, als würde sie neben sich stehen und sich selbst zusehen. Die Faust, die sich zu einem harten Stein ballte. Das

Haar des Mädchens und wie es sich anfühlte, als sein Pferdeschwanz ihr beinahe aus den Händen glitt. Der Kreis, den der Mund des Mädchens stumm formte, als es auf der Erde lag, zu Boden gedrückt von Natalias Gewicht. Es fühlte sich gut an. Sie ließ erst von dem Mädchen ab, als sie plötzlich hochgehoben wurde.

*

Die Mutter Oberin stand niemals von ihrem Stuhl auf. Es hieß, sie leide an einer schweren Knochenerkrankung, was erklärte, weshalb sie nur in den seltensten Fällen an einem anderen Ort als hinter ihrem Schreibtisch zu sehen war, von dem aus sie die Schule dennoch mit der Effizienz eines Alleinherrschers leitete. Als sie also ihren Stuhl nach hinten schob, sich den Rock glatt strich und sich zu ihrer vollen Größe aufrichtete (höher, so schien es Natalia, als ein Gebirge), gefror Natalia das Blut in den Adern.

Abrupt schlug sie die Augen nieder. Sie spürte, dass sie zitterte. Erst als die alte Nonne sich mit Nachdruck vor sie hingestellt hatte, wagte Natalia es, den Blick wieder zu heben. Auf der breiten Stirn der Mutter Oberin war eine Ader aufgetaucht, die Natalia noch nie zuvor gesehen hatte, und ihr Gesicht sah beinahe violett aus gegen ihren gestärkten, elfenbeinfarbenen Schleier.

»Es ist mir ein Rätsel, Natalia«, begann die Mutter Oberin. »Unfassbar, wie ein Mädchen mit deiner Erziehung, mit einer Familie solchen Ansehens, sich so benehmen kann!« In der Hand hielt sie ein Holzlineal, und immer wieder schlug sie damit in ihre Handfläche, was Natalia noch mehr Angst einjagte als ihr Tonfall. »Dass du dich so barbarisch aufführst, dass du …« Sie schüttelte den Kopf, als könnten keine Worte beschreiben, wie entsetzlich sie sich verhalten hatte. »Nun, was hast du zu deiner Verteidigung zu sagen?«

Natalia wusste beim besten Willen nicht, was sie sagen sollte. Die Tränen, auf die sie gezählt hatte, wollten nicht fließen, genauso wenig wie sie um Vergebung bitten konnte. Sie hatte keine Entschuldigung. Ja, sie hatte sich fürchterlich verhalten, doch wie sollte sie der Mutter Oberin erklären, dass selbst sie ihre Grenzen hatte? Wie konnte sie erklären, dass das, was das Mädchen ihr entgegengeschleudert hatte, sich wie ein Schlag angefühlt hatte? Bis zu diesem Tag hatte es kein Waisenhaus gegeben, kein anderes Leben. Bis heute war sie ein Mädchen wie jedes andere gewesen, ein Mädchen, das das Glück hatte, von seiner Mutter und seinem Vater so sehr geliebt zu werden.

Die Mutter Oberin stieß einen langen Seufzer aus und schlug weiter mit dem Lineal in ihre Handfläche. Einen Augenblick lang dachte Natalia, sie würde sie bitten, die Hand für die übliche Bestrafung auszustrecken, doch die Mutter Oberin stand nur da und sah sie mit ihren Knopfaugen an, in denen Natalia keinerlei Heiligkeit entdecken konnte.

»Nachsitzen nach dem Unterricht, drei Stunden. Und das ist erst der Anfang«, verkündete sie nüchtern. »Da du nichts zu deiner Verteidigung zu sagen hast, werden wir deine Eltern herbestellen müssen. Sie werden sich sicher schämen, aber vielleicht gelingt es ihnen ja, dich zur Vernunft zu bringen.«

Zum ersten Mal an diesem Tag spürte Natalia, wie ihr die Tränen in den Augen brannten.

*

Die Straße lag verlassen und dunkel da, als Natalia durch das Schultor trat, und der Wind fuhr ihr eisig um die nackten Beine, doch sie merkte es kaum. Auch jetzt noch konnte sie die Wut kaum zügeln, die in ihr aufwallte, wenn sie an das Mädchen dachte und daran, wie es sie genannt hatte. Jetzt wusste es jeder, und ihr Leben wäre nicht mehr wie zuvor. Vielleicht hätte sie der Mutter Oberin genau das sagen sollen. Dann hätte sie ihr Gesicht vielleicht nicht drei Stunden lang zu einer harten Maske erstarren lassen müssen.

Sie klemmte sich ihre Tasche fester unter den Arm und lief die restlichen Stufen hinab auf das Kopfsteinpflaster. Die Schule stand etwas abseits der übrigen Gebäude am Ende einer Sackgasse, und keine Menschenseele war in Sicht. Zumindest würde es ihr guttun, eine Weile für sich zu sein.

Sie dachte an ihre Eltern. Was würde sie ihnen sagen, wenn sie nach Hause kam, welche Entschuldigung würde sie vorbringen? Zweifellos war ihre Mutter zur Schule gekommen, um nach ihr zu suchen, und war, als sie den leeren Schulhof am späten Nachmittag sah, davon ausgegangen, dass Natalia mit zu Clara nach Hause gegangen war, die sie manchmal nach der Schule zu sich einlud. Als es langsam dunkel wurde, hatte ihre Mutter vermutlich begonnen, sich Sorgen zu machen, und Natalia stellte sich vor, dass sie inzwischen vollends in Panik geraten war, im Wohnzimmer auf und ab schritt, das gesamte Telefonbuch abtelefonierte, angefangen bei Claras Eltern bis hin zur Polizei. Ja, es würde Ärger geben, wenn sie nach Hause kam, und dem würde sie sich stellen müssen, so oder so. Sie zog ihren Mantel enger um sich und beschleunigte ihre Schritte, als sie auf einmal jemanden ihren Namen rufen hörte.

»Natalia!«

Sie blieb stehen und drehte sich um, aber sie konnte niemanden auf der Straße ausmachen. Sie musste es sich eingebildet haben. Rasch ging sie weiter, doch nur einen Moment später hörte sie es erneut, diesmal lauter, deutlicher.

»Talia! Hallo!«

Sie brauchte einen Augenblick, bis sie begriff, dass die Stimme von der anderen Straßenseite kam. Dort, kurz vor der nächsten Kreuzung, stand ein Auto, das sie zuvor nicht gesehen hatte, ein schwarzer Wagen, dessen Scheinwerfer ausgeschaltet waren. Sie konnte Zigarettenrauch sehen, der sich vom Fenster nach oben schlängelte. Ihr Vater musste seinen Wagen für sie geschickt haben; es war immerhin schon dunkel. Doch gerade, als sie über die Straße gerannt war, wurde ihr klar, dass sie einen Fehler begangen hatte. Das war nicht der Buick ihres Vaters. Dieser Wagen war größer, und das Nummernschild war ein anderes.

»Hallo, Talia«, hörte sie die Stimme erneut, als eine große Gestalt aus dem Schatten und ins Licht einer Straßenlaterne trat. »Bitte lauf nicht weg. Ich will dir keine Angst machen. Ich möchte nur kurz mit dir reden.«

Sie konnte den Blick nicht vom Boden heben. Ihre Glieder waren vor Schreck plötzlich weich wie Butter. Sie konnte nichts tun, außer das Paar Halbschuhe anzustarren, das sich auf sie zubewegte und dabei über eine kleine Pfütze stieg. Doch dann blieb die Gestalt etwas entfernt von ihr stehen und hob grüßend die Hand, und Natalia erkannte, dass es sich um einen jungen, nett aussehenden Mann handelte. Er trug einen Mantel mit Pelzkragen und einen dunklen Filzhut, wie auch ihr Vater einen hatte. Der Mann lächelte unbeholfen, als wäre auch er verunsichert. Etwas an ihm kam ihr seltsam bekannt vor. Natalia konnte es nicht sofort zuordnen, aber einen Augenblick später sah sie es glasklar vor sich. Das winzige Muttermal auf der Wange des Mannes sah genauso aus wie das auf ihrer. Sie trugen dasselbe Mal.

Beinahe gaben ihre Knie nach, und sie machte ein paar Schritte rückwärts, ihre Tasche fest an sich gedrückt. »Ich muss gehen«, murmelte sie, mehr zu sich selbst.

Dann waren da nur noch der Hall ihrer Schritte auf dem Pflaster, der Klang ihres Atems und ihr Herzschlag, der ihr in den Ohren dröhnte. Ihre Tasche fiel zu Boden, aber sie blieb nicht stehen, um sie aufzuheben. Erst am Ende der Straße, wo der Boulevard, der sie nach Hause führte, sich vor ihr erstreckte, hielt sie eine Sekunde lang inne. Ein paar Autos sausten an ihr vorbei und hupten, als sie über die breite Durchgangsstraße flitzte.

Auf der anderen Straßenseite nahm ihre Angst etwas ab. Ein paar Fußgänger waren unterwegs, und ein Bauernjunge verkaufte in Zeitungen eingewickelte Schnittblumen, deren Preis er laut ausrief. »Fünfzig *lei*! Nur fünfzig *lei* für frische Nelken!« Die Kreuzung sah aus wie immer. Hier hätte der Mann sie unmöglich in seinen Wagen locken können, nicht bei all dem Verkehr und den Passanten. Sie war in Sicherheit. Trotzdem, etwas war anders, etwas kam ihr nicht ganz richtig vor.

Direkt hinter dem Jungen mit seinen Blumeneimern öffnete sich schwungvoll das gewaltige Eisentor zur Schweizer Botschaft. Natalia hatte es noch nie offen stehen sehen, außer zu den seltenen Gelegenheiten, wenn eine Limousine hindurchfuhr und die Wachen am Eingang die Papiere und Insassen kontrollierten, bevor sie sie hineinfahren ließen. Heute Abend standen jedoch keine Wachen am Tor. Es gab keine Wagen und keine Polizisten. Und doch stand das Tor sperrangelweit auf. Lediglich in einem kleinen Fenster im ersten Stock brannte ein schwaches Licht.

Natalia wusste nicht, warum sie sich noch einmal umdrehte und einen Blick zurück in die Straße warf, aus der sie gekommen war. Sie glaubte nicht, dass sie das Auto entdecken würde. Aber da stand es noch immer, kaum auszumachen unter dem fahlen Licht der Straßenlaterne.

Mit verschränkten Armen daran angelehnt stand der Mann. Selbst aus dieser Entfernung konnte Natalia erkennen, dass er ihr zwar nachsah, doch dass sein Blick resigniert war, als hätte er nicht die Absicht, ihr zu folgen.

Ein kalter Luftzug ließ sie erschaudern, und sie rannte los, und diesmal blieb sie erst stehen, als sie vor ihrem Haus ankam.

12

April 1944

Im Hause der Gozas begannen die Ostervorbereitungen stets eine Woche vor den Feiertagen. Jeden Abend wälzte sich Despina in ihrem Bett hin und her, während sie das Sieben-Gänge-Menü gedanklich derart im Detail durchging, dass, wenn sie schließlich einschlief, jede Prise Salz und Pfeffer festgelegt und jedes Gewürz in ihrem Kopf so akkurat abgemessen worden war, dass es gar nichts anderes als ein unglaubliches Festmahl werden konnte. Am Karfreitag mussten lediglich noch die Mürbeteigplätzchen mit Puderzucker bestreut und in ordentlichen Reihen auf dem Silbertablett drapiert werden. Und gerade dieses Jahr schien es ein herrliches Osterfest werden zu können. Eine rastlose, überschäumende Energie hatte sich in der Stadt ausgebreitet, so dass selbst Fremde einander anlächelten, wenn sie sich für letzte Besorgungen anstellten – Farbe für die Eier, Muskatnuss, weiße Stumpenkerzen, die zur Mitternachtsmesse angezündet und anschließend mit nach Hause genommen würden, wo sie im Fenster weiterbrannten.

Da Despina an diesem Vormittag nichts weiter zu erledigen hatte, warf sie einen Blick in ihren Geschirrschrank, und mit Schrecken stellte sie fest, dass nur zehn Weinkelche ihr letztes Abendessen überstanden hatten. Zehn zusammenpassende Gläser – das reichte nicht aus für ihre Gäste, selbst wenn sie sie mit einem kleineren Satz kombinierte, was sie niemals tun würde, nicht, wenn eine neue Bekanntschaft zum ersten Mal bei ihnen eingeladen war. Es hätte keinen Sinn, zu protestieren, das wusste Anton, nichts könnte seine Frau davon abhalten, in letzter Minute aus dem Haus zu eilen, um neue Kristallgläser zu besorgen. Also wechselten Natalia und er einen Blick und folgten ihr hinaus in die frische Morgenluft. Kristallgläser hin oder her, es war tatsächlich ein herrlicher Tag.

Erst einige Stunden später, nachdem sie Despina von einem Ende der Stadt bis zum anderen gefolgt waren, ließ ihre Entschlossenheit nach, und ihre Schritte verloren allmählich an Schwung. Selbst die berühmte Schaufensterfront von Lenox, einst bestückt mit einem atemberaubenden Ensemble aus Kristall und Silber, lag kahl und so schwach beleuchtet da, dass kaum auszumachen war, was überhaupt noch in den Regalen lag.

»Oh nein, Anton, sieh nur!«, rief Despina mit einem Anflug von Verzweiflung. Sie entzog ihm ihren bei ihm eingehakten Arm. »Sie haben auch zugemacht. Wie ist das möglich?«

»Liebling, es ist schon gut. Es ist doch nur die Familie, und wir kommen schon zurecht mit dem, was wir haben.«

»Schon, aber es ist Ostern, Anton. Was wird dein neuer Freund von uns halten?«

Anton lächelte und tätschelte ihre Hand. Unter normalen Umständen hätte er ihr womöglich zugestimmt, aber sein »neuer Freund«, wie sie ihn nannte, würde sich vermutlich auch mit einem Tonkrug zufriedengeben. »Victor wird das nicht stören. Glaub mir.«

Despina runzelte die Stirn und presste die Lippen aufeinander. Die ganze Woche schon machte sie sich Gedanken über die Einladung. Es war nicht so, dass sie nicht daran gewöhnt wäre, dass Anton neue Bekanntschaften mit nach Hause brachte – das tat er ständig –, jedoch nicht an einem Feiertag. Feiertage waren der Familie vorbehalten. Die ihre war ohnehin schon so groß, dass es eine Herausforderung war, sie alle an einen Tisch zu bekommen.

»Glaubst du, das ist der richtige Zeitpunkt, Anton?«, fragte sie ihn aufs Neue, als sie auf das Taxi zueilten, das am Straßenrand gehalten hatte. »Warum lädst du ihn nicht einmal sonntags zum Mittagessen ein, wenn nur wir drei da sind und ihn besser kennenlernen können?«

»Er hat niemanden, Despina«, erwiderte Anton, der die Tür aufhielt. »Er hat keine Familie, keine Freunde. Er wäre ganz allein am heiligsten Feiertag des Jahres.«

»In Ordnung«, lenkte sie ein, als sie zu Natalia auf die Rückbank rutschte. »Aber ich kann mir kaum vorstellen, dass er sich unter zwei Dutzend Leuten, die er noch nie getroffen hat, wohlfühlen wird.«

*

Anton hatte Victor zufällig kennengelernt. Eines Abends, als er spät den Laden schloss, beobachtete er einen jungen Mann, der an der Straßenecke vor dem Café nebenan eine Mülltonne durchwühlte. Der junge Mann schien Anton nicht zu bemerken, während er sich durch durchweichte braune Papiertüten und entsorgte Kartons grub und leise vor sich hin fluchte. Er war recht groß und schlaksig unter seinem Trenchcoat, so dass Anton vermutete, dass er nicht zum ersten Mal darauf angewiesen war, nach Essensresten zu suchen. Doch trotz seines offensichtlichen Hungers strahlte er etwas Vornehmes aus, etwas Würdevolles, das ihn mehr wie einen Dichter aussehen ließ als einen Bettler.

Anton blieb stehen und beobachtete den jungen Mann aus dem Augenwinkel. Erinnerungen an eine längst vergangene Zeit kamen in ihm hoch. Der Mann kam Anton bekannt vor, auch wenn er nicht wusste, woher. Wo nur hatte er ihn schon einmal gesehen?

Dann fiel es ihm ein. Er wohnte in einer kleinen Wohnung über dem Geschäft. Sie waren sich schon ein paarmal auf der Dienstbotentreppe begegnet, wenn Anton Lieferungen hereinbeförderte oder leere Kisten in die Gasse hinterm Haus brachte. Sie hatten sich nie gegrüßt.

Nachdem Anton den Schlüssel im Schloss umgedreht hatte, steckte er ihn sich in die Tasche. Die Rollläden klapperten laut, als er sie hinunterzog, obwohl er sich die größte Mühe gab, leise zu sein, und der junge Mann hob den Blick von der Mülltonne. Er ließ den Deckel auf den Bürgersteig fallen, zog seinen Trenchcoat zu und ging zügig in die andere Richtung davon.

»Warten Sie!«, rief Anton ihm nach, doch der Mann blieb nicht stehen. Mit großen Schritten ging er über den Platz, schlängelte sich durch den Verkehr und verschwand auf der anderen Seite. Anton lief ihm hinterher, hatte aber Mühe, mit ihm Schritt zu halten. Eine Weile dachte er, er habe ihn verloren, doch dann entdeckte er ihn, wie er gerade um eine Ecke bog, und er rannte los, um ihn einzuholen.

»Bitte, warten Sie doch, ich wollte Sie nicht erschrecken!«, rief er, als der junge Mann erneut seine Schritte beschleunigte. Anton folgte ihm bis zur nächsten Straßenecke, wo der Mann abrupt stehen blieb und sich zu ihm umdrehte.

»Was wollen Sie von mir?«, fauchte er Anton an. Auf seinem kantigen Gesicht lagen sowohl Panik als auch ein Anflug von Wut. »Ich habe nichts gestohlen. Ich habe nichts gestohlen, was Ihnen gehört«, fuhr er dann etwas weniger scharf fort, aber Anton wagte es nicht, ihm näher zu kommen.

»Natürlich nicht«, antwortete er, vor Scham errötend. Seine Absichten waren vollkommen falsch interpretiert worden. »Ich wollte nur helfen. Mich erkundigen, ob Sie irgendetwas brauchen.« Nervös tastete er am Schlüsselbund in seiner Manteltasche.

»Ob ich etwas brauche?« Der junge Mann lächelte bitter. »Ja, ich könnte etwas zu essen gebrauchen. Nichts Ausgefallenes, irgendwelche Reste würden mir schon reichen. Ich habe den ganzen Tag noch nichts in den Magen bekommen.«

Einen Augenblick lang blieb Anton stumm. Dann zog er die Hand aus der Tasche und streckte den Arm in einladender Geste aus. »Kommen Sie«, sagte er. »Kommen Sie mit. Ich kenne ein Lokal, in dem wir selbst um diese Zeit noch ein paar *Mititei* bekommen. Ich habe auch Hunger, wissen Sie, und ich könnte etwas Gesellschaft gebrauchen.«

Sie kamen zu einem bekannten Gasthaus auf der Strada Stavropoleos. Obwohl es eigentlich eine Kneipe war, strömten die Leute doch eher für das Ambiente hinein als für die Bierauswahl. Als der junge Mann die kritischen Blicke bemerkte, die sie in der Tür auf sich zogen, hätte er sich beinahe sofort wieder umgedreht. Aber sein Hunger war größer als seine Würde, und der Oberkellner, ein beleibter älterer Herr im Frack, der Anton gut zu kennen schien, führte sie bereits weiter nach hinten ins Restaurant, wo ein Ensemble aus gestärktem, weißem Leinen und glänzendem Silber sie erwartete. An den wenigen anderen Tischen, an denen noch Gäste saßen, war die Unterhaltung plötzlich verstummt, und während der junge Mann den Blick über die Gemälde und die filigranen Art-déco-Leuchten an den Wänden wandern ließ, wunderte er sich nicht, dass alle ihn anstarrten. Normalerweise hätte man ihn von einem Ort wie diesem schon fortgescheucht, hätte er es nur gewagt, durchs Fenster zu schauen.

Doch als es auf Mitternacht zuging, waren die beiden Männer die letzten verbliebenen Gäste. Anton bestellte noch einen Teller *Mititei* und ein Steak mit Pommes frites, und dazu tranken sie Brandy. Der Kellner wurde sichtlich ungeduldig und wollte schließen, aber er konnte Anton seine Wünsche nicht ausschlagen. Anton und seine Frau zählten seit Jahren zu ihren besten Gästen. Es war einfach nicht möglich, ihn zum Gehen aufzufordern, vor allem nicht an einem solchen Abend, wenn er so ins Gespräch vertieft war.

Zum ersten Mal erzählte Anton jemandem von seiner Vergangenheit. Er war selbst überrascht, wie leicht es ihm fiel, sich diesem völlig Fremden anzuvertrauen, wie bereitwillig er ihm die Geschichte seiner bescheidenen Herkunft erzählte. Nach und nach offenbarte er sich diesem ausgehungerten Mann, diesem Studenten namens Victor, der alle möglichen Nachtschichten übernahm, um sein Studium finanzieren zu können, selbst wenn es bedeutete, dass er manchmal tagelang nichts zu essen hatte. Anton fühlte sich befreit, während er so mit ihm sprach, als würde eine unsichtbare Last von seinen Schultern genommen.

*

Zuerst verstand Victor nicht, warum der wohlhabende Ladenbesitzer von unten Interesse daran haben sollte, mit ihm essen zu gehen, geschweige denn, ihm derart persönliche Einzelheiten aus seinem Leben zu offenbaren. Er sah ihn fast jeden Morgen, wenn er, gekleidet in elegantem Anzug und mit Seidenschal, sein Geschäft aufmachte. Er sah den schwarzen Buick, der ihn jeden Morgen absetzte, die dunkelhaarige Schönheit – zweifellos seine Frau –, die mehrmals die Woche mit einer Auswahl an Hutschachteln und Einkaufstüten und stets in eine Wolke teuren Parfums gehüllt vorbeischaute. Was sollte ein Mann wie er von ihm wollen? Warum machte er sich die Mühe? Doch während die Stunden vergingen und Anton immer tiefer in Geschichten aus seiner Kindheit eintauchte, begriff er allmählich, warum er ihn hierher eingeladen hatte.

»Kein Kind sollte dazu gezwungen werden, unter solchen Umständen zum Nutzen der Reichen zu arbeiten«, verkündete Victor, nachdem Anton ihm von seiner Zeit als Dienstbote, in der er hinten im Lagerraum geschlafen hatte, erzählt hatte. »Der Tag wird kommen, an dem niemand mehr solche Abscheulichkeiten mitmachen muss.« Er beugte sich vor und senkte die Stimme. »Die Knechtschaft der Armen, von der Europa schon seit Hunderten von Jahren geplagt wird, wird bald ein Ende finden, lassen Sie sich das gesagt sein. Wenn den Wohlhabenden ihr unverdienter Reichtum entzogen wird, wenn alles gerecht unter den Menschen verteilt ist, dann wird dieses Land seine Menschlichkeit zurückerlangen. Sie werden sehen, Anton. Sie werden schon sehen.«

Er streckte die Hand aus und nahm sich eine Zigarette aus dem goldenen Etui, das Anton ihm hinhielt. Das Bier und der Brandy hatten ihn freimütig werden lassen, und er hatte vergessen, dass der Mann ihm gegenüber jener Schicht angehörte, über die er so verächtlich sprach.

»Aber es hat doch nicht funktioniert«, entgegnete Anton

ehrlich, während er sein Zigarettenetui wieder einsteckte. »Die Menschen in Moskau und Leningrad leben in Gemeinschaftsunterkünften, sie haben nichts zu essen und keine Heizung. Und was ist mit den Tausenden von Menschen, die Stalin umgebracht hat, um das zu bewahren, was er erschaffen hat? Es geht dort niemandem besser. Alle leiden noch genauso wie zuvor.«

»Sie sind naiv, Anton!«, verkündete Victor lauter als beabsichtigt und schlug dabei leicht mit der Faust auf die Tischplatte. »Stalin hat Russland industrialisiert. Er hat mehr Fortschritt zustande gebracht als jedes andere Land der Welt. Und warum glauben Sie, ist das so? Warum?« Er hielt kurz inne. »Weil die Sowjets an die Gesellschaft als Ganzes denken und nicht nur auf eigennützige Bereicherung aus sind. Und deswegen werden sie diesen Krieg auch gewinnen.« Er trank den letzten Schluck Brandy und stellte sein Glas ab.

Anton konnte sich ein Lächeln nicht verkneifen. Er wusste nicht, wann er jemals einen Menschen getroffen hatte, der mit solcher Überzeugung sprach. Nicht, dass er in vielen Punkten mit dem übereinstimmte, was sein junger Freund sagte, aber seine Begeisterung, das Feuer in seinem Blick, war definitiv ansteckend. Bei dem Gedanken daran, dass jemand, der so redegewandt und intelligent war, in Mülltonnen nach Speiseresten wühlen musste, stieg Verärgerung in ihm auf. Er gab dem Kellner ein Zeichen für die Rechnung.

»Haben Sie am Ostersonntag schon etwas vor?«, fragte er Victor. Er war sich zwar sicher, dass Victor nicht besonders viel Grund zum Feiern hatte, aber er wusste nicht, wie er ihm sonst die Einladung aussprechen sollte. »Es wäre uns eine große Freude, wenn Sie zu uns zum Mittagessen kämen. Wenn Sie möchten.«

»Anton, ich danke Ihnen. Aber glauben Sie, dass Ihre Frau glücklich darüber wäre, jemanden wie mich als Gast zu haben?« Er schüttelte den Kopf. »Nein, ich denke, wir behalten das hier – unseren Gedankenaustausch, wenn Sie so wollen – für uns. Und ich danke Ihnen. Ich danke Ihnen vielmals für Ihre Großzügigkeit.«

Damit stand er auf und streckte die Hand aus, die Anton, der sitzen geblieben war, nahm und einen Moment lang festhielt.

»Kommen Sie vorbei«, sagte er mit einem Lächeln. »Ich fände es schön, wenn Sie meine Frau kennenlernen. Ich möchte Ihnen zeigen, dass Sie in manchem falschliegen.«

13

Maria war kein frommer Mensch, auch wenn jeder, der sie kannte, davon ausging, dass sie sich Gott vollkommen verschrieben hatte. Sicher, sie glaubte an ihn und stellte nie infrage, dass alles, was das Leben auf der Erde betraf, von Gott entschieden wurde. Kopfzerbrechen bereitete ihr jedoch, weshalb er stets sie dafür auswählte, seine Taten zu vollbringen, warum er die schwierigsten Angelegenheiten in ihre Hände legte.

Der Brief flatterte leicht, als sie ihn ins Licht am Fenster hielt und ein weiteres Mal durchlas. Er war nicht lang. Nur wenige Zeilen in schwarzer Tinte auf dünnem Durchschlagpapier. Das Blatt fiel ihr aus der Hand und landete zu ihren Füßen, direkt unter dem Fenstersims. Sie beugte sich hinunter, um es aufzuheben.

Geistesabwesend blickte sie aus dem Fenster, und ihre Gedanken wanderten einen Tag zurück. Sie war früh am Morgen zu ihrer Arbeit im Waisenhaus gegangen, und kaum war sie durch die Tür getreten, hatte die Leiterin sie begrüßt. Sie habe eine dringende Angelegenheit mit Maria zu besprechen. Zuerst war Maria davon ausgegangen, dass es um die vielen Stunden ging, die sie in letzter Zeit gearbeitet hatte. Auch Ana Tudor war nicht entgangen, dass Maria jede freie Minute im Waisenhaus verbrachte und dass die vielen Überstunden sich allmählich auf ihre Gesundheit auswirkten. »Ich brauche dich hier nicht Tag und Nacht«, hatte sie einmal zu ihr gesagt. »Ich brauche dich gesund. Nimm dir ein paar Tage frei, ruh dich aus, iss anständig.«

Maria wusste, dass Ana Tudor recht hatte. Auch Stefan sorgte sich immer mehr darum, wie blass sie in letzter Zeit geworden war und wie sehr sie abgenommen hatte.

Doch was auch immer Ana Tudor an diesem Tag mit Maria besprechen wollte, es hatte nichts mit ihrer Gesundheit zu tun. Das wusste sie von dem Augenblick an, in dem sie in ihr Büro getreten war und Ana die Tür hinter ihnen geschlossen hatte. Irgendwann im Laufe der Jahre waren Maria und die Leiterin des Waisenhauses Freundinnen geworden, verbunden durch ihren Sinn für Verantwortung sowie die ständige Sorge um die Kinder. Formalitäten und verschlossene Türen hatten sie nicht mehr nötig.

»Würdest du dich bitte setzen, Maria?«, forderte Ana sie auf, als sie um ihren Schreibtisch herumging und Platz nahm. »Wie soll ich anfangen …« Sie faltete die Hände vor sich. »Es handelt sich um eine heikle Angelegenheit. Es geht um das Mädchen der Gozas.«

»Natalia?« Maria konnte ihre Verblüffung nicht verbergen. »Was ist mit ihr?«

»Das hier.«

Ana Tudor schob einen cremefarbenen Briefumschlag über den Schreibtisch. »Den habe ich letzte Woche erhalten. Eben weil die Angelegenheit nicht unproblematisch ist, wollte ich ihn dir anvertrauen. Du und die Mutter des Mädchens steht euch doch sehr nah, nicht wahr? Deswegen glaube ich, dass du am besten wissen wirst, wie du damit umgehen sollst.«

Maria nahm den Umschlag. Darin befand sich ein einzelnes, einmal gefaltetes Blatt Papier.

»Bevor du ihn liest, sollst du wissen, dass es vollkommen dir überlassen ist, ob du ihn den Gozas zeigst oder nicht. Ich weiß, dass du die richtige Entscheidung treffen wirst. Auf jeden Fall ziehe ich mich von jetzt an aus der Angelegenheit zurück.«

Maria hatte genickt, das Blatt Papier auseinandergefaltet und gelesen. Sie hatte nicht lang gebraucht. Als sie wieder aufgesehen hatte, hatten ihre Hände gezittert.

Und nun lag der schwierigste Teil vor ihr. Bei dem Gedanken an das, was sie würde tun müssen, erschauderte sie. Despina war Natalias Mutter; sie hatte ein Recht darauf, von dem Brief und seinem Inhalt zu erfahren. Doch Despina war auch der Mensch, der Maria am nächsten stand. Als sie noch Kinder waren, hatten sie alles miteinander geteilt, bis hin zum Bett im Sommerhaus der Familie in Saloniki, wo sie sich im Dunkeln Geheimnisse zuflüsterten und einander versprachen, dass nichts sie jemals auseinanderbringen würde. Despina war die Letzte, die Maria verletzen wollte.

Doch auf einmal sah Maria ein anderes Gesicht vor sich, nicht das ihrer Cousine, sondern das der *anderen*. Das Gesicht der Frau, die ein halbes Jahr lang auf ihrem Dachboden gewohnt und nur durch ein Wunder überlebt hatte, nur um dann ein Leben zu führen, das von Verlust und Reue geprägt war. Maria seufzte bei dem Gedanken daran, wie die Frau an jenem letzten Morgen den Dienstbotenaufgang heruntergekommen war, eingewickelt in einen von Marias abgelegten Wollpullovern. Daran, wie leblos ihr Blick gewesen war. Maria wusste, wie es war, ein Kind zu verlieren, wie wenig einem danach noch etwas bedeutete. Was also sollte sie unternehmen?

Und dann war da natürlich Natalia, das hübsche, reizende

Mädchen mit den kastanienbraunen Locken, dessen Lächeln einen Raum erhellen konnte. Sie wirkte so glücklich mit Anton und Despina. Wie konnte ausgerechnet Maria es riskieren, sich dazwischenzustellen? Wie konnte sie diesen Frieden aufs Spiel setzen, den sie alle miteinander gefunden hatten?

Schwer ließ sich Maria in einen Sessel sinken und sah zu, wie der Himmel hinter dem Fenster allmählich dunkel wurde, während sie die verschiedenen Möglichkeiten und Konsequenzen in ihrem Kopf durchging, immer wieder aufs Neue. Draußen war es bereits stockdunkel, als sie schließlich einen Entschluss fasste.

Ana Tudor kannte sie besser, als sie sich selbst kannte. Maria ließ den Kopf in ihre Hände sinken und begann zu weinen. Sie versuchte nicht, die Tränen aufzuhalten, während sie um das trauerte, was sie selbst vor so langer Zeit verloren hatte.

14

Despina hatte sich eine gestärkte Schürze über ihr fliederfarbenes Seidenkleid gebunden und machte sich in ihrer sonnendurchfluteten Küche an die Arbeit. Sie strich sich ein paar lose Haarsträhnen aus dem Gesicht und verrührte Milch, Zucker, Eier und Butter in einer großen Metallschüssel und gab Rosinen und Rum dazu. Sie konzentrierte sich, und zwischen ihren geschwungenen Augenbrauen hatte sich eine kleine Falte gebildet, während sie die Zutaten vermischte und Sofia bat, mehr Zucker und Mehl aus der Vorratskammer zu holen.

Auf einem Hocker in der Ecke saß Natalia und nippte an ihrem heißen Kakao. Das hier zählte zu ihren Lieblingsmomenten: das hektische Treiben in den Stunden vor einer Feier, wenn sie alle voller Vorfreude waren. Es war erst zehn Uhr morgens, aber jeder Winkel im Haus war bereits mit dem Duft aus der Küche erfüllt, wo die mit Muskatnuss gewürzten Teigzöpfe im Ofen aufgingen. Aus einem kleinen tragbaren Radio im Regal ertönte Natalias Lieblingssendung, *Kinderstunde.*

»Warum gehst du nicht nach draußen und siehst nach, ob du jemanden von deinen Freunden findest?«, schlug Despina mit einem Blick auf ihre Tochter vor. »Die frische Luft wird dir guttun.«

Natalia riss überrascht die Augen auf. »Wirklich?«

»Nun, warum denn nicht?« Despina lächelte und gab Natalia einen Kuss auf die Stirn. »Sei einfach vor zwei Uhr wieder zu Hause. Ich hätte gern, dass du dir vorm Essen noch etwas Festliches anziehst.«

»Danke, Mama! Ich bin rechtzeitig wieder da, das verspreche ich!«, rief Natalia und sprang von ihrem Hocker.

Seit dem Tag, an dem Natalia in der Schule hatte nachsitzen müssen, hatte ihre Mutter sie nicht aus den Augen gelassen. Wochen waren seitdem vergangen, aber bei dem Gedanken an das, was passiert war, als Natalia an jenem Abend endlich nach Hause gekommen war, überkamen sie noch immer heftige Schuldgefühle.

Es hatte keinen Wutausbruch gegeben, kein Geschrei, keine Strafe. Ihre Mutter hatte die Tür aufgerissen, obwohl Natalia sich bemüht hatte, sich hineinzuschleichen. Wie ihre Mutter sie angesehen hatte, so blass und mit weit geöffneten Augen, und wie sie sich an der Tür festgeklammert hatte, hatte ihr den Atem verschlagen.

»Talia«, hatte Despina mit einer fremd klingenden Stimme gesagt. »Wo bist du nur gewesen?«

»Es tut mir leid, Mama, es tut mir so leid. Ich wollte das nicht«, hatte Natalia gemurmelt, bevor sie in Tränen ausgebrochen war.

Kurze Zeit später, in eine Kaschmirdecke gewickelt und mit einer Tasse Tee in den Händen, hatte Natalia den Mut gefunden, die Wahrheit zu sagen. Leise und ängstlich, den Blick auf den Teppich gerichtet, hatte sie von dem fürchterlichen Tag erzählt, von dem Vorfall auf dem Schulhof und wie sie zur Strafe bis in den Abend hinein vor einer Wand hatte stehen müssen.

Ihre Mutter hatte ihr geduldig zugehört, ohne ein Wort zu

sagen. Erst als sie von dem Mann erzählt hatte, der sie auf der Straße angesprochen hatte, war Despina aufgeregt aufgesprungen.

»Es ist alles in Ordnung, Mama!«, hatte Natalia gerufen. »Mir geht es gut. Es ist nichts passiert.«

Aber ihre Mutter hatte nicht mehr stillsitzen können. Sie war im Zimmer auf und ab gelaufen, hatte sich mit kleinen hektischen Kreisbewegungen die Schläfen gerieben, den Blick stirnrunzelnd zu Boden gerichtet. Nach einer Weile hatte sie Natalias Hand genommen und sie mit einer nicht enden wollenden Reihe von Fragen bombardiert. *Wie alt war der Mann, Talia? Wie war er gekleidet? Was genau hat er zu dir gesagt?* Natalia hatte sich alle Mühe gegeben, ihre Fragen zu beantworten. Dass der Mann ihr sehr bekannt vorgekommen war, hatte sie jedoch verschwiegen.

Irgendwann war ihr Vater ins Zimmer gekommen, hatte sich eine Tasse Tee eingeschenkt und sich ans Fenster gestellt. Er hatte keinen Schluck getrunken, sondern einfach nur dagestanden und zugehört.

»Es reicht jetzt, Despina. Lass uns morgen früh weitermachen«, hatte er nach einer Weile gesagt. »Talia, komm mit in die Küche. Ich mache dir etwas zu essen.«

Als sie ihm aus dem Zimmer gefolgt war, hatte sie sich in der Tür noch einmal zu ihrer Mutter umgedreht.

»Gute Nacht, Mama. Es tut mir leid.«

Aber ihre Mutter hatte sie anscheinend gar nicht gehört. Sie hatte hinter dem Sofa gestanden und sich mit beiden Händen auf der Rückenlehne abgestützt, die Schultern herabgesackt, als hätte sich eine ungemein beunruhigende Erkenntnis in ihr Herz gegraben.

Jetzt, nachdem ihre Mutter sie wochenlang nicht aus den

Augen gelassen hatte, erlaubte sie ihr endlich wieder, nach draußen zu gehen.

Als Natalia die Türklinke herunterdrückte, erstarrte sie jedoch. Lärm drang von draußen herein, ein Jaulen wie von einem Krankenwagen, nur lauter, beharrlicher. Es klang wie Geheul.

Sofort drehte sie sich zu ihrer Mutter um, suchte ihren Blick, aber sie stand nur da und starrte über Natalia hinweg, die Hände im Teig, das Gesicht ausdruckslos. Als ihr einen Moment später die Schüssel aus den Händen fiel, zuckte sie zusammen. Im Radio wurde die *Kinderstunde* von der ernsten Stimme eines Sprechers unterbrochen.

»Bukarest unter Beschuss! Die alliierten Kräfte bombardieren die Stadt. Allen Bürgern wird geraten, umgehend Schutz zu suchen.« Es knisterte, dann entstand eine Pause, und dann war wieder die Stimme zu hören, diesmal eindringlicher: »Ich wiederhole: Alle werden aufgefordert, umgehend Schutz zu suchen. Gott stehe den Bürgern dieses Landes bei. Gott helfe uns allen.«

15

Jetzt war also eingetreten, wovor sie alle sich gefürchtet hatten. Eine Sirene hatte aufgeheult, nicht weit von ihrem Haus entfernt, womöglich auf einem der zentralen Plätze der Stadt. Despina hatte Natalias Hand gepackt und sie zur Kellertür gezerrt, die Sofia bereits aufgerissen hatte. Sie waren auf halber Treppe, als ihr Haus zu beben begann.

Unten im Keller gab Despina sich alle Mühe, Natalia zu beruhigen. Noch schlimmer als das markerschütternde Dröhnen, das Knallen berstender Ziegel und zerschmetternder Fenster, waren die Schreie ihrer Tochter. Despina summte ihr eine Melodie ins Ohr und bat sie, an etwas Fröhliches zu denken, keine Angst zu haben. Was sonst sollte sie tun? Sie hätte beten können wie Sofia, die sich vor die Wand gekniet hatte und die Stirn dagegenpresste, aber das hätte ihre Tochter nur noch mehr in Angst und Schrecken versetzt.

Als es vorbei war, rührte Natalia sich nicht, sie hatte das Gesicht zwischen den Knien vergraben und die Hände auf die Ohren gepresst. Schließlich half Sofia ihr sanft auf die Beine und führte sie die Stufen hinauf in den kalkigen Dunstschleier, der durch das Haus waberte. Sofia tröstete sie, während Despina bereits am Telefon war und panisch wählte, ehe sie feststellen musste, dass die Leitung tot war.

Zwei Stunden vergingen, und immer noch kein Zeichen von Anton.

»Liebes, warum gehst du nicht nach oben und ruhst dich aus?«, drängte sie Natalia immer wieder, die ihr nicht von der Seite wich. Überall lagen Glassplitter verteilt, Möbel waren umgekippt.

»Ich will nicht nach oben, Mama!«

»Ich leiste dir eine Weile Gesellschaft, Talia«, schaltete Sofia sich schließlich ein, obwohl auch sie Despina nur ungern allein ließ. »Deine Mutter braucht einen Moment für sich allein.«

Widerwillig ging Natalia mit Sofia die Treppen hinauf. Despina seufzte erleichtert. Jetzt, da sie allein war, machte ihre Sorge um Anton sie beinahe verrückt.

»Es geht ihm gut, es geht ihm gut«, murmelte sie laut vor sich hin, während ihr Herz heftig pochte.

Dann erinnerte sie sich an die Auseinandersetzungen, die sie und Anton in den vergangenen Wochen gehabt hatten. Er hatte ihr nicht versprechen können, dass er einen Luftschutzkeller aufsuchen würde, wenn der Ernstfall eintreten sollte. Er hatte sie gebeten zu verstehen, dass er nicht in einen düsteren Bunker steigen könne, dass selbst ihr Keller zu Hause sich für ihn wie ein Sarg anfühle. Und jetzt konnte sie ihn nicht erreichen. Aber bestimmt würde er jeden Moment hereinkommen. Jeden Augenblick würde sie seine Stimme im Flur hören, die nach ihr und Talia rief. Bis dahin musste sie sich lediglich ablenken und beschäftigen.

Auf der Schwelle zum Esszimmer blieb sie stehen, die Hand an den Türpfosten geklammert. Der Vanderbilt-Kronleuchter war mit solcher Wucht auf den Esstisch gekracht, dass keine einzige seiner Kristallkugeln unversehrt geblieben war. Alles im Raum war von so feinen Scherben bedeckt, dass es aussah, als wäre ein Sandsturm hindurchgefegt.

Sie hielt sich die Hand vor Mund und Nase, um keinen Staub einzuatmen, und durchquerte das Zimmer, um die Türen zur Veranda zu öffnen. Etwas Spitzes stach sie in den Fuß, und sie bückte sich, um es aufzuheben. Sie brauchte einen Moment, bis sie begriff, dass es einer der Kerzenständer war, die sie von ihrer Großmutter geerbt hatte. Er war in zwei Hälften zerbrochen. Erst heute früh hatte sie das Paar auf die Anrichte neben das feine Porzellan für das Festessen gestellt. Doch an ein Festmahl war nun nicht mehr zu denken.

Ihre Schwestern und Maria! Ging es ihnen gut? Despina hatte seit einer Woche mit keiner von ihnen gesprochen, seit letztem Sonntag, als sie sich alle im Café Capsa an der Calea Victoriei getroffen hatten. An jenem Nachmittag war der Krieg noch etwas gewesen, das in weiter Ferne geschah und nichts mit ihrem Alltag zu tun hatte. Die fünf Frauen hatten sich um einen Tisch am Fenster gedrängt und waren, während sie eine Auswahl an Gebäck und englischem Tee genossen, die Einzelheiten für das Osteressen durchgegangen. Ecaterina wollte den Champagner mitbringen, Elena die Horsd'œuvres. Ihre Cousine Maria war seltsam gewesen an diesem Nachmittag. Sie hatte ein wenig neben sich gewirkt. Im Raum vor der Damentoilette hatte sie gewartet, dass Despina herauskam.

»Desi«, sagte sie im Flüsterton.

Erschrocken drehte Despina sich um. »Himmel, hast du mich erschreckt.« Sie hatte leise gelacht und ihrer Cousine liebevoll den Arm gedrückt, aber Maria hatte das Lächeln nicht erwidert.

»Können wir reden, wenn die anderen gegangen sind? Allein?«

»Natürlich! Wir reden doch immer noch zu zweit, wenn die anderen weg sind.«

»Es gibt da etwas, das ich dir erzählen will. Erzählen *muss.* Unter uns, Despina, nur du und ich.«

Aber der Nachmittag verging viel zu schnell, und sie verloren die Zeit aus dem Blick. Der Kellner, zu Beginn des Nachmittags noch so beflissen, wurde zunehmend ungeduldig. Ecaterina bemerkte als Erste seinen verärgerten Blick, als er die letzten Tischtücher um sie herum abzog, nachdem er die Krümel mit einem silbernen Feger fortgewischt hatte.

»Du meine Güte, wir sollten uns auf den Weg machen«, sagte sie mit einem Blick auf ihre Uhr. »Sie wollen schließen, damit sie alles fürs Abendessen vorbereiten können. Es ist schon fast drei.«

Sie zogen ihre Strickjacken an, verabschiedeten sich mit raschen Küssen voneinander und rauschten aus der Tür. Dann standen Despina und Maria allein auf dem Bürgersteig. Auf einmal wirkte Maria unruhig, als wäre das nicht der richtige Ort für das Gespräch, das sie mit Despina führen wollte.

»Reden wir nächste Woche«, schlug sie vor, als sie Despina umarmte. »Ich komme in ein paar Tagen bei dir vorbei.«

Was auch immer ihre Cousine ihr hatte sagen wollen, Despina hoffte, es hatte nichts mit ihrer Gesundheit zu tun. Maria sah in letzter Zeit so blass und erschöpft aus. Sie nahm sich kaum Zeit, etwas Vernünftiges zu essen, bevor sie zur Zentrale des Roten Kreuzes eilte, wo sie ganze Tage damit verbrachte, am Telefon Gelder für Krankenhäuser, Kriegswaisen und verwundete Soldaten zu sammeln. Aus irgendeinem Grund arbeitete sie nicht mehr im Waisenhaus. Despina hatte sie nie danach gefragt.

Jetzt bereute Despina, nicht darauf bestanden zu haben,

in Ruhe mit Maria zu sprechen. *Bitte, lieber Gott, mach, dass es ihr gut geht. Bitte mach, dass es ihnen allen gut geht*, betete sie stumm, während sie eine Bestandsaufnahme des übrigen Hauses machte. Sie war dankbar, dass zumindest Natalias Flügel unversehrt geblieben war. Vor dem einzigen Fenster, dessen Scheibe nicht zerbrochen war, blieb Despina kurz stehen, aber sie traute sich nicht hinauszuschauen. Der Verkehrslärm und das Rufen der am Ende der Straße spielenden Kinder waren verstummt. Es war so still, dass sie das Ticken der Pendeluhr hören konnte und ihren eigenen abgehackten Atem. Und plötzlich hörte sie noch etwas anderes. Irgendwo ertönten Schritte, dann das Klimpern von Schlüsseln, und sie lief durchs Haus.

*

Zehn Minuten waren vergangen, aber sie konnte nicht aufhören zu weinen. Sie hasste es, so unbeherrscht ihre Gefühle zu zeigen, aber sie konnte nicht anders. Sie hatte den Kopf an Antons Brust gepresst, und ihre Tränen durchnässten sein Hemd.

»Ich bin ja hier, es geht mir gut«, flüsterte er ihr ins Haar und bedeckte ihren Kopf und ihre feuchten Wangen mit Küssen. Er zog sie in seine Arme und wiegte sie hin und her, bis ihr Schluchzen schließlich leiser und zu einem tiefen Seufzer wurde.

Despina nahm seine Hände in ihre. Sie waren staubig, und ein tiefer Schnitt überzog eine der Handflächen. Als sie ihre Lippen darauf drückte, erschauderte sie. Auch Anton fuhr zusammen, doch er sagte nichts, und so verharrten sie eine Weile, denn keiner von ihnen wagte es, sich zu rühren und den anderen loszulassen.

»Wo ist Talia?«, flüsterte Anton nach einer Weile.

»Oben in ihrem Zimmer. Sie ruht sich aus. Sie hatte solche Angst, Anton. Es hat mir fast das Herz zerrissen. Was ist das?«, fragte sie und deutete auf den Aktenkoffer, den Anton neben der Tür hatte fallen lassen.

»Ach das. Ich wollte schon länger meine Briefmarkensammlung mit nach Hause bringen. Es hätte keinen besseren Zeitpunkt geben können als heute.«

Sie lachte nicht, wie er es gehofft hatte, und er schob sie ein wenig von sich, um sie besser ansehen zu können. In seinem Blick lagen Zärtlichkeit und ein Hauch von Belustigung.

»Despina. Meine starke, wunderschöne Frau. Weißt du nicht inzwischen, dass du dir keine Sorgen um mich machen musst?«

Ihre Antwort war kaum mehr als ein Flüstern. »Ich weiß nicht, was ich tun würde, wenn dir etwas zustieße. Ich könnte es nicht ertragen.«

»Uns wird aber nichts zustoßen. Wir stehen das gemeinsam durch, so wie immer. Wir werden kämpfen, und wir werden leben, und schon bald wird alles wieder so wie früher.«

»Du hast recht«, sagte sie, denn sie wollte, dass es stimmte.

Er war hier, bei ihr und in Sicherheit, und wischte mit dem Daumen seiner verletzten Hand die Tränen unter ihren Augen fort. Seine warme Hand auf ihrem Gesicht fühlte sich gut an. Sie waren zusammen, sie waren am Leben, und nur das zählte.

*

Oben an der Treppe stand Natalia und sah ihnen stumm zu. Sie hatte versucht zu schlafen, aber es ging nicht. Am Nachmittag hatte auch sie angefangen, sich Sorgen um ihren Vater zu machen. Als sie seine Stimme im Flur gehört hatte, wäre sie am liebsten die Treppe hinuntergestürmt und ihm in die Arme gelaufen. Doch etwas hatte sie oben am Treppenabsatz zurückgehalten. Was auch immer in diesem Moment zwischen ihren Eltern vorging, es war ihnen beiden vorbehalten. So schlich sie also leise über den Flur zurück zu ihrem Zimmer, über die Scherben der Porzellanfiguren hinweg, die von ihrem Ständer heruntergefallen und in tausend Teile zerbrochen waren.

16

Juli 1944

Der Sommer war heiß, und die Tage zogen sich endlos hin. Jeden Tag zur gleichen Zeit ertönten die Sirenen. Dann verkrochen Despina und Natalia sich im Keller und zählten im Schein der Petroleumlampen die Einmachgläser im Holzregal über ihnen, um sich die Zeit zu vertreiben, bis das Schlimmste vorüber war. Anton dagegen lief in den Park auf der gegenüberliegenden Straßenseite, in dem er und Natalia vor dem Krieg immer die Enten im Teich gefüttert hatten. Dort setzte er sich mit seiner Briefmarkensammlung auf dem Schoß auf eine Bank, nichts als die dicken Äste eines Ahorns über sich. Mit klopfendem Herzen sah er dann zu, wie um ihn herum die Straßen bebten und Teile seiner Nachbarschaft in Trümmer fielen, und jedes Mal betete er, dass es sein Haus nicht treffen würde, dass seine Familie verschont bliebe.

Despina hatte aufgegeben, ihn überreden zu wollen, mit in den Keller zu kommen. Sie hatte gefleht, geweint, ihn angeschrien und ihm gedroht, doch vergeblich. Inzwischen bekreuzigte sie sich nur noch, sobald die Sirenen anfingen. Sie hatte mittlerweile akzeptiert, dass Gott allein Anton dort draußen auf der Parkbank beschützen würde und dass sie ihre Kräfte besser schonen sollte.

Seit Wochen versuchte Anton nun schon, Despina dazu zu bringen, zu ihrer Schwester Ecaterina auf das familiäre Anwesen auf dem Land, nicht weit von Bukarest, in ein Dorf namens Snagov zu fahren, in das die Bomben bisher nicht gefallen waren. Despinas Schwestern hatten schon seit Langem die Stadt verlassen. Eine nach der anderen hatten sie ihre Fenster verriegelt, die Teppiche eingerollt, die Möbel mit Laken verhüllt und waren in Züge gestiegen, die sie an abgelegene Ort brachten, die für die Alliierten nicht von Interesse waren und nicht bombardiert werden würden. In Bukarest sei es nicht mehr sicher, wiederholte Anton ohne Unterlass.

»Was ich heute Morgen in der Schlange beim Bäcker gehört habe, war kaum zu ertragen, Despina«, sagte er eines Abends, als sie sich gerade fertig machten, um ins Bett zu gehen. »Die Deutschen galten doch immer als ein zivilisiertes Volk, wie können sie so etwas nur zulassen?«

Er warf einen Blick auf Despina, die an ihrem Toilettentischchen saß und sich die Perlenohrringe aus den Ohren nahm.

»Du und Talia seid hier nicht mehr sicher. Hitlers Armee ist zu weit vorgerückt. Viel zu weit. Du weißt, was das bedeutet, oder?«

Despina legte die Hände auf das Tischchen und warf Anton einen Blick im Spiegel zu. »Ich gehe nicht ohne dich. Und da du auf Abruf für die Reservearmee bist, können wir nirgendwohin. Außerdem sind wir nicht die Einzigen. Victor ist auch noch da. Und was ist mit Maria und Stefan? Sie sind auch nicht wie verschreckte Rehe davongelaufen. Warum also sollten wir das tun?«

Es war eine zwecklose Diskussion, das wusste Despina. Es schien immer weniger Zeit zwischen den Bombardierungen zu geben, um das Notwendigste zu erledigen – Vorräte aufzufüllen, die Post abzuholen, selbst einen kleinen Spaziergang zu machen, bevor die Sirenen ertönten –, und sie und Maria trafen sich inzwischen kaum noch. Despina wusste noch immer nicht, was Maria ihr an jenem Nachmittag im Café Capsa vor der ersten Bombardierung hatte sagen wollen. Als sie es das letzte Mal am Telefon angesprochen hatte, war die Leitung mitten im Gespräch unterbrochen worden. Seitdem hatten sie zwar noch einmal miteinander geredet, aber Maria war in Eile und unterwegs zum Roten Kreuz gewesen. Ohne die Gesellschaft ihrer Schwestern kam Despina gut zurecht, aber wenn Maria nicht in ihrer Nähe war, fühlte es sich an, als fehlte ihr ein wesentlicher Teil von ihr selbst.

»Bitte, Despina, ich flehe dich an«, sagte Anton jetzt und trat hinter sie, um ihr einen sanften Kuss in den Nacken zu drücken. »Wir können nicht ahnen, was als Nächstes passiert, womöglich schon morgen. Ich weiß nur eines«, fuhr er fort, nahm ihre Hand und drückte sie an seine Lippen. »Du und Talia seid hier nicht sicher.«

Sie strich ihm zärtlich über die Wange. »Willst du mich so überzeugen? Mit Küssen? Diesmal wird dein Charme nicht funktionieren!« Sie stand auf, drehte sich zu ihm und schlang die Arme um ihn. »Hast nicht ausgerechnet du zu mir gesagt, ich solle keine Angst haben? Die Lage wird sich bald beruhigen, du wirst schon sehen.«

*

Die Lage änderte sich tatsächlich schon bald, und zwar von einem Tag auf den anderen, aber nicht so, wie alle es gehofft hatten. Die Nachrichten kamen zunächst über die BBC, und Anton war einer der Ersten, die sie hörten. Als er hinaus auf die Veranda stürmte, auf der Despina saß und ein Buch las, wusste sie augenblicklich, dass etwas vorgefallen war.

»Komm schnell rein«, rief er und bedeutete ihr, ihm zu folgen.

»Was ist passiert?« Das Buch glitt ihr aus den Händen.

»Antonescu ist verhaftet worden!«, rief er, schon auf halbem Wege in den Salon, in dem das Radio auf der Anrichte stand. »Es hat einen Staatsstreich gegeben!«

Er drehte am Knopf, um eine zuverlässige Wellenlänge einzustellen. Gerade als Despina den Raum betrat, ertönte eine Stimme, die sie augenblicklich erkannte. Es war die Stimme des jungen Königs Michael, der sich in einer Ansprache an das Volk wandte.

»General Antonescu wurde heute von der rumänischen Armee verhaftet. Rumänien hat seine Loyalität gegenüber den Alliierten verkündet … und ich habe den Waffenstillstand akzeptiert, den Großbritannien, die Vereinigten Staaten und die Sowjetunion mir unterbreitet haben. Wir befinden uns damit im Krieg mit Deutschland.«

»Mein Gott«, sagte Anton. »O mein Gott.« Er sackte auf dem Sofa zusammen, ein Taschentuch in der Hand.

Damit veränderte sich alles. Ein enormer Schlag gegen die deutschen Streitkräfte. Wer hätte sich je vorstellen können, dass es König Michael, gerade erst zwanzig Jahre alt, gelingen würde, einen Staatsstreich gegen den Mann durchzuführen, der Rumänien mit eiserner Faust regiert hatte? Dass er nicht nur sein Geburtsrecht zurückfordern, sondern den Nazis auch noch einen Schlag versetzen würde?

Anton erinnerte sich lebhaft an alles, was in den Monaten geschehen war, bevor sie Natalia adoptiert hatten. Wie Michael als einziger Thronfolger, nachdem Carol abgedankt hatte und nach Spanien geflohen war, vereidigt worden war, obwohl die tatsächliche Macht an Marschall Antonescu übergegangen war. Antonescu hatte Rumänien als Militärdiktator regiert und war sich Hitlers voller Unterstützung sicher gewesen. Schließlich hatte Antonescu Hitler die rumänischen Ressourcenreichtümer für seine militärischen Bestreben auf dem Silbertablett serviert. Insbesondere Erdöl war von größter Bedeutung für Hitler, als er seinen Einmarsch in Russland plante. Öl und die Tatsache, dass Rumänien seine Tore für Hitlers nach Osten vorrückende Armee weit geöffnet hatte.

»Keine gute Tat bleibt ungestraft«, bemerkte Anton. »Rumänien steht eine harte Zeit bevor.«

Diesmal wollte Despina nichts einfallen, was sie hätte entgegnen können. Während sie an einem Brandy nippten, um ihre Nerven zu beruhigen, konnte keiner von ihnen ahnen, dass Antons Worte sich viel schneller bewahrheiten würden, als sie für möglich gehalten hätten.

Zwei Tage später, während Paris von amerikanischen Panzern befreit wurde und russische Flieger Berlin angriffen, stand Bukarest weiter unter Beschuss, nur noch häufiger als zuvor, Tag und Nacht, rund um die Uhr. Und diesmal waren es deutsche Bomben, die die Stadt verwüsteten.

17

Es dauerte exakt eine Stunde und zwanzig Minuten, um mit der Straßenbahn an den Băneasa-See zu fahren. Eine Stunde und zwanzig Minuten, die Despina Zeit verschafften, um nachzudenken. Die Fahrt am frühen Morgen mit einer noch verschlafenen Natalia an ihrer Seite und den vielen Menschen um sie herum, die gerade erst aufwachten und vor denen ein weiterer düsterer Tag lag, ein Tag voller Staub und Trümmer und schwindender Lebensmittelversorgung, gab ihr die Gelegenheit, ihre Gedanken zu sammeln.

So viel war in den vergangenen Wochen geschehen, und dennoch schien es ihr, als hätte sich kaum etwas verändert. Die Bombardierungen gingen weiter, ohne ein Ende in Sicht, und die Schulen waren bis auf unbestimmte Zeit geschlossen. Wegen der heulenden Sirenen vergingen die meisten Nachmittage, ohne dass man sie mit etwas Sinnvollem füllen konnte, abgesehen von Natalias unablässigem Klavierspiel. Jeden Augenblick, den sie nicht im Keller verbrachten, spielte Natalia die immer gleichen Stücke, immer wieder von vorn. Bisweilen gelang es Despina nicht einmal, Natalia mit ihren Lieblingssüßigkeiten vom Klavier wegzulocken, und in ihr keimte die Befürchtung auf, die Sirenen hätten eine tief in ihrer Tochter vergrabene Angst wieder zum Leben erweckt, die sie ihr nicht nehmen konnte.

Als Anton also weiter darauf beharrte, dass Despina und

Natalia in ihr Haus am See fahren sollten, wo sie zumindest von den Bombardierungen verschont wären, hatte sie eingewilligt, vor allem um Natalias willen.

Auch Anton ging wieder ins Geschäft, obwohl die ganze Woche über nicht mehr als eine Handvoll Kunden in den Laden kamen. Despina wusste, dass der Grund für seinen Weg durch die versehrte Stadt mehr sein neuer Freund war, der über dem Laden wohnte, als seine Geschäfte.

Was faszinierte ihn nur so an diesem jungen Mann? Sie trennten mehr als fünfzehn Jahre und hatten auf den ersten Blick wenig Gemeinsamkeiten. Darüber hinaus hatte Anton mehr als einmal darauf angespielt, dass er Victors politische Ansichten nicht in vielen Aspekten teilte. Dennoch, in Victors Gegenwart zeigte Anton eine Seite, die sie an ihm selbst noch nicht oft zu Gesicht bekommen hatte. Wenn Victor zu Besuch kam – wie er es inzwischen jeden Sonntag tat, seitdem die Bombardierungen begonnen hatten –, wich die heitere Fröhlichkeit, mit der Anton seine Gäste begrüßte, einer nach innen gerichteten Ruhe, einer ungezwungenen Haltung, die Despina fremd war.

Vielleicht ermöglichte es Anton, die Wunden seiner eigenen Jugend zu heilen, wenn er sich um Victor kümmerte, dachte sie, während sie aus dem Fenster sah. Vielleicht brachte Anton ihm deshalb Lebensmittel an die Tür, wo sie doch selbst so wenig hatten, und erkundigte sich nahezu täglich bei ihm, ob er auch genug Öl für die Petroleumlampe hatte, genug Tinte für seinen Füller, genug Geld, um mit der Straßenbahn zur Universität zu fahren und nicht zu Fuß gehen zu müssen. Vielleicht sprach er deswegen mit der Zuneigung eines Vaters von ihm wie von einem Sohn.

Ganz besonders aber erstaunte es Despina, dass auch Natalia

Victors Besuche kaum erwarten konnte. Ihre Tochter hatte bisher lediglich mäßiges Interesse an ihren Gästen gezeigt. Trotzdem begrüßte sie ihn als Erste, wenn er an der Tür klopfte, den üblichen Blumenstrauß in der Hand – Lilien und Gänseblümchen und wilde Rosen, die er mit höchster Wahrscheinlichkeit unterwegs im Park gepflückt hatte. Natalia lachte vor Vergnügen, wenn er sie in der Tür mit Schwung huckepack nahm und sie ins Haus trug. Ein Hauch von Stolz glänzte in Talias Augen, wann immer er sich neben sie an den Flügel setzte, um ihr zuzuhören, wie sie Stücke von Beethoven oder Chopin spielte, die sie den ganzen Tag lang geübt hatte. Wenn sie etwas erzählte, schenkte Victor ihr seine volle Aufmerksamkeit. Das tat sonst niemand. Despina begriff, wie sehr Victor in nur kurzer Zeit das Selbstvertrauen ihrer Tochter gestärkt hatte.

Despina fragte sich oft, wie jemand, der so einfühlsam war wie Victor, so allein sein konnte. Nicht einsam, denn er schien nicht unbedingt Gesellschaft zu brauchen, aber ohne Menschen in seinem Leben. Wo waren seine Eltern? Hatte er Geschwister oder Verwandte? Mit seiner markanten Nase, seiner hohen Stirn und den vollen, sinnlichen Lippen hätte er schon längst die Aufmerksamkeit einer jungen Dame auf sich ziehen können. Doch etwas an seiner schlanken Statur und den leicht gebeugten Schultern, seiner blassen Haut und den hervortretenden Wangenknochen verlieh ihm etwas Zerbrechliches. Außerdem war er stets in Gedanken versunken, so dass seine Augen oft abwesend wirkten. Nein, ein offenes Buch war Victor nicht, das wusste Despina, aber sie hegte keinen Zweifel daran, dass er eines Tages Großes vollbringen würde.

*

Die Straßenbahn kam mit einem Ruck zum Stehen und riss Despina aus ihren Gedanken. Mit der einen Hand griff sie nach ihrer Tasche und mit der anderen nach Natalias Hand, und hastig stiegen sie aus, während der Motor der Straßenbahn schon wieder aufheulte, bereit, die Schleife am Ende der Sackgasse zu ziehen und zurück in die Stadt zu fahren. Despina hatte es eilig, zu ihrem Ferienhaus zu kommen. Einen so schönen Tag wie diesen sollte man nicht vergeuden, nun, da schon der goldene Herbst in der Luft lag.

Am Haus angekommen, riss Despina die Terrassentüren auf, so dass sie freie Sicht auf den See und den Garten hatten. Er stand voller Lilien und Dahlien und Rosenbüschen, die in weniger als zwei Monaten allesamt verblüht sein würden.

»Komm, Talia«, sagte sie, schnappte sich eine Decke und packte ein behelfsmäßiges Mittagessen in einen Picknickkorb. »Wir gehen raus.«

Unter dem prächtigen Blätterdach einer uralten Eiche machten sie es sich auf der Decke bequem, ließen die Brise durch ihre offenen Haare streichen, zogen die Schuhe aus und spürten das kitzelnde Gras an den Fußsohlen. Natalia summte eine Melodie vor sich hin, und schon bald wurde ihre Stimme leiser, bis sie verklang und nur noch ihr gleichmäßiger Atem zu hören war. Es war ein vollkommener Augenblick. Ein Glücksgefühl überwältigte Despina und die plötzliche Gewissheit, dass sich schon alles fügen werde. Der Krieg würde vorübergehen, die Sirenen würden irgendwann verstummen, es würden keine Trümmer mehr herunterstürzen, und schon bald – wie Anton es vor nicht allzu langer Zeit versprochen hatte – wäre ihr Leben wieder wie früher.

Jahre später noch würde Despina sich gelegentlich fragen, ob sie in diesem Augenblick das Schicksal herausgefordert hatte. Zu Beginn war das Geräusch leise, nichts weiter als ein Schwarm Bienen, der um ihre Rosenbüsche summte, und Despina schloss die Augen, beachtete es nicht weiter. Doch nach einer Weile wurde es lauter, und sie riss die Augen auf und begriff voller Entsetzen, dass es sich um eine Sirene handelte. Mit einem Ruck setzte sie sich auf. Sie versuchte auszumachen, aus welcher Richtung es kam. Es hörte sich an wie aus weiter Ferne, nicht so dringlich, wie sie es gewohnt war, und einen Moment lang dachte sie, es würde einfach vorüberziehen. Doch ihr blieb kaum Zeit, Natalia wachzurütteln, als am Himmel über ihnen drei kleine Punkte erschienen. Wie Adler auf Beutejagd zogen sie ihre Kreise am makellos blauen Himmel und stürzten schließlich herab. Kampfflugzeuge.

»Steh auf, Talia, los!«, schrie Despina und zerrte ihre Tochter auf die Füße. »Wir müssen hier weg!«

Überrumpelt rappelte Natalia sich auf und trat dabei auf einen spitzen Zweig. Sie schrie auf, aber ihre Mutter zerrte weiter an ihr, so dass ihr nichts anderes übrig blieb, als ihr hinterherzuhumpeln, obwohl ihr Fuß blutete.

»Wohin gehen wir, Mama? Wohin?«, schrie sie, denn sie rannten nicht auf das Haus zu, sondern auf das Tor zur Straße, und das Getöse um sie herum verschluckte jedes Wort.

»Wir haben keine Zeit«, schrie ihre Mutter, so laut sie konnte. »Hier lang!«

Sie rannten die Straße entlang auf der Suche nach einer Zuflucht, unter einem Tor, in einer Nische, irgendwo. Despina hatte die Entscheidung innerhalb des Bruchteils einer Sekunde getroffen, ob aus Panik oder einem Impuls heraus wusste sie nicht, und sie fürchtete jetzt, sie habe womöglich einen Fehler begangen. Aber sie konnte keinen klaren Gedanken fassen, ihr schwirrte der Kopf. Natalia zog an ihrem Ärmel, sie rief etwas, und als ein Schatten über sie hinwegstreifte, blickte Despina nach oben und sah die Luftwaffe mit einer derartigen Geschwindigkeit auf sie zurasen, dass sie auf die Knie sackte.

»Denk an etwas Fröhliches, Talia, hörst du?«, brachte sie noch hervor, als sie ihre Tochter zu sich auf den Boden zog und sie mit ihrem Körper schützte. Während der Himmel in einem Feuerwerk aus Glas und Dachziegeln und Asche über ihnen explodierte, war ihre einzige Hoffnung, dass Natalia – wie sie es ihr im Luftschutzkeller beigebracht hatte – eine Erinnerung abrufen konnte, die sie mit Freude erfüllte.

*

Als es schließlich vorüber war und die verhängnisvolle Stille lange genug angehalten hatte, dass Despina wusste, die Flieger waren fort, hatte sie nicht die Kraft aufzustehen. Zuerst dachte sie, sie wäre getroffen worden, aber sie spürte keinerlei Schmerzen. Purpurrote Rinnsale liefen über ihre zerrissenen Strümpfe auf ihre Knöchel hinab, aber ansonsten schien sie unverletzt. Sie bemühte sich, tief Luft zu holen.

Unter ihr murmelte Natalia etwas. Erst als Despina ihr Ohr an die Lippen ihrer Tochter hielt, verstand sie, dass sie ein Gebet aufsagte. »Dein Wille geschehe, wie im Himmel, so auf Erden«, hörte sie sie sagen.

Als sie endlich aufstanden und wie Marionetten den Bürgersteig entlangschwankten, sah nichts mehr aus wie vorher. Despina erkannte kein einziges der Wohnhäuser wieder, die die Straße säumten, obwohl sie Hunderte Male an ihnen vorbeigelaufen war. Vor dem Krieg waren sie und Anton an Sommerabenden oft genau diese Straße entlanggeschlendert, wenn sie für einen kurzen Moment vor ihren Sommergästen fliehen wollten. Jetzt konnte sie die Häuser nicht mehr voneinander unterscheiden. Die Fassaden waren in sich zusammengestürzt, und große Trümmerhaufen aus Stuck und Zement waren über die einst prunkvollen Eisentore bis auf den Bürgersteig gestürzt. Die Fenster, deren Scheiben zerbrochen waren, sahen aus wie ausgehöhlte Augen, hässlich und dunkel, und kein Geräusch drang aus ihnen hervor. Keine Stimmen, keine Hilferufe, keine bellenden Hunde. Nichts als Stille.

Sie waren noch nicht am Ende der Straße angekommen, als Despina unvermittelt stehen blieb und Natalias Hand losließ. Sie rang nach Luft in der Staubwolke, die durch die Straße zog, und hustete. Dort stand sie in ihrem schmutzigen Kleid und mit leerem Blick.

Durch ein klaffendes Loch in der Fassade ihres einst so friedlichen Wochenendhauses sickerten Sonnenstrahlen durch eine Wolke aus Asche und erhellten das zerstörte Innere. An der hinteren Wand, neben dem grünen Samtsessel, hing noch der gewebte türkische Teppich, und auf dem Beistelltischchen daneben stand unversehrt das Telefon.

»Mama?«

Despina reagierte nicht.

»Mama!«

Hilflos sah Natalia zu, wie ihre Mutter am Rande des Bürgersteigs auf die Knie sackte und weinte, das Gesicht in den Händen vergraben. Als sie schließlich aufsah und die Hände sinken ließ, hatten ihre Finger an ihren Schläfen schwarze Striemen hinterlassen.

18

Despina hatte keine andere Wahl gehabt, als einzuwilligen, Bukarest zu verlassen. Sie versuchte, Anton zu überreden, aber er gab nicht nach. Nachdem sie wie durch ein Wunder die Bombenangriffe am See überlebt hatten, war er nicht mehr zu Kompromissen bereit und wollte kein Risiko mehr eingehen.

»Du musst abreisen. Du musst Natalia mitnehmen und die Stadt verlassen. Das bist du mir und unserer Tochter schuldig, um Himmels willen!« Er sprang vom Sofa auf, und seine Stimme war ungewöhnlich durchdringend. »Ihr könnt nicht hierbleiben, nicht nach allem, was passiert ist, Despina!«

Sie ging zu ihm und legte ihm eine Hand auf die Schulter, aber er entzog sich ihr mit einem Ruck und warf seine Zigarette in den Kamin.

Mit aufgerissenen Augen starrte Despina ihn an, drehte sich dann um und ging zur Tür. Seine Stimme folgte ihr, jetzt etwas ruhiger. »Ich komme euch jedes Wochenende besuchen. Keine Bomben können mich von euch fernhalten, das weißt du.«

Sie wirbelte herum und funkelte ihn wutentbrannt an. »Es sind vierzig Kilometer, Anton. Willst du so weit zu Fuß gehen? Jedes Wochenende?«

»Ich werde nicht zu Fuß gehen müssen«, entgegnete er

sanft. »Ich kann den Zug nehmen, dann bin ich zum Mittagessen da. Wir können Picknicks machen, wir können Natalia dabei zusehen, wie sie im Fluss badet, wir können frische Luft atmen. Warum wehrst du dich so dagegen?«

Da lachte Despina bitter auf. »Anton, wir wissen beide, dass die Züge bald nicht mehr fahren werden. Und was, wenn sie den Bahnhof bombardieren? Wie wirst du dann zu uns kommen?«

Jetzt stürzte er an ihr vorbei aus dem Zimmer. Despina sah zu, wie er die Glastür so fest zuschlug, dass die Scheiben in ihren Rahmen klirrten. Sie seufzte und schloss die Augen. Sie lehnte es nicht grundsätzlich ab, ihr Leben in der Stadt aufzugeben. Sie wusste, dass es klug wäre, abzureisen. Aber die Vorstellung, in diesen ungewissen Zeiten von Anton getrennt zu sein, war ihr unerträglich. Womöglich hätte sie schon eher auf ihn hören sollen. Vielleicht hätte er sie dann begleiten können. Jetzt saß er fest inmitten dieser abgebrannten Gebäude für den Fall, dass die Armee ihn doch noch einzog. Es schien ihr unwahrscheinlich, dass die Deutschen noch viel länger würden durchhalten können. Jetzt, da Frankreich nach vier Jahren Besatzung durch die Nazis befreit war, entglitten Hitler gleich mehrere Teile Europas. Aber niemand konnte vorhersagen, wie lange der Krieg noch weitergehen würde. Und solange er andauerte, konnte Anton die Stadt nicht länger als ein paar Tage verlassen.

Sie würde ihn erst nach Wochen wiedersehen, dessen war Despina sich sicher. Doch er war dieser Tage entschlossener als sie, und sie konnte sich seinen Wünschen nicht länger widersetzen.

*

Am Sonntag darauf sah Natalia ihren Eltern vom Rücksitz des Wagens, der sie zum Bahnhof bringen sollte, dabei zu, wie sie sich vor dem Haus voneinander verabschiedeten. Sie hörte ihre flüsternden Stimmen.

»In ein paar Tagen komme ich zu euch«, sagte ihr Vater und wischte sich mit einem Taschentuch über die Stirn. Es war noch Vormittag, aber die Hitze stieg bereits vom Bürgersteig auf und brachte den Asphalt zum Glühen. »Gewöhn dich bloß nicht zu sehr daran, ohne mich auszukommen.«

Natalia lehnte sich an das kühle Leder der Rückbank, strich sich ihr Kleid glatt und seufzte. Das Kleid wäre bald so zerknittert wie ein alter Lumpen, und wenn das hier noch lang dauerte, hätte sie keine andere Wahl, als nochmals ins Haus zu laufen und sich umzuziehen. Das musste der längste Abschied der Geschichte sein. Sogar der Fahrer hatte schon dreimal auf seine Uhr geschaut und trommelte mit seinen behandschuhten Fingern auf das Lenkrad.

Leicht beschämt kurbelte Natalia das Fenster herunter. In dem Bemühen, ihre Mutter zu ignorieren, die inzwischen ganz offen in den Armen ihres Mannes weinte, rief sie fröhlich: »Auf Wiedersehen, Papa, du wirst uns fehlen!«

Ihre Mutter wandte sich dem Auto zu und ließ sich endlich auf die Rückbank neben Natalia gleiten, wo sie ihre Sonnenbrille aufsetzte. Als der Wagen losfuhr, drehte nur Natalia sich noch einmal nach ihrem Vater um. Sie sah ihn neben dem Bordstein stehen, die Hand zum Gruß erhoben, während er hinter der getönten Scheibe immer kleiner wurde.

*

»Da seid ihr ja! Ach du meine Güte, ich habe schon angefangen, mir Sorgen zu machen.« Ecaterina erschien in der massiven Eichentür ihres dreistöckigen Anwesens, das mit seinen steilen Dachschrägen, dem verputzten Fachwerk und den riesigen Fenstern eher wie eine mittelalterliche Burg als ein Landhaus aussah. Sie hatte sich an den Bediensteten vorbeigedrängelt und war die lange, geschwungene Treppe heruntergeeilt. Natalias Mutter stieg aus der Kutsche, die sie vom Bahnhof abgeholt hatte, strich sich den Rock glatt und fasste an ihre Perlenkette, als wäre sie zu einer Gala gebracht worden, nicht mitten ins Ackerland. Natalia umarmte ihre Tante, die, obwohl sie ihrer Mutter so ähnlich sah, in ihren Lederpantoffeln und dem groben Kleid, das sich um ihre nackten Beine bauschte wie ein Zelt, aussah, als käme sie aus einer anderen Welt. Selbst Natalias Mutter wirkte überrumpelt, als sie so heftig in den Arm genommen und gedrückt wurde.

»Hallo, ihr Lieben«, begrüßte sie Ecaterina und hielt sich die Hand vor den Mund, als sie Natalia genauer betrachtete. »Wie groß du geworden bist!« Sie schnalzte mit der Zunge. »Aber so blass, so dünn! Na, daran müssen wir schnell was ändern. Zumindest bist du zur Vernunft gekommen, Despina. Wie lange bitte ich dich jetzt schon hierherzukommen? Wie lange?« Sie bedeutete einem der Hausangestellten, sich um das Gepäck zu kümmern, und legte dann einen Arm um ihre Schwester und den anderen um Natalia. »Nun, lasst euch das gesagt sein: Es wird einen Moment dauern, bis ihr euch an das Landleben gewöhnt habt, aber es ist wirklich schön! Ich meine, wer braucht schon den ganzen Staub, die ganze –«, sie hielt inne, »Luftverschmutzung? Ich kümmere mich um euch, macht euch keine Sorgen. Und die Mädchen freuen sich schon so darauf, Zeit mit Natalia zu verbringen. Es wird dir hier gefallen, versprochen.«

Eine Stunde später, als sie draußen auf der Veranda zu Abend aßen, hatte Despina immer noch kaum einen Ton herausgebracht. Sie hatte ihren Teller nicht angerührt, wann immer das junge Mädchen mit den geröteten Wangen und in hellblauer Dienstmädchenuniform ihr etwas anbot, winkte sie ab und trank lediglich kleine Schlucke von ihrem Wein. Natalia und Ecaterinas Zwillingstöchter hatten beschlossen, das Dessert ausfallen zu lassen und stattdessen ein Kartenspiel zu spielen und Schallplatten zu hören.

Jetzt, da sie nur noch zu zweit waren, füllte Ecaterina die Stille mit endlosen Geschichten, ununterbrochen erzählte sie von Dingen, die Despina kaum interessierten. Sie war so müde und ausgelaugt, und ihre sorgenvollen Gedanken schwirrten ihr durch den Kopf. Sie stellte sich vor, dass in ebendiesem Moment die Sirenen in der Stadt heulten. Dass es Granaten regnete über dem, was von Bukarest noch übrig war. Die Kampfflugzeuge würden noch mehr Straßenzüge dem Erdboden gleichmachen, diesmal womöglich auch den ihren. Ein Bild tauchte messerscharf vor ihrem inneren Auge auf: Sie sah Anton, der sich schützend die Hand über die Augen hielt, während er ehrfürchtig nach oben blickte, wo sich über ihrer Veranda eine Lichtkugel ausdehnte und der Rauch waberte …

Sie legte ihre Serviette neben ihren unberührten Teller.

»Entschuldige, Ecaterina, ich glaube, ich muss mich hinlegen. Macht es dir etwas aus?«

»Aber natürlich nicht, mein Schatz. Florina bringt dich auf dein Zimmer. Du musst dich ein bisschen ausruhen, das ist alles.«

Despina schob den Stuhl zurück und lächelte traurig. »Wenn das nur das Heilmittel wäre. Bitte achte darauf, dass die Mädchen nicht zu lange aufbleiben. Wir sehen uns morgen früh.«

*

Als Despina ihr Zimmer betrat, fiel ihr als Erstes auf, dass es nicht so dunkel und bedrückend war wie der Rest des Hauses. In einer Ecke stand ein leer geräumter großer Kleiderschrank aus Zedernholz. Ein paar ihrer Lieblingsbücher waren auf einem Bord über dem Bett bereitgelegt worden, und auf dem Nachttisch stand ein hübsch arrangierter Strauß Lilien neben einer Karaffe mit Wasser. Despina schenkte sich ein Glas ein und setzte sich auf die Steppdecke auf der Bettkante. Ecaterina hatte sich die größte Mühe gegeben, das Zimmer so heimelig wie möglich zu gestalten, aber dadurch vermisste Despina ihr eigenes Zuhause umso mehr.

Doch auch zu Hause war es nicht mehr wie früher. Despina hatte kaum noch Kontakt zu ihren Schwestern, und sie und Maria hatten sich gestritten. Allein beim Gedanken daran, was sich am Nachmittag vor ihrer Abreise ereignet hatte, spürte sie einen Stich ins Herz. Nicht was Maria gesagt hatte, als sie ihr den Brief überreicht hatte, der ihr Leben zu zerstören drohte, sondern der mitfühlende Blick, den Maria ihr zugeworfen hatte, nachdem Despina den Brief gelesen hatte, hatte so sehr geschmerzt. Sie hatte ihn in Stücke reißen wollen, aber Marias Blick hatte sie davon abgehalten. Wie sie Maria das vergeben sollte, wusste sie einfach nicht.

Sie ging ans Fenster und riss es auf, lehnte sich an den Rahmen und ließ die abendliche Brise über ihr Gesicht streichen.

War es denkbar, dass Natalias leibliche Eltern zurückkamen, um nach ihrem verlorenen Kind zu suchen, sobald der Krieg vorbei war? Es wäre nicht schwierig, sie ausfindig zu machen. Sie mussten lediglich die Spur dorthin zurückverfolgen, wo alles seinen Anfang genommen hatte: bei Despinas eigener Cousine.

Noch eine Weile stand Despina am Fenster und blickte hinaus zum fast schwarzen Horizont. In der Ferne durchkreuzten Suchscheinwerfer den Himmel über der Stadt, so weit weg und dennoch so bedrohlich. Während die Dunkelheit sie immer mehr umhüllte, klopfte Despinas Herz weiter, erfüllt von Sehnsucht nach Anton und einem ganz neuen Gefühl. Das Leben ihrer Familie würde sich möglicherweise verändern, und darüber hatte sie keinerlei Kontrolle.

19

Seit dem frühen Morgen schon wartete Natalia auf ihren Vater. Sie saß auf dem Rasenstreifen, der die geschotterte Zufahrt säumte, und hatte die Wange auf die Knie gelegt. Vielleicht würde er doch nicht kommen. Die Straßen waren gesperrt, und der Zugverkehr für Zivilisten war eingestellt worden. Erst heute früh hatte sie gehört, wie ihre Mutter und ihre Tante draußen auf der Veranda darüber sprachen.

»Ich habe es mit eigenen Augen gesehen«, hatte Ecaterina gesagt. »In endlosen Reihen stehen die Soldaten auf dem Bahnsteig und warten auf den nächsten Zug, der sie nach Bukarest bringt. Du solltest sehen, in was für einer Verfassung sie sind, Despina, verdreckt und hungrig und ohne anständige Verbände.«

Ihre Mutter war aufgestanden und auf und ab gelaufen. Natalia wusste, dass es nahezu unmöglich wäre, in die Stadt zurückzufahren, jetzt, da die Eisenbahn strengstens für militärische Zwecke genutzt wurde.

»Dann sitzen wir also hier fest«, hatte Despina frustriert hervorgebracht. »Gott allein weiß, wann wir wieder nach Hause fahren können.«

»Wahrscheinlich ist es besser so«, hatte Ecaterina gesagt. »Vielleicht gibst du jetzt die irrsinnige Idee auf, abreisen zu wollen.«

Despina hatte sich umgedreht und ihr einen scharfen

Blick zugeworfen, war dann ins Haus gestürmt und beinahe mit dem Dienstmädchen zusammengestoßen, das gerade ein Tablett mit Keksen herausbrachte. Das Mädchen hatte vorsichtig den Teller auf den Tisch gestellt, sich nervös die Hände an ihrer Schürze abgewischt und sich dann schnell wieder zurückgezogen. Natalia hatte ihr ein kleines verständnisvolles Lächeln geschenkt. *Es ist nicht deine Schuld,* hatte sie zu ihr sagen wollen. *Es ist nicht deine Schuld, dass sie sich so aufführt.* Ihre Mutter schien allmählich mit den Nerven am Ende zu sein. Sie hatten Natalias Vater seit Wochen nicht gesehen.

*

Zu Anfang war es ihm noch gelungen, sie zu besuchen, er legte die vierzig Kilometer, die zwischen der Hauptstadt und Snagov lagen, auf jede erdenkliche Art zurück. Er nahm sich ein Taxi, fuhr per Anhalter weiter bis an den Stadtrand, ging zu Fuß. Hin und wieder konnte er bei Bauern mitfahren, die ihre Güter mit Pferdegespann auf der Landstraße transportierten. Oder er saß zwischen Kühen und Hühnern auf der Ladefläche, dankbar für die Gelegenheit, zu verschnaufen und sich etwas auszuruhen. An den meisten Sonntagen wusste Natalia schon lange, bevor sie ihn vom Tor aus sehen konnte, dass ihr Vater bald hier wäre, denn er wurde vom Kreischen und Lachen der kleinen Kinder begleitet, die ihm von der Hauptstraße bis zum Tor folgten und den Kandiszucker lutschten, den Anton aus seinem Rucksack verteilte.

Aber an diesem Sonntag, genau wie am Sonntag zuvor, hörte Natalia keine Kinder, und im Laufe der Stunden schwand ihre Hoffnung immer mehr. Als es schließlich zu heiß wurde und sie Hunger bekam, stand sie auf und machte sich auf den Rückweg zum Haus. Sie trat die Kiesel vor sich her, als sie auf halber Strecke hörte, wie jemand ihren Namen rief.

»Talia! Hey! Kommst du mit runter zum Fluss?«

Sie wirbelte herum, und ihre Miene erhellte sich. Eines der Kinder aus dem Dorf, mit denen sie sich angefreundet hatte, steckte sein sonnengebräuntes Gesicht durch die Latten im Tor. Zusammen waren sie schon unzählige Male die Weinreben am Kirchturm hochgeklettert, um die Glocke zu läuten, sie hatten sich in den Obstgarten der Nachbarn geschlichen, und das alles zählte zu den schönsten Erlebnissen an diesem Ort. Besonders heute konnte sie ihre Gesellschaft gut gebrauchen. Zumindest müsste sie so nicht im Haus sein, wo die Sorge ihrer Mutter alles überschattete.

»Ja!«, rief sie und rannte zum Tor zurück.

»Wetten, du kriegst mich nicht?«, neckte der Junge sie und sprintete den Hügel hinab, wohl wissend, dass Natalia ihm dicht auf den Fersen war.

*

Es war schon spät, als sie am nächsten Morgen aufwachte. Beinahe Mittag, das sah sie am grellen Licht, das ins Zimmer drang. Sie verschlief nicht zum ersten Mal, aber wo steckten ihre Mutter und ihre Cousinen? Warum hatten sie sie nicht geweckt? Sie warf die Decke zurück und versuchte aufzustehen, aber sie fühlte sich so schwer, dass sie nicht hochkam. Ihr Nachthemd war feucht und klebte an ihrer Haut. Sie stützte sich ab, weil ihr schwindelig wurde, und sah das Zimmer wie durch einen Dunstschleier. Die Uhr verschwamm vor ihren Augen, so dass sie nicht erkennen konnte, wie spät es war. Bestimmt waren die Dorfkinder schon längst da gewesen, um nach ihr zu fragen, und waren dann wieder abgezogen. Enttäuscht ließ sie sich zurück in die Kissen sinken. Jetzt würde sie den Tag mit den Zwillingen verbringen müssen, oder, noch schlimmer, sie würde bei der Hausarbeit helfen müssen. Sie konnte jedoch kaum den Kopf hochhalten, geschweige denn die Füße auf den Boden setzen. Vielleicht würden ihre Kräfte zurückkehren, wenn sie noch einen kurzen Moment weiterschlief, also schloss sie wieder die Augen.

Wie durch einen Nebel hörte sie die Stimme ihrer Mutter. Es war jetzt kühler im Zimmer, doch Natalia glühte und hatte Durst. Etwas Kaltes legte sich auf ihre Stirn, so dass sie erschrocken nach Luft schnappte. »Talia«, hörte sie immer wieder. »Talia, Liebes, geht es dir gut?« Ihr Hals brannte fürchterlich, und sie legte eine Hand darauf, dann rollte sie sich zusammen und drehte sich zur Wand. Sie sah den Schatten der Pappeln an der Wand über ihrem Bett zu, wie ihre Äste in der Brise wogten und schaukelten.

Als sie erneut die Augen aufschlug, war es dunkel. Es rief niemand mehr ihren Namen, es war kalt, und sie konnte nichts hören als die klappernden Stricknadeln ihrer Mutter. Sie versuchte, sich zu erinnern, was geschehen war. Doch alles, was ihr einfiel, war das Ende des staubigen Pfades und wie durstig sie nach dem langen Wettrennen gewesen war. Das Wasser, das sie aus dem alten Brunnen getrunken hatte, hatte so süß geschmeckt. Sie erinnerte sich, dass die Kinder sie gewarnt hatten, es könnte verdorben sein, doch es war so angenehm kühl gewesen.

20

Noch vor Sonnenaufgang hatte Despina ihren Reisekoffer auf die Vordertreppe gezerrt, wo Natalias Puppen bereits auf einem Haufen neben ihrem Koffer lagen. Vor etwa einer Stunde war Ecaterina ohne Begleitung zum Haus zurückgekehrt.

»Es tut mir leid, Despina, aber es hat keinen Zweck. Alle Ärzte sind in die Krankenhäuser in der Stadt beordert worden. In der ganzen Provinz habe ich keinen gefunden. Und ich konnte niemanden dazu bewegen, euch nach Bukarest zu fahren. Es ist einfach zu gefährlich.«

Ungläubig starrte Despina sie an. »Es sind vierzig Kilometer! Vierzig Kilometer, die Anton mehr als einmal zu Fuß zurückgelegt hat. Wie gefährlich kann es denn sein?«

»Die Stadt ist abgeriegelt. Wir sehen die Kampfflugzeuge doch sogar von hier aus. Sei doch vernünftig«, sagte Ecaterina und funkelte sie an.

Es stimmte alles, das wusste Despina. Selbst Anton war es trotz seines eisernen Willens in den vergangenen Wochen nicht gelungen, aus Bukarest herauszukommen. Das letzte Mal, als er zu ihnen gekommen war, hatte sich in ihr Gedächtnis eingebrannt. Er hatte so mitgenommen ausgesehen, dass sie ihn kaum erkannt hatte, als er nach Mitternacht durch die Tür gestolpert war. Nur in dem Lächeln, das sich unter den dichten Bartstoppeln verbarg, und in dem Schimmer in seinen tief liegenden Augen entdeckte sie noch ihren Mann, wie er vor dem Krieg gewesen war.

Aber wie konnte sie ihrer Schwester begreiflich machen, dass nichts sie aufhalten würde, dass sie es zurück nach Bukarest schaffen würde, selbst wenn sie Natalia würde tragen müssen?

»Ecaterina, sieh dir den Acker da draußen an«, sagte Despina und deutete mit dem Arm in die Morgendämmerung. »Unzählige Bauern arbeiten jeden Tag dort auf dem Feld. Es wird doch sicher einer von ihnen bereit sein zu helfen.«

Ecaterina wollte protestieren, aber sie wusste, es würde nichts nützen. In den vergangenen Wochen hatte sie mehrmals diesen Blick in den Augen ihrer Schwester gesehen. Als sie sich neben sie setzte und sie musterte, ihre Augen, die fest und entschlossen auf den Horizont gerichtet waren, als würde sie die Sonne dazu bringen wollen, aufzugehen, überkam Ecaterina das Gefühl, eine Fremde vor sich zu haben. Wo war die zerbrechliche Schönheit, die sich noch vor einigen Jahren vor Verzweiflung weinend in ihre Arme geworfen hätte? Ob nun die Trennung von Anton oder der Krieg selbst diese Veränderung in ihr verursacht hatte, Ecaterina war sich einer Sache sicher: Ihre kleine Schwester brauchte weder ihren Rat noch Zuflucht in einer Umarmung.

»In Ordnung, Despina. Wie du willst«, sagte sie und stand resigniert auf. Dann ging sie ins Haus und schloss sanft die Tür hinter sich.

Erleichtert darüber, endlich wieder allein zu sein, saß Despina auf den Stufen und wartete. Sie sah zu, wie die Arbeiter allmählich auf dem Feld eintrudelten, ihre Strohhüte wippten über dem goldenen Weizenmeer im Licht der Morgendämmerung. Schließlich ging Despina entschlossen die Auffahrt hinab. Der Kies knirschte unter ihren Sohlen. Am Rande des Ackers zog sie ihre Schuhe aus und ging weiter über die frisch gepflügte Erde, die Sandalen in der Hand.

Der erste Bauer, den sie ansprach, wich ihrem Blick aus, als sie erklärte, dass ihre Tochter krank war und sie eine Kutsche brauchte, die sie in die Stadt fuhr.

»Es tut mir leid, gnädige Frau«, sagte er. »Es gibt noch zu viel zu tun hier, bevor der Regen einsetzt.«

Die gleiche Antwort erhielt sie vom nächsten Bauern und vom übernächsten. Alle schüttelten sie den Kopf und lehnten höflich ihre Angebote ab. Kein Geld der Welt schien für das auszureichen, was sie verlangte. Allmählich verwandelte sich ihre Wut in Verzweiflung.

Feiglinge, dachte sie. Sie wollte es laut hinausrufen. Als sie ihren Blick über den Acker schweifen ließ, bemerkte sie ein ihr bekanntes Gesicht nicht weit entfernt. Sie brauchte einen Moment, bis sie erkannte, dass es derselbe Mann war, der sie und Natalia bei ihrer Ankunft vom Bahnhof abgeholt hatte. Sie drückte den Rücken durch und ging auf ihn zu. Unterwegs nahm sie ihren Ehering ab.

»Hallo«, sagte sie mit einem Lächeln.

Der Bauer drehte sich etwas überrascht um.

»Fräulein Despina«, begrüßte er sie höflich. Er wusste noch ihren Namen. Das war ein gutes Zeichen.

»Sie erinnern sich an mich? Erinnern Sie sich auch noch an meine Tochter, Talia?«

Der Bauer nickte. Er musste mindestens sechzig sein. Tiefe Furchen gruben sich in seine lederne Haut. Despina streckte den Arm aus und griff nach seiner großen, schwieligen Hand. Sie spürte, wie er zusammenzuckte, doch sie ließ nicht los. Ohne ein Wort drückte sie ihm ihren Ring mit dem Saphir und dem Diamanten in die Handfläche. Tränen liefen ihr nun über die Wangen, so groß war ihre Angst davor, erneut abgewiesen zu werden.

»Bitte, ich flehe Sie an, fahren Sie uns in die Stadt. Meine Tochter braucht dringend einen Arzt.«

Der Bauer sah sie lange aus seinen durchdringenden Augen an und entzog ihr dann sanft seine Hand.

»Ich bringe Sie zum Bahnhof, gnädige Frau«, sagte er leise. »Weiter nicht.«

*

Der Bahnhof war menschenleer. Ecaterina hatte recht gehabt. Mit Natalia in ihren Armen saß Despina auf der einzigen Bank am Bahnsteig. Es war fast Mittag, und zum ersten Mal fragte sie sich, ob sie nicht doch auf ihre Schwester hätte hören sollen. Ob das, was sie hier tat, nicht schlichtweg töricht war. Aber sie waren nicht allzu weit von der Stadt entfernt, und irgendein Zug musste früher oder später hier vorbeikommen. Es gab immer noch überall auf dem Land Güterzüge, Viehtransporte und Soldaten, die von der Front zurückkehrten, und Konvois vom Roten Kreuz, die Verwundete in die Krankenhäuser in der Stadt brachten. Und selbst wenn kein Zug kommen sollte, würde sie es irgendwie in die Stadt schaffen. Sie würde Natalia die Straße entlangtragen, bis sie jemanden fand, der sie mitnahm.

Sie strich mit den Fingerspitzen über Natalias Hals, wo schwach und unregelmäßig ihr Puls flatterte.

Sie beugte sich über den zierlichen Körper ihrer Tochter und legte die Wange an ihre. Ihr Atem ging so flach wie ein Wispern, das ihr federgleich über die Haut strich. Es erinnerte sie an das erste Mal im dunklen Luftschutzkeller, als sie Natalia genau wie jetzt im Arm gehalten hatte, während über ihnen die Welt unterging. Damals hatte sie ihre Angst verbergen können, hatte um Natalias willen Ruhe bewahrt, obwohl sie selbst unglaubliche Ängste ausgestanden hatte. Doch die Ungewissheit, was mit ihrer Tochter geschehen mochte, jagte ihr noch mehr Angst ein als die Bomben.

Am späten Nachmittag, als die Sonne heftig vom Himmel brannte und kein Wasser mehr in der Flasche übrig war, sah sie sich nach einem Schattenplatz um. Auf der anderen Seite der Gleise entdeckte sie ein Stück Rasen unter einer Eiche. Sie hob Natalia behutsam hoch, um sie nicht zu wecken, und kletterte vorsichtig über die Schienen. In dem Moment spürte sie es, ein leichtes Beben unter ihren Füßen, kaum wahrnehmbar. Und da war ein Rauschen, weit in der Ferne, als würde der Wind durch Buschwerk fahren. Despina ging zurück an den Bahnsteig und wedelte wie wild mit ihrem Tuch durch die Luft, als sie einen schwarzen Punkt größer werden sah.

*

Als der Zug näher kam, hatte Despina eine Sekunde lang befürchtet, er würde nicht zum Stehen kommen. Doch dann hatte die Lokomotive kreischend angehalten.

Immer noch zitternd legte Despina vorsichtig ihre Tochter auf dem Gras ab, eilte an den fensterlosen Waggons entlang und schlug mit der Faust gegen die Metallwände. »Hilfe! So hilf mir doch jemand!«, rief sie, und ihre von Panik erfüllte Stimme durchschnitt die Luft.

Endlich wurde eine der Türen aufgeschoben. Despina lief

darauf zu und spähte in den halb geöffneten Waggon. Darin standen mindestens hundert Männer dicht zusammengedrängt im Halbdunkel. Es gab keinerlei Sitzgelegenheit. Ein starker Geruch nach Schweiß und getrocknetem Blut drang zu ihr heraus, und sie wandte den Kopf ab. Sie hörte die Männer ein paar Sätze wechseln, konnte sie aber nicht verstehen. War es Deutsch oder Russisch? Auf dem Bahnsteig tauchte ein Paar polierte Lederstiefel auf. Despina trat auf dem Schotter einen Schritt zurück.

Der Offizier konnte nicht älter als fünfundzwanzig sein, doch er war zweifelsohne hochrangig. Das sah sie an der Art, wie er, die Hand auf seine Pistole gelegt, auf sie zugeschlendert kam.

»Wie kann ich Ihnen behilflich sein?«

Durchdringende blaue Augen unter einer grünen Mütze sahen sie an.

»Bitte, meine Tochter ist sehr krank. Ich muss sie nach Bukarest bringen. Sie braucht einen Arzt.«

Einen Moment lang glaubte sie, er habe sie nicht verstanden, denn er stand einfach nur mit vor der Brust verschränkten Armen vor ihr. Dann aber ging er zu Natalia hinüber, die reglos im Gras lag. Ein Anflug von Traurigkeit oder Mitleid huschte über sein Gesicht, als er mit geneigtem Kopf auf sie hinabblickte. Vielleicht hielt er sie bereits für tot.

»Sie wissen schon, was Sie da von mir verlangen. Das hier ist kein gewöhnlicher Passagierzug. Das hier sind Soldaten, die von der Front zurückkehren. Außerdem glaube ich nicht, dass Sie mit ihnen zusammen reisen wollen. Sie sind schon seit Tagen in diesem Zug«, erklärte er mit einer Geste in Richtung der Waggons. »Vielleicht finden Sie Hilfe im Ort«, fuhr er fort, als Despina nicht reagierte, ihn nur unverwandt anstarrte. Dann drehte er sich um und ging zurück zum Zug.

»Bitte!«, brach es aus Despina hervor. Sie hob Natalia hoch, schmiegte ihren Kopf an ihre Schulter und folgte ihm. »Bitte, ich flehe Sie an!«

Doch er war bereits wieder eingestiegen und schob die Tür zu. Im nächsten Augenblick setzte sich der Zug auch schon in Bewegung und rollte aus dem Bahnhof.

Hier geht es um das Leben meiner Tochter, dachte Despina, als der letzte Funken Hoffnung verglomm, *und es gleitet mir aus den Händen.* Doch dann geschah etwas, und zwar so unerwartet, dass sie erst nicht verstand, was vor sich ging. Während der Zug langsam an ihr vorbeiratterte, sah sie den Offizier auf der Plattform zwischen zwei Waggons. Ihre Blicke trafen sich eine Sekunde lang, und sie konnte sich nicht erklären, weshalb er sie so ansah, sie verstand erst, als er sich vorbeugte und ihr Natalia aus den Armen zog.

Und dann ergab auf einmal alles einen Sinn, und sie rannte neben dem Zug her, versuchte, Schritt zu halten, gerade schnell genug, damit der Offizier nach ihrer Hand greifen konnte. Sie sah, wie kurz die Panik in seinen Augen aufblitzte, als der Zug beschleunigte. Als er sich noch tiefer beugte, flog seine Mütze davon, und Despina sah die Ader, die vor Anstrengung auf seiner Stirn hervortrat. Sie schloss die Augen, rechnete mit dem Unvermeidlichen, damit, dass ihre Knie auf den Schotter aufschlugen und sie zu Boden stürzte, während der Zug sich immer schneller entfernte. Stattdessen merkte sie jedoch, wie eine Hand sich fest um ihren Oberarm schloss und sie auf die Plattform zog.

Als sie die Augen wieder aufschlug, war der Bahnhof außer Sichtweite, und die Arme des Offiziers hielten sie fest umschlungen.

»Alles in Ordnung?«, fragte er keuchend, und seine zerzausten Haare flatterten im Wind.

Sie brachte keine Worte heraus, doch die Tränen, die ihr in die Augen gestiegen waren, sagten alles. Unter ihren Füßen jagte der Boden wie ein Schatten vorüber.

Der Offizier bückte sich und legte ihr Natalia in die Arme. »Ich habe auch eine Tochter«, sagte er nur, als er die Metalltür hinter ihnen aufdrückte. »Sie ist jünger als Ihre, und ich habe sie seit zweieinhalb Jahren nicht gesehen.«

Dann legte er Despina eine Hand auf den Rücken und schob sie in die stickige Höhle. Das Letzte, was sie sah, bevor er die Tür wieder zuschob und die Dunkelheit sie umhüllte, war die Traurigkeit, die ihm ins Gesicht geschrieben stand.

21

Unten vor Marias und Stefans Haus blieb Anton stehen, um zu verschnaufen. Obwohl er sich daran gewöhnt hatte, lange Strecken zu Fuß zurückzulegen, hatten diese zehn Straßen ihn völlig ausgelaugt. Die herbstliche Brise ließ die Blätter auf dem Bürgersteig rascheln, und in einem Reigen aus Rot und Gelb und Kupfer wirbelten sie um ihn herum. Langsam stieg er die Stufen zum Haus hoch und klopfte an die Tür.

Er wusste nicht, ob die beiden überhaupt zu Hause waren, ob sie nicht womöglich die Stadt verlassen hatten. Er hatte sie seit Monaten nicht gesehen. Das war nicht verwunderlich, denn ihnen allen stand der Sinn nicht danach, sich mit Freunden zu treffen und zu plaudern, als wäre nichts geschehen. Und dann war da noch die andere Angelegenheit, der Brief, der Despina so verunsichert hatte, kurz bevor sie und Natalia nach Snagov abgereist waren.

Als sie Anton den Brief hingehalten hatte, mit einer Miene, als handelte es sich um ein Todesurteil, hatte er sich zunächst ein Lächeln verkneifen müssen. Er setzte sich neben sie aufs Bett. »Was ist das?«, fragte er leicht amüsiert. Die steilen Falten, die sich auf der Stirn seiner Frau bildeten, wann immer sie ein Unheil befürchtete, kannte er nur zu gut. Jedes Mal musste er sie davon überzeugen, dass ihre Aufregung unnötig war, dass die Dinge nicht so schlimm standen, wie es schien. Aber als er die Zeilen durchlas, begannen auch seine

Hände zu zittern. Zum ersten Mal überkamen auch ihn dieselbe Angst und Verwirrung.

»Woher hast du den?«, fragte er.

»Von Maria natürlich. Von wem sonst?«

»Und was sagt sie dazu?«

»Du kennst sie ja«, entgegnete Despina gereizt. »Du kannst dir sicher vorstellen, was sie zu sagen hat.«

Er ließ den Brief sinken und legte einen Arm um Despinas zusammengesackte Schultern. Dann räusperte er sich und sprach langsam das aus, was sie nicht hören wollte. »Maria hat recht, Despina. Es wäre das Richtige. Natalia sollte zumindest wissen, dass sie noch am Leben sind.«

Despina sprang vom Bett auf, und er fuhr zusammen. »Soll das etwa heißen, dass ausgerechnet du nicht verstehst, was für einen Schaden ihr das zufügen würde? Und uns als Familie? Hier«, fauchte sie, nahm das Blatt Papier und zerknüllte es, ehe sie es ihm zuwarf. »Ich will, dass du den Brief verbrennst. Ich weiß, was du sagen wirst. Ich weiß, was du denkst, was du von mir hältst. Aber es ist mir egal, Anton. Es ist mir egal, denn ich bitte dich, diese eine Sache für mich zu tun.«

Mit weit aufgerissenen Augen starrte er sie an. Seine Frau war ein gerechter Mensch, und das hier hatte er nicht von ihr erwartet. »Despina, wie könnte ich so etwas tun?« Es brach ihm das Herz, wie sie ihn ansah, seine starke Frau, die Angst in ihrem Blick. Er stand auf und wandte sich ab.

»Dann versteck den Brief«, hörte er Despina abweisend flüstern. »Irgendwo, wo ich ihn niemals wieder sehen muss.«

Dann war sie ins Badezimmer gestürmt und hatte die Tür hinter sich zugeschlagen. Über dem laufenden Wasserhahn hatte er sie leise schluchzen gehört.

Jetzt zog er ein Taschentuch aus seiner Jackentasche und wischte sich die Schweißtropfen von der Stirn. Das Thermometer war unvermittelt gefallen, aber ihm war heiß geworden bei seinem Fußmarsch. Er war noch nicht über den Schock hinweggekommen, den der Anruf bei ihm ausgelöst hatte. Wie er sie dann am Bahnhof angetroffen hatte, und alles, was sich danach abgespielt hatte: das Taxi, wie es rücksichtslos über die Kopfsteinpflasterstraßen jagte, seine Tochter, die auf dem Rücksitz wimmerte, seine Frau, die sich hilflos über Natalia gebeugt hatte. Dann zu Hause, wie Sofia die Autotür aufriss, wie sie nach oben rannte, um Decken zu holen, ein Bad einzulassen, das Wundbenzin zu suchen.

Ich hätte sie niemals wegschicken dürfen, dachte er jetzt zum hundertsten Mal. Könnte er doch nur die Zeit zurückdrehen zu seinem Streit mit Despina, als er von ihr verlangt hatte, dass sie mit Natalia aufs Land fuhr. Er war derjenige, der diese Entfernung zwischen sie gebracht hatte, diese vierzig Kilometer, die sie nun womöglich das Leben ihrer Tochter kosten würden.

Als ihm bewusst wurde, dass er wie ein Wahnsinniger immer wieder auf die Klingel gedrückt hatte, ließ er die Hand sinken und trat einen Schritt zurück. *Sie sind nicht da*, sagte er sich. *Du Dummkopf, sie sind nicht da*. Doch als er sich gerade abwenden wollte, hörte er ein Geräusch.

»Anton. Du meine Güte!«, rief Maria durch den Türspalt. Sie zog die Tür vollständig auf, und während sie ihren Morgenmantel fester um sich schlang, bedeutete sie ihm, hereinzukommen.

»Danke, Maria«, sagte Anton und nahm seinen Hut ab. »Ist Stefan da? Ich muss dringend mit ihm sprechen.«

»Natürlich.« Sie tastete nach dem Lichtschalter neben der

Tür, und als das Licht anging und Maria sein Gesicht sah, erbleichte sie. »Was ist los?«

»Bitte, ich muss mit Stefan sprechen.«

Sie nickte eifrig und drückte ihm den Arm, bevor sie ins Haus eilte, um ihren Mann zu holen. Anton überwältigte die Erschöpfung, und er fragte sich, ob es richtig gewesen war, hierher zu kommen. Doch wohin sonst hätte er sich wenden sollen, um Hilfe zu holen, da jedes Krankenhaus sich geweigert hatte, Natalia aufzunehmen? Sie waren allesamt überlastet, und auch, als er bettelte und jede nur erdenkliche Summe Geld anbot, kam er nicht weiter. Verwundete Soldaten würden auf Pritschen aus Pappe versorgt, sagte man ihm. Die richtigen Betten waren den Schwerverletzten vorbehalten, jenen, die die Nacht voraussichtlich nicht überstehen würden. Es gab ganz einfach keinen Platz für Zivilpatienten, für einen Fall wie diesen. Stefan jedoch hatte Kontakte, das wusste Anton. Er hatte einflussreiche Freunde. Er war womöglich der Einzige, der in der Lage wäre, ihnen einen Arzt zu besorgen.

»Anton.« Stefans Stimme ertönte hinter ihm und holte ihn in die Gegenwart zurück. Er spürte Stefans Hand fest auf seiner Schulter und drehte sich um. Sie hatten schon so vieles gemeinsam durchgestanden, so viele schwere Zeiten. Aber jetzt brachte Anton keinen Ton hervor, er hob lediglich verzweifelt die Hände. *Meine Tochter ist todkrank*, wollte er sagen, und dann begann er an Stefans Schulter zu weinen.

»Alles wird gut«, sagte sein Freund nach einer Weile. »Was es auch ist, alles wird gut.«

22

Dr. Vladimir nahm das Stethoskop aus den Ohren und legte es zurück in seine braune Ledertasche. Er beugte sich über Natalia und nahm ihr Handgelenk, um aufs Neue ihren Puls zu prüfen. Sanft legte er ihren Arm zurück aufs Bett.

»Ich fürchte, ich habe keine guten Nachrichten«, sagte er ernst. »Hätte ich sie etwas früher untersuchen können, dann …« Er verstummte. Auch nach dreißig Jahren Berufserfahrung fiel ihm diese Art von Gespräch immer noch schwer.

»Was meinen Sie damit, Herr Doktor?«, brach es aus Despina hervor, und ihre Stimme zitterte. Unter der Haut an ihren Schläfen waren winzige Äderchen aufgetaucht. Der Arzt räusperte sich und wandte unbeholfen den Blick ab.

»Ich fürchte, es sind keine guten Nachrichten«, wiederholte er, nahm seine Brille ab und verstaute auch sie in seiner Ledertasche. »Sie hat eine Infektion, vielleicht schon seit mehreren Tagen, denn es sieht recht weit fortgeschritten aus …« Er verstummte erneut, suchte nach den richtigen Worten. »Ihrem hohen Fieber nach zu urteilen, hat sich die Infektion höchstwahrscheinlich ausgebreitet, womöglich bis in den Blutkreislauf. Ich fürchte, zu diesem Zeitpunkt kann ich nicht mehr viel ausrichten.«

Mit versteinertem Blick sah Despina ihn an. Sie war wie erstarrt, obwohl sie nichts lieber getan hätte, als sich auf den

Arzt zu stürzen und mit den Fäusten auf ihn einzuschlagen. Stattdessen sank sie neben dem Bett zu Boden. Anton kniete sich neben sie, wollte die Arme um sie legen, aber sie wehrte ihn ab. Als er es erneut versuchte, traf sie ihn erst an der Schulter, dann an der Wange, und entzog sich seinen Armen. Dann fing sie an zu schluchzen. Sie presste die Handballen vor die Augen und schluchzte so laut, dass Natalias Lider kaum merklich flatterten.

»Es tut mir wirklich furchtbar leid«, beteuerte der Arzt und machte ein paar Schritte auf sie zu, blieb jedoch unschlüssig stehen. Dann trat er zurück an seine Tasche und durchsuchte deren Inhalt. »Wenn wir Penicillin hätten, wenn wir es schon vor ein paar Tagen gehabt hätten …«

Es gab schlicht und ergreifend nichts mehr, was er tun konnte. Er zog eine Taschenuhr aus seiner Brusttasche und warf einen Blick darauf. Nichts war schlimmer als diese Hilflosigkeit, dieses Gefühl, den Kampf bereits verloren zu haben.

»Wenn wir was hätten?«, fragte Stefan nach, der regungslos in der Tür stand. Jetzt, da er den Arzt geholt hatte, nachdem er die gesamte Stadt durchforstet und bei Leuten an die Tür gehämmert hatte, die er unter normalen Umständen niemals spätabends stören würde, nachdem er mit Goldbarren bezahlt und um Hilfe gefleht hatte, wollte er nicht so schnell aufgeben. »Wenn wir was hätten, Doktor?«

»Penicillin«, wiederholte der Arzt müde, während er sich die Schläfen rieb. »Ein neues Medikament, das eine bakterielle Infektion wie die von Natalia heilen könnte. In der Tat ein Wundermittel, das noch ziemlich neu ist und kaum erhältlich. Heutzutage ist es nahezu unmöglich, es zu beschaffen. Keines der Krankenhäuser im Lande hat welches vorrätig, und selbst wenn, dann wäre es schon längst aufgebraucht, dann hätten sie es für die Männer eingesetzt, die zu Tausenden sterben –«

Der Arzt brach ab, denn ihm wurde bewusst, dass er ein Thema angeschnitten hatte, das in diesem Augenblick für niemanden im Zimmer von Bedeutung war. Doch auf Stefans Gesicht lag ein konzentrierter Ausdruck, als wäre er dem Gespräch bereits einen Schritt voraus.

»Was, wenn ich es irgendwo für Sie beschaffen könnte? Wie viel Zeit bleibt ihr noch?« Er ertrug es kaum, diese Frage vor Despina zu stellen.

»Zwei, möglicherweise drei Tage. Vielleicht auch eine Woche«, antwortete der Arzt mit gesenkter, ernster Stimme. »Aber wie gesagt, es ist unmöglich –«

»Lassen Sie das meine Sorge sein, Doktor«, unterbrach Stefan ihn. Er hatte bereits seinen Hut von der Kommode gegriffen. »Lasst es mich versuchen.«

Stefan kniete sich neben Despina auf den Boden am Fußende des Betts und versuchte, die Hände von ihrem Gesicht wegzuziehen.

»Sieh mich an, Despina«, sagte er, aber es war zwecklos. Sie hielt den Blick stur auf den Boden gerichtet. »Despina«, sagte er erneut, eine Hand auf ihre Schulter gelegt. »Ich werde alles tun, was ich kann. Alles in meiner Macht Stehende. Aber dazu muss ich die eine Tür öffnen, die du verschlossen halten willst.«

Eine Weile lang sagte niemand ein Wort. Das einzige Geräusch im Zimmer war das eines Zweiges, der sachte gegen die Fensterscheibe schlug. Despina vergrub das Gesicht an Stefans Schulter und begann zu weinen.

»Ja«, brachte sie zwischen zwei Schluchzern hervor. Dann ließ sie ihren Tränen freien Lauf. »Tu es.«

23

Ein Tag verging, vielleicht auch zwei. Es war schwer zu sagen, denn die Minuten und Stunden verliefen endlos ineinander. Despina war verzweifelt und weinte stundenlang, Anton hingegen war vor Schock verstummt und lief fieberhaft im Zimmer auf und ab.

Alle paar Minuten beugte Despina sich über Natalia, hielt ihr ein Ohr an die Lippen und betete, dass sie ihren flachen Atem spüren würde, während sie die Luft anhielt. Er war noch da, so zart wie ein Schmetterlingsflügel. Das hauchdünne Band zwischen Leben und Tod war noch nicht gerissen.

Erst wenig Zeit war seit dem Besuch des Arztes vergangen, und Natalia lag so reglos da, man mochte kaum glauben, dass noch Leben in ihr steckte. Am Vorabend hatte sie keinen einzigen Laut von sich gegeben. Selbst ihr gelegentliches Seufzen und das schwache Wimmern hatten aufgehört.

Zwei Tage lang hatte Despina an ihrem Bettende gesessen, sich nicht von der Stelle gerührt und auch das Essen verweigert, das Sofia ihr auf einem Tablett brachte. Auch mit Anton hatte sie nicht sprechen wollen. Sie hatte sich kaum bewegt, seitdem Stefan losgezogen war, um dieses nicht erhältliche Medikament aufzutreiben. Und wenn er es wie durch ein Wunder aufspürte, wäre er rechtzeitig wieder bei ihnen? *Ein paar Tage*, hatte der Arzt Stefan ins Ohr geflüstert, aber Despina hatte es gehört. Zwei, vielleicht drei Tage, nur noch wenige Stunden blieben ihnen jetzt noch.

Despina hob den Blick auf das halb geöffnete Fenster, das von flatternden Gardinen umrahmt wurde.

Um sich zu beschäftigen, fing sie an, Kinderreime aus dem Buch vorzulesen, das Natalia so geliebt hatte, als sie noch kleiner war. Despina erinnerte sich, wie ihre Stimme allein ausgereicht hatte, um Natalia zu beruhigen und wieder in den Schlaf zu begleiten, wenn sie von den Alpträumen erwachte, die sie in den ersten Monaten bei ihnen geplagt hatten.

Genau wie damals las Despina auch noch lange nachdem die Dunkelheit sich über das Zimmer gelegt hatte und die Schatten an der Wand hinter Natalias Bett sich auf und ab bewegten. Despina schaltete die Nachttischlampe ein und las ein Gedicht nach dem anderen vor, ohne zu bemerken, dass ihre Kehle rau war und ihre Stimme heiser. Sie hörte nicht auf, bis es wieder Morgen wurde und Sofia hereinkam, ihr sanft das Buch wegnahm und sie in ihr eigenes Schlafzimmer schob, damit sie sich ausruhen konnte.

*

Sofia, die den Haushalt der Gozas einst in- und auswendig gekannt hatte, war plötzlich unsicher geworden, denn alles hatte sich verändert. Niemand schien sich für die Mahlzeiten zu interessieren, niemand bat sie um saubere Bettwäsche oder gebügelte Kleider. Niemandem schien aufzufallen, dass es in der Küche von der Decke tropfte und sie das Wasser in einem Eimer auffing.

»Soll ich den Klempner rufen, Herr Anton?«, hatte sie sich erkundigt, als sie bemerkte, dass der Eimer sich inzwischen so schnell füllte, dass sie ihn alle paar Stunden ausleeren musste.

Anton hatte sie nur angesehen, als hätte er kein Wort verstanden. Sofia hatte leicht den Kopf geschüttelt und die Tür zu seinem Arbeitszimmer wieder zugezogen. Zumindest hatte er sich endlich etwas beruhigt. Zwei Tage lang war er ohne Unterlass im Haus auf und ab gelaufen. Jetzt war er im Sessel am Kamin zusammengesackt und starrte in die züngelnden Flammen. Sofia bewegte sich auf Zehenspitzen um ihn herum und fragte, ob er etwas essen wolle, ob sie ihm die Zeitung bringen solle. Er schüttelte den Kopf und starrte weiter ins Feuer.

*

Der nächste Tag verstrich ereignislos.

Anton fing an, sich auf das vorzubereiten, was ihnen nun unweigerlich bevorstand, innerhalb weniger Tage, vielleicht sogar weniger Stunden. Der Verlust ihres Kindes, nach allem, was sie durchgestanden hatten. Er legte den Kopf zurück an die Sofalehne und begann zu weinen. Die Türglocke hörte er erst beim dritten Klingeln. Wie im Traum stand er auf und ging zur Tür, um aufzumachen.

»Anton, Gott sei Dank.«

Vor ihm stand Stefan, den Hut an die Brust gedrückt. Er lächelte und sagte etwas, gerade als eine Straßenbahn scheppernd vorbeifuhr und seine Worte verschluckte. Er hielt Anton die geöffnete Handfläche hin, und darin lag ein kleines, braunes Päckchen.

Wortlos griff Anton danach und riss hastig die Schachtel auf. Oben auf dem Päckchen entdeckte er das leuchtend rote Zeichen des Roten Kreuzes. Darunter hatte jemand in kleiner Schrift eine ausländische Adresse geschrieben: *Genf, Schweiz*. In der Schachtel befanden sich zehn oder zwölf kleine Ampullen mit einer weißlichen, trüben Substanz darin.

»Es muss ihr intravenös verabreicht werden«, erklärte Stefan ihm nun. »Doktor Vladimir hat in die Wege geleitet, dass sie heute ins Coltea-Krankenhaus eingeliefert werden kann. Aber wir müssen uns beeilen.«

Anton nickte nur sprachlos. Die Hoffnung durchflutete ihn mit solch unerwarteter Wucht. *Wie nur?*, wollte er fragen. *Wie hast du das nur geschafft?* Aber die Worte blieben ihm im Halse stecken, und es war keine Zeit für Fragen, deren Antwort er ohnehin zu kennen glaubte. Die Tränen strömten ihm über seine bleichen Wangen.

»Schnell, Anton«, wies Stefan ihn mit fester Stimme an. »Hol sie jetzt sofort. Ich warte im Wagen.«

Unten vor den Stufen sah Anton ein Taxi am Straßenrand stehen, dessen Motor noch lief.

*

Drei Tage lang reihten sich die schlaflosen Stunden aneinander. Es gab keinen Anfang und kein Ende mehr, es gab nur noch das Jetzt. Anton war sich der anderen Menschen, die die Flure im Krankenhaus auf und ab gingen, nur vage bewusst, bemerkte kaum das metallische Klappern, wenn Natalias Akte in das Fach an ihrem Bettende gesteckt wurde, das stille Tröpfeln aus einem mit Flüssigkeit gefüllten und an einem Metallstab befestigten Beutel, den dünnen, ausgefransten Vorhang, der sich in der spätnachmittäglichen Brise bauschte. Und die Stille, die nur gelegentlich von Despinas Schluchzen durchbrochen wurde.

Zusammen mit seiner Frau, spätabends, wenn die Lichter heruntergedreht worden waren und es still wurde auf der Station, tat er etwas, was er nicht mehr getan hatte, seitdem er ein Kind gewesen war. Er kniete sich hin und betete, für Natalia und auch für sich und Despina. Dabei erkannte er etwas, was ihm bisher entgangen war: Genauso musste es sich auch für das Paar, das Natalia das Leben geschenkt hatte, angefühlt haben, als ihre Tochter ihnen entrissen wurde. Obwohl Anton sie nicht kannte und wohl niemals kennenlernen würde, traf ihn das Ausmaß dessen, was sie riskiert hatten, um Natalia zu retten, mit voller Wucht, und er stellte fest, dass sie durch ihre Liebe zu Natalia auf ewig verbunden sein würden. Er und Despina sollten nicht voller Angst an sie denken, sondern voll Dankbarkeit für das Geschenk, das Natalia für sie bedeutete, und für das Opfer, das zu bringen sie bereit gewesen waren.

Später am Abend, als er in einer Ecke des Zimmers saß und sich bemühte, die Augen offen zu halten, aus Angst, Natalia würde ihm entgleiten, wenn er auch nur für eine Sekunde den Blick von ihr abwandte, offenbarten sich alle entscheidenden Augenblicke seines Lebens vor ihm, und er betrachtete sie mit neuer Ehrfurcht.

Und eine Erinnerung trat besonders deutlich hervor:

»Heißt das, ich wohne ab jetzt bei euch?«

»Ja, meine Liebe.«

Sie drückte die Puppe an sich und musterte ihn aus ihren mit dichten, dunklen Wimpern umrandeten grünen Augen, die vor Erleichterung und womöglich auch ein wenig Unsicherheit schimmerten. »Für wie lange?«

»Nun ja, für immer. Wir werden eine Familie sein.«

»Eine Familie?«

»Ja, eine Familie. Das bedeutet, dass wir immer zusammenbleiben.«

Ihr Blick wanderte zurück zu ihrer Puppe. Mit den Fingern strich sie über das lange Haar, das mit Goldfäden durchwirkte Musselinkleid, das glatte Porzellangesicht. Als sie schließlich den Blick wieder hob, lag ein Lächeln, wie er es noch nie an ihr gesehen hatte, auf ihrem Gesicht.

»Dann bleibe ich für immer bei euch.«

*

Als Dr. Vladimir am nächsten Morgen ins Zimmer kam, sein Klemmbrett steif an die Brust gedrückt, fand er ein so inniges Bild vor, dass er ohne ein Wort kehrtmachte und das Zimmer verließ, um nicht zu stören. Es war tatsächlich ein Wunder, auf das er selbst kaum zu hoffen gewagt hatte. Und doch saßen sie dort, alle drei auf dem Krankenbett, und hielten einander fest in den Armen. Es erinnerte ihn an etwas, das er einst gesehen und das ihn zutiefst berührt hatte: eine Rose mit drei Knospen, die zwischen wild wucherndem Unkraut auf einem vergessenen Grab wieder zum Leben erwacht war.

ZWEITER TEIL

NATALIA

24

September 1944

Die Menschenmenge wogte vor und zurück und bewegte sich Stück für Stück auf das Absperrseil zu, das die Polizei angebracht hatte, um die Schaulustigen davon abzuhalten, auf die Straße zu gelangen. Um von hier nach Hause zu kommen, würden sie das andere Ende des Platzes erreichen und dann eine der Seitenstraßen nehmen müssen, die wie die Speichen eines Rads von der Mitte des Platzes abgingen. Ein Ding der Unmöglichkeit.

Der Geruch von Whiskey und billigem Damenparfum umhüllte Natalia, die sich fest an die Hand ihres Vaters geklammert hatte. Sie vergrub die Nase in seinem Ärmel und stolperte beinahe nach vorn, als eine korpulente Frau sie geistesabwesend von hinten anstieß. Die Frau drängte sich an ihnen vorbei und unter Einsatz ihrer Ellenbogen tiefer hinein in die Menge, während sie mit der einen Hand die Augen abschirmte und mit der anderen ihr Tuch löste, das sie am Hals zusammengeknotet hatte, und damit in der Luft wedelte.

Aufs Neue brandete Jubel in der Menge auf, und die Leiber drängten mit vereinter Kraft vorwärts.

»Papa, ich habe Angst«, wimmerte Natalia und zog ihren Vater am Ärmel. »Papa!«

»Musst du nicht, Liebes.«

Seine Arme waren kräftig, so dass er sie hochheben und

auf seine Schultern setzen konnte, wo sie sich sicherer fühlte, denn von hier aus sah sie nur noch ein Meer aus Taschentüchern und Hüten und winzigen Flaggen, die flatterten und wedelten – bis sie einen Augenblick später den Blicken der Leute folgte und ihr der Atem stockte.

Sie waren kleiner, als sie sie sich vorgestellt hatte. Tatsächlich nicht größer als die Rüstungswagen, die sie die Landstraßen dahinrumpeln gesehen hatte. Autos flankierten sie zu beiden Seiten, als sie in der Mitte der breiten Straße wie eine Kolonne Tausendfüßler vorbeirollten. Metall knirschte über den Asphalt, den im Weg liegenden Schutt drückten sie platt. Auf den Podesten standen Hunderte von Soldaten in grünen Uniformen so dicht gedrängt, dass manche von ihnen sich nur mit einer Hand am Geländer festhalten konnten, und winkten der tobenden Menge mit ihren Baretten mit Stern.

»Es ist vorbei, der Krieg ist vorbei!«, rief jemand, und die Aufregung fuhr durch die Masse und drängte sie weiter vorwärts.

Einige Frauen hatten Körbe mit Blumen mitgebracht, Rosen und Gardenien und Lilien, frisch aus ihren Gärten, die sie nun eine nach der anderen vor die Panzer warfen. Eine junge Frau, kaum älter als zwanzig, brach durch die Absperrung und kniete sich auf die Straße, die Stirn auf den Boden gesenkt. Als sie sich wieder aufrichtete, standen ihr die Tränen in den Augen.

Natalia sah auf ihren Vater hinab, um herauszufinden, was er fühlte, aber sein Gesicht war starr wie eine Maske und gab nichts preis.

Er setzte Natalia wieder ab und griff nach ihrer Hand, dann bahnte er sich in entgegengesetzter Richtung einen Weg durch die Menschenmenge.

Auf der anderen Seite des abgesperrten Platzes angekommen, bogen sie schnellen Schrittes in eine Seitenstraße ein. Einige Fahrzeuge mit heruntergelassenen Fenstern standen in seltsamen Winkeln verlassen auf der Straße, als wären ihre Insassen vor einem Feuer geflohen. Obwohl es hier einigermaßen friedlich zuging, eilten Natalia und ihr Vater weiter bis ans Ende der Straße, denn die Situation konnte sich jeden Moment ändern.

»Natalia, glaub nicht alles, was du siehst«, sagte ihr Vater, als sie außer Hörweite anderer Fußgänger waren. Er hielt kurz inne, als sie an einem schäbigen Café mit verdreckten Fenstern vorbeikamen, vor denen drei Männer Arm in Arm schunkelten und ein Lied lallten. Ihr Vater beugte sich zu ihr hinab und flüsterte: »Manchmal ist die Wahrheit ganz anders, als es scheint.«

Was meinst du damit?, wollte sie nachfragen, doch sein Blick war auf die Straße geheftet, und er sah immer nur lange genug auf, um sich die Schilder anzuschauen, bevor sie eine Straße überquerten. Um zur nächsten Hauptverkehrsachse zu gelangen, mussten sie durch ein Labyrinth aus Seitenstraßen und Gässchen laufen. Normalerweise machte es Natalia nichts aus, lange Spaziergänge mit ihrem Vater zu unternehmen. Das war für gewöhnlich die Zeit, in der ihr seine ungeteilte Aufmerksamkeit galt und sie ihm alles erzählen konnte, was sie gerade beschäftigte. Doch heute zeigte ihr Vater keinerlei Interesse an ihren Geschichten.

In letzter Zeit hatte er oft so abwesend gewirkt, im Grunde seitdem sie aus dem Krankenhaus zurückgekommen war. Weg waren seine vergnügte Stimmung und das verschmitzte Schimmern in seinen Augen, als wäre jeder Augenblick nur zu seiner Freude erschaffen worden. Weg war der Mann, der sich gern zu jeder Tages- und Nachtzeit mit Menschen umgab. Selbst zu den seltenen Gelegenheiten, wenn ein alter Freund vorbeischaute, schien Anton erpicht darauf, dass der Besuch wieder ging, damit er sich nach oben zurückziehen und Nachrichten hören konnte. Meist hielt er es gerade lange genug aus, um ein paar Floskeln auszutauschen, bevor er über Kopfschmerzen oder irgendein anderes Leiden klagte und sich entschuldigte.

Vielleicht machte es auch keinen Unterschied, denn obwohl der Krieg in Rumänien vorbei war, herrschte dennoch in vielen Bereichen noch Stillstand. Bald sollten die Schulen wieder aufmachen, und in der ganzen Stadt funkelten wieder – wenn auch noch zaghaft – die Lichter in den Auslagen und Schaufenstern, doch Despinas Schwestern und deren Kinder waren noch nicht in die Stadt zurückgekehrt. Lediglich Maria und Stefan besuchten sie hin und wieder, aber sie blieben nie lange.

Natalia wunderte sich, dass das Verhältnis zwischen ihrer Mutter und Maria sich offenbar abgekühlt hatte. Vor dem Krieg hatten sie nie länger als ein paar Tage ohne einander verbracht. Jetzt waren Marias Besuche stets kurz. Sie wirkte in Eile, und es schien ihr beinahe unangenehm, es sich lange bequem zu machen oder eine ausführlichere Unterhaltung einzugehen. Normalerweise ging sie so rasch wieder, wie sie gekommen war, gab Natalia einen flüchtigen Kuss auf die Wange und warf ihrer Mutter einen Blick zu, in dem etwas lag, was Natalia nicht einordnen konnte. Die Luft zwischen ihnen fühlte sich zum Schneiden an.

Und Victor? Die letzte Begegnung hatte, soweit Natalia sich erinnerte, am Băneasa-See stattgefunden, noch vor der Bombardierung, die ihr Wochenendhaus in Schutt und Asche gelegt hatte. Sie waren zu viert für ein Picknick an den

See gegangen, und Natalia wusste noch, wie wunderbar die Sonne sich nach dem langen Winter angefühlt hatte und wie der süße Duft von Geißblatt und Flieder sie eingehüllt hatte. Sie hatte darauf bestanden, den Korb mit den Sandwiches und Tellern zu tragen, und Victor war ihr mit einer Decke und einer Flasche Wein gefolgt. Am Gartentor war sie stehen geblieben, damit er es für sie öffnete. »Wetten, du fängst mich nicht!«, hatte sie dann gerufen und war durch das wild wuchernde hohe Gras den Hügel hinuntergerannt. Er war ihr so dicht auf den Fersen gewesen, dass sie sicher war, diesmal würde er sie überholen. Doch wie üblich tat er es nicht. Es war schwer vorstellbar, dass alles, was nun von diesen Tagen übrig war, eine Handvoll Fotografien war, die auf dem Kaminsims ihrer Mutter standen. Erst kürzlich hatte Natalia gehört, wie ihr Vater ankündigte, er wolle das Grundstück einebnen und zum Verkauf anbieten.

»Papa, bist du traurig, dass Victor schon länger nicht mehr bei uns war?«, wagte sie es nun zu fragen.

Ihr Vater verlangsamte seine Schritte, anscheinend überrascht von der Frage oder weil er darüber nachdachte, was es ihm bedeutete. »Nun ja, er hat eben viel zu tun, Talia. Er hat jetzt eine Arbeitsstelle und vermutlich nicht genug Zeit für private Besuche.«

»Victor hat eine Arbeit?«

Ihr Vater zuckte die Achseln. »Er arbeitet für das Innenministerium, mehr weiß ich nicht.«

»Ist er deswegen aus der Wohnung ausgezogen?«

»Wahrscheinlich«, antwortete ihr Vater, und ein Anflug von Melancholie oder vielleicht auch Stolz huschte über sein Gesicht. »Die Wohnung über dem Laden ist wohl kaum noch seiner würdig, weißt du.«

Offensichtlich wollte er nicht weiter über das Thema sprechen, denn er beschleunigte seine Schritte wieder, und so liefen sie schweigend weiter durch das Labyrinth aus hupenden Wagen und johlenden Menschen. Einen Bus konnten sie nicht ausfindig machen, und so war es schon beinahe dunkel, als sie zu Hause ankamen.

*

An dem Abend saß Natalia allein im Salon an ihrem Flügel und tauchte geistesabwesend in eine Beethoven-Sonate ein, während sie verträumt zum Fenster blickte, hinter dem nur noch die schwarze Nacht zu sehen war. Das Zimmer duftete nach den Gardenien, die ihre Mutter erst am Nachmittag aus dem Garten geholt hatte, und Natalia atmete tief ein, bis sie spürte, dass sich der Knoten in ihrem Bauch ein wenig löste. Selbst hier noch, in ihrem Zuhause, ließ ein Gefühl sie nicht los, das sie sich nicht erklären konnte und das sie so sehr beunruhigte, als stünde die Wirklichkeit ein wenig schief.

Was war in letzter Zeit nur mit ihren Eltern los? Sie konnte es nicht benennen. Bisweilen hatte sie das Gefühl, sie würde mit einer abgehalfterten Version der Menschen zusammenleben, die sie einst so gut gekannt hatte. Anders als ihr Vater, der sich der Niedergeschlagenheit ergeben hatte, flatterte ihre Mutter durchs Haus, als wäre rein gar nichts geschehen, als wäre ihr Leben nicht im Geringsten vom Krieg oder von Natalias Erkrankung und den fallenden Bomben beeinträchtigt worden, und auch jetzt nicht von der Roten Armee, die die Hauptstraßen der Stadt entlangmarschierte.

Jeden Morgen erschien Despina in einem ihrer Seidenkleider am Frühstückstisch, die Haare kunstvoll hochgesteckt, ihr Markenzeichen. Wie jeden Morgen vor dem Krieg trank sie ihren Kaffee auf der Veranda, mit durchgedrücktem Rücken, und sah auf die Straße, auf der die Straßenbahnen gerade erst den Verkehr wieder aufgenommen hatten. Kaum einer hätte gedacht, dass sie inzwischen selbst den Kaffee kochte und das Frühstück zubereitete. Dass sie sich abends über die Wanne beugte, Handtücher und Bettlaken wusch und sich mit geröteten seifigen Händen den Schweiß von der Stirn wischte. Dass sie die Gardinen flickte und den Kamin zum Glänzen brachte, dass sie den Ruß aus allen Ecken und Winkeln ihres Zuhauses schrubbte.

Seitdem Sofia sie verlassen hatte, hatte Despina alles allein und ohne Hilfe bewerkstelligt.

Es barg eine gewisse Ironie, dass sie Sofia ausgerechnet jetzt verloren, nachdem sie die dunkelsten Kriegszeiten und die schlimmsten Bombardierungen zusammen durchgestanden hatten. Aber sie war in diesem Jahr siebzig geworden und hatte beschlossen, dass es an der Zeit war, in ihr Heimatdorf nahe der ungarischen Grenze zurückzukehren, zu ihren Wurzeln und ihren Enkelkindern, die inzwischen selbst erwachsen waren.

»Ich möchte meine letzten Tage dort verbringen, wo ich herkomme«, hatte sie Despina erklärt, die Sofia angefleht hatte zu bleiben, ihr eine Gehaltserhöhung und alles nur Denkbare angeboten hatte, damit sie blieb, die Sofia aber schließlich hatte ziehen lassen.

Natalia hatte aus ihrem Fenster zugesehen, wie sie sich an jenem Sonntagmorgen verabschiedeten, während die ersten Sonnenstrahlen über die Dächer krochen. Auch nachdem das Taxi, das Sofia zum Bahnhof bringen sollte, abgefahren war, standen ihre Eltern noch draußen an der Laterne in ihren Pantoffeln und Morgenmänteln und hielten sich in den Armen, und Natalia dachte zurück an eine andere Taxifahrt, als sie und ihre Mutter aus der brennenden Stadt geflohen waren.

»Hol dir jemand Neues, der dir hilft«, sagte Natalias Vater immer wieder, aber Despina wollte Sofia nicht ersetzen.

»Ich schaffe das schon, Anton, keine Sorge.«

Sie hatte angefangen, Pfirsich- und Kirschmarmelade einzukochen und rote Paprika, Tomaten und Zwiebeln einzulegen. Sie bereitete die Mahlzeiten zu, wobei sie offenbar große Freude daran hatte, ihre alten Kochkünste wieder hervorzuholen, und der Keller war aufs Neue gefüllt mit Hunderten von Gläsern mit selbst gemachtem Zacuscă und Auberginenaufstrich und Tarama – allesamt beschriftet und mit Datum versehen in Despinas gestochener und entschlossener Handschrift. Natalia fand, es sah aus, als würde sie sich auf den nächsten Krieg vorbereiten.

Aber Natalia hatte genug vom Krieg.

Alles, was sie wollte, war die Arme zum Himmel zu heben, durchzuatmen, sich lebendig zu fühlen. Zum ersten Mal, seit sie sich erinnern konnte, wachte sie nicht mit der Angst vor Sirenen und Bomben auf, von dem Brummen der Kampfflugzeuge, die über die Dächer jagten. Sie konnte auf die Veranda gehen und die Morgenluft einatmen. Sie konnte wieder ihre hübschen Kleider tragen, ohne sich darum sorgen zu müssen, dass sie ohnehin im Schmutz der Stadt gleich dreckig wären. Sie konnte an den Läden vorbeischlendern, die gerade wieder geöffnet hatten, bis zu der Apotheke an der Ecke, die etwa ein Dutzend verschiedenfarbige Lippenstifte vorrätig hatte. Die Angestellte tat so, als bemerke sie es nicht, wenn Natalia die Tester probierte, die Lippen heimlich vor dem Spiegel am Tresen spitzte, und lächelte lediglich leicht, wann immer Natalia ihr einen Blick zuwarf. »Richte deinem Vater meine besten Grüße aus«, sagte sie, wenn Natalia das Geschäft wieder verließ.

Natalias Vater zeigte jedoch wenig Interesse an seinen alten Bekanntschaften, er beobachtete bloß noch voller Sorge, dass russische Panzer auf den Straßen von Bukarest unterwegs waren.

*

»Die Sowjets haben gerade einen Waffenstillstand verhandelt, der ihnen die militärische Herrschaft über Rumänien erteilt«, informierte er sie eines Tages beim Abendessen, kaum hatte er seine Serviette auf dem Schoß ausgebreitet. »Wir stehen unter ihrer Gewalt, Despina, *zwangsweise*, unter Anweisung von Moskau. Ist dir klar, was das bedeutet?«

Natalia legte ihre Gabel hin. Auf einmal hatte sie keinen Hunger mehr. Am liebsten wäre sie aus dem Zimmer gerannt, damit sie all das nicht schon wieder anhören musste.

»Ach Papa!«, platzte es aus ihr heraus, ehe sie sich zurückhalten konnte. »Warum kannst du nicht damit aufhören? Die Sowjets, die Sowjets, warum ist das so wichtig?«

Der Blick, den er ihr zuwarf, ließ sie wünschen, sie könnte die Worte zurücknehmen, auch wenn sie nicht wusste, was sie falsch gemacht hatte. Ermunterte er sie nicht immer dazu, ihre Meinung zu sagen? Jetzt aber sah sie nur Erschütterung in seinen Augen. Auch ihre Mutter sah sie erschrocken an, ihre Hand mit der vollen Gabel in der Luft über ihrem Teller.

»Und was genau meinst du darüber zu wissen, Talia?«

»Ich weiß genug«, antwortete sie. »Ich weiß, dass die Menschen auf der Straße tanzen und sich Kränze umhängen und alle mit frischem Brot und Blumen begrüßen. Es kann also nicht so schlimm sein, was sie hier machen.«

Die nun folgende Stille senkte sich schwer auf sie und schien nicht enden zu wollen.

Als ihr Vater wieder das Wort ergriff, war es ein Flüstern. »Du kannst jetzt gehen, Natalia«, sagte er finster und stand selbst auf, um sich einen Drink einzuschenken.

Natalia bekam einen Kloß im Hals, den sie auch durch kräftiges Schlucken nicht loswurde. *Sei nicht böse auf mich,* wollte sie sagen. *Sei doch froh. Der Krieg ist vorbei. Warum kannst du dich denn nicht freuen?* Aber diesmal wollten die Worte ihr nicht über die Lippen kommen. Stattdessen stand sie auf, schob ihren Stuhl zurück und verließ das Zimmer ohne ein weiteres Wort.

25

November 1948

Der Winter kam viel zu früh in diesem Jahr. Weihnachten war erst in sieben Wochen, aber es hatte bereits zu schneien begonnen, die Tage waren kurz und trostlos, und die Eiszapfen an den Traufen glitzerten wie zerbrochene Dolche im fahlen Licht der Mittagssonne. Auf dem Palastplatz wurde das Reitermonument Carols I. vor den Augen einer Ansammlung verblüffter Umstehender umgeworfen. Während ein halbes Dutzend Panzer erbarmungslos gegen das Podest rammten, fuhr ein entrüsteter Aufschrei durch die Menge. Erst als ein Milizionär einen Warnschuss in die Luft abfeuerte, legte sich das Geschrei, und die Menge löste sich in kleine Gruppen auf.

Eine neue Grenze durchzog den Kontinent. Eine Mauer aus Stacheldraht, hinter der die Großstädte Ost- und Mitteleuropas zu Geiseln wurden, eingepfercht hinter bewachten Grenzübergängen, kontrolliert von Wachhunden und sowjetischen Panzern. In Bukarest waren sämtliche ehemalige Anführer und Mitglieder der königlichen Regierung festgenommen oder inhaftiert worden, manche hatte man in Zwangsarbeitslager nach Sibirien gebracht. Viele waren ohne Erklärung über Nacht verschwunden. Im Winter zuvor, nachdem von Stalin gesendete Armeeeinheiten den königlichen Palast umstellt hatten, war König Michael persönlich mit vorgehaltener Waffe dazu gezwungen worden, abzudanken. Weigere er sich, so warnte man ihn, würden tausend festgenommene Studenten sterben, und damit wäre das Blutbad noch nicht zu Ende. Also hatte er den Erlass unterzeichnet, und innerhalb weniger Minuten war die letzte Monarchie des Balkans Geschichte.

»Weißt du schon, dass wir jetzt Volksrepublik heißen sollen?«, flüsterten sich die fassungslosen Bürger von Bukarest zu, wenn sie sich ungehört wähnten, an Straßenecken, Haltestellen und Blumenständen. »Weißt du schon, dass unser neuer Premierminister von Stalin persönlich ernannt wurde?«

Die neue Wirklichkeit hatte sich nicht schleichend ausgebreitet, sondern sie veränderte von einem Tag auf den anderen alles, was ihnen vertraut gewesen war.

*

Auf ihrem Weg zur Schule kam Natalia am alten Senatspalast und am Hauptquartier des Militärs vorbei, und fasziniert von der unablässigen Geschäftigkeit dort verlangsamte sie ihre Schritte, um die Reihe von Männern in dunklen Ledermänteln und Pelzmützen anzustarren – stämmige, breitschultrige Männer –, die in den inzwischen umbenannten Regierungsgebäuden ein und aus gingen. Die an den Toren aufgestellten Wachen standen stramm und salutierten den Männern, eilten an die Wagentüren, um sie zu öffnen, trugen Aktentaschen und mit Dokumenten gefüllte Kartons für sie und luden sie in den Kofferraum der mit dunkel getönten Scheiben ausgestatteten Wagen. Auf der Straße wichen die Passanten aus und blickten scheu zu Boden, wenn diese Männer mit großen, entschlossenen Schritten an ihnen vorbeimarschierten. Sie küssten ihnen die Hand, wenn sie eine Kneipe betraten und ganze Flaschen Wodka und allerlei Delikatessen bestellten, an denen sonst niemand mehr Gefallen fand.

Eine neue Stille hatte sich über ihr Zuhause gelegt.

»Sprich mit niemandem in der Schule darüber, wie es bei uns zu Hause aussieht, Talia«, warnte ihre Mutter sie nahezu jeden Abend. »Erzähl niemandem vom Flügel und den ledergebundenen Büchern. Sprich mit keinem Menschen darüber. Und denk dran, die Wände haben Ohren.«

»Ich weiß, Mama, das hast du mir schon gesagt. Bitte mach dir keine Sorgen«, antwortete sie jedes Mal. Sie erwähnte nicht, dass ihr Vater ihr erst am Abend zuvor genau das Gleiche eingebläut hatte.

Vielleicht lag es am zunehmenden Verfolgungswahn ihrer Eltern, dass Natalia andere auf der Straße zu belauschen begann, dass sie so tat, als müsste sie sich die Schuhe binden oder etwas in ihrem Rucksack suchen, und deswegen an der Ecke stehen blieb. Die Geschichten, die sie dabei aufschnappte, jagten ihr eine Heidenangst ein, Geschichten von Überfällen und Plünderungen, davon, wie Soldaten der Roten Armee mitten in der Nacht Türen eintraten, mit Maschinengewehren herumfuchtelten und alles mitnahmen, was sie tragen konnten – Schmuck, Porzellan, Tafelsilber, Ölgemälde, türkische Teppiche. Geschichten von Männern, die auf die Knie fielen und den Soldaten die Füße küssten, ihnen ihre goldenen Armbanduhren und Eheringe anboten. Von Zivilisten, die ohne Erklärung verschwanden, zu Hunderten, zu Tausenden.

»Sie haben sich berauscht«, erklärte jemand. »An Tuică, an der Macht und am Leben fern der schlammigen Schützengräben. Sie haben den Rumänen nicht die Belagerung von Leningrad vergeben und auch nicht das Blutbad von Odessa.

Wie viele sind durch unsere Hand gestorben? Wie viele?«, erzählten die Leute kopfschüttelnd. Es stimmte alles, das wusste Natalia. Die Deutschen hatten die sowjetische Bevölkerung ausgehungert, hatten sie gezwungen, sich im Winter von Katzen zu ernähren, von Leichen. Und Rumänien hatte sie nahezu die ganze Zeit dabei unterstützt.

»Stimmt es, was die Leute über die Soldaten der Roten Armee sagen, Mama?«, fragte Natalia eines Abends, aber ihre Mutter wiegelte wie üblich ab.

»Geh dich waschen, Natalia. Wenn du dich beeilst, kannst du vielleicht vor dem Abendessen noch ein paar Minuten Klavier üben.«

Natalia seufzte, tat jedoch wie geheißen, denn sie wusste, dass es zwecklos war, zu widersprechen. Trotz der Geschichten, die im Umlauf waren, trotz der Gerüchte, dass die sowjetischen Soldaten mindestens genauso brutal seien wie die deutschen, wollte ihre Mutter nie darüber sprechen. Natalia vermutete, dass es etwas damit zu tun hatte, wie ihre Mutter in den letzten Kriegstagen in Snagov mit ihr im Arm an den Bahngleisen gesessen hatte. Damals hatte ein Soldat ihnen das Leben gerettet. »Krieg ist Krieg«, hatte Despina einmal zu Natalia gesagt. »Er verändert die Menschen auf unvorstellbare Weise. Aber es sind immer noch Menschen.«

Vier Jahre waren seit dem schicksalshaften Tag vergangen, und es fühlte sich an, als würde sich ein Sturm über ihnen zusammenbrauen. Seit Monaten kam ihr Vater jeden Abend mit Neuigkeiten über Unternehmen nach Hause, die beschlagnahmt worden waren, Banken, die man verstaatlicht hatte, Geld, das entwertet wurde. Neuigkeiten über Menschen wie ihn, aufrichtige, hart arbeitende Geschäftsmänner, die auf die Straße getrieben und für irgendeine achtlose, flapsige Bemerkung gegen die neue Regierung erschossen wurden. Über Familien, nicht unähnlich ihrer eigenen, die in Züge gesteckt wurden und von denen man nie wieder etwas hörte.

»Wir leben in gefährlichen Zeiten, Despina«, sagte er oft zu Natalias Mutter. »Du solltest versuchen, weniger aus dem Haus zu gehen. Und häng deine Pelze in den Schrank. Die ziehen nur unerwünschte Aufmerksamkeit auf uns.«

»In Ordnung, mein Liebster«, versuchte ihre Mutter dann, ihn zu besänftigen. »Aber sprich bitte nicht vor Talia darüber. Sprich überhaupt nicht darüber.«

Wie der Rest des schwindenden Bürgertums zogen auch die Gozas sich immer mehr in ihre eigenen vier Wände zurück. Da Natalia wenig zu tun hatte, verbrachte sie die meisten Tage wie zu Zeiten der Bombardierungen: an ihrem Flügel. Ihr Vater hatte darauf bestanden, ihn nach oben in ihr Zimmer zu stellen, ans hinterste Ende des Hauses, wo die geringste Gefahr bestand, dass die Nachbarn sie hörten. Er konnte dieser Tage Lärm jeglicher Art nicht gut ertragen, vor allem aber solchen nicht, der als aristokratische Aktivität gedeutet werden mochte und womöglich dazu führte, dass man ihn verhaftete.

Er hatte auch Natalias Klavierstunden einschränken müssen, aber das machte ihr nichts aus. Wenn sie allein übte, fern von Fräulein Eliades kritischem Blick und ihrer schrillen Stimme, die Natalias Spiel oftmals unterbrach, um zu bemängeln, dass sie nicht vernünftig saß oder ihre Ellenbogen zu starr hielt oder sie ihre Handgelenke tiefer halten müsse und nicht wie ein Geier auf die Tasten losgehen solle, fühlte sie sich freier denn je. Jetzt konnte sie improvisieren, ihre eigenen Melodien erfinden, Variationen über klassische

Stücke, die sie schon seit Langem auswendig spielen konnte, und sogar einige weniger konventionelle Stücke, bei denen die ältere Dame vor Wut geschäumt hätte.

Hatte Jazz schon immer eine derartige Wirkung auf sie gehabt? In den Jahren vor dem Krieg war er scheinbar ein ständiger Begleiter gewesen, unauffällig im Hintergrund. Doch etwas hatte sich in ihr verändert, als sie den Plattenspieler und die Jazz-Platten, die niemand mehr hörte, auf ihr Zimmer geholt und sich an den Flügel gesetzt hatte. Sie hatte ein schlechtes Gewissen bekommen, als hinterginge sie dadurch die großen Komponisten, doch während sie zu den Melodien spielte, fühlte sie sich, als wäre sie an einem vollkommen anderen Ort, und die Akkorde und Bewegungen ließen eine Energie in ihr aufbrodeln wie ein Fieber. Manchmal stellte sie sich vor, sie selbst sei das Mädchen auf der Plattenhülle, das ein paillettenbesetztes Kleid trug und auf einer schwach beleuchteten Bühne stand, neben ihr ein gut aussehender Trompeter in einem weißen Anzug, und ihre Melodien würden sich wie in einer Liebkosung umeinander winden und ineinander verschlingen. Zunächst waren die besonderen Synkopierungen noch eine Herausforderung, aber nach einer Weile fiel es Natalia immer leichter, und bald konnte sie die Stücke nachspielen.

Es stimmte sie jedoch traurig, dass sie sie nicht ihrem Vater vorspielen konnte. Zu oft saß er inzwischen hinter verschlossener Tür in seinem Arbeitszimmer, und er bat sie auch nicht mehr darum, ihm vor dem Zubettgehen etwas vorzuspielen. Er war geistesabwesend, missmutig, still. Er schimpfte auch nicht mehr über die Verschlechterung der Lebensumstände oder darüber, dass es nur eine Frage der Zeit war, bis man ihnen alles nahm, was sie besaßen.

Und da war noch etwas. Seit ein paar Wochen kam er jeden Abend mit einem schweren Koffer in der Hand nach Hause. Er murmelte dann lediglich eine flüchtige Begrüßung und hievte, ohne Hut und Mantel abzulegen, den Koffer ächzend über den Parkettboden und durch die Küche zur Hintertreppe, die auf den Dachboden führte. Dort öffnete er dann die alte, knarrende Holztür, und Natalia hörte, wie der Koffer gegen die Betonstufen schlug, und sie fragte sich, was wohl darin sein mochte. Das fragte sie sich auch noch, wenn ihr Vater wieder herunterkam und den leeren Koffer neben die Eingangstür stellte, damit er ihn am nächsten Morgen wieder mitnehmen konnte.

Was auch immer ihr Vater dort oben deponierte, Natalia würde nicht danach fragen. Er würde ihr eine unausgegorene Erklärung geben, von der sie beide wussten, dass Natalia zu alt war, um sie ihm zu glauben. Dann würde ein erneuter weitschweifiger Vortrag darüber folgen, in welcher Lage ihre Familie sich befand, dass Natalia niemandem trauen, mit niemandem sprechen solle. Dass ihr Leben auf Messers Schneide stünde, sollte sie preisgeben, wie es bei ihnen zu Hause aussah. Nein, es war besser, wenn sie ihren Vater erst gar nicht darauf ansprach. Aber weil er seine allabendliche Routine mit einer solchen Abgeklärtheit erledigte, wusste sie, dass das hier für ihre Familie ebenso bedrohlich war wie die Bombardierungen.

*

Eines Abends gegen Ende des Winters überreichte Natalias Vater ihrer Mutter eine Pistole. Er hielt sie ihr beim Abendessen über dem Kartoffelauflauf und dem geschmorten

Fleisch hin, als würde er ihr das Salz reichen. Ihre Mutter starrte die Pistole einen Augenblick lang an, griff aber nicht danach. Natalias Vater legte sie auf das weiße Tischtuch, und dort lag sie und glänzte mit ihrem fein gearbeiteten Elfenbeingriff unter der Deckenbeleuchtung wie ein hinreißendes Stück Porzellan. Es war eine elegante Pistole, ein Modell für Damen, klein genug, um sie in eine Abendhandtasche zu stecken.

»Ich möchte, dass du die hier ständig bei dir trägst«, sagte Anton geradeheraus und widmete sich dann dem Essen auf seinem Teller. »Fürs Erste. Und Talia«, er sah sie streng an, »ich möchte, dass du sie niemals anrührst.«

Natalia spürte, wie ihre Mutter neben ihr auf ihrem Stuhl ein wenig hin- und herrutschte. Ihre Gabel klirrte, als sie sie neben ihrem Teller ablegte. Dann tupfte sie sich den Mund ab, den sie zu einem schmalen Strich zusammengepresst hatte, und trank, ohne etwas zu sagen, einen kleinen Schluck Wasser.

Eine Pistole?, ging es Natalia durch den Kopf, fassungslos, denn sie wusste, wie abgrundtief ihre Mutter Waffen verabscheute, dass sie Anton nicht einmal erlaubte, eine Pistole im Tresor zu verwahren. So oft hatte Natalia sie sagen hören, dass Pistolen ihr Angst einjagten, aber jetzt, da die Waffe so beiläufig auf ihrem Tisch lag wie eine Butterschale, äußerte ihre Mutter keinerlei Protest.

»Lass uns morgen früh darüber sprechen, Anton«, sagte sie lediglich leise, und Natalia wusste, dass sie es nur ihr zuliebe tat.

»In Ordnung, meine Liebste«, erwiderte ihr Vater, und sie verständigten sich durch einen langen Blick. »Wie du möchtest.«

Aber als er am nächsten Morgen zum Frühstück nach unten kam, sah er als Erstes in Despinas Handtasche. Während er leise eine Melodie vor sich hin summte, ließ er sie wieder zuschnappen und trat mit einem zufriedenen Gesichtsausdruck an die Anrichte, um sich eine Tasse Kaffee einzuschenken.

Natalia verbrachte den ganzen Nachmittag und den Großteil des Abends in ihrem Zimmer. Unermüdlich spielte sie zu den vergnügten Jazz-Platten und ließ sich von den Melodien davontragen. Sie spielte, bis ihr der Rücken schmerzte und ihre Finger sich verkrampften, bis alle Angst verraucht war – zumindest für diesen Abend.

26

April 1950

Elenas Haus, so stellte sich heraus, hatte als Einziges in der ganzen Straße noch dieselbe Fassade wie vor dem Krieg. Die Spuren, die das Grundstück von dem Aufruhr vergangener Jahre trug, waren kaum sichtbar: feine Risse in den Steinplatten auf dem Weg zum Haus, der hier und da angerostete Eisenzaun, die abblätternde Farbe an den Fensterläden. Insgesamt erinnerte es nach wie vor an eine griechische Villa am Mittelmeer, selbst an einer düsteren Straße wie dieser und mit schmelzendem, verdrecktem Schnee davor.

Auf der hellen Veranda zog Despina ihre Handschuhe aus. Sie schüttelte die Regentropfen von ihrem Mantel und streifte die Gummistiefel ab, die in starkem Kontrast zu ihrem eleganten Aufzug standen. Natalia tat es ihr nach.

»Denk dran, was wir besprochen haben«, erinnerte ihre Mutter sie. »Auch wenn sie unsere Verwandten sind, wir machen nichts als höfliche Konversation, verstanden?«

Natalia, die nur mit halbem Ohr zuhörte, nickte nur. Tatsächlich hatte sie keinerlei Absicht, sich in irgendeiner Form an den Gesprächen der Erwachsenen zu beteiligen. Sie wollte nur endlich ihre älteste Cousine wiedersehen, Lidia. Sie hatte ihr so sehr gefehlt. Den ganzen Winter über hatten sie sich in ihrem Haus verschanzen müssen, als lebten sie noch immer in einem Kriegsgebiet, und nur weil Natalia gebettelt und gefleht hatte und weil die Sonne sich blicken ließ, hatte ihre

Mutter in diesen Besuch eingewilligt. Nur für ein oder zwei Stunden, mehr nicht. Doch zumindest kamen sie so endlich wieder aus dem Haus.

Eine Gardine bewegte sich kurz am Fenster neben der Tür, und schon wurde die Tür aufgerissen. Zwei kräftige Arme umschlossen sie in einer festen Umarmung, und der starke Duft eines schweren Parfums, das erst einen Augenblick zuvor aufgetragen worden sein musste, stieg ihnen in die Nase.

»Du meine Güte, wie lange haben wir uns nicht gesehen?«, rief Despinas älteste Schwester, die entschieden zu fein angezogen war in einem burgunderroten Kleid und passend bemalten Lippen.

In ihrer Stimme lag ein Anflug von Verzweiflung, beinahe Hysterie, als würde sie ihre Wiedersehensfreude nur ihnen zuliebe vortäuschen. Selbst ihre Umarmungen wirkten etwas zu energisch, etwas zu enthusiastisch. Andererseits benahmen sich dieser Tage alle ein wenig seltsam, und zumindest Elena hatte allen Grund dazu. Ihr Mann, der das letzte Jahr über als Teil des diplomatischen Korps in Istanbul stationiert gewesen war, hatte sich geweigert, zurückzukehren, als er dazu aufgefordert wurde, und niemand wusste, ob seine Familie ihn wiedersehen würde, geschweige denn zu ihm würde reisen können.

Das Verhältnis der beiden Familien hatte sich allerdings schon lange davor aufgeheizt, als ihre Meinungsverschiedenheiten bei jedem Zusammentreffen deutlicher zutage traten. Nie würde Natalia vergessen, was ihr Onkel ihnen bei ihrer letzten Begegnung entgegengeschleudert hatte, die Lippen noch feucht vom Wein ihres Vaters, als er vom Esstisch aufgesprungen war und seiner Frau und seiner Tochter bedeutet hatte, ihre Sachen zu holen. »Dich werde ich noch hängen sehen!«, hatte er wutentbrannt gerufen, über den Tisch gebeugt, den Blick wild auf ihren Vater geheftet. Dann hatte er sich die Serviette vom Schoß gerissen und in seinen noch halb vollen Suppenteller geworfen, so dass das fein gehackte Gemüse auf dem tadellos gestärkten Tischtuch ihrer Mutter gelandet war.

Inzwischen waren allerdings Monate vergangen, und seitdem schien zumindest zwischen den Schwestern Waffenstillstand zu herrschen, auch wenn die Geschehnisse noch über ihnen hingen wie eine dunkle Wolke.

»Talia, Liebes, du bist jedes Mal noch größer und noch hübscher, wenn ich dich sehe!«, rief ihre Tante jetzt mit einer Zuneigung, die Natalia noch nie an ihr erlebt hatte. »Kommt rein.«

Sie zog die beiden ins Haus und schloss hinter ihnen mit den gleichen hektischen Bewegungen zweimal ab. Im Wohnzimmer empfing sie ein loderndes Feuer im Kamin, das Natalia ihre Angespanntheit augenblicklich vergessen ließ. In der Mitte des Zimmers standen auf einem großen Silbertablett ein türkischer Kaffeekessel und eine Siphonflasche mit Sodawasser, wie zu alten Zeiten. Als sie gerade zwischen den unzähligen Kissen auf dem samtbezogenen Sofa Platz nahmen, kam Lidia – blonde Locken, pfirsichfarbene Lippen und zu viel vom Parfum ihrer Mutter – herein.

»Hallo, Püppchen«, sagte sie zu Natalia, stellte sich mit einem strahlenden Lächeln vor sie hin und kniff sie zärtlich in die Wangen. Sie ließ sich neben Despina auf das Sofa fallen und griff nach einer Schale mit Kompott, wandte sich zu Natalia um und zog in einer Grimasse eine Augenbraue hoch, so dass Natalia beinahe in schallendes Lachen ausgebrochen wäre.

Ach, wie sie ihre Cousine bewunderte! Lidia, fünf Jahre älter als sie selbst, war nicht nur reizend und witzig, sondern mit ihren großen, blauen Augen und den goldenen Haaren, die sie mit einer roten Schleife zurückgebunden hatte, auch eines der hübschesten Mädchen, das sie kannte. Natalia war sich bewusst, dass sie durchaus nicht als Einzige dieser Ansicht war. Sie hatte gesehen, wie die Jungs um Lidia herumschwirrten, wie andere Mädchen ihr nachliefen und sie fragten, ob sie mit ihnen ins Kino gehen oder sie zu Hause besuchen wolle. Lidia war es, die ihr gezeigt hatte, wie man sich die Haare bürstete, damit sie glänzten, wie man mit der Anmut eines Filmstars durch den Raum schwebte. Vor dem Krieg hatten sie viele Nachmittage zusammen verbracht, aber seitdem sich ihre Familien so überworfen hatten, sahen sie einander kaum noch.

»Lidia, du siehst aber *très chic* aus«, sagte Natalia lässig, was ihr einen amüsierten Seitenblick ihrer Mutter einbrachte.

»Sag, Talia, wie geht es mit deinem Klavierspiel voran?«, erkundigte sich Lidia, die jetzt Kaffee in eine kleine Porzellantasse einschenkte und sie ihr in der gleichen scherzhaften Art reichte. »Was spielst du momentan?«

Natalia stieß übertrieben heftig den Atem aus. »Meine Lehrerin ist ein Monster, *chérie*. Sie erwartet einfach zu viel. Ich strenge mich ja an, aber die *Mondscheinsonate*?« Sie verdrehte theatralisch die Augen. »Ich bin noch nicht einmal vierzehn«, fuhr sie fort. Sie hoffte, ihre Mutter würde nicht darauf hinweisen, dass Natalia in letzter Zeit alles Mögliche am Klavier spielte, nur ganz sicher keinen Beethoven.

»Oh Talia, du wirst wirklich immer besser. Das Wichtigste ist, dass du dranbleibst und immer weiter an dir arbeitest –«

Ein Hämmern an der Tür schnitt Lidia das Wort ab, und die beiden Mädchen sahen sich an.

»Erwartest du noch jemanden?«, fragte Natalias Mutter ihre Schwester mit erstauntem Blick.

»Nein.« Elena zuckte die Achseln. Sie trank einen Schluck aus ihrer Tasse, und als sie sie wieder auf der Untertasse abstellte, klapperte sie ein wenig. »Obwohl wir …«, sie hielt inne, hob eine Hand an den Hals und schluckte mühsam, »Besuche hatten. Seitdem Radu … nun ja, du weißt schon.«

Ihre Mutter schlug die Augen nieder, und einen Moment lang sagte niemand etwas. Das Hämmern hörte nicht auf; es wurde immer lauter, entschlossener. Selbst Lidia schien auf einmal verunsichert; sie saß steif auf ihrem Platz und biss sich auf die Lippe.

Natalia blickte verwirrt von ihrer Tante zu ihrer Mutter. »Geht denn niemand öffnen?«

»Doch, ich schätze, ich sollte wohl aufmachen«, sagte Elena, stellte die Tasse ab und erhob sich langsam. Mechanisch strich sie sich das Kleid glatt und ging zur Tür, als hätte sie keinerlei Eile.

*

Natalia hörte, wie ihre Tante am anderen Ende des Hauses den Schlüssel im Schloss einmal drehte und dann noch einmal. Mit klopfendem Herzen lauschte sie dem kurzen Wortwechsel, den männlichen Stimmen, die sie nicht erkannte, gefolgt von Stiefeln, die über das Parkett stampften, und dem Klappern von Metall. Im hellen Sonnenlicht, das durch die offene Terrassentür fiel, erschienen zwei dunkle, große Umrisse. Als sie in der Tür stehen blieben, spürte Natalia, wie ihr das Blut in den Adern gefror.

Sie hatte schon jede Menge Soldaten der Roten Armee

gesehen, wie sie in Grüppchen in Cafés saßen oder mit der Hand am Halfter in Formation die Straße entlangmarschierten. Der eine oder andere hatte sie auf der Straße sogar angelächelt und ihr im Vorbeigehen salutiert, die Hand ans khakifarbene Barett mit dem roten Stern darauf gelegt, und sie schamlos angestarrt. Von so nahe hatte sie sie jedoch noch nie gesehen. Wie sie mit glasigen Augen und nach Brandy riechend in ihren schlammbespritzten Uniformen vor ihnen standen, wirkten sie grotesk auf Natalia, beinahe als wären sie keine echten Menschen. All die Geschichten, die sie gehört hatte, prasselten auf sie ein, die Erzählungen davon, wie sowjetische Soldaten Häuser plünderten und dabei alles mitnahmen, was sie tragen konnten. Verängstigt blickte sie zu ihrer Mutter in der Hoffnung auf ein Zeichen von ihr, dass alles in Ordnung sei, aber Despinas Gesicht war eine weiße Maske. Lediglich ihr Arm bewegte sich leicht, beinahe wie ein nervöses Zucken, und sie streckte ihn über das Sofa aus und griff nach ihrer Handtasche, die sie neben sich abstellte.

»Bitte, die Herren«, sagte Elena nun, die hinter ihnen ins Zimmer getreten war. Ihr Tonfall wirkte aufgesetzt, klang angestrengt, auch wenn sie sich alle Mühe gab, einen heiteren Eindruck zu machen. »Hätten Sie gern ein Glas Tuică? Ich habe auch frisches Gebäck da. Hier entlang, bitte.«

Sie bedeutete den Soldaten, ihr in die Küche zu folgen, aber sie schenkten ihr keine Beachtung. Stattdessen traten sie weiter ins Zimmer und fingen an, diverse Gegenstände zu begutachten – einen Kristallaschenbecher, ein Fabergé-Ei auf dem Kaminsims, ein Silbertablett auf der Anrichte –, sie hin und her zu drehen und die Gravuren an der Unterseite zu lesen. Der ältere, stämmigere von ihnen sagte etwas auf

Russisch, und sie lachten. Dann fiel ihr Blick auf Lidia. Der jüngere Soldat mit den breiten Schultern lächelte ihr zu, aber in seinen Augen lag etwas Düsteres.

Lidia erhob sich vom Sofa und ging Richtung Tür, ohne das Lächeln zu erwidern. Plötzlich stellte er sich ihr in den Weg, die Hände in die Hüften gestemmt. Sie machte Anstalten, an ihm vorbeizugehen, aber er stellte sich erneut vor sie. Lidia war sichtlich nervös. Ihr Atem ging schneller. Und dann tat sie etwas Undenkbares, etwas, bei dem es Natalia vor Schreck den Atem verschlug: Lidia sah auf, blickte dem Soldaten direkt in die Augen und spuckte ihm ins Gesicht.

Im Zimmer herrschte Grabesstille, als der Soldat die Hand hob und sich die Wange abwischte. Dann packte er so unvermittelt Lidias Arm, dass sie keine Gelegenheit hatte, zu reagieren. Erst als er sie grob herumgewirbelt und eng an sich gezogen hatte, begann sie, mit ihrem freien Arm um sich zu schlagen, und sie zerrte an seinen Haaren, kratzte ihm über das Gesicht und trommelte mit ihrer Faust auf seine Brust ein.

Lidia!, dachte Natalia, aber kein Laut kam über ihre Lippen. Instinktiv schloss sie die Augen. Sie hielt sich die Ohren zu, um auszusperren, was dann folgte – die schrillen Schreie ihrer Cousine, wie ihre Bluse zerriss, die eierschalenfarbenen Knöpfe einer nach dem anderen auf den Boden sprangen, das Kreischen und Flehen ihrer Tante, wie ihr selbst das Blut in den Ohren rauschte. Und dann ein einziger Knall, ein entsetzliches Geräusch, und alles wurde still.

Niemand rührte sich, während der Geruch von Rauch sich im Zimmer ausbreitete. Niemand traute sich, einen Atemzug zu tun.

Der Soldat taumelte einige Schritte zurück, sein Blick verständnislos, ehe er an sich herabsah und einen qualvollen Schrei ausstieß. Durch ein Loch in seiner Uniformhose, direkt über dem Knie, sickerte ein rotes Rinnsal. Er fiel auf die Knie, kippte dann zur Seite, als er wieder aufstehen wollte, und seine Schulter krachte mit einem dumpfen Schlag gegen die Wand.

»Lassen Sie sie in Ruhe. Verlassen Sie dieses Haus. Sofort.« Durch die Stille ertönte die Stimme von Natalias Mutter. Sie klang rau und belegt und war nicht wiederzuerkennen.

Natalias Puls raste, und ihr wurde schwindelig. Wie durch einen Nebel nahm sie wahr, dass dort auf der blasslila Tapete, wo eben noch die Hand des Soldaten gelegen hatte, verschmiertes Blut klebte. Dass Lidia schluchzte und sich die Bluse, die in Fetzen herabhing, vor die Brust hielt. Der Teppich zu ihren Füßen war zerwühlt. Natalia bemerkte kaum die am Boden kauernden Männer und ihre hektischen Bewegungen. Aber aus dem Augenwinkel sah sie ihre Mutter, die unerschütterlich die Pistole in der Hand hielt und sie abwechselnd auf die beiden Männer richtete. In ihren Augen lag keine Spur von Angst oder Wut, nur kalte, harte Entschlossenheit.

Und dann geschah das Unglaubliche. Ächzend und mit zusammengebissenen Zähnen leise vor sich hin fluchend rappelte der verwundete Soldat sich hoch. Er strauchelte und stürzte beinah, doch sein Kamerad fing ihn noch rechtzeitig, stützte ihn und half ihm auf die Füße. Ohne einen Blick zurück stolperten sie aus dem Salon und an den gerahmten Lithographien im Flur vorbei durch die Haustür, die in der Abendbrise aufschwang.

Die ganze Zeit über hatte Natalias Mutter die Pistole weiter auf Augenhöhe gehalten. Erst als die Männer aus ihrem Blickfeld verschwunden waren, als alles, was sie von der Straße hören konnten, das Brummen vorbeifahrender Autos und eine Straßenbahn waren, die quietschend am Ende der Straße zum Halten kam, ließ sie sie sinken.

27

Leere Schaufenster und schwach beleuchtete Straßen, der Gestank von Müll, der sich an den Straßenecken unter einer grauen Schneedecke anhäufte, das war alles, was vom »Paris des Balkans« übrig blieb mit seinen einst tadellosen Bürgersteigen und den strahlend weißen modernen Fassaden, seinen üppigen Parkanlagen und belebten Plätzen.

Natalia und ihr Vater gingen in aufziehender Dunkelheit durch eine Kulisse aus rußgeschwärzten Mauern und umgestürzten Zäunen. Natalia war im Laden gewesen, um ein paar Stunden auszuhelfen, wie jeden Freitag nach der Schule.

Auf dem Weg kamen sie an einigen Geschäften vorbei, die zugemacht hatten und deren Markisen zerrissen und deren Fensterscheiben eingeschlagen waren, obwohl es keine Waren darin gab, die man hätte stehlen können. Als sie an der einzigen Bäckerei vorbeikamen, die noch geöffnet hatte, warfen sie einen Blick auf die leeren Auslagen hinter den schmutzigen Fenstern. An der Kasse lag ein einsames Schild mit der Aufschrift *Heute keine Ware mehr.* An nahezu jedem Morgen auf dem Weg zur Schule sah Natalia dieses Schild, nur wenige Stunden nachdem die Kundschaft, die sich in aller Frühe angestellt hatte, mit leeren Händen wieder heimgekehrt war.

»Ich möchte jeden Tag zu dir in den Laden kommen, Papa«, sagte sie. »Ich kann hinten meine Hausaufgaben machen und danach aushelfen. Dann könnten wir zusammen nach Hause gehen, so wie jetzt.«

Der Anflug eines Lächelns erschien auf seinem Gesicht. »Ich weiß nicht, mein Herz. Ich bin sicher, dass deine Mutter es nicht gutheißen würde, wenn ich gegen ihre Regeln verstoße.«

Natalia sagte nichts.

»Es ist nicht mehr so wie früher, Talia. Es ist anders, seitdem … seitdem …« Er beendete den Satz nicht, aber sie wusste, was er meinte. »Wir müssen vorsichtig sein, vorsichtiger als je zuvor. Fürs Erste geh nach der Schule direkt nach Hause. Das ist das Beste.«

An der Ecke blieben sie stehen. Bevor sie die Straße überquerten, griff Natalias Vater in seine Hosentasche und holte ein paar Münzen hervor, die er in die Metalldose einer blinden alten Bettlerin warf, die unter einem Vordach kauerte.

»Gott sei ihm gnädig. Gott sei ihm gnädig, mein Kind«, stimmte sie einen Sprechgesang an, und ihre trüben, blicklosen Augen folgten ihnen bis zur Kreuzung.

»Gehen wir«, sagte Natalias Vater und nahm sie an der Hand, damit sie es noch über die Ampel schafften.

In letzter Zeit hatte er es immer eilig, dachte Natalia bei sich, ständig hastete er über die Straße, auch wenn es schon rot wurde, als müsste er dringend irgendwohin. Dabei hatte er die Hände meist in den Taschen vergraben und den Blick zu Boden gerichtet. Doch seit drei Wochen, seit ihrem Besuch bei Elena und Lidia, schnellte sein Blick ohne Unterlass hierhin und dorthin.

Niemals würde Natalia seinen Gesichtsausdruck an jenem Abend vergessen, als sie erst kurz vor Mitternacht vom Haus ihrer Tante nach Hause gekommen waren. Ihr Vater war verstört vor Sorge, während er wie eine eingesperrte Raubkatze auf und ab lief. Wie er vor ihnen gestanden hatte, barfuß in seinem seidenen Morgenmantel, die Hände vor sich ausgestreckt, eine Erklärung einfordernd. Natalia hätte sich ihm am liebsten in die Arme geworfen und erzählt, wie furchtbar es gewesen war, wie viel Angst sie gehabt hatte, aber er war ihrer Mutter in den Salon gefolgt, wo sie schluchzend auf dem Sofa zusammengebrochen war.

»Erzähl es mir, Despina. Erzähl mir alles, und lass nichts aus.«

Natalias Mutter hatte ihn einen Moment lang angesehen, dann hatte sie mit zitternden Händen ihre Handtasche genommen und die Pistole hervorgeholt. »Schaff sie weg. Versteck sie«, hatte sie gesagt und sie ihm hingehalten.

Eine Ewigkeit schien zu verstreichen, bevor Anton Despina die Waffe aus der Hand nahm. Als er sie auf den Sofatisch legte, klirrte es.

Danach hatten er und Despina kaum über den Vorfall gesprochen. Wenn es doch einmal zur Sprache kam, bemühte sich ihr Vater darum, es zu verharmlosen, indem er Bemerkungen machte wie: »Zum Glück haben sie dich ernst genommen, Despina, und sind tatsächlich abgezogen«, aber ihre Mutter lachte nie darüber. Sie atmete lediglich tief ein.

Die Tage wurden zu Wochen, und inzwischen thematisierten sie den Vorfall kaum noch. Allmählich hatte Natalia sich wieder entspannt, doch sie wurde das Gefühl nicht los, dass trotz des Krieges, der Angst vor Verfolgung, der knappen Lebensmittel und der eingeschränkten Elektrizität, dass trotz allem, was sie und ihre Familie schon erlitten hatten, genau dieser Vorfall Folgen für ihre Familie haben würde. Und dennoch konnte sie nicht ahnen, wie bald sich diese Angst schon bewahrheiten würde.

*

Zuerst war alles wie immer. Während sie und ihr Vater sich durch das Gewimmel von Straßenbahnen und Reklametafeln ihren Weg nach Hause bahnten, fiel ihr nichts Ungewöhnliches auf, außer ein Schatten, der wie ein dunkler Fleck in ihrem Augenwinkel auftauchte und nicht mehr verschwand. Mehrere Straßenzüge lang schenkte sie dem keine Beachtung, bis sie erkannte, was es war: ein schwarzer, unauffälliger Wagen mit getönten Scheiben und ohne Nummernschild. Er scherte aus dem Verkehr aus und blieb abrupt stehen, und ein Mann mit teurem Mantel – untersetzt und mit einem ziemlich düsteren Aussehen – stieg hinten aus. Wie er sich vor ihnen aufbaute – breitbeinig und die Arme vor der Brust verschränkt –, zeigte ihnen, dass er nicht einfach ein Fremder war, dessen Weg den ihren kreuzte.

Er hatte den Mantelkragen hochgeschlagen, und in seinem harten, stechenden Blick konnte Natalia nichts lesen.

»Sind Sie Anton Goza?«, fragte er.

»Ja, der bin ich«, antwortete ihr Vater, der blass geworden war, das Kinn aber erhoben hielt. »Wie kann ich Ihnen behilflich sein?«

»Sie sind verhaftet. Sie werden mit uns mitkommen müssen.« Der Mann legte eine behandschuhte Hand auf den oberen Rand der Autotür und zog sie weiter auf, beinahe zuvorkommend.

Natalia sah verängstigt zwischen ihrem Vater und dem

Mann hin und her. Das hier war kein Polizeiauto. Und der Mann trug definitiv keine Uniform. Wie konnte er ihren Vater festnehmen? Sie dachte kurz, es könnte sich nur um einen Irrtum handeln. Ihr entfuhr ein Laut, der wie ein erstauntes Glucksen klang.

»Papa?«

Und dann begriff sie. Die Erkenntnis traf sie so unvorbereitet, dass ihre Knie beinahe unter ihr nachgaben. Der Mann musste zur Geheimpolizei gehören. Nur was wollten sie von ihrem Vater? Die Securitate kümmerte sich nur um Verbrechen gegen den Staat. Ihr Vater aber war kein Aufrührer, kein Aktivist. Ganz im Gegenteil, er blieb für sich und sprach seit einiger Zeit mit praktisch niemandem mehr. Warum sollten sie etwas von ihm wollen? Dann fielen ihr die Geschichten wieder ein, die sie auf der Straße aufgeschnappt hatte, die Gerüchte über unerwartete Festnahmen und Entführungen, über Menschen, die über Nacht spurlos verschwanden und nie wieder gesehen wurden.

»Nein!«, rief sie mit erstickter Stimme. »Papa, lauf!«

Panisch zerrte sie an seinem Arm, aber er stand reglos da und machte keinerlei Anstalten, wegzurennen. Als wäre er nicht überrascht.

»Geh nach Hause, Talia«, wies er sie streng an und fasste sie an der Schulter. »Geh direkt nach Hause, und bleib auf keinen Fall stehen.«

Dann nahm er seinen Hut ab und stieg in den Wagen.

»Warum?«, schrie Natalia. »Warum? Er hat nichts getan.«

Aber der Mann im dunklen Mantel schob sich bereits neben ihrem Vater auf die Rückbank, dann schloss sich die Tür, und als das Auto davonraste, sah sie nur noch, wie ihr Vater seinen Kopf nach hinten fallen ließ, als würde er tief Luft holen.

Sie zwang sich, ebenfalls tief durchzuatmen. Sie bemerkte kaum, dass auf der anderen Straßenseite mehrere Fußgänger stehen geblieben waren und dass an den Fenstern über ihr die Vorhänge beiseitegeschoben wurden. Es fiel ihr schwer, einen klaren Gedanken zu fassen; ihre Nerven waren zum Zerreißen gespannt. Was würde mit ihrem Vater passieren? Warum hatten sie ihn hier verhaftet? Und wohin brachten sie ihn?

Sie erinnerte sich daran, was sie über die Securitate gehört hatte, und sosehr sie sich auch bemühte, sie konnte die schrecklichen Gedanken daran nicht abschütteln. Sie hatte gehört, dass die Männer in der Dunkelheit zuschlugen, an abgeschiedenen Straßenecken mitten in der Nacht, damit es keine Szene gab. Was auch immer ihrem Vater vorgeworfen wurde, spielte keine Rolle. Es würde eine Scheinverhandlung geben, die ohne das Recht auf Verteidigung in einem Urteil mündete, oder man würde ihn sofort in ein Zwangsarbeitslager bringen. In den Gulag, so nannten die Leute das Lager, in das Personen, die Verbrechen gegen den Staat verübt hatten, geschickt wurden und aus dem niemand je wieder zurückkehrte.

Ein heftiges Keuchen entwich ihrer Kehle. *Was soll ich meiner Mutter nur sagen?*, war ihr erster Gedanke. *Wie soll ich ihr beibringen, dass er nicht nach Hause kommt? Dass er vielleicht nie wieder nach Hause kommt?*

Sie vergrub das Gesicht in den Händen, schloss die Augen und ließ sich auf die Knie sinken.

Plötzlich spürte sie eine Hand auf ihrer Schulter und blickte auf. Sie brauchte einen Moment, bis sie den alten Herrn Enesco erkannte, ihren Nachbarn, der sich zu ihr herabbeugte.

»Natalia, was ist passiert?«, erkundigte er sich.

Aber sie konnte sich nur stumm aufrappeln, in seine Arme werfen und ihren Tränen freien Lauf lassen. Und so weinte sie eine gefühlte Ewigkeit in den Armen des gütigen alten Mannes, der ihr mit seinen faltigen, schwieligen Händen tröstend über das Haar strich.

»Komm, ich bringe dich nach Hause«, sagte er nach einer Weile. »Deine Mutter macht sich sicher Sorgen, und du solltest jetzt nicht allein sein.«

Natalia nickte und wischte sich über die Augen. Dann stand sie auf und nahm ihre Tasche. Sie wünschte inständig, dass alles nur ein Traum gewesen war.

»Dein Vater war ein guter Mann«, sagte Herr Enesco kopfschüttelnd, als sie den Heimweg begannen. »Ich weiß nicht, was er getan hat, aber das ist eine Tatsache.«

Mein Vater ist immer noch ein guter Mann!, hätte Natalia am liebsten lautstark protestiert. *Er ist ein guter Mann, und er wird zu uns zurückkommen!* Aber sie hatte nicht die Kraft dafür. Stattdessen nahm sie die Hand ihres Nachbarn, und den Rest des Weges legten sie schweigend zurück.

28

Victor Dimitrov war tatsächlich auf der Karriereleiter aufgestiegen, wie ihre Eltern prophezeit hatten. Natalia erkannte ihn kaum wieder, als er bei ihnen in der Tür stand: schneidig, größer, als sie ihn in Erinnerung hatte, die Mütze in der Hand und ein höfliches Lächeln auf den Lippen, hinter dem sie so etwas wie Autorität erahnen konnte. Er sah gut aus in seinem dunklen Ledermantel, den er auszog, bevor er eintrat, weil es einen heftigen Regenguss gegeben hatte.

»Hallo, Despina, hallo, Talia«, begrüßte er sie und strich sein schwarzes Haar glatt, das trotz des Wolkenbruchs tadellos saß. Seine grünen Augen, an die Natalia sich gut erinnerte, musterten sie einen Augenblick lang. Er lächelte und zog dabei unwillkürlich einen Mundwinkel leicht nach oben, so wie er es immer getan hatte, wenn etwas ihn amüsierte oder überraschte.

Natalia schlug die Augen nieder. Etwas in ihr machte einen kleinen Hüpfer, aber sie wollte Victor ihre jähe Verlegenheit nicht zeigen. Sie blinzelte ein wenig atemlos und spürte, wie sie errötete.

»Bitte, komm doch herein, Victor«, sagte ihre Mutter und nahm seinen Mantel. »Danke, dass du hergekommen bist. Ich weiß ja, wie beschäftigt du bist.«

Die Worte ihrer Mutter holten Natalia in die Wirklichkeit zurück. Victor war nicht einfach zu Besuch; er war gekommen, weil ihre Mutter ihn um Hilfe gebeten hatte. Das war das Erste gewesen, was sie getan hatte, nachdem Natalia am späten Nachmittag ohne ihren Vater nach Hause gekommen war. Sichtlich blass hatte ihre Mutter am Treppengeländer Halt gesucht und war geradewegs ins Arbeitszimmer geeilt, hatte die Schreibtischlampe angeknipst und Antons Papiere durchsucht, Schubladen aufgezogen und wieder geschlossen, einen Stapel Akten umgeworfen. Schließlich hatte sie das, wonach sie suchte, in einer alten Zigarrenschachtel gefunden. Sie hatte den kleinen Fetzen Papier ins Licht gehalten und hastig die Telefonnummer darauf gewählt.

»Ja, ich weiß, dass es sich um eine private Nummer handelt. Er weiß, wer ich bin«, hatte Natalia sie sagen gehört. Das Gespräch war kurz verlaufen, aber als Despina aufgelegt hatte, war eine Spur von Hoffnung in ihre Augen zurückgekehrt.

Und jetzt war Victor hier. Er war gekommen, wie er es versprochen hatte. Wie lange war es her, seitdem sie ihn zuletzt getroffen hatten? Natalia konnte sich nicht erinnern. Damals war er so dünn gewesen, dass sich die spitzen Umrisse seiner Schultern durch die Woll- und Angorapullover abzeichneten, die einst ihrem Vater gehört hatten. Zu jener Zeit hustete er viel, und seine Hände, inzwischen makellos gepflegt, waren so rau wie Sandpapier und an den Fingerknöcheln rissig gewesen.

»Kannst du nicht irgendetwas für ihn tun, Papa?«, hatte Natalia einmal gefragt. »Kannst du ihm nicht eine Arbeit im Laden anbieten?«

Ihr Vater hatte sie liebevoll angesehen und ihr die Hand getätschelt. »Er will nicht für Leute wie mich arbeiten, mein Herz. Aber ich helfe ihm, wo ich kann. Keine Sorge.«

*

Er habe keine Familie, hatte Victor ihnen einmal beim Essen an einem jener endlosen Sonntagabende erzählt, die sich in der Erinnerung anfühlten, als wären sie Teil eines anderen Lebens gewesen. Wie Anton war er ein Waisenkind, aber er hatte seine Eltern nie kennengelernt. Er wurde von seiner Tante großgezogen, die vor dem Krieg als Näherin gearbeitet hatte. Sie lebten in einer Einzimmerwohnung in einem Hinterhof, in dem ständig Laken und Unterwäsche auf den kreuz und quer angebrachten Wäscheleinen flatterten, und Victor hatte sich seinen Lebensunterhalt mit Botengängen verdient. Durch die Fenster der prächtigen Villen hatte er Blicke auf ein Leben erhascht, das er niemals führen würde, ganz egal, wie fleißig er lernte, wie hart er arbeitete, wie viel Mühe er sich gab. Mit der Zeit verabscheute er es immer mehr, wie man ihn am Eingang begrüßte, ihn anwies, draußen zu warten und ja nichts anzufassen. Er hasste es, wie Diener und Hausmädchen ihm die Kleider abnahmen, als wären seine Hände schmutzig, obwohl er doch dabei geholfen hatte, die Kleider zu fertigen – indem er Schnittmuster ausschnitt, die Stoffballen mit Seide und Samt ausrollte, die Nadeln für seine Tante vorbereitete. Abends massierte er seiner Tante die schmerzenden Schultern und den gekrümmten Rücken; ihre Arbeitstage waren lang, nur so konnten sie von ihrem Lohn genug Lebensmittel kaufen. Nach einigen Jahren begann ihr Gleichmut Victor auf die Nerven zu gehen, und er fing an, auch sie ein wenig zu verabscheuen, ihre Resignation, die übertriebene Demut, mit der sie einige wenige Münzen für einen vollen Monat Arbeit entgegennahm, ihren unerschütterlichen Glauben an einen guten und allmächtigen Gott, den sie jeden Morgen auf ihren müden Knien in der Kirche am Ende der Straße pries und am Abend zu Hause.

»Was hat Gott dir geschenkt, dass du so fest an ihn glaubst?«, hatte Victor sie einmal gefragt, als er vierzehn war.

Sie hatte sich zu ihm umgedreht und ihm eine Ohrfeige verpasst. »Zweifle nicht am Allmächtigen«, hatte sie ihn zurechtgewiesen, den Zeigefinger drohend erhoben. »Du solltest dankbar sein für dein täglich Brot, für all das, was er uns ermöglicht.«

Welches täglich Brot?, hätte er am liebsten gefragt, aber er wusste, dass es zwecklos war. Da hatte er beschlossen, dass er genug hatte von ihrer frommen Demut. Erst kurz zuvor hatte er einen jungen Mann kennengelernt, der ihn eines Abends mit zu einer Feier nahm, auf der er seinen ersten Whiskey trank. Es waren auch junge Studenten dort, und sie sprachen über Themen, von denen Victor noch nie etwas gehört hatte, Themen, die seine Gedanken anregten. Sie sprachen über Freiheit und Gleichheit, über die industrielle Revolution gleich hinter der Grenze in der Sowjetunion und wie das Land die Fortschritte jeder anderen Nation um ein Fünffaches überstieg. Sie tranken bis spät in die Nacht, und als die Dämmerung einbrach, fühlte Victor sich frei. Der plötzliche Optimismus, der in seinem Herzen erwacht war, brannte sich ein, und es war ihm gleich, ob seine Tante sich Sorgen um ihn machte, ob sie ihre Kleider allein zuschneiden und nähen musste. Zum ersten Mal in seinem Leben hatte er Hoffnung, und allein davon konnte er, wenn es sein musste, tagelang ohne ein Dach über dem Kopf überleben.

Einen Monat darauf war er in das ausgebaute Dachgeschoss über dem Geschäft an der Piața Romană gezogen und hatte angefangen, zu wöchentlichen Treffen zu gehen. Seine neuen Freunde behandelten ihn mit Respekt, sie fragten ihn nach seiner Meinung und hörten sich an, was er zu sagen hatte. In ihren Augen konnte er die Zukunft sehen – unermessliche Möglichkeiten für Menschen wie ihn, die lediglich ein Leben in Armut kannten, die unbedeutend waren, die ausgebeutet wurden. Er machte es sich zur Gewohnheit, auf Demonstrationen zu gehen, und mehrmals wurde er sogar verhaftet, aber er ging immer wieder auf die Straße, stets als einer der Ersten unter der Ansammlung von Arbeitern und Bauern. Einige Male hielt man ihn ein paar Tage fest, aber nie wurde Anklage gegen ihn erhoben, so dass man ihn schließlich wieder laufen ließ. Als dann der Krieg sich ankündigte, machte die Polizei sich nicht länger die Mühe, die Demonstrationen zu zerschlagen. Niemand nahm mehr Notiz davon, während ganze Stadtviertel in Flammen aufgingen.

*

Natalia erinnerte sich an einen anderen Abend, als Victor beim Essen sagte, die Gabel halb zum Mund geführt, Anton sei für ihn wie ein Vater gewesen. In seinem unverwandt auf Anton gerichteten Blick lag tiefe Dankbarkeit. Natalias Vater hatte mit einem herzhaften Lachen reagiert und ihm auf den Rücken geklopft, aber man sah ihm an, dass Victors Worte ihn rührten. Es war eine Verbindung zwischen den beiden entstanden, die nur ihnen gehörte.

Wo war dieser junge Mann nun, der ihrem Vater einst so viel bedeutet hatte? Sie konnte nicht mehr viel von ihm entdecken. Nichts an der Person, die ihrer Mutter gegenübersaß und aufmerksam zuhörte, wie es zur Verhaftung ihres Vaters gekommen war, erinnerte an ihn.

War Victor in irgendeiner Form überrascht oder alarmiert davon, was geschehen war, so ließ er sich nichts anmerken. Er lauschte regungslos wie eine Marmorstatue.

Wie macht er das bloß?, fragte sich Natalia, während sie ihn fasziniert von der anderen Seite der Glastür aus beobachtete. *Wie kann er nichts fühlen?* Aus Angst, er könne sie entdecken, trat sie hinter den halb durchsichtigen Vorhang, aber sie wollte ihren Posten nicht aufgeben. Ihre Füße wurden wie von einem Magneten festgehalten.

Irgendwann stand Victor auf und zündete sich eine Zigarette an, fuhr sich mit der Hand durch die Haare, trat ans Fenster und betrachtete etwas davor. Wenige Augenblicke später kam er an den Sofatisch zurück und drückte die Zigarette im bronzenen Aschenbecher aus. Dann zog er ein Notizbüchlein aus seiner Brusttasche hervor und kritzelte etwas mit Bleistift hinein. Natalia konnte nicht hören, was gesagt wurde, als er die Seite herausriss und ihrer Mutter reichte.

Als Despina das Gesicht in den Händen vergrub und Victor sie am Arm berührte, als wollte er sie trösten, tat ihre Mutter etwas, das Natalia noch nie erlebt hatte: Sie nahm Victors Hand in ihre und küsste sie.

29

Die Sonne war noch nicht aufgegangen, als Despina eines Morgens in aller Frühe das Haus verließ. Natalia hörte sie, wie sie ihre Sachen im Flur zusammensammelte, das Klimpern ihrer Schlüssel, das Zuschlagen der Haustür und dann die knappen Schritte auf dem Bürgersteig und wie sie schließlich verhallten.

Sie sprang aus dem Bett und spähte durch die halb zugezogenen Vorhänge nach draußen, wo sie die Gestalt ihrer Mutter energischen Schrittes die Straße hinunterlaufen sah.

Wäre Natalia ihr in einer Menschenmenge begegnet, hätte sie ihre Mutter in dem zu großen Mantel – zweifellos ein Kleidungsstück ihres Vaters – und dem ausgeblichenen, geblümten und unter dem Kinn geknoteten Kopftuch womöglich nicht auf den ersten Blick erkannt. Zumindest trug sie nicht mehr ihre hochhackigen Pumps und ihre Pelzmäntel. Einen Monat zuvor hatte ihr in der Straßenbahn jemand ein Loch hinten in ihren Nerz geschnitten. Sie hatte nichts bemerkt, hatte einfach dagestanden und sich am Haltegriff festgehalten. Erst als sie ausgestiegen war, hatte das Kältegefühl am Rücken sie darauf aufmerksam werden lassen, dass ein großes Stück ihres Mantels fehlte. Eine Frau in trister Arbeitskleidung und Gummigaloschen blieb stehen, um sich das Schauspiel anzusehen. »Das geschieht Ihnen recht!«, gackerte sie, eine Hand in die Hüfte gestemmt. »Die Zeit für schicke Mäntel ist vorbei!«

Danach wurden Despinas Mäntel eingeschlagen und ganz hinten im Schrank verstaut, wo sie zumindest unbeschadet blieben und nicht Stück für Stück auf dem Schwarzmarkt verhökert wurden.

In den Wochen nach der Verhaftung ihres Vaters kümmerte ihre Mutter sich gar nicht mehr darum, was sie trug. Es war, als wäre allein schon sich morgens anzuziehen zu einer schrecklichen Anstrengung geworden.

In letzter Zeit hatte Natalia das Gefühl, als hätten sie und ihre Mutter die Rollen getauscht. Täglich erinnerte sie Despina daran, dass sie etwas essen musste, denn sie war dünn geworden. Natalia rieb ihr die Schultern, sie brachte ihr Tee ans Bett, wenn sie morgens noch gedankenverloren liegen blieb. Natalia war es, die sich für Lebensmittel anstellte, die Post sortierte und die nicht enden wollenden Anrufe ihrer Tanten entgegennahm und ihnen erklärte, ihre Mutter sei müde, sie könne heute Abend nicht sprechen. Bis man ihren Vater freiließe, das wurde Natalia klar, würden ihre Tage sich genau so gestalten, düster ineinander übergehen, irgendwo zwischen Verzweiflung und Hoffnung gefangen und nur strukturiert durch eine lange Liste von Aufgaben.

Nachts aber, wenn es still war im Haus und Natalia in ihr Zimmer ging, gehörte die Zeit allein ihr, und sie ließ ihren Gedanken freien Lauf. Und es schien, als würden sie unablässig mit ihr durchgehen, seitdem Victor zu Besuch gekommen war. Zuerst waren die Gedanken an ihn nur eine Ablenkung, etwas anderes als ihr Klavierspiel, um die Sehnsucht nach ihrem Vater und ihre Angst zu überdecken. In den letzten Tagen dachte sie jedoch immer häufiger an Victor.

Als sie sich jetzt wieder ins Bett legte und darauf wartete, dass der Morgen anbrach, wanderten ihre Gedanken zu ihm – sein dunkles, glänzendes Haar, seine aufrechte Haltung, sein durchdringender Blick, den sie schon immer wahrgenommen hatte, doch in dem sie nun eine tiefe Ruhe zu erkennen glaubte. Sie dachte daran, wie er sie in der Tür angelächelt hatte, so als hätte er sie zuvor noch nie wirklich wahrgenommen, und etwas verkrampfte sich in ihr.

Es war falsch, das wusste sie. Sie kannte Victor, seitdem sie ein junges Mädchen war. Aber in letzter Zeit lastete alles in ihrem Leben so schwer auf ihr, dass sie diesem schönen Gefühl, wenn sie an ihn dachte, nicht widerstehen konnte. Außerdem durfte schließlich jeder ein Geheimnis haben. Das hier war ihres, sagte sie sich, ein winziges Geheimnis, das keinerlei Schaden anrichtete, und sie schloss die Augen und strich sich, ohne es zu merken, sanft über die Lippen.

*

Die Standuhr von unten weckte Natalia auf. Ihr Zimmer wurde von grellem Licht erleuchtet, das sie blendete, und sie setzte sich auf und zählte die Uhrschläge. Offenbar hatte sie den Vormittag verschlafen, und ihre Mutter war seit beinahe sechs Stunden fort. Sechs Stunden, und Natalia hatte keine Ahnung, wohin sie gegangen war. Sie rappelte sich auf und versuchte sich zu sammeln, warf sich ihren Morgenmantel über und eilte die Treppe hinunter. Vielleicht hatte ihre Mutter ja eine Nachricht hinterlassen. Sie waren noch nicht unten angekommen, da klingelte das Telefon, und Natalia sprang die restlichen Stufen hinab und stürzte sich auf den Hörer.

»Hallo?«, sprach sie etwas atemlos hinein in der Erwartung, die Stimme ihrer Mutter zu hören.

Es knisterte in der Leitung, so als hätte die Person am anderen Ende den Hörer kurz abgelegt und ihn nun wieder zur Hand genommen. »Talia? Guten Tag. Hier ist Stefan.«

»Oh, hallo, Onkel Stefan«, erwiderte sie, und die Erleichterung, die sie einen Augenblick zuvor noch verspürt hatte, löste sich in Luft auf. »Meine Mutter ist gerade nicht da. Soll ich ihr etwas ausrichten?«

»Nein, ich wollte eigentlich mit dir sprechen. Ich brauche deine Hilfe, verstehst du? Ich fürchte, es kann nicht warten.«

»In Ordnung«, murmelte sie verunsichert. »Was soll ich tun?«

»Weißt du, wie man den Tresor deines Vaters öffnet?«

Die Frage traf sie unvorbereitet, und sie brauchte einen Moment, um sich zu überlegen, was sie darauf antworten sollte. Ja, sie wusste, wie man den Tresor öffnete. Sie hatte ihrem Vater im Laden unzählige Male dabei zugesehen, wenn er am Feierabend kleinere Geldbeträge darin einschloss. Die Zahlenkombination war leicht zu merken, es war ihr Geburtsdatum. Inzwischen stand der Tresor bei ihnen auf dem Dachboden.

»Warum denn, Onkel Stefan?«, fragte sie zögerlich nach. »Meine Mutter sollte bald wieder zurück sein.«

»Talia, es ist dringend. Bitte verzeih mir, dass ich so direkt sein muss, aber … nun ja, ich weiß nicht, wie ich es sonst sagen soll: Die Zeit wird knapp. Für sie beide.«

Es versetzte Natalia einen Schlag in die Magengrube. »Was meinst du damit?«

»Ich kann es dir jetzt nicht erklären, meine Liebe. Ich kann dich nur bitten, mir zu vertrauen. Du musst die Briefmarkensammlung aus dem Tresor deines Vaters holen. Jetzt sofort.«

Eine Pause entstand, während Natalia versuchte, einen klaren Gedanken zu fassen. »Onkel Stefan, ich glaube, meine Mutter –«

»Deine Mutter kommt heute nicht nach Hause, wenn wir nicht umgehend handeln«, unterbrach er sie, und am Klang seiner Stimme erkannte Natalia, dass er es ernst meinte. Aber er sprach so schnell, sie konnte ihm nicht folgen, das alles ergab keinen Sinn.

»Hör zu, es wurde gerade Haftbefehl gegen deine Mutter erlassen«, erklärte er jetzt deutlicher und etwas langsamer. »In diesem Augenblick besucht sie deinen Vater, Talia, es besteht also die Gefahr, dass sie sie gleich vor Ort festnehmen. Victor hat mich gerade angerufen und informiert.«

»Victor?«, wiederholte sie, und ihre Hand schloss sich fester um die Telefonschnur. »Was hat er denn damit zu tun?«

»Victor tut alles in seiner Macht Stehende, damit die Anklage fallengelassen wird. Leider hat das seinen Preis, und zwar eine beträchtliche Summe. So viel Bargeld habe ich nicht zur Verfügung.«

Erneut legte sich eine qualvolle Stille über sie.

»Wir müssen umgehend handeln. Verstehst du, was ich dir sage?«

Ja, sie verstand. Sie musste sich an die Wand lehnen. Vor ihrem inneren Auge tauchte ihre Mutter auf, wie sie auf den Abzug drückte, und sie begriff, dass das der Grund war, weshalb man ihren Vater verhaftet hatte. Man wollte ihn bestrafen, damit er Angst bekam. Und das Gleiche würden sie jetzt mit ihrer Mutter machen. Nur würden sie es bei ihr nicht dabei belassen.

Natalia fühlte sich wie gelähmt. Sie konnte kaum atmen. Sie durfte ihre Eltern nicht verlieren. Sie waren alles, was sie auf dieser Welt hatte. Was immer nötig war, um das zu verhindern, was auch immer die Folgen wären, darum würde sie sich später kümmern. In diesem Moment hatten sie keine Zeit zu verlieren. Die Zukunft ihrer Eltern lag in Natalias Händen.

»Was muss ich tun, Onkel Stefan?«, sprach sie zitternd in den Hörer.

»Kannst du die Briefmarken aus dem Tresor holen? Schaffst du das, Talia? Ich werde in weniger als einer Stunde da sein.«

»Ja«, antwortete sie nur. Dann, als wollte sie sich selbst überzeugen, fügte sie hinzu: »Du kannst dich auf mich verlassen.«

30

Durch das schmale, runde Fenster unter der Dachschräge fiel ein einzelner Lichtstrahl auf den Dachboden. Es war so lange her, dass Natalia oben gewesen war, dass sie kaum noch wusste, wie es hier aussah – die geräumige staubige und mit alten Möbeln vollgestellte Fläche, ihr Kinderbett in einer Ecke mit der verblichenen und von Motten zerfressenen Matratze, der Ofen, den ihre Mutter aus ihrem Haus am See gerettet hatte und der unter einem Stapel abgelegter Kleider versank. Gegenstände, die einst zu ihrem Alltag gehört hatten und die irgendwann ausrangiert worden waren.

All das versuchte Natalia auszublenden, damit sie sich ganz auf ihre Aufgabe konzentrieren konnte. Dreiundzwanzig vor, drei zurück, siebenunddreißig vor, die Ziffern ihres Geburtsdatums, mit zitternden Fingerspitzen am runden Zahlenschloss gedreht. Bei der letzten Umdrehung hatte sie Sorge, ob ihr Vater die Kombination geändert haben könnte. Sie musste ihre zitternde Hand mit ihrer freien ruhig halten, um die Bewegung zu Ende führen zu können. Als sich das Schloss innen mit einem hallenden Klick öffnete, sackte sie vor Erleichterung zusammen.

Einen Moment lang legte sie ihre Stirn an die kühle Oberfläche der Metalltür und wartete ab, bis sich ihr Puls wieder beruhigt hatte. Dann drückte sie die Klinke herunter.

Erstaunlich mühelos ließ die Tür sich aufziehen, und ein

Geruch, der an verkohltes Gummi erinnerte, drang in Natalias Nase. Sie griff in die Öffnung und tastete nach dem Lederordner. Es dauerte nicht lange und sie fand ihn eingeklemmt zwischen der schwarzen Rückwand und einem der Klötze, die davor lagen. Sanft zog sie den Ordner hervor, doch dabei verhakte sich etwas anderes daran und fiel ihr auf den Schoß. Es handelte sich um eine mit einer roten Schnur zugebundene Mappe. Sie hob sie auf und wollte sie gerade zurück in den Tresor stopfen, als ihr Blick auf das Etikett in der Ecke fiel, das mit schwarzer Tinte beschriftet war. *Natalia* stand dort.

Einen Augenblick lang hielt sie die Mappe unschlüssig in den Händen. Dann drehte sie sie um und starrte auf ihren Namen. *Leg sie zurück. Leg sie sofort wieder zurück*, hallte es in ihrem Kopf, aber ihre Hände wollten nicht gehorchen; sie schienen ihren eigenen Willen zu haben. Schon lösten sie die Schnur, wickelten sie ab, bis sie zu Boden fiel und die Mappe offen in ihren Händen lag.

Als Erstes zog sie eine Schwarz-Weiß-Fotografie von ihr mit ihren Eltern hervor; sie musste kurze Zeit nach ihrer Adoption aufgenommen worden sein. Natalia hielt die Aufnahme ins Licht und betrachtete diese so viel jüngere Version ihrer selbst – die gewaltige weiße Schleife oben auf dem Kopf, die Spitzenstrümpfe, die ein wenig zu lang waren und sich unter den Knien bauschten – und ihre Eltern, in formeller Kleidung, die zu beiden Seiten neben ihr standen. Sie legte die Fotografie hin und kramte weiter in der Mappe in der Hoffnung auf mehr Aufnahmen, aber es gab lediglich einen Stapel Umschläge in unterschiedlichen Größen.

Im größten Umschlag befand sich irgendein Rechtsdokument. In der Ecke waren die staatlichen Insignien, und unten die Unterschriften ihrer Eltern neben Stefans Unterschrift, direkt über der Zeile *Anwalt und Zeuge*. Ihre Adoptionsurkunde, begriff sie, und legte sie ebenfalls beiseite.

Der zweite Umschlag, den sie aus der Mappe nahm, war viel kleiner, wie man ihn für alltägliche Korrespondenz gebrauchte. Jemand hatte ein Datum darauf notiert: *20. Februar 1944*. Es gab keinen Absender, lediglich eine ausländische, ausgeblichene Briefmarke, deren Stempel sie kaum entziffern konnte – *Genf, Schweiz*. Wen kannten ihre Eltern denn in der Schweiz? Neugierig griff sie in den Umschlag und zog ein einzelnes Blatt Papier hervor. Es war hauchdünn, beinahe durchsichtig, und an den Rändern etwas vergilbt. Sie faltete es auseinander, hielt es in das schräg einfallende Licht, und begann zu lesen:

Sehr geehrte Frau Tudor,

ich schreibe Ihnen bezüglich eines kleinen Mädchens, das im Januar 1941 zu Ihnen ins Waisenhaus gebracht wurde. Damals war meine Tochter noch keine vier Jahre alt. Es hat mich ungemein erleichtert, mir aber auch ungeheure Schmerzen bereitet, als ich erfuhr, wo sie untergekommen ist. Soweit ich es verstehe, hat eine Familie sie kurz nach ihrer Ankunft in Ihrer Einrichtung adoptiert und kümmert sich liebevoll um sie.

Ich habe weder die Absicht, ihr Leben durcheinanderzubringen, noch der Familie, die sie wie ihr eigenes Kind bei sich aufgenommen hat, Kummer zu bereiten. Mein einziger Wunsch ist, dass sie erfährt – sollte sie sich jemals bei Ihnen, Frau Tudor, danach erkundigen –, dass ich keine andere Wahl hatte, als sie an jenem Abend zurückzulassen, und dass das ihre einzige Rettung war. Nur schweren Herzens habe ich sie freigegeben, damit sie die Chance auf ein Leben hatte, selbst wenn es für mich das Ende meines Lebens bedeutete. Ich wage nicht zu hoffen, dass ich sie eines Tages wiedersehen werde. Mein einziger Wunsch besteht darin, sie wissen zu lassen, dass ich sie von ganzem Herzen liebe, und dass ich bis an mein Lebensende für ihr Glück und ihre Zufriedenheit beten werde.

Das Blatt Papier flatterte zu Boden. Natalia legte sich die Hand an den Hals, wo ein gewaltiger Kloß ihr die Luft zum Atmen nahm. Der Brief war direkt vor ihr gelandet. Sie starrte lediglich auf das Datum. Alles um sie herum war wie ausgeblendet.

Sechs Jahre waren vergangen, seitdem der Brief verfasst worden war. Sechs Jahre, seitdem er hier in den Tresor gelegt worden war, verborgen in der Dunkelheit. Hatten ihre Eltern jemals vorgehabt, ihn ihr zu zeigen? Warteten sie noch auf den richtigen Zeitpunkt? Konnte es sein, dass sie es schlicht und einfach vergessen hatten? Sicher, vieles war seither geschehen. Ein Krieg hatte gewütet, verbunden mit Verlusten und Krankheit, und ihr Leben hatte sich verändert. Aber vielleicht hatten sie ihr den Brief absichtlich nicht gezeigt. Vielleicht stieß sie deswegen erst jetzt darauf wie ein Dieb in der Nacht.

Sie zwang sich, tief Luft zu holen. Gewissensbisse überkamen sie, weil sie unerlaubt den Ordner aufgeschlagen hatte, doch gleichzeitig wusste sie, dass sie hier auf die Wahrheit gestoßen war. Vor allem ihre Mutter hätte alles dafür getan, um ihre Familie zu beschützen, nach der sie sich so sehr gesehnt hatte. Deswegen hatte sie Natalia all die Jahre über stets so in Watte gepackt. Deswegen hatte es sie so sehr aufgewühlt – ihr geradezu Angst eingejagt –, als damals der fremde Mann sie auf der Straße angesprochen hatte. Natalia erschauderte bei der Erinnerung daran. Der Vorfall hatte sich etwa zur selben Zeit ereignet, zu der auch der Brief geschrieben worden war. Hatte der Mann tatsächlich vorgehabt, Natalia zu entführen? Hatten deswegen die Tore der Schweizer Botschaft so spät am Abend noch offen gestanden?

Alle Einzelteile ihres Lebens setzten sich in einem neuen Licht zusammen, wie ein Film, den sie bereits gesehen, dessen Bedeutung sich ihr beim ersten Mal aber noch nicht erschlossen hatte. Auch dass das Verhältnis zwischen ihrer Mutter und Maria sich so plötzlich abgekühlt hatte, ergab auf einmal Sinn. Maria hatte im Waisenhaus gearbeitet, als Natalia eintraf. Maria wusste zu viel, und deswegen fühlte ihre Mutter sich vermutlich unwohl, wenn sie in der Nähe war, es gab ihr das Gefühl, ständig verurteilt zu werden. Und da war noch etwas, das Natalia schon längst aus ihrem Gedächtnis verbannt hatte, ein Gespräch, das sie mitgehört hatte, kurz bevor sie und ihre Mutter damals aufs Land gefahren waren.

»Erzähl es ihr, Despina«, hatte sie Maria sagen hören, als Natalia am Schlafzimmer ihrer Eltern vorbeigegangen war, in das die beiden Frauen sich nach dem Einkaufen vor der nachmittäglichen Hitze zurückgezogen hatten. »Sie hat ein Recht, es zu erfahren.«

Ohne Zweifel war es um den Brief gegangen. Das musste der Grund dafür gewesen sein, dass ihre Mutter erblasste, als sie in der angelehnten Tür erschien und Natalia dort stehen sah.

Behutsam faltete Natalia das Blatt Papier wieder zusammen und schob es zurück in den Umschlag.

Alles, was darin stand, entsprach der Wahrheit. Sie wurde von Anton und Despina geliebt, geradezu vergöttert, von den besten Eltern, die ein Kind sich wünschen konnte. Was wäre aus ihr geworden, wenn es sie nicht gegeben hätte? Eine Waise, eine Heimatlose? Diese Eltern hatten sie vor einem aussichtslosen Leben bewahrt, und zu diesen Eltern gehörte sie. Diese andere Frau, diese *Fremde*, die den Brief geschrieben hatte, hatte Natalia mitten im Winter in der Eiseskälte ihrem Schicksal überlassen. Natalia musste nicht lange überlegen, um ihre Wahrheit zu finden.

Sie würde keinen weiteren Gedanken an den Brief verschwenden. Es gab nur das Hier und Jetzt, und ihre Eltern, die sie in diesem Augenblick dringend brauchten. Es würde immer nur sie drei geben.

Wohlige Erleichterung durchströmte sie, und sie konzentrierte sich wieder auf den staubigen Dachboden, wo der Lederordner mit der Briefmarkensammlung schimmernd vor ihr lag und sie daran erinnerte, weswegen sie hier war. Sie strich über die glatte Oberfläche, wollte den Ordner am liebsten noch ein letztes Mal durchblättern, jede einzelne prächtige Marke bewundern, wie sie es so häufig unter dem Ladentisch getan hatte, aber unten klingelte es unablässig an der Tür. Ohne die Tür zum Dachboden ordentlich hinter sich abzusperren, eilte sie die Treppe hinunter und schickte ein Stoßgebet zum Himmel. Als sie die Tür aufriss, stand ihr Onkel vor ihr.

»Gott sei Dank, mein liebes Mädchen, Gott sei Dank«, brach es aus ihm hervor, und er stieß heftig den Atem aus, als hätte er eine Ewigkeit die Luft angehalten.

31

Er werde außer Landes geschickt. Für wie lange, könne er nicht genau sagen, aber es wären sicherlich mehrere Wochen, wenn nicht Monate. Zuerst Budapest, anschließend Warschau. Danach eventuell Moskau. Victor sprach eindringlich, aber leise, so dass Anton sich vorbeugen musste, um ihn zu verstehen.

»Monate?«, wiederholte Anton. Er hatte die Hände tief in seinen Manteltaschen vergraben. Den Mantel hatte er am Tag seiner Verhaftung getragen, und jetzt im Mai, am Tag seiner Freilassung, sah er sicher seltsam darin aus, aber er konnte nicht aufhören zu zittern und war dankbar für die Wärme, die der Mantel spendete. Vier Wochen waren vergangen, seit man ihn in die kalte Zelle gesperrt hatte, und sein ständiges Zittern hing wohl auch damit zusammen, dass er so viel Gewicht verloren hatte.

»Ich weiß, dass es lang erscheint«, erklärte Victor leise, während die beiden Männer sich von dem fensterlosen grauen Gebäude entfernten, aus dem sie gerade gekommen waren. Seine Haltung hatte etwas Formelles an sich, aber im Schatten der Bäume lächelte er Anton voller Zuneigung an.

Anton ließ den Blick einen Moment lang schweifen; seine Augen waren feucht geworden. »Natürlich, das verstehe ich, Victor. Wir freuen uns, dich zu sehen. Jederzeit.«

Sie verabschiedeten sich mit einem flüchtigen Händedruck, der für die Blicke bestimmt war, die zweifellos auf ihnen ruhten. Anton musste Victor so viel mitteilen, aber er wusste, dass dies nicht der richtige Zeitpunkt war. Stattdessen blieb er reglos stehen und sah zu, wie Victor über die Straße hastete, um die Bahn zu erwischen.

Dann holte er tief Luft und machte sich auf den Weg nach Hause.

Er ging langsam, ließ sich Zeit. Sosehr er sich auch danach sehnte, seine Frau und seine Tochter endlich wiederzusehen, waren seine Beine doch geschwächt und konnten ihn nicht schneller tragen. Außerdem brauchte er Zeit zum Nachdenken, um zu verarbeiten, was ihm passiert war: Soeben war er einem Ort entkommen, den für gewöhnlich niemand je wieder verließ. Niemand.

Er verdankte Victor sein Leben. Trotzdem schien es unmöglich, dass allein Victor den täglichen Verhören ein Ende bereitet und dass er Antons Freilassung veranlasst hatte. Hatte die Geheimpolizei etwa genug von seinem Widerstand gehabt? Das war noch unwahrscheinlicher.

Jedenfalls hatte er nicht kapituliert. Womit sie ihm auch gedroht hatten, er hatte nichts gestanden. Niemals hätte er diese absurden Beschuldigungen zugegeben – dass er sich gegen die Partei verschworen habe, dass seine Frau einen sowjetischen Soldaten verletzt hatte, weil sie Konterrevolutionäre waren, Feinde des Volkes, bürgerliche Loyalisten. So etwas zuzugeben hätte den Tod bedeutet. Also hatte Anton in all den Verhören unerschütterlich an denselben Tatsachen festgehalten: Er hatte die Pistole allein zum Schutz seiner Frau erworben. Der Schuss war ein Unfall gewesen. Er ging sogar so weit, zu behaupten, er sei überzeugter Anhänger des neuen Regimes, und obwohl er kein Mitglied in der Partei sei, habe er stets mit ihren Anliegen sympathisiert. Aber selbst das schien die Wogen nicht zu glätten.

Drei Tage nach seiner Verhaftung hatte man ihn in eine Zelle im Keller verlegt, wo man ihn in vollkommener Dunkelheit festhielt. Er bekam weder zu essen noch zu trinken, und einmal täglich wurde er, mit dem Gewehr im Rücken, zur Toilette begleitet. Während er den langen, von metallverkleideten Türen gesäumten Gang entlangging, spürte er, wie das kühle Metall gegen seine Rippen stieß.

Ein großer, drahtiger Mann, auf dessen Gesicht ein ständiger Ausdruck von Gleichgültigkeit lag, kam jeden Morgen zu ihm in die Zelle. Ohne sich die Mühe zu machen, Anton zu begrüßen oder überhaupt eines Blickes zu würdigen, zog er den einzigen Stuhl aus der Zellenecke und stellte ihn direkt vor Anton hin, der meist mit dem Rücken an die Wand gelehnt auf dem Boden saß.

»Entweder du gestehst, oder du stirbst in dieser Zelle«, sagte der Mann jedes Mal und streckte die Beine vor sich aus, wie um zu demonstrieren, dass er nicht in Eile war. »Das hier ist deine einzige Chance.«

Aus seiner Brusttasche zog er ein zusammengefaltetes und mit Schreibmaschine beschriebenes Blatt Papier und einen Stift. »Du kannst sofort hier unterschreiben, wenn du willst. Ich persönlich würde dir ja dazu raten. Wenn du später darum bettelst, wird es zu spät sein. Denn dann ist dein Schicksal besiegelt. Dann stehst du nämlich vor dem Exekutionskommando, oder sie schicken dich für die nächsten fünfzig Jahre an die Donau, damit du den Kanal gräbst. So oder so, deine Frau und deine Tochter siehst du nie wieder.«

Dennoch weigerte sich Anton. Er wusste, würde er die Verbrechen gestehen, derer sie ihn beschuldigten, würde man ihn trotzdem erschießen. Es würde keine Verhandlung geben, keine Gnade; niemals würde er dieses Gefängnis wieder verlassen. Und doch kam der Mann jeden Tag wieder, und jedes Mal zog er frustriert wieder ab, fluchte und drohte. Bis eines Tages stattdessen Victor erschien.

»Lasst uns allein«, hatte er die Wachen angewiesen, die ihm die Tür aufgesperrt hatten. »Macht eine Zigarettenpause, und schließt die Tür hinter euch.«

Er holte den Stuhl und stellte ihn vor Anton, genau wie beim Verhör. Sein Stahlkappenstiefel streifte Antons Bein, als er sich zu ihm hinunterbeugte und flüsterte: »Anton. Wie ist das passiert?«

Anton gelang es, resigniert zu lächeln, zum ersten Mal seit einer Ewigkeit. »Victor, ich bin so froh, dich zu sehen. Irgendwie wusste ich, dass du kommen würdest.«

»Freu dich nicht zu früh, Anton. Du hast dich in eine ziemlich schwierige Lage gebracht. Fang von vorn an, und lass nichts aus. Ich muss jede Einzelheit kennen.«

Und so erzählte Anton ihm alles, ohne zu ahnen, dass Victor vor seinem Besuch bereits darüber in Kenntnis gesetzt worden war und um den Ernst der Anklage wusste. Dass ein Plan in Gang gesetzt worden war, von dem Anton vorerst nichts erfahren durfte, wenn er aufgehen sollte.

»Du hast unheimliches Glück, dass deine Frau noch am Leben ist, dass ihr alle noch am Leben seid«, bemerkte Victor nachdenklich, als Anton geendet hatte.

Ja, Anton wusste nur zu gut, was mit Leuten wie ihm geschah, Leuten mit seinem wohlhabenden Hintergrund. Eine beiläufige Bemerkung, ein Flüstern unter engen Freunden, ein nebenbei fallengelassener Kommentar, und man wurde womöglich für immer zum Schweigen gebracht. Er kannte mehrere Menschen, die mitten in der Nacht verschwunden waren und von denen niemand je wieder etwas gehört oder gesehen hatte. Ihre Familien hatten nicht einmal eine Erklärung für ihr Verschwinden erhalten, ganz zu schweigen von einem Leichnam, den sie beerdigen konnten. Der Tod war allgegenwärtig, und ein Menschenleben von jemandem wie ihm war nichts wert – so viel wusste er.

»Nun, es ist ausgestanden, zumindest fürs Erste«, fuhr Victor leise fort und beugte sich weiter vor. »Ich habe deine Entlassung in die Wege geleitet. Sie haben sich auf eine Geldstrafe eingelassen, eine beachtliche Summe, aber etwas Besseres hätten wir uns unter diesen Umständen nicht erhoffen können. Die Waffe musst du natürlich der Polizei aushändigen.«

Einen Augenblick lang starrte Anton ihn ungläubig an. Es schien ihm unmöglich, dass man ihn laufen ließ, nicht nach allem, was er hier gesehen hatte. Aber als er Victor musterte und den Hauch eines Lächelns auf seinen Lippen entdeckte, begriff er, dass er sich nicht verhört hatte. Er wurde tatsächlich freigelassen. Nur zu welchem Preis? Was kostete sein Leben?

Anton war heiß geworden, sein Haar klebte ihm feucht an den Schläfen. Er versuchte, die richtigen Worte zu finden, aber es wollte ihm nicht gelingen. Wie konnte er sich in einer Situation wie dieser schon angemessen bedanken?

In dem Augenblick klapperte es am Guckloch in der Tür, und eine der Wachen spähte hinein.

»Alles in Ordnung da drinnen?«

Ohne den Kopf zur Tür zu wenden, winkte Victor ab. Anton legte die Stirn auf die angezogenen Knie, um die Emotionen zu verbergen, die ihn überkommen hatten. Erst als er sicher war, dass sie wieder unter sich waren, hob er den Kopf, und Tränen standen ihm in den Augen.

»Sei vorsichtig«, mahnte Victor ihn, der aufgestanden war und sich den Mantel zuknöpfte. Dann stellte er den Stuhl zurück in die Ecke. »Noch ist nicht alles vorbei.«

»Ich bin dir unendlich dankbar, Victor. Niemals werde ich dir das zurückzahlen können.«

»Das hast du schon, Anton«, entgegnete Victor. Er klopfte an die Zellentür. »Ich bin es, der sich bei dir erkenntlich zeigt. Ich stand in deiner Schuld.«

Die Wache stand stramm und salutierte Victor, als er die Zelle verließ. Dann schlug die Tür mit einem heftigen Knall hinter ihm zu, und das Letzte, was Anton hörte, bevor die vertraute Stille sich über ihn senkte, waren Victors Schritte, die im leeren Gang widerhallten.

32

»Mein Freund, was für eine Überraschung!«, hörte Natalia ihren Vater an der Haustür sagen. Er klang derart glücklich, dass man hätte meinen können, König Michael höchstpersönlich sei auf einen Besuch vorbeigekommen. Die Tür fiel zu, und eine zweite Stimme erklang, die Natalia augenblicklich erkannte. *Victor.*

»Anton, es ist so schön, dich zu sehen.«

»Es ist schon eine Weile her, nicht wahr?«

»Ja, in der Tat. Ich war auf Reisen, wie du weißt. Es tut mir leid, dass ich nicht schon eher kommen konnte.«

Die beiden verließen den Flur, und Natalia konnte nicht mehr verstehen, was sie sagten. Beinahe ein halbes Jahr hatte ihr Vater auf Victor gewartet.

Obwohl ihr Herz aufgeregt flatterte, spürte sie doch, wie sich ein gewisser Unwille in ihr ausbreitete. Wie oft hatte ihr Vater die Post durchsucht in der Hoffnung auf ein Lebenszeichen? Beinahe bemitleidete sie ihn jetzt dafür, wie demütig er akzeptierte, von seinem Freund so vergessen worden zu sein.

Nicht aber Natalia. Sie würde hier oben bleiben, ein Buch lesen und sich Victors Ausreden ersparen, die nur ihr Vater ihm abnehmen würde. Es vergingen allerdings keine zehn Minuten, bis sie plötzlich mit ihrer Bürste vor ihrem Spiegel stand und sich missbilligend musterte.

Die Bürste verfing sich in ihren Locken, und Natalia zuckte zusammen, als sie daran zerrte. Ihre kastanienbraunen Haare waren so dicht und lang geworden, dass sie sie kaum bändigen konnte. Sie zog ihr Nachthemd aus und betrachtete ihr Spiegelbild im Profil, und wie immer in den letzten Monaten kam sie zu dem Schluss, dass sie nichts anzuziehen hatte. Ihr Körper hatte sich so schnell verändert, dass sie mit ihrer alten Garderobe nichts mehr anfangen konnte. Wenn sie in solchen Momenten einen Blick auf die Rundungen ihrer Brüste und Hüften erhaschte, überkam sie das seltsame Gefühl, sie sähe nicht sich selbst vor sich, sondern eine Fremde.

Sie durchwühlte ihren Kleiderschrank und entschied sich für ein marineblaues Kleid mit Spitzenkragen, das ihre grünen Augen beinahe blau wirken ließ. Dann schlüpfte sie in ihre goldenen Ballettschuhe und band die Haare zu einem lockeren Zopf zusammen. *Gelassen und gefasst*, befahl sie sich selbst, als sie leise die Treppe hinunterging. Auf halbem Weg verließ sie allerdings der Mut, und sie wollte sich gerade wieder umdrehen, da hatte Victor sie bereits durch die geöffnete Tür entdeckt.

»Talia!«, rief er mit einem liebevollen Lächeln und streckte den Arm über die Sofalehne nach ihr aus.

Sie hielt in der Bewegung inne. Die Hand auf dem Treppengeländer fühlte sich auf einmal ganz feucht an, während sie die andere Hand zum Gruß hob. Nun hatte sie keine andere Wahl, als nach unten zu gehen. Langsam ging sie die letzten Stufen hinab und trat in die Tür zum Salon.

»Wie geht es dir?«, erkundigte sich Victor, und sein Mund verzog sich zu seinem typischen verschmitzten Lächeln. »Was macht die Schule?«

»Alles bestens«, log sie und schlug die Augen nieder. In der

Schule war offen gestanden nichts bestens, aber sie nahm nicht an, dass Victor das in allen Einzelheiten interessierte. Er bemühte sich lediglich um höfliche Konversation.

Wie sehr sie doch hoffte, er würde ihr Unbehagen nicht bemerken, die Hitze, die ihr so plötzlich in die Wangen gestiegen war! Victor dagegen hatte nie entspannter ausgesehen, wie er dort in seinem weißen Seidenhemd, dessen oberster Knopf leger geöffnet war, und grauer Hose saß. Er trug keine Krawatte. Seine schwarzen Haare waren etwas gewachsen und gewellter als sonst, lagen jedoch wie immer makellos. Er überschlug lässig die Beine und holte ein silbernes Feuerzeug sowie eine Schachtel Zigaretten aus seiner Tasche. Das Feuerzeug klickte mehrmals, während er seine Hand schützend vor die Flamme hielt. Natalia sah ihm zu, wie er einen tiefen Zug nahm und den Rauch einen Augenblick in den Lungen hielt, ehe er ihn durch die halb geöffneten Lippen wieder ausstieß.

Warum um alles in der Welt war sie nicht oben geblieben? Plötzlich kam sie sich kindisch vor – sie hatte es ihm heimzahlen wollen, ihn mit Gleichgültigkeit strafen für seine Abwesenheit.

Dann, um es noch schlimmer zu machen, schallte die Stimme ihres Vaters durchs Zimmer und riss Natalia aus ihrer Benommenheit, und zu ihrer Beschämung hörte sie ihn sagen: »Talia, mein Schatz, wenn du ohnehin nur dort herumstehst, könntest du uns dann ein wenig Eiswasser bringen, bitte?«

»Nein, bitte, macht euch keine Umstände«, warf Victor ein. »Ich kann ohnehin nicht lange bleiben.« Er sah Natalia direkt an, und das Blut schoss ihr aufs Neue in die Wangen. »Trotzdem vielen Dank. Ich wollte nur kurz schauen, wie es deinem Vater geht.«

Ihrem Vater, das war nicht zu übersehen, ging es prächtig. Natalia konnte sich kaum daran erinnern, wann sie ihn das letzte Mal so lebhaft, so voller Begeisterung erlebt hatte. Als hätte er Victor nicht gehört, sprang er auf und durchquerte das Zimmer. »Ich habe einen perfekten Wein, den ich für einen besonderen Anlass aufgehoben habe. Ich kann mir keine bessere Gelegenheit vorstellen, um ihn zu öffnen. Warte nur einen Augenblick, bis ich ihn aus dem Keller geholt habe.«

»Bitte, Anton. Ich kann wirklich nicht bleiben. Vielleicht ein anderes Mal.«

Anton hielt inne, dann drehte er sich um und ging mit hängenden Schultern zurück zum Sofa. Als er sich wieder gesetzt hatte, schwiegen beide, und in der anhaltenden Stille spürte Natalia, wie sich etwas frappierend verändert hatte. Sie konnte sich an keine Gelegenheit erinnern, zu der die beiden Männer keine Worte füreinander gefunden hatten.

Und was ihr außerdem seltsam vorkam: Victor wirkte fest entschlossen, sie zu ignorieren. Er hatte gerade mal zwei Sätze an sie gerichtet und beachtete sie nun nicht weiter. Erinnerungen stiegen in ihr auf, flüchtige Blicke auf die vergangenen Jahre: wie Victor sie in der Tür herumwirbelte, wenn er zu Besuch kam, wie reglos er neben ihr saß, wenn sie Klavier spielte, als könnte er nie genug davon bekommen. Wie sie ihm am See, als ihre Mutter ihn geschickt hatte, damit er beim Schwimmen auf sie aufpasste, einen Witz erzählt hatte. Sie hatte ihn in der Schlange beim Einkaufen aufgeschnappt, und obwohl sie ihn selbst nicht ganz verstand, hatte Victor gelacht, als wäre es das Lustigste, was er je gehört hatte. »Talia, du bist schon was Besonderes«, hatte er kopfschüttelnd gesagt, als sie nebeneinander im taufeuchten Gras gesessen hatten. »Eines Tages wirst du noch jemandem das Herz brechen.«

Aber jetzt war es, als wäre sie gar nicht da. Victors Aufmerksamkeit galt nur ihrem Vater.

»Wie fühlst du dich?«, fragte er nun und stützte sich auf seine Ellenbogen, den Blick forschend auf Anton gerichtet. »Ich habe mir Sorgen um deine Gesundheit gemacht. Du warst so mager, als ich dich das letzte Mal gesehen habe.«

»Ach, mir geht es gut. Despina hat mich aufgepäppelt, auch wenn es heutzutage nicht einfach ist, an Lebensmittel zu kommen. Die Regale sind leer. Es ist unmöglich, frisches Brot zu bekommen, wenn man sich nicht schon um vier Uhr früh anstellt. Despina besteht darauf, selbst hinzugehen, damit ich mich ausruhen kann. Wofür ausruhen?, frage ich sie, aber sie weigert sich, mich gehen zu lassen. Es ist nicht einfach für sie.«

Victor nickte. »Es sind sonderbare Zeiten, Anton. Wie läuft das Geschäft?«

Anton winkte ab. »Praktisch gar nicht. In der Regel habe ich fünf, vielleicht auch sechs Kunden am Tag, gerade genug, um den Laden offen zu halten. Aber was soll ich sonst machen? Das Geschäft ist mein Leben, Victor. Insgesamt erwirtschaften wir noch so viel, dass wir ein besseres Auskommen haben als die meisten. Ab und zu, wenn ein bisschen zusätzliches Bargeld in der Kasse ist, gehe ich zu den Spekulanten und kaufe ein wenig Fleisch und ein paar Eier. Ein Luxus heutzutage. Und dafür danke ich Gott –«

»Weißt du noch«, unterbrach ihn Victor, »worüber wir letztes Mal gesprochen haben? Am Tag deiner Entlassung? Du musst vorsichtig sein, dich bedeckt halten. Ihr müsst euch mit dem behelfen, was ihr habt, und halte dich fern von den Spekulanten. Besser, ihr ernährt euch nur von Brot, seid dafür aber frei.«

»Da ist aber noch mehr. Die Klavierstunden für Natalia

kosten ein kleines Vermögen, aber sie spielt mittlerweile so wundervoll. Und hin und wieder überrasche ich Despina auch gern mit etwas Hübschem, deswegen –«

»Ich fürchte, du hörst mir nicht zu.« Victors Stimme hatte einen ungeduldigen, scharfen Ton angenommen. »Genau deswegen bin ich hergekommen. Ich wollte dich warnen …« Er hielt inne, um sich zu räuspern, oder vielleicht, um die richtigen Worte zu finden. »Die Polizei hat eine Akte über dich vorliegen, und die Partei ebenfalls. Eine offene Akte, Anton. Das heißt, keine Klavierstunden mehr, keine Ausflüge zu den Spekulanten, keine Geschenke. Du musst wirklich vorsichtig sein. Kannst du mir das versprechen?«

»Aber sicher, Victor«, antwortete Anton, den Blick auf den kahlen Kamin gerichtet. »Ich verstehe. Ich danke dir für alles, was du für uns getan hast, aber ich finde, du solltest dir keine Sorgen machen.«

»Bitte, versprich es mir. Gib mir dein Wort, dass du tust, worum ich dich bitte.«

Eine Zeit lang waren nur ein paar Kinder draußen zu hören und eine Stimme, die aus einem Fenster nach ihnen rief. Victor sah auf einmal erschöpft aus, sein sonst so markantes Gesicht wirkte schlaff, als wäre er um Jahre gealtert. Auch Natalias Vater sah niedergeschlagen aus.

»Ich gebe dir mein Wort«, sagte er leise.

Victor nickte, zufrieden oder erleichtert. Er steckte die Zigarettenschachtel zurück in die Tasche und griff nach seinem Hut, den er auf der Sofakante abgelegt hatte.

Er kann nicht jetzt schon wieder gehen, er ist doch gerade erst gekommen, dachte Natalia, und Panik wallte in ihr auf. Doch ihr Vater hatte sich bereits erhoben und ging mit ausgestreckten Armen auf Victor zu. Als sie einander umarmten, ging etwas zwischen ihnen vor, das selbst Natalia auf der anderen Seite des Zimmers spüren konnte. Einen Moment lang standen sie so da, regungslos, die dunklen Köpfe schweigend aneinandergehalten.

»Pass auf dich auf, Anton«, sagte Victor, als er sich aus der Umarmung löste. Eine Hand ließ er jedoch auf der Schulter seines Freundes liegen. »Grüß bitte Despina von mir. Richte ihr aus, dass ich ihr Lammragout niemals vergessen werde. Talia!«, rief er dann und richtete seinen Blick unvermittelt auf sie. »Pass mir gut auf deinen Vater auf, ja? Kümmere dich um ihn. Er ist der beste Mann, der mir je begegnet ist.«

Diesmal wandte sie den Blick nicht ab, sondern hielt seinem stand, sah in seine grünen Augen, ein Spiegel ihrer eigenen. Einen Moment lang? Eine Minute? Sie wusste es nicht.

Geh nicht, brach es beinahe aus ihr hervor. *Siehst du denn nicht, dass er dich braucht?* Doch die Worte wollten ihr nicht über die Lippen kommen, und mit Ernüchterung wurde ihr klar, dass Victor sich zum letzten Mal von ihnen verabschiedete, dass sie ihn nicht wiedersehen würden. Sie erkannte es an dem wissenden Lächeln, das er und ihr Vater einander zuwarfen, als sie in den Flur gingen, und daran, wie Victor sich in der Tür mit dem Zeigefinger an die Hutkrempe tippte. Dann drehte er sich um und ging die Stufen hinunter in den herbstlichen Sonnenschein.

Bitte dreh dich um, dachte sie, *bitte,* aber er tat es nicht – er winkte nicht zum Abschied, machte keine letzte Geste, nichts. Natalia klammerte sich mit aller Kraft am Türrahmen fest und starrte auf die Umrisse seiner Schultern, lauschte seinen Schritten unten auf dem Pflaster, bis sie verhallten, bis er um die Ecke gebogen und in der Flut der Fußgänger verschwunden war.

33

Februar 1954

»Du hast das Feuer die ganze Nacht über brennen lassen?«

Es war noch nicht richtig hell, und Natalia blinzelte in dem Versuch, ihre Augen an die Dunkelheit zu gewöhnen. Das Feuer war fast ausgegangen, nur noch eine kleine Flamme tanzte in der Glut, und es war bereits kalt im Zimmer, aber längst nicht so kalt, wie es oben wäre. Sie schlief ohnehin gern hier unten auf dem Sofa, umgeben von den weinroten Wänden, dem schimmernden Marmor und den verbliebenen wertvollen Gegenständen, die ihr das Gefühl gaben, nichts habe sich verändert.

»Damit hast du Feuerholz für drei Tage vergeudet, ist dir das klar? Habe ich dich nicht gebeten, das Feuer zu löschen und ins Bett zu gehen?«

Natalia setzte sich auf, und der Wollschal, den Despina für sie gestrickt hatte, rutschte ihr von den Schultern. Unter ihrer Strickjacke trug sie ihr langes Flanellnachthemd. Seufzend schob sie die Füße in ihre Pantoffeln.

»Entschuldige, Mama. Ich habe gelesen und bin dabei eingeschlafen. Ich setze Tee auf.«

Sie stand auf, um in die Küche zu gehen, und als sie sich die eisigen Hände rieb, warf sie unwillkürlich einen Blick auf den Holzkorb. Weniger als ein Dutzend Scheite. Und es war erst Februar. Sie waren nicht die Einzigen, die den restlichen Winter mit wenigen Stücken Holz überbrücken müssten.

Innerhalb der ersten zwei Wochen des neuen Jahres war in ganz Bukarest das Holz ausgegangen, und die Leute hatten angefangen, die Bäume im Park zu fällen. Bei Nacht und Nebel, bevor die Polizeistreifen kamen und solange die Straßen nur schwach beleuchtet waren, schlitterten Männer in weiten Mänteln in der gesamten Stadt mit Leitern und Äxten über die vereisten Gehwege und schleppten ihre gestohlenen Äste durch den Schneematsch. In der ganzen Stadt waren die Bäume nur noch kahle Stümpfe.

Natalias Vater brachte das einfach nicht übers Herz. »Bäume haben Seelen, genau wie Menschen«, behauptete er.

Stattdessen fing er an, das Mobiliar klein zu hacken, ein Möbelstück nach dem anderen. Als Erstes mussten die Stühle aus dem Esszimmer dran glauben, alle zehn, gefolgt von Despinas heiß geliebtem Biedermeiertisch, der in all seiner glänzenden majestätischen Pracht das Herzstück des Hauses gewesen war.

»Wir brauchen ihn nicht mehr«, beteuerte Despina, bemüht um eine feste Stimme und einen gleichgültigen Gesichtsausdruck. »Wir leben nicht in Zeiten, in denen man Abendgesellschaften ausrichtet, und außerdem essen wir heutzutage ohnehin immer in der Küche.«

Als Nächstes waren die Schlafzimmermöbel an der Reihe. Natalias zierlicher hellgrüner Kleiderschrank mit den Messinggriffen, der ihr schon als kleines Mädchen gehört hatte, war als Erster dran.

»Er ist mittlerweile ohnehin zu klein für dich, Talia«, hatte ihre Mutter sie zu trösten versucht, als ihr Vater ihn den Dienstbotenaufgang hinunter und in den Hof befördert hatte. »Du kannst deine Kleider neben meine hängen.«

Natalia wollte keinen großen Aufstand machen und ihre

Mutter nicht daran erinnern, dass der Schrank ihr erstes Möbelstück gewesen war, als sie aus dem Waisenhaus zu ihnen gekommen war. Ebenso wenig wollte sie sich beklagen, dass darin noch einige ihrer alten Sachen hingen, Kleider aus Samt und Spitze, die sie seit Jahren nicht getragen hatte, an die sie jedoch hin und wieder noch heimlich ihre Wange schmiegte.

Das restliche Mobiliar folgte bald darauf: die Bücherregale, der Art-déco-Tisch aus dem Flur, der Garderobenständer, Natalias Schreibtisch mit den altmodischen Florentiner Verzierungen, die in dem ansonsten kahlen Zimmer völlig fehl am Platz wirkten. Natalia erledigte ihre Hausaufgaben jetzt in der Küche neben dem Herd, was ebenso gut war, denn das war der wärmste Platz im Haus. Allerdings hatte sie nur wenig Antrieb, sich um ihre Schulaufgaben zu kümmern. Es erschien ihr sinnlos, stundenlang über Geometrie und Physik und Geschichte nachzugrübeln, wenn es kein Essen im Haus gab und sie wegen der Kälte die meisten Nächte eingewickelt in ihre Mäntel schliefen, wenn es kein Warmwasser gab und auch keine Seife, um sich zu waschen. Selbst die Lichter wurden um Punkt acht Uhr abends automatisch abgeschaltet, lange bevor sie mit ihren Aufgaben fertig war.

»Du musst lernen, damit du nächstes Jahr mit deinem Studium anfangen kannst«, erinnerte ihr Vater sie, wann immer er sie dabei ertappte, dass sie über ihren Büchern in Tagträume versank. »Nur so hast du die Chance auf ein anständiges Leben. Wissen ist Macht, die einzige Macht, die dir Freiheit geben kann.«

»Aber Papa, du weißt doch, dass ich nur Klavier spielen will, und das Konservatorium wird nicht so sehr auf meine Noten achten. Außerdem wurden die Bücher umgeschrieben, ist dir das nicht aufgefallen? Alle Geschichtsbücher wurden geändert, sogar die für Mathematik und Naturwissenschaften. Was soll ich da noch lernen? Es ist alles eine Lüge!«

Jedes Mal bereute sie es, wenn sie derlei zu ihm sagte. Nach allem, was er getan hatte, damit sie auf eine staatliche Schule gehen konnte, hatte er das nicht verdient.

Im Jahr zuvor war die katholische Schule, die Natalia besuchte, seit sie sieben war, geschlossen worden. Die Nonnen, die jahrzehntelang dort unterrichtet hatten, waren über Nacht verschwunden. Niemand wusste, was mit ihnen geschehen war. Noch in derselben Woche hatte das Bildungsministerium verkündet, dass sämtliche Schüler und Schülerinnen aus privaten Einrichtungen – bürgerliche Kinder wie Natalia – vom Unterricht an staatlichen Schulen ausgeschlossen waren.

»Was machen wir nur?«, hatten die Mütter und Väter geflüstert, während sie darauf warteten, dass ihre Kinder zum letzten Mal aus der Schule kamen. »Sollen sie etwa ohne Bildung bleiben? Sollen sie auf der Straße betteln gehen?«

Auch bei Natalia zu Hause waren diese Fragen immer wieder aufgeworfen worden. Sechs Monate lang blieben sie unbeantwortet, während ihr Vater alles in die Wege leitete, Straf- und Bestechungsgelder zahlte, um sie an irgendeiner Schule anzumelden. Die Antwort lautete immer gleich: *Nicht die geringste Chance, da könnten Sie sich ebenso gut auf den Mond wünschen.* Bis sie unversehens anders ausfiel.

Als Natalia wieder einmal bei der Inventur im Laden geholfen hatte, hatte sie zwei benutzte Gläser im Hinterzimmer gefunden. Spuren von Brandy, so klebrig wie Honig, bedeckten noch den Boden, als sie sie zum Spülbecken trug. Zunächst hatte sie sich nichts dabei gedacht; ihr Vater hatte ständig Besuch, und er scheute keine Kosten und Mühen, damit seine Gäste sich wohlfühlten. Erst eine Woche später, als sie einen Brief vom Bildungsministerium erhielten, in dem stand, Natalia sei nicht länger vom Unterricht an einer staatlichen Schule ausgeschlossen, wusste sie, wer ihren Vater an jenem Nachmittag besucht hatte. Victor.

Es dauerte ein paar Wochen, bis sie die Unruhe abschütteln konnte, die sie aufs Neue gepackt hatte. Stundenlang starrte sie aus dem Fenster oder in ein Buch, ohne etwas wahrzunehmen oder zu lesen. Selbst an ihrem Flügel spielte sie nur lustlos, und mit Schrecken begriff sie, dass sie eifersüchtig auf ihren Vater war. Dabei hatte das Treffen mit Victor wohl nur stattgefunden, weil es um Natalia ging. Schließlich ließ die Unruhe nach. Sie musste akzeptieren, dass Victor aus ihrem Leben verschwunden war, und vielleicht war das nur zu ihrem Besten. Sie musste sich damit abfinden, dass er in ihr nie mehr sehen würde als ein kleines Mädchen.

Bald würde der Unterricht wieder beginnen, und nichts wünschte sie sich sehnsüchtiger herbei als den ersten Tag an der neuen Schule, um sich von der Langeweile und den Gedanken an Victor abzulenken.

*

An ihrem ersten Schultag war es bedeckt und schwül, doch Natalia kümmerte sich nicht darum. Ihr Leben kam ihr vor, als wäre es randvoll mit neuen Möglichkeiten. Als sie erhobenen Hauptes durchs Schultor ging, schwor sie sich, dass dieses Schuljahr einen neuen Anfang bringen würde, dass sie härter denn je arbeiten und sich so anstrengen würde, dass sie alle Erwartungen der anderen, vor allem die ihres Vaters, erfüllte.

Sie war derart in Gedanken versunken, dass sie kaum Notiz von den flüsternden Stimmen hinter sich nahm und auch das Gelächter nicht bemerkte, das ausbrach, als sie auf der Suche nach ihrem Klassenzimmer den Flur entlangging. Es wäre ihr auch gar nicht in den Sinn gekommen, dass sie der Anlass für derlei Erheiterung sein konnte, denn niemand kannte sie hier.

Erst als sie vor ihrem Klassenzimmer stehen blieb, fröstelte sie vor Unbehagen. Nervös rückte sie das rote Pioniertuch gerade, das zu tragen für alle Schüler Pflicht war, und strich sich den Rock ihrer Uniform glatt. Dann holte sie tief Luft und öffnete die Tür.

Das Zimmer war kleiner, als sie erwartet hatte, und bis auf den letzten Zentimeter vollgestellt mit Tischreihen. Stimmen und Gelächter und das dumpfe Knallen von Schulbüchern empfingen sie. Dann aber pfiff jemand in der letzten Reihe, und augenblicklich kehrte Ruhe ein.

Aufgeregt machte Natalia einen kleinen Schritt vorwärts und versuchte, nicht auf die neugierig starrenden Gesichter zu achten. Unsicher, wohin sie sich setzen sollte, blieb sie mitten im Raum stehen und hoffte, dass die korpulente Frau mit dem kantigen Gesicht, die wie wild etwas auf die Tafel schrieb, sich umdrehen und etwas sagen mochte. Als sie es tat, versuchte sich Natalia an einem schwachen Lächeln.

»Dein Pult ist da«, sagte die Frau knapp, ohne sich überhaupt vorzustellen, und deutete mit dem Stück Kreide auf ein Pult in der Ecke. »Genau, dort hinten.«

Ihre Schultasche wie zum Schutz vor die Brust gedrückt, ging Natalia an ihren Platz. Einen Augenblick später klingelte es zum zweiten Mal, und die ganze Klasse erhob sich gleichzeitig.

»Guten Morgen, Kinder«, stieß die Lehrerin mit stumpfem Desinteresse hervor, und sie schnaufte ein wenig, als sie auf ihr Podest stieg und sich auf den Stuhl hinter ihrem Pult fallen ließ. Mit dem Handrücken wischte sie sich ein paar Schweißtropfen von der Stirn unterhalb ihres gebleichten Haaransatzes, und Natalia kam nicht umhin, den kreisförmigen Fleck zu bemerken, der sich unter ihrer Achsel gebildet hatte.

»Guten Morgen, Fräulein Tima«, entgegneten die Schüler träge.

»Setzen.«

Es folgte das Rascheln von Papier. Jemand rülpste und entschuldigte sich nicht. In der letzten Reihe klopfte jemand mit einem Stift auf ein Buch wie im Takt zu einer Melodie.

»Wir haben heute eine neue Mitschülerin«, teilte Fräulein Tima ihnen nüchtern mit, ohne vom Klassenbuch aufzusehen. »Sie heißt Natalia Goza. Natalia, steh bitte auf.«

Zögerlich erhob sie sich.

»Natalia hat die Erlaubnis bekommen, unsere Schule zu besuchen. Bitte komm nach vorn.«

Langsam ging sie zwischen den Reihen der anderen Schüler hindurch nach vorn.

»Natalia, bevor wir heute mit dem Unterricht anfangen, möchte ich, dass du durchs Zimmer gehst und sämtlichen Müll aufhebst, den du am Boden findest.«

Fast wäre sie in Lachen ausgebrochen, obwohl ein Gefühl von Übelkeit in ihr aufstieg. War das ein Scherz? Es musste sich um ein Missverständnis handeln.

»Na los, wir haben nicht den ganzen Tag Zeit«, forderte Fräulein Tima sie sichtlich gelangweilt mit einer Handbewegung auf. »Sammle den Müll ein, damit wir anfangen können.«

Noch immer rührte Natalia sich nicht, sie starrte Fräulein Tima lediglich aus aufgerissenen Augen verständnislos an. Fräulein Tima wiederum schnalzte mit der Zunge und schüttelte missbilligend den Kopf.

»Nun gut, ich verstehe. Wir verstehen *alle*. Eine bürgerliche Prinzessin wie du hebt keinen Müll auf, hab ich recht? Zu Hause erledigt das jemand anders für dich? Nun ja, hier nicht. Hier hebst du den Müll für die ganze Klasse auf.«

Sie nahm ein Lineal in ihre breite Hand und klopfte damit auf die Tischkante. »Das ist eine wunderbare Lektion für heute«, fuhr sie fort, nun an die ganze Klasse gerichtet, und schwang das Holzlineal in der Luft wie einen Dirigierstab. »Eine Übung in Gleichheit. Fräulein Goza wird jetzt lernen, dass sie nichts Besseres ist als alle anderen hier im Raum.«

Natalia musste sich mit aller Macht zusammenreißen, um sich nicht umzudrehen und wegzulaufen oder dieser unverschämten Person zu sagen, sie solle sich zum Teufel scheren. Aber sie dachte an den Gesichtsausdruck ihres Vaters, wie glücklich er an diesem Morgen ausgesehen hatte, wie stolz er gewesen war, dass er es ihr ermöglichen konnte, wieder zur Schule zu gehen. Wie konnte sie da nach Hause kommen und ihm erklären, dass alle seine Bemühungen umsonst gewesen waren, dass sie aus freien Stücken ihre einzige Chance auf Bildung ausgeschlagen hatte?

Tränen stiegen ihr in die Augen, so dass die Klasse vor ihr verschwamm und sie die anderen Kinder nur noch schemenhaft wahrnahm. Sie ballte die Hände zu Fäusten, und ihre Fingernägel bohrten sich schmerzhaft in ihre Ballen. Und dann tat sie etwas, das sie selbst kaum glauben konnte. In aller Seelenruhe drückte sie den Rücken durch und schritt ans hintere Ende des Klassenzimmers, hockte sich hin und hob alles auf, was sie auf dem Boden liegen sah: Papierschnipsel, ein paar zerbrochene Bleistifte, ein Stück weggeworfene Brotkruste, die aussah, als läge sie schon seit Wochen dort unten. Als sie am Ende der Reihe ankam, nahm sie sich die nächste vor.

Hinten im Klassenraum lachte jemand.

»Ruhe!«, schimpfte Fräulein Tima und schlug mit derartiger Wucht mit dem Lineal auf ihr Pult, dass alle still waren. Dann widmete sie sich erneut ihren Korrekturen. Sie sah erst wieder auf, als sie aus dem Augenwinkel Natalia neben sich stehen sah, die den Papierkorb in ihren zitternden Händen hielt.

»Fertig?«, fragte sie. »Gut. Fangen wir mit dem Unterricht an. Natalia, setz dich.«

Als sie am nächsten Tag und auch am Tag danach die gleiche Aufgabe bekam, war Natalia sich sicher, dass sie ihre Scham darüber niemals würde vergessen können. Aber zu ihrer eigenen Überraschung überstand sie es. Als sie lernte, das, was man von ihr verlangte, mit leerem Kopf und leerem Herzen auszuführen, verlor die Demütigung des ersten Tages an Schärfe. Sie zwang sich, nichts zu fühlen, an nichts zu denken, es einfach hinter sich zu bringen, heute, morgen, übermorgen. Zu überleben. Nach einer Weile kicherten die anderen nicht mehr und bewarfen sie auch nicht mehr mit Papierkügelchen, wenn sie sich, den Mund fest zusammengepresst, den Blick stur auf den Boden gerichtet, vor ihren Pulten bückte, um den Müll aufzuheben.

Irgendwann war Natalia nicht mehr die Neue, die alle Aufmerksamkeit auf sich zog, sondern einfach das Mädchen, dessen Eltern als Klassenfeinde abgestempelt worden waren, dessen Vater als Ausbeuter des Volkes galt, als Bürgerlicher, als Kapitalist, und für dessen Sünden seine Tochter würde zahlen müssen, zumindest jeden Morgen im Klassenzimmer, ehe der Unterricht begann.

34

Sie wusste nicht, was sie an diesem Nachmittag mit derartiger Kraft zum Sankt-Paulus-Waisenhaus zog. Tatsächlich hatte sie sogar ein wenig Angst vor dem, was sie dort entdecken mochte. Beinahe vier Jahre waren vergangen, seitdem ihr der Brief im Tresor ihres Vaters in die Hände gefallen war, und noch immer dachte sie öfter daran, als ihr lieb war. Sie wusste nicht, wie oft sie abends vorm Einschlafen an die Zeilen gedacht hatte – jene Zeilen, die ihr keine Ruhe ließen.

Ich habe nicht die Absicht, ihr Leben durcheinanderzubringen.

Genau das hatte der Brief aber getan. Sie konnte die schwelende Neugier, die Tag und Nacht an ihr nagte, nicht mehr ignorieren. Seltsam, wie leicht es ihr als kleines Kind gefallen war, ihre Vergangenheit abzustreifen. Aber der Brief hatte den Geistern, die sie damals weggesperrt hatte, die Tür geöffnet, und seit vier Jahren wurde sie nun schon von ihnen heimgesucht. Überall lauerten sie, in ihren Träumen und unter der Oberfläche ihres Alltags.

Es hat doch gar nichts mehr mit dir zu tun, Talia, rügte sie sich oft dafür, dass ihre Gedanken so sehr darum kreisten. *Es hat keine Bedeutung für dein jetziges Leben.* Sie wusste nur zu gut, dass es wichtigere Angelegenheiten gab, auf die sie sich konzentrieren musste, als die Tatsache, dass ihr Traum, das Konservatorium zu besuchen, sich in Wohlgefallen aufgelöst hatte. Es hatte sie nicht völlig unerwartet getroffen, als die Absage in der Post gelegen hatte. Sie hatte es bereits in den Gesichtern des Auswahlkomitees gesehen, als sie am Ende ihres Vorspielens ihre Bewerbung durchgelesen hatten und ihr Gesichtsausdruck sich von purem Entzücken in Enttäuschung verwandelt hatte. Zuerst hatte es Natalia das Herz gebrochen, und sie hatte den Glauben an sich selbst verloren, aber nachdem sie sich monatelang in Selbstmitleid gesuhlt hatte, beschloss sie, das Klavierspiel nicht aufzugeben.

Seit Jahren schon war sie dem Jazz verfallen, und sie hatte gehört, dass es, obwohl es verboten war, Jazz öffentlich aufzuführen, eine aufkeimende Bewegung im Untergrund gab, die sich dem Jazz verschrieben hatte. Die Idee schien verrückt und riskant, aber wenn sie nur genug übte, sich voll und ganz dem Klavierspiel widmete, würde sie vielleicht eines Tages ihren Platz in dieser Welt finden. In der Zwischenzeit konnte sie ein wenig Geld mit Unterrichten verdienen – sie durfte nur nicht zu spielen aufhören.

Doch je mehr sie sich bemühte, den Brief aus ihren Gedanken zu verbannen und sich abzulenken, umso weniger wollte es ihr gelingen.

Was, wenn es noch weitere Briefe gegeben hatte? Sie hielt es nicht für wahrscheinlich, denn nachdem Rumänien 1945 vom Westen abgeschnitten worden war, wäre es wohl kaum möglich gewesen, Korrespondenz aus dem Ausland aufzunehmen – aber was, wenn doch? Sie erinnerte sich an die vielen Gelegenheiten, bei denen sie ihren Onkel Stefan nach den Umständen ihrer Adoption hatte fragen wollen, und bereute es nun, es nicht getan zu haben. Allerdings hätte es sie vermutlich nicht weitergebracht. Was auch immer Stefan wusste, er würde es mit ins Grab nehmen. Seine Loyalität zu ihren Eltern bedeutete ihm alles.

So schien es ihr, als gäbe es nur einen Weg, um mehr über ihre Herkunft herauszufinden. Sie würde an den Ort zurückkehren müssen, an dem alles seinen Anfang genommen hatte.

*

Jetzt, in der Straßenbahn, konnte Natalia noch immer nicht fassen, wie impulsiv sie handelte, dass sie im letzten Moment eingestiegen war, ohne einen Plan gefasst zu haben. Sie setzte sich nicht hin und ließ die Stadt mit ihrer üblichen Mischung aus von der Sonne versengten Parkanlagen und rußgeschwärzten Fassaden an sich vorüberziehen, während sie die Jahre zählte. Dreizehn Jahre waren vergangen, seitdem sie zuletzt im Waisenhaus gewesen war.

Einmal war sie durch Zufall daran vorbeigefahren. Es war kurz nach dem Krieg, und die öffentlichen Verkehrsmittel fuhren noch nicht wieder regelmäßig, so dass Natalia und ihre Mutter ein Taxi genommen hatten, um an ihr Ziel zu gelangen. Natalia erinnerte sich noch daran, dass ihre Mutter mit dem Fahrer gesprochen hatte, etwas über den nicht enden wollenden Winter und über eine Bombe, die im Stadtzentrum ein klaffendes Loch hinterlassen hatte. Und dann war sie mitten im Satz verstummt. Natalia hatte den Blick vom Buch gehoben, in dem sie gerade las, und war dem Blick ihrer Mutter gefolgt. Dort, verborgen hinter einem Metallgerüst, stand ein heruntergekommenes Gebäude.

»Weißt du noch, Talia?«, hatte ihre Mutter leise gefragt, als das Haus durch das Autofenster immer kleiner wurde.

Natürlich wusste sie es noch. Sie glaubte nicht, dass sie es jemals vergessen könnte. Die Gesichter der schmutzigen, einsamen Kinder, die spät in der Nacht weinten, ihre von Läusen befallene Kleidung, der Hof, auf dem es ständig nach Unrat stank, die wässrige Suppe jeden Tag. Doch sie sprach es nicht laut aus. Stattdessen zuckte sie nur die Achseln und gab sich gleichgültig, in der Hoffnung, ihr Desinteresse würde ihre Mutter davon abhalten, weiter darüber reden zu wollen. Sie hatten nie wieder davon gesprochen.

Als die Straßenbahn am nächsten Halt zum Stehen kam, stieg Natalia aus. Es war nicht die Haltestelle, die dem Waisenhaus am nächsten lag, aber sie wollte ein Stück laufen, um sich zu sammeln. Ihre Gedanken wanderten zu der Frage, die sie hierhergetrieben hatte und auf die sie noch keine Antwort hatte finden können: Warum hatten ihre leiblichen Eltern sich dazu entschlossen, ein Leben ohne sie zu führen? In Natalias Vorstellung waren ihre Eltern jung gewesen, als sie sie bekommen hatten, vielleicht hatten sie nichts zu essen gehabt, die Verantwortung, Eltern zu sein, war eine Belastung gewesen. Natalia stellte sie sich als Herumtreiber vor, die von einer Wohnung in die nächste zogen, mittellos, und ums nackte Überleben kämpften. Womöglich war Natalia ein Versehen gewesen. Vielleicht hatten sie auch ihr Bestes gegeben, bis sie schließlich nicht mehr konnten und jemand anderem die Aufgabe überließen.

Ja, es war Natalia leichtgefallen, nicht an sie zu denken. Bis sie auf den Brief gestoßen war. Und hier war sie nun, bereit, sich aus freien Stücken mit den Geistern ihrer Vergangenheit auseinanderzusetzen.

*

An der Kreuzung warf sie einen Blick auf das Straßenschild, und mit klopfendem Herzen bog sie ab. Einige Fußgänger eilten an ihr vorbei, die Köpfe gesenkt, die Hände in die Taschen gesteckt, ohne Notiz von ihr zu nehmen. Als sie aufblickte, war sie überrascht, dass das Gebäude noch weitgehend so aussah, wie sie es in Erinnerung hatte. Lediglich das Metallgerüst und das dunkelblaue Schild mit der Aufschrift *St.-Paulus-Waisenhaus* waren nicht mehr da.

Zögerlich und in der Erwartung, einem Ansturm von Kindern zu begegnen, trat sie durch das Holztor, doch im Hof war es still. Sie hatte sich nicht angekündigt, und jetzt erschien es ihr absurd, dass sie überhaupt hier war. Was hatte sie erwartet? Hatte sie gehofft, die Heimleiterin würde sie hereinbitten und ihr eine versiegelte Akte überreichen?

Sie machte auf dem Absatz kehrt und war schon beinahe wieder am Tor, als sich hinter ihr eine Tür öffnete. Im fahlen Licht erkannte sie einen Soldaten, der mit gerunzelter Stirn auf sie zukam und seine Mütze zurechtrückte. Einen Moment lang dachte Natalia, er werde sie zur Rede stellen, was sie hier verloren habe, aber er eilte, ohne ihr einen Blick zuzuwerfen, an ihr vorbei. Das Tor schlug hinter ihm zu, und Natalia, die sich mit dem Rücken an die Wand gedrückt hatte, um im Schatten zu verschwinden, bemerkte, dass die Tür zum Hauptgebäude nur angelehnt war.

Ein paar Minuten wartete sie ab, dann schlüpfte sie leise hinein.

Auch der Flur kam ihr seltsam vertraut vor, die abblätternde blassgrüne Farbe an den Wänden, der Ammoniakgeruch, das Schachbrettmuster des Linoleumbodens, der unter ihren zaghaften Schritten quietschte. Während sie auf die Tür zuging, hinter der sich ihrer Erinnerung zufolge das Büro der Heimleiterin befunden hatte, überlegte sie, was sie sagen sollte. Wie würde sie erklären, weshalb sie hergekommen war? Würde die alte Dame sie nach all den Jahren wiedererkennen?

Vor der Tür blieb sie stehen und atmete tief durch. Dann, bevor sie es sich anders überlegen konnte, drückte sie die Türklinke hinunter und trat ein.

Was sie vor sich sah, ließ sie verwirrt innehalten. Ein massiver rechteckiger Tisch stand dort, wo Frau Tudors alter, abblätternder Schreibtisch gestanden hatte, und darum herum saß etwa ein Dutzend Männer in Militäruniform. Auf dem Tisch verteilt lagen Klemmbretter und Ordner, und in der Mitte stand ein Aufnahmegerät neben einer halb vollen Wasserkaraffe.

»E-es tut mir leid«, stotterte Natalia, als die Männer aufblickten und sie anstarrten. »Ich muss das falsche Zimmer erwischt haben, ich muss …« Sie machte einen Schritt zurück. »Bitte entschuldigen Sie vielmals.«

Einer der Männer, ein älterer, dessen Brust mit Orden geschmückt war, drehte sich in seinem Stuhl zu ihr um. In dem künstlichen Licht sah sein Haar beinahe silbern aus, genau wie sein gepflegter Bart, über den er sich nachdenklich strich, während er sie mit seinen kalten blauen Augen eingehend musterte.

»Junge Dame, was haben Sie hier zu suchen?«, fragte er streng.

»Entschuldigen Sie«, erwiderte sie nervös. »Ich wollte nicht stören. Ich … ich bin auf der Suche nach Frau Tudor, der Leiterin des Waisenhauses. Es tut mir leid, dass ich hier so hereinplatze.«

»Waisenhaus? Welches Waisenhaus?«

Der Mann neben ihm räusperte sich. »In der Tat, Herr General, sie hat recht. Vor dem Krieg war hier ein Waisenhaus untergebracht. Ein Teil des Gebäudes wurde während der Bombardierungen zerstört. Der Flügel, in dem die Schlafsäle und die Küche lagen, um genau zu sein. Ebenso das Archiv und einige der Klassenzimmer.«

»Und was wollen Sie nun hier?«, hörte Natalia den General erneut das Wort an sie richten.

Was ist mit den Kindern passiert? Wo sind die Kinder?, wollte sie schreien. *Wo sind die Nonnen, die Köchin, die Lehrerinnen?* Aber sie stand nur da, während das Entsetzen sich in ihr ausbreitete.

»Ich war eines der Kinder hier«, murmelte sie so leise, dass der General sich eine Hand ans Ohr hielt.

»Was sagen Sie da?«

»Vor dem Krieg war ich eines der Waisenkinder hier.«

»Nun, inzwischen zählt das Haus zu den Regierungsgebäuden. Wir wissen nichts über das Waisenhaus. Und Sie dringen hier in eine offizielle Sitzung ein«, erklärte er abweisend.

»Es tut mir leid. Entschuldigen Sie die Störung.«

Und dann machte sie auf dem Absatz kehrt und rannte, so schnell sie konnte, den Flur entlang und über den Hof, der einst ihr Spielplatz gewesen war. Sie rannte, ohne sich umzusehen oder das Hoftor hinter sich zu schließen, die Straße hinunter und immer weiter, bis ein scharfes Stechen in ihrer Seite sie zwang, stehen zu bleiben. Als sie sich an eine Hauswand lehnte, um wieder zu Atem zu kommen, sah sie hinauf in den dunkler werdenden Himmel und dachte an die Kinder.

Als sie sich schließlich auf den Weg zurück zur Haltestelle

machte, trocknete sie sich die Augen. Welche Spuren ihrer Vergangenheit es hinter diesen Mauern auch gegeben haben mochte, sie waren mit dem Waisenhaus in Flammen aufgegangen. Die Verbindung zu ihren ersten Lebensjahren endete hier.

35

»Ein Mann hat heute nach dir gefragt«, sagte Natalia, während sie sich über ihren Teller mit Brathühnchen hermachte. Das pralle, goldene Hühnerfleisch zerging auf ihrer Zunge, so dass sie genussvoll aufstöhnte. Wenn ihre Mutter beim Metzger ausnahmsweise ein frisches Hühnchen ergattern konnte, war das Abendessen jedes Mal ein Festmahl. In den darauffolgenden Tagen wurde das komplette Tier in den Mahlzeiten verarbeitet, und zum Schluss gab es eine Brühe, die allein aus den Knochen gekocht worden war.

»Hat er gesagt, wer er ist?«, fragte ihr Vater.

»Er meinte, er sei ein Stadtinspektor. Er führt einen Zensus durch und wollte wissen, wie viele Personen in unserem Haushalt wohnen. Ich habe ihm gesagt, er solle wiederkommen, wenn du zu Hause bist.«

Ihr Vater sah von seinem Teller auf. Er war ein wenig blass geworden. »Natalia, du weißt, dass du niemals irgendwelche Fragen über unsere Familie beantworten darfst, du kannst auf keinen Fall –«

»Das weiß ich doch, Papa. Ich habe ihn gebeten zu gehen. Er kommt ein anderes Mal wieder.«

Stille senkte sich über sie, während ihr Vater nur knapp nickte und noch ein paar Bissen aß, bevor er schließlich seine Gabel hinlegte.

»Ich hatte heute die größte Einnahme seit Jahren«, erzählte

er dann mit etwas fröhlicherer Miene. »Jemand kam in den Laden und hat zehntausend Qualitätsumschläge gekauft, einfach so. Ich musste ihm helfen, die Kartons nach draußen zu tragen und in seinem Wagen zu verstauen.«

Despina hob den Blick von ihrem Teller und sah ihn erstaunt an. »Wer war das, Anton?«

»Er sagte, er sei vom Ministerium, von welchem habe ich nicht verstanden. Irgendein Büroangestellter, nehme ich an. Er schien sich ziemlich für unseren Lagerbestand zu interessieren. Meinte, er käme in einem Monat wieder für die nächste Bestellung. Dann hat er in bar bezahlt. In bar, Despina! Wer macht das schon noch?«

Sie schien über etwas nachzudenken, als sie ihr Glas Wasser an die Lippen führte, und Natalia wusste, worüber. Das gute Geschäft bedeutete, dass sie eine Zeit lang ein wenig mehr zu essen hätten, *besseres* Essen, vielleicht sogar Obst und frische Eier. Alles in allem waren das die besten Neuigkeiten seit Monaten.

»Das ist wunderbar, Anton«, sagte Despina vergnügt, als sie aufstand, um den Tisch abzuräumen. »Der Zeitpunkt könnte gar nicht besser sein. Diese Woche habe ich rein gar nichts auf dem Trödelmarkt verkauft. Die Gattinnen unserer großen Anführer haben anscheinend genug von Silber und anderer Pracht, selbst wenn sie es für ein paar Münzen mitnehmen können.«

»Despina, bitte …«

»Ach, ich weiß, Anton, ich weiß. Und Natalia weiß auch Bescheid. Sie hilft mir doch mittwochs immer, schon vergessen?«

Sie zwinkerte ihrer Tochter zu, die ihr mit einem Lächeln antwortete. Es gab gute und schlechte Wochen auf dem örtlichen *talcioc*, und die letzte zählte nicht zu den guten. Trotzdem gingen sie immer wieder hin. In den meisten Fällen brachte es ihnen ein wenig dringend benötigtes Bargeld ein.

Aber noch einen Monat zuvor, als sie zum ersten Mal auf den Trödelmarkt gegangen waren, wäre Natalia am liebsten im Erdboden versunken. Während sie ihrer Mutter durch ein Meer von Frauen folgte, die mitten auf einem Platz ihre kostbarsten Besitztümer auf groben Decken ausgebreitet hatten, hatte sie zu Gott gebetet, er möge sie verschwinden lassen.

Es war heiß, und eine Zeit lang standen sie unter einem Baum, wo sie glücklicherweise einen Schattenplatz ergattert hatten. Natalias Mutter trug eines ihrer hübschen Kleider, weswegen Natalia sich nur noch mehr schämte. Eine Frau war zu ihnen gekommen und hatte in ihren offen daliegenden Koffer gespäht. »Das da«, hatte sie mit starkem russischem Akzent gesagt und mit ihrem rot lackierten Finger auf eine Stola gezeigt, und ihre Mutter hatte sich gebückt und sie hervorgeholt.

Über ihren törichten Stolz und die blanke Wut darüber, dass die Frau skeptisch über den Pelz gestrichen, ihn umgedreht hatte, um das Seidenfutter zu befühlen, und dass sie ihre Mutter dabei nicht einmal angesehen und ihr wortlos ein paar Scheine in die Hand gedrückt hatte, musste Natalia inzwischen kichern.

Sie hatten Despinas Pelze, ihre Taschen aus Schlangenleder und die Hüte aus Wien und Paris. Sie hatten Tafelsilber und Porzellan. Und selbst wenn all das zusammen nur noch ein Bruchteil dessen einbrachte, was es eigentlich wert war, reichte es doch aus, um sie jahrelang zu versorgen.

Und trotzdem konnte Natalia nicht aufhören, mitzuzählen und im Kopf eine Liste dessen aufzustellen, was ihnen noch blieb, was sie als Nächstes verkaufen würden.

*

Am nächsten Morgen klopfte es früh an die Tür. Das Geräusch kam wie aus der Ferne und riss Natalia aus dem Schlaf. Etwas desorientiert setzte sie sich im Bett auf und warf einen Blick auf ihre Uhr. Wer kam so früh am Sonntag zu ihnen? Sie wusste nicht, wie lange es schon klopfte, aber es schien, als würde niemand öffnen gehen, also stand sie auf und schlich auf Zehenspitzen die Treppe hinunter. Der Fußboden im Flur war eiskalt unter ihren nackten Füßen, als sie leise zur Tür ging und durch den Spion linste.

Es war der untersetzte Mann im Anzug, der gestern bereits nach ihrem Vater verlangt hatte. Er stand ein Stück von der Haustür entfernt und hielt höflich den Hut vor die Brust, aber wie er den Blick über die Fassade wandern ließ, die Wandleuchter aus Eisen begutachtete, nach oben blickte, als würde es ihn enorm interessieren, wie hoch das Dach war und wie schön gearbeitet der Stuck, hatte etwas Aufdringliches an sich.

Natalia trat einen Schritt zurück und ließ die Klappe vor dem Spion herunterfallen. Ihr gefiel dieser Mann nicht. Was wollte er? Warum tauchte er um diese Uhrzeit bei ihnen auf? Verärgert stapfte sie die Treppe wieder hoch und war beinahe oben angekommen, als sie fast mit ihrem Vater zusammenstieß.

»Talia, wer war das?«, fragte er und strich sich die zerzausten grau melierten Haare glatt. Wenn überhaupt etwas seine fünfzig Jahre erkennen ließ, dann dass sein einst rabenschwarzes Haar von silbernen Strähnen durchzogen war. Und dass seine Schultern leicht gekrümmt waren, was Natalia erst vor Kurzem aufgefallen war.

»Ach, das … niemand«, entgegnete sie wenig überzeugend. »Ich glaube nicht, dass es jemand ist … jemand Wichtiges, meine ich …« Sie brach ab, denn ihr Vater eilte bereits die Stufen hinab, und sein weinroter Morgenrock aus Seide flatterte hinter ihm her.

*

Ihr Vater bat Natalia, dem Mann etwas zu trinken zu bringen. Nachdem der Mann derart bei ihnen hereingeplatzt war und ungebeten seinen Hut im Flur aufgehängt hatte? Natalia war irritiert.

»Ein Glas Wasser«, flüsterte ihr Vater, während er sich hastig anzog.

Ohne ein Wort mit dem Mann zu wechseln, ging sie geradewegs in die Küche und füllte am Wasserhahn ein Glas mit lauwarmem Wasser, das sie ins Wohnzimmer trug, wo der Mann es sich bereits auf dem Sofa bequem gemacht hatte. Sie stellte das Glas viel heftiger auf dem Beistelltisch ab als beabsichtigt.

»Ah, vielen Dank«, murmelte der Mann, ohne den Blick von seiner Aktentasche zu heben, die geöffnet neben ihm lag. Er schob sich eine Brille auf die Knollennase und kramte dann in einer der mit Seide gefütterten Innentaschen. »Sehr freundlich.«

Schließlich holte er einen silbernen Stift und einen kleinen Notizblock hervor, auf dem er wild etwas zu schreiben begann, wobei er alle paar Sekunden nachdenklich die Stirn runzelte und die Brille hochschob. Als er fertig war, stand er auf, ging mit Stift und Block um das Sofa herum und strich dabei mit seinen kurzen Fingern über den Samtbezug. Einen Augenblick später stand er vor der Vitrine und neigte den Kopf nach links und nach rechts, um sich das Porzellan darin anzuschauen. Die ganze Zeit über machte er sich Notizen auf seinem Block.

»Entschuldigen Sie, kann ich Ihnen mit etwas behilflich sein?«, brach es schließlich aus Natalia hervor. »Womit kann ich Ihre Neugier stillen?«

Der Mann reagierte nicht. Er sah sie nicht einmal an. Er strich einfach weiter mit der Hand über die Möbel und fuhr unsichtbare Linien auf den Schnitzereien der Vitrine nach, auf dem weißgrauen Kamin aus Marmor, den ledergebundenen Büchern in den Regalen.

»Spielen Sie? Ihre Mutter?«, fragte er dann unvermittelt, als hätte er Natalia eben erst bemerkt. Er nahm einen Stapel Notenblätter von der Anrichte und blätterte sie durch. »Gibt es ein Klavier im Haus?«

Ein bitterer Geschmack stieg in ihrer Kehle auf. Sie sah auf ihre Hände hinab und hoffte inständig, dass ihr Vater endlich nach unten kommen möge, damit er diesen ungehobelten Mann hinauswarf. Sie hasste sein rotes, verschwitztes Gesicht, seine schamlosen Augen, die raffgierig über die Kostbarkeiten ihrer Mutter wanderten, Gegenstände, die sich schon seit Generationen im Besitz ihrer Familie befanden, als wäre er bei einem Ausverkauf.

»Ach das«, sagte sie kühl. »Ja, oben steht eines. Ist seit Jahren nicht gestimmt worden. Im Grunde ist es nur ein Möbelstück.«

Er sah sie ausdruckslos an, als hätte er nicht zugehört, und dann verzog sich sein Gesicht zu einem derben Grinsen, das eine Reihe von vom Rauchen verfärbten Zähnen freilegte. »Liegt das Geschäft Ihres Vaters hier in der Nähe?«

Das war zu viel. Sie drehte sich um und lief wortlos aus dem Zimmer und direkt in die Arme ihres Vaters, der in Khakihosen und einem weißen Leinenhemd in der Tür erschienen war. Er schien sie gar nicht wahrzunehmen.

Sie ließ sich auf die oberste Treppenstufe fallen und strengte sich an, um dem Gespräch zu folgen. Ihr Vater hatte die Tür nicht geschlossen, und sie verstand beinahe jedes Wort. Der Mann stellte nicht enden wollende Fragen, über das Stück Land, das ihr Vater vor dem Krieg besessen hatte, die Pferde, die ihm abgenommen worden waren, als man die Ställe zwei Jahre zuvor verstaatlicht hatte. Er fragte, wie viele Schlafzimmer es gebe, wie viele Bäder, ob die Dienstmädchenkammer belegt sei. Was befinde sich auf dem Dachboden?

Nach einer Weile stand Natalia auf und ging in ihr Zimmer. Sie warf sich aufs Bett und schaltete das Radio ein. Sie ertrug es nicht einen Augenblick länger, dem Mann zuzuhören, wie er ihren Vater verhörte, während er hektisch Notizen machte und ihr ganzes Leben katalogisierte. Sie ertrug es nicht einen Augenblick länger, die Stimme ihres Vaters zu hören, resigniert und ausdruckslos, als wäre die Schlacht schon verloren.

36

Januar 1955

Es war mitten in der Nacht, als sie zitternd erwachte, und sie musste sich zwingen, tief durchzuatmen, um die Bilder aus ihrem Traum abzuschütteln. Sie hatte von einer Familienzusammenkunft geträumt, ihre Cousinen und Tanten alle um ihren ovalen Esstisch versammelt. Die Sonne sickerte unschuldig durch die Spitzengardinen, und ihre Strahlen brachen sich in den Weingläsern aus Kristall und spiegelten sich auf dem tadellos gedeckten Silberbesteck. In einer der Porzellanschüsseln ihrer Mutter duftete das Lammragout in seiner dunklen, dicken Soße. Am anderen Ende des Tisches war zartes Gebäck angerichtet, und ihr lief das Wasser im Munde zusammen. Es gab frische Limonade, die ihre Mutter aus den Zitronen aus dem Garten selbst gemacht hatte, sowie entkorkte Weinflaschen, deren Etiketten in der Nachmittagssonne glänzten. Ihr gegenüber saß ihr Vater und lachte. *Was ist denn so lustig, Papa?*, hatte sie ihn im Traum gefragt, ehe sie jäh aufgeschreckt war. Das Letzte, woran sie sich noch erinnerte, waren seine Augen. In ihrem Traum funkelten und tanzten sie so wie damals, als sie noch klein war.

Nacht für Nacht träumte Natalia von ihrem früheren Leben. Endlos quälten sie verschwommene Bruchstücke ihrer Erinnerungen. Dabei wollte sie sich nicht erinnern. Nicht an das Zuhause ihrer Kindheit, an die Veranda, auf der es nach Flieder duftete, an das Brummen des Verkehrs, an ihr Zimmer mit den großen Fenstern, aus denen man auf die Platanen blickte. Vor allem nicht an ihren Flügel. Sie konnte die Nostalgie nicht ertragen, die die Erinnerungen mit sich brachten, all das sinnlose Bedauern, den Kummer.

Sie bereute es zutiefst, diesen fremden Mann in ihr Haus gelassen zu haben. War alles, was darauf gefolgt war, damit nicht auch ihr zuzuschreiben?

Sie schloss die Augen, damit das Schwindelgefühl aufhörte. Wie könnte sie jemals den Gesichtsausdruck ihrer Mutter an jenem Tag vergessen, als der Stadtinspektor mit einer Polizeieskorte und einem offiziellen Schreiben zurückgekommen war, das ihre Familie auf die Straße setzte? Wie könnte sie die Fassungslosigkeit vergessen, die Despina ins Gesicht geschrieben stand, ihr stummes Flehen? Und ihr Vater, der, ohne einen Ton von sich zu geben, reglos dagestanden und in die Ferne geschaut hatte?

»Sie werden in eine Gemeinschaftswohnung am anderen Ende der Stadt ziehen«, hatte der Stadtinspektor ihnen mitgeteilt. »Eine hübsche Wohnung. Sie haben zwei Stunden, um zu packen.«

Hatte in seinem Lächeln Genugtuung gelegen? Ihr Vater hatte dort unten an der Treppe gestanden – in sich zusammengesackt, kreidebleich, stumm. Und ihre Mutter – ihre Mutter war in Tränen ausgebrochen.

*

Natalia drehte sich zur Wand. Ihre Lider waren zu schwer, um die Augen offen zu halten, ihr Kopf zu schwer, um ihn vom Kissen zu heben, und ihr Herz zu schwer, um sich dem nächsten Tag zu stellen. Sie war schon fast wieder eingeschlafen, als ein Geräusch sie hochschrecken ließ. Im Nebenzimmer schlug etwas gegen die Wand, direkt oberhalb des Sofas im Wohnzimmer, auf dem Natalia schlief. Dann noch einmal. Eine Tür schlug heftig zu. Natalia hörte die Stimme eines Mannes, feindselig und heiser, und dann das schluchzende Flehen einer Frau. »Bitte, Dima, bitte, hör auf. Bitte, Dima.«

Natalia zog sich ihr Kissen über den Kopf, um den Lärm auszusperren. Schwere Schritte stapften den Flur entlang, näherten sich ihrem Zimmer, entfernten sich dann wieder. Einen Augenblick später schlug die Wohnungstür zu, dann herrschte Stille. Natalia wusste, sie würde nur so lange anhalten, bis er unten am *tabac* an der Ecke eine neue Flasche Gin gekauft hatte. Sie hoffte, sie würde bereits wieder eingeschlafen sein, wenn er zurückkehrte.

Irgendwann später weckte sie ein Klopfen an der Tür. Sie sah auf die Pendeluhr: Es war Morgen. Schlapp stand sie vom Sofa auf und ging zur Tür, die ihre beiden miteinander verbundenen Zimmer vom Rest der Wohnung trennte. Vor ihr stand eine Frau in einem bodenlangen Flanellnachthemd und auf Krücken und sah sie argwöhnisch an. Ihre eine Gesichtshälfte überzog ein dunkler Bluterguss, die Haare hatte sie in Lockenwickler eingedreht.

»Hallo, ich bin Ioana«, sagte sie, ohne zu lächeln oder Natalia die Hand zu geben. »Mein Mann und ich wohnen im Zimmer nebenan. Ich wollte nur sichergehen, dass ihr den Zeitplan kennt. Er hängt an jeder Tür.«

»Ja«, murmelte Natalia, »ich weiß.«

»Nun ja, wir haben nicht viel von euch gesehen, ich wollte also nur sichergehen, dass ihr wisst, dass keine Ausnahmen gemacht werden. Wenn ihr eure Zeit verpasst, dann dürft ihr das Bad auch nicht benutzen. Das Gleiche gilt für die Küche.« Hartnäckig starrte sie Natalia an.

»In Ordnung«, sagte sie teilnahmslos. »Danke fürs Bescheidgeben.«

Genau wie Natalia und ihre Eltern war das Paar gerade erst eingezogen. Natalia hatte gehört, wie ihre Mutter sagte, sie seien erst ein paar Wochen vor ihnen eingetroffen und hätten das größte der sechs Schlafzimmer, das direkt neben Küche und Bad lag, für sich beansprucht, weil der Mann Journalist für die Partei war. Die übrigen zwei Schlafzimmer wurden von einer jungen Krankenschwester, die die Nachtschicht übernahm und tagsüber nie ihr Zimmer verließ, sowie von einer Frau Ende vierzig belegt, die bei einer Ölraffinerie arbeitete und ihre Freizeit damit verbrachte, die Menschenmengen auf parteifreundlichen Treffen anzuheizen.

Mehr hatte Natalia noch nicht über ihre Nachbarn herausgefunden, seitdem sie vor wenigen Tagen eingezogen waren. Und mehr wollte sie auch nicht wissen. Das waren die Menschen, mit denen sie unter einem Dach leben musste: ein Mann, der seine Frau jeden Abend verprügelte, und ein Parteispitzel.

Die Frau funkelte Natalia mit unverhohlenem Hass an, wenn sie sich in den Gemeinschaftsräumen begegneten, und vermutlich wünschte sie sich nichts sehnlicher, als Natalia und ihre Familie in einem Zug Richtung Zwangsarbeitslager zu sehen. Wie sollte Natalia in dieser Gesellschaft je unbeschwert sein, sich frei bewegen, essen, schlafen, *existieren*? Und für wie lange? Der Rest ihres Lebens kam ihr auf einmal sehr lang vor. Mit einem Kissen im Arm rollte sie sich zusammen und schloss die Augen.

Es war Abend, als sie sie wieder aufschlug. In der Wohnung war es ungewöhnlich still, bis auf die leisen Töne aus dem Radio im Nebenzimmer, wo ihr Vater sicherlich am Regler drehte, um Radio Free Europe zu empfangen. Im Halbdunkel erkannte Natalia ihre Mutter, die das gerettete Silberbesteck aus dem einzigen Koffer nahm, den sie hatten mitnehmen dürfen, und es in eine Vitrine legte, deren Glasscheibe zerbrochen war.

Ihr Vater kam herein. »Angeblich ist es nur eine Frage der Zeit, bevor der Westen eingreift«, platzte es aus ihm heraus. »Die Gräueltaten dürfen so nicht einfach weitergehen. Wisst ihr, wie sie die Grenze zwischen uns und dem Rest von Europa nennen? Den Eisernen Vorhang, Despina. Den Eisernen Vorhang. Bald kommt Hilfe, du wirst schon sehen.«

Ihr Vater war so fassungslos wie Natalia selbst. Er ging zurück in sein Zimmer und löschte das Licht.

*

Wie viel Zeit verging auf diese Weise? Sie war nicht sicher. Jeden Morgen, wenn ihre Mutter ihr ihre kühle Hand auf die Stirn legte und ihr ins Ohr flüsterte: »Komm, Talia, du musst etwas essen«, wusste sie, dass wieder ein Tag vergangen war. Wie konnte sie erklären, dass sie nie wieder die Augen öffnen wollte, nie wieder essen, sich waschen, sich vom Fleck rühren wollte? Sie wusste, dass sie wieder in Bewegung kommen musste, schon allein ihren Eltern zuliebe.

Erst als Despina damit drohte, einen Eimer kaltes Wasser über ihr auszuschütten, stand Natalia widerwillig auf. Ihre Mutter zu verärgern und in Sorge zu versetzen war das Letzte, was sie wollte.

Sie schlüpfte in ihre Pantoffeln, machte sich nicht die Mühe, einen Morgenrock über ihr Nachthemd zu ziehen, und folgte ihrer Mutter in den Gemeinschaftsraum, in dem der Holztisch mit dem Wachstuch mit einem Teller mit Toast und einer Tasse Tee gedeckt worden war. Natalia nahm einen Bissen, und während sie lustlos kaute, ließ sie ihren Blick durch das Zimmer wandern.

Die Wohnung war nicht ganz so fürchterlich, wie sie zuerst befürchtet hatte. Einst war sie elegant gewesen, das konnte Natalia sehen. Sie war im klassischen edwardianischen Stil gestaltet mit dicken, abgeschrägten Glastüren, breiten Fenstern und einem fein gemusterten Parkettboden. Die Jahre der Vernachlässigung hatten jedoch die Farbe von den Fenstersimsen abblättern lassen, die Wände waren schwarz vom Ruß, der satte Glanz des Parketts lag unter einer dicken Schmutzschicht verborgen.

Jede Familie hatte ihren Bereich mit Trennwänden aus Holz und mit von Wäscheleinen hängenden Teppichen abgeteilt. Trotzdem berührte Natalia etwas an dieser heruntergekommenen Wohnung. Sie war wie ein Invalide, ein Krüppel, der akzeptiert werden wollte. Genau wie Natalia und ihre Eltern schien die Wohnung bemüht darum, zumindest ein wenig den Anschein ehemaliger Pracht zu bewahren.

Nach dem Frühstück half Natalia ihrer Mutter, das Geschirr abzuräumen und in die Küche am Ende des schwach beleuchteten Flurs zu bringen. Sie waren noch dabei, die Tassen auszuspülen und sie zum Trocknen auf die Anrichte zu stellen, als die Frau, die Natalia am meisten fürchtete, durch die Schwingtür hereinplatzte.

»Die Zeit ist um«, sagte sie ohne Begrüßung. »Habt ihr den Plan nicht gesehen?« In ihrer speckigen Schürze über dem hellen Kleid stand sie da und zeigte auf den Zettel, der über dem Herd hing.

»Doch, wir sind sofort fertig«, sagte Despina, ohne von der Spüle aufzusehen, in der sie energisch das Geschirr schrubbte.

Die Frau riss die Augen auf, und ihr bereits gerötetes Gesicht färbte sich noch dunkler. »Nicht schon wieder, Genossin!«, rief sie und wedelte mit ihrer pummeligen Hand in der Luft. »Ich werde samstags auf den Demonstrationen gebraucht, verstehst du das nicht? Jeden Samstagnachmittag, und ich darf keine Minute zu spät kommen!«

Notdürftig wickelten sie ihr Geschirr in die Geschirrtücher und verließen ohne ein weiteres Wort die Küche. Die Stimme der Frau verfolgte sie noch bis ans Ende des Flurs.

»Ganz genau! Für wen zur Hölle haltet ihr euch eigentlich? Eure Zeiten sind vorbei, gute Frau! Aus und vorbei! Nicht mehr lange und du polierst mir an der Haustür die Schuhe!«

Zurück in ihren Zimmern, trat ihre Mutter an die Fenster und schloss sie. Dann zog sie die Vorhänge zu.

»Sprich nie auch nur ein Wort mit dieser Frau, kein Wort«, sagte sie zu Anton, der auf der Suche nach Nachrichten, die es nicht gab, in einer Zeitung blätterte. »Lass sie nicht einmal ein Flüstern von dir hören. Sie will uns in Schwierigkeiten bringen.«

»Ach, lass mich doch, Despina. In meinem Zimmer darf ich sagen, was ich will. Soll sie doch zur Hölle fahren, dieses Miststück von Kommunistin!«

Entgeistert starrte Natalias Mutter ihn an. Dann ging sie ins Nebenzimmer und drehte das Radio lauter.

*

Erst nach Wochen gelang es ihnen, sich aus ihrer ungläubigen Lähmung zu befreien. Allmählich fanden sie sich in der neuen Routine zurecht. Natalia gewöhnte sich daran, in lauwarmem Wasser zu baden und das meiste aus den ihr zugewiesenen zehn Minuten zu machen, sie lernte, hastig den Tisch abzuräumen und das Geschirr zu spülen, bevor ihre Mitbewohnerinnen mit ihren Töpfen und Pfannen, ihrem Schweinefett und schlappen Mohrrüben hereinkamen, um auf dem Herd zu kochen, den zu putzen sich nur ihre Mutter die Mühe machte. Sie lernte, stets im Flüsterton zu sprechen, ihr Gesicht zu einer Maske erstarren zu lassen, die nichts als ungezwungene Distanziertheit vermittelte, und mit den Achseln zu zucken, wenn ihr eine Beleidigung entgegengeschleudert wurde. Vor allem aber lernte sie, wie sie ihrer Mutter vorgaukeln konnte, dass sie nicht hungrig war, denn ihre Ersparnisse schwanden dahin.

Seit jenem Tag, an dem ihr Vater gezwungen worden war, nicht nur sein Zuhause, das er eigenhändig aufgebaut hatte, sondern auch sein Geschäft aufzugeben, war er auf der Suche nach Arbeit. Überall hatte er es versucht, aber niemand wollte ihn einstellen. Er bewarb sich als Ladenangestellter, als Kellner, als Taxifahrer, sogar bei einem Brezelstand an der Straßenecke.

»Ich bin noch jung, ich kann jede Arbeit übernehmen«, sagte er zu den Geschäftsinhabern und Restaurantchefs und Ladenangestellten.

»Haben Sie Arbeitspapiere?«, lautete jedes Mal die Frage. »Sind Sie Mitglied in der Partei?«

»Nein«, musste er dann zugeben. »Mir wurde die Arbeitserlaubnis entzogen, aber ich bin bereit, alles zu übernehmen. Was Sie auch brauchen. Ich war früher Inhaber mehrerer Geschäfte. Ich bin ziemlich einfallsreich. Geben Sie mir einfach eine Chance. Sie können mir so viel zahlen, wie es Ihnen möglich ist.«

Das Gespräch endete jedes Mal in etwa auf die gleiche Weise. »Das ist mir den Aufwand nicht wert, fürchte ich. Es würde mich ganz schön in Schwierigkeiten bringen, wenn ich Sie einstelle. Viel Glück. Ich hoffe, Sie finden etwas. Eben nur nicht bei mir.«

Hin und wieder tat sich etwas auf, Arbeit für einen Tag, die niemand verrichten wollte und die kaum etwas einbrachte. Anton verkaufte Lotteriescheine am Kiosk neben dem Sportstadion, fegte Bürgersteige, half dabei, Lieferwagen vor den wenigen Restaurants auszuladen, die noch geöffnet hatten. Die Einzigen, die ihn noch anheuerten, waren Bekannte aus alten Zeiten.

Und dennoch waren diese kleinen Anstellungen ein Segen. Wenn Anton mit ein wenig Bargeld in der Tasche nach Hause kam, nahm Despina es entgegen und zählte sorgsam die Scheine. Dann eilte sie zum Markt, um ein wenig Gemüse zu kaufen und frische Eier, bevor es keine mehr gab, und tat ihr Bestes, um eine Mahlzeit zusammenzustellen, die ihrem Mann ein wenig Energie zurückgeben und seinen gebrochenen Lebensmut wiederbeleben würde. Denn wenn es eines gab, was Natalias Mutter unter allen Umständen aufrechterhalten wollte, dann war es ein gewisses Maß an Normalität in ihrem Zuhause, selbst wenn nichts an ihrem neuen Leben sich normal anfühlte.

*

An Antons fünfzigstem Geburtstag schaffte Despina es dann auch, seinen Lieblingskuchen zu backen, obwohl seit über fünf Jahren niemand in Bukarest mehr frisches Obst zu Gesicht bekommen hatte.

»Ich habe eine Idee«, flüsterte sie Natalia an jenem Nachmittag Anfang Juni zu. »Komm mit.« Sie hielt ihr einen geflochtenen Einkaufskorb hin, schnappte sich die Wohnungsschlüssel und ging zur Tür.

»Gehen wir auf den Markt?«, wollte Natalia wissen, die überrascht war, weil sie wusste, dass ihr wöchentliches Budget bereits seit Tagen aufgebraucht war.

»Wir gehen bloß spazieren. Nur ein wenig durch die Nachbarschaft. Nur du und ich.«

Natalia beäugte sie misstrauisch, folgte ihr aber aus dem Haus. Es war tatsächlich ein herrlicher Sommertag. Ihre Mutter wollte sich offenbar nicht unterhalten. Sie ging ein paar Schritte vor Natalia, blieb dann an einer Ecke stehen und winkte sie herbei.

Einen Augenblick später standen sie auf dem Kopfsteinpflaster einer abgeschiedenen Straße, auf die eine Vielzahl von Bäumen in der Nachmittagssonne ihre langen Schatten warf.

»Da wären wir«, sagte Despina.

»Wo denn?«, fragte Natalia nach, die noch immer nicht verstand.

»Sieh dich um, mein Herz.« Despina machte eine ausladende Geste zur Straße, und ihre Augen funkelten verschmitzt.

Und da sah sie es. Zu beiden Seiten der Straße ragten die Äste der mit Früchten behangenen Kirschbäume über die eingezäunten Grundstücke. Das Kopfsteinpflaster war übersät von herabgefallenen Früchten. Sie stieß leise einen überraschten Schrei aus und sah ihrer Mutter zu, wie sie die Früchte vom Boden aufzulesen begann. Sie warf die Kirschen in ihren Jutebeutel, als wäre es das Natürlichste auf der Welt.

»Dein Korb ist ja schon randvoll«, scherzte sie, als sie einen Blick auf Natalia warf, die reglos dastand.

In Windeseile war Natalia neben ihrer Mutter und hakte sich fest bei ihr unter. Sie legte den Kopf auf Despinas Schulter, und in Gedanken versunken spazierten sie unter den auf dem Bürgersteig tanzenden Schatten hindurch zur nächsten Straße, wo noch mehr Kirschen auf dem Boden lagen, die nur darauf warteten, aufgesammelt zu werden. Der blaue Sommerhimmel über ihnen ließ etwas wie Hoffnung in Natalia aufkeimen. Es war nicht viel, aber sie war dankbar. Dankbar dafür, dass sie ihre Familie um sich hatte und dass sie nun zumindest einen köstlichen Kuchen genießen würden.

DRITTER TEIL

VICTOR

37

August 1959

Natalia hatte Lidia versprochen, dass sie nicht später als um sechs bei ihr wäre, doch da die öffentlichen Verkehrsmittel nicht pünktlich fuhren, war klar, dass sie es niemals bis dahin schaffen würde. Ihre Cousine und beste Freundin gab eine kleine Geburtstagsfeier in ihrer neuen Wohnung. Sie hatte ein paar Freunde von der Nationalbank eingeladen, bei der sie seit zwei Jahren arbeitete, und wollte sie Natalia vorstellen.

»Bitte, Talia, nur dieses eine Mal: Sei pünktlich! Ich glaube, es könnte sich vielleicht für dich lohnen«, hatte sie Natalia geneckt und sie mit dem Ellbogen angestoßen, als die beiden am vergangenen Sonntag auf einer Parkbank gesessen und sich eine Orangensoda geteilt hatten.

Zuerst hatte Natalia behauptet, sie habe keine Zeit. Aber Lidia beharrte darauf, unter Einsatz ihres vollen Charmes führte sie alle möglichen Gründe an, warum Natalia dieses Treffen um keinen Preis verpassen durfte.

»Findest du nicht, du bist zu alt, um keinen Verehrer zu haben?«, hatte sie irgendwann sehr direkt gefragt. »Du bist zweiundzwanzig, Natalia, um Himmels willen!«

Und so hatte sie schließlich zugestimmt.

Um zu Lidia zu gelangen, musste man zuerst einen Bus nehmen und dann in die Straßenbahn umsteigen, und die Fahrt dauerte gefühlt einen halben Tag. Lidia wohnte mittlerweile in einem vor der Stadt gelegenen Sektor, in dem sich kilometerlang die nach dem Krieg errichteten Wohnblöcke erstreckten. Jedes Mal, wenn Natalia sie besuchte, hatte sie Mühe, die richtige Wohnung zu finden, und oft verirrte sie sich in dem Labyrinth der Zugangswege, die die unzähligen identischen Betonriesen miteinander verbanden. Meistens kam es ihr vor, als dauerte die Fahrt beinahe genauso lange, wie sie dafür brauchte, den richtigen Flügel, den richtigen Treppenaufgang, die richtige Tür ausfindig zu machen.

Zumindest hatte Lidia das Glück, allein zu leben. Sie war die Herrin ihres Schicksals, dachte Natalia mit einem Stich von Neid, während sie eingequetscht zwischen den anderen Fahrgästen im Bus saß. Sie selbst würde vermutlich auch noch in fünf Jahren bei ihren Eltern wohnen. Ihre Arbeit in der Lagerhalle für Exportgüter brachte kaum genug ein, um sie drei durchzubringen, geschweige denn, um eine zweite Wohnung zu bezahlen. Aber sie durfte sich nicht beschweren. Glücklicherweise hatte sie sich vom Genossenschaftsbauernhof, der zwanzig Kilometer außerhalb von Bukarest lag und auf dem sie den größten Teil des vergangenen Jahres Zwölf-Stunden-Schichten gearbeitet hatte, versetzen lassen können. Zumindest musste sie so nicht mehr die Fahrt mit dem Zug auf sich nehmen, in dem es stets übel roch, sie bekam wieder mehr Schlaf und musste auch nicht mehr hinnehmen, dass die Feldarbeiter sie anzüglich angrinsten, sie wie zufällig anfassten, sich darüber lustig machten, wie prüde und stolz sie doch sei. Sie musste nicht mehr die auf ihren Rücken brennende Sonne ertragen, wenn sie auf dem offenen Acker Kartoffeln erntete, und auch nicht die bittere Kälte, die in den Wintermonaten folgte, wenn sie bei Sonnenuntergang zurück zum Bahnhof trottete und ihre Beine nicht mehr spürte.

Nein, die Lagerhalle, in der sie nun arbeitete, war dagegen

ein Paradies. Und auch ihre neue Aufgabe war weniger beschwerlich, als sie vermutet hatte: Sie putzte und sortierte Birnen und Pfirsiche und Aprikosen, die sie anschließend auf die Ladeflächen der Lastwagen verlud, die sie außer Landes brachten. Auch wenn Natalia sich kaum noch daran erinnerte, wie die Früchte schmeckten, gefiel es ihr, wie sie sich in ihren Händen anfühlten, weich und prall, und duftend in der Hochsaison.

Der Bus kam quietschend zum Halten, und als die Türen sich zischend öffneten, um den nächsten Schwall von erhitzten Pendlern einsteigen zu lassen, bemerkte Natalia, dass sie fast ihre Haltestelle verpasst hätte. Ihre Tasche an sich gedrückt, schlängelte sie sich nach vorn durch und stieg hastig aus. Sie war an der Piața Romană, nicht weit von dort, wo einst das Geschäft ihres Vaters gewesen war. Von hier aus musste sie den Magheru-Boulevard überqueren, um zur Haltestelle der Straßenbahn zu gelangen, wo sie sich auf eine Bank setzte und dem Treiben auf dem Platz zusah: Roma, die Blumen feilboten, Brezelverkäufer, Bettler mit Pappschildern, und vor allem Fußgänger, in Eile, in Gedanken, den Blick stirnrunzelnd zu Boden gesenkt. Die Straßenbahn war wie gewöhnlich zu spät, und als eine halbe Stunde vergangen war, beschloss Natalia, zu Fuß zu gehen.

Von Zeit zu Zeit sah sie sich um, ob die Straßenbahn irgendwo auftauchte, aber sie war nicht zu sehen, und so schlenderte sie ohne Eile weiter. Nach einer Weile fiel ihr Blick auf ein Café auf der anderen Straßenseite mit rot-weiß gestreiften Sonnenschirmen davor, unter denen einige Gäste an schmiedeeisernen Tischen saßen, sich zwanglos unterhielten und die warme Nachmittagssonne genossen. Die weicher werdenden Strahlen fielen funkelnd durch das dichte Blätterdach einer großen Eiche in der Mitte der Terrasse, und auf den karierten Tischdecken tanzten Licht und Schatten miteinander. Was für ein Glück, dachte Natalia, an einem heißen Tag an solch einem Ort sitzen und einen Eisbecher oder ein kühles Bier genießen zu können.

Nicht für Leute wie unsereins, ermahnte sie sich. Die Tische dort waren einer kleinen Gruppe Auserwählter vorbehalten, Offizieren und Parteivorsitzenden, Regierungsmitarbeitern. Seufzend betrachtete sie die Menschen auf der Terrasse noch ein Weilchen, als plötzlich eine Frau neben dem Springbrunnen in der hinteren Ecke ihre Aufmerksamkeit auf sich zog.

Als Erstes fielen Natalia ihre gewellten blonden Haare auf, die so lang waren, dass sie ihr über die nackten Schultern fielen und über die Rückenlehne ihres Stuhls. Wenn sie sich bewegte, glitzerten sie golden in der Sonne.

Natalia war gebannt. Niemand trug die Haare mehr so, zumindest hatte sie es seit Jahren nicht mehr gesehen. Die junge Frau amüsierte sich über etwas, was ihre Begleitung sagte. Sie warf den Kopf zurück und lachte laut auf, dann, als sie die neugierigen Blicke der anderen Gäste bemerkte, hielt sie sich rasch die Hand vor den Mund. In dem Versuch, ihr Lachen zu verbergen, beugte sie sich nach vorn über den Tisch, und ihre Haare fielen ihr ins Gesicht. Der Mann ihr gegenüber, der gerade seine Zigarette ausdrückte, lachte ebenfalls. Dann stand er auf und holte ein paar Scheine aus seiner Hosentasche, die er abzählte, bevor er sie unter den Aschenbecher steckte. Ehe er ging, beugte er sich über die Frau, schob ihr eine goldene Strähne hinters Ohr und küsste sie auf die Wange.

Natalia wusste nicht, warum es sie so berührte, ob es an der Zärtlichkeit seiner Geste lag oder daran, wie die Frau ihn anlächelte, so als verbände die beiden ein Geheimnis. Dann wurde es ihr klar: Der Mann dort war Victor.

Sie starrte ihm hinterher, als er mit ausladenden, selbstsicheren Schritten auf die Eingangstür des Cafés zuging. Unterwegs blieb er stehen, um dem Kellner etwas mitzuteilen, der mit einem Tablett in der Hand und einer weißen Serviette über dem Unterarm in der Nähe stand. Der Kellner deutete eine Verbeugung an und lächelte, als Victor ins Café verschwand.

Natalia fühlte sich, als hätte ihr jemand einen Schlag in die Magengrube versetzt. Die Tasche, in der sie ihre Kleidung für die Feier gepackt hatte, war auf einmal viel zu schwer, und sie ließ sie fallen. Sie suchte Halt an der Hauswand neben ihr und sah der blonden Frau auf der anderen Straßenseite dabei zu, wie sie einen Handspiegel aus ihrer Tasche nahm, ihr zartes, herzförmiges Gesicht in die Sonne hielt und sich die Lippen nachzog. Natalia spürte, wie sich ihr der Magen umdrehte. Sie musste fort von hier, sofort. *Geh schon, los!*, trieb sie sich an, aber ihre Beine wollten ihr nicht gehorchen.

Es kostete sie all ihre Überwindung, sich nach ihrer Tasche zu bücken und sie aufzuheben. Wenig damenhaft schulterte sie sie und taumelte los. Allmählich wurden ihre Schritte zügiger, und sie beugte sich leicht nach vorn. In welche Richtung sie ging, wusste sie nicht, sicher nicht mehr in Richtung der nächsten Haltestelle. Und dann hörte sie ihn.

»Talia! Talia, so warte doch!«

Sie beschleunigte ihre Schritte noch mehr, den Blick auf ihre Füße gesenkt. Kurz zog sie in Betracht, loszurennen, aber er würde sie ohnehin einholen. Als sie stehen blieb und sich unvermittelt umdrehte, war er bereits so dicht hinter ihr, dass sie beinahe zusammenstießen.

»Talia«, brachte er verblüfft hervor. »Du bist es tatsächlich. Warum läufst du vor mir weg?«

Sie blickte zu ihm auf, und es fühlte sich an, als würde alles um sie herum stillstehen. Sie zitterte so heftig, dass er es sehen musste. Verärgerung blitzte unter dem Schreck und ihrer Verlegenheit und all den anderen verwirrenden Gefühlen auf.

»Was willst du von mir?«, brach es grob aus ihr hervor. »Warum läufst du mir nach?«

Erschrocken machte er einen kleinen Schritt zurück, aber sein Blick blieb auf ihr haften. »Du bist es tatsächlich«, wiederholte er, als könnte er es nicht glauben. Er grinste sie unsicher an, suchte ihren Blick, doch Natalia lächelte nicht zurück.

»Warum läufst du mir nach?«, fragte sie noch einmal abweisend.

Er sah aus, als würde er versuchen, sich zu sammeln, Worte zu finden, eine Rechtfertigung dafür, dass er ihr fast zwei Straßen hinterhergelaufen war. Ihre kühle Haltung hatte ihn offensichtlich überrumpelt. Nun, sie war eben nicht mehr das kleine Mädchen, das er in Erinnerung hatte. Und er war sicher nicht mehr der umwerfende junge Mann, der er einst gewesen war.

Sein glattes, schwarzes Haar war an den Schläfen von grauen Strähnen durchzogen, und er sah dünner aus, und auch kleiner, als sie ihn in Erinnerung hatte, obwohl er sie noch immer überragte. Selbst mit Absätzen reichte sie ihm kaum bis zu den Schultern. Seine kantigen Gesichtszüge, die sie einst an römische Gladiatoren erinnert hatten, waren etwas weicher geworden, aber seine Augen waren trotz der zarten Falten darunter unverändert. Noch immer waren sie stechend, durchdringend, wie ungeschliffener Smaragd.

»Ich dachte ... Ich hatte gehofft, du wärst es«, sagte er leise. »Ich wollte dich nicht erschrecken.«

»Ja, und? Ich bin es. Natalia, weißt du noch? Und erinnerst du dich noch an meine Eltern? Anton, von dem du einmal gesagt hast, er wäre wie ein Vater für dich? Der dich gerade dann am dringendsten gebraucht hätte, als du verschwunden bist?«

Benommen sah er sie an, als hätte sie eiskaltes Wasser über ihm ausgeschüttet.

»Ach«, fuhr sie bitter fort, »was kümmert es dich, was mit uns passiert ist, seitdem wir dich vor fast einem Jahrzehnt das letzte Mal gesehen haben!«

In seinem Blick entdeckte Natalia eine Spur von Traurigkeit. Und da war noch etwas, das sie noch nie an ihm gesehen hatte: Angst. Hatte er etwa Angst vor diesem Augenblick gehabt, da er seiner Vergangenheit entgegentreten und sie wiedergutmachen, sich entschuldigen müsste? Doch Natalia würde ihn nicht erlösen.

»Mein Vater hat nicht mehr gearbeitet, seitdem er festgenommen wurde. Wusstest du das? Seit damals, als du so freundlich warst und ihm die Freiheit verschafft hast. Und wofür? Um alles zu verlieren, fallengelassen zu werden, als wäre er nie von Bedeutung gewesen? Um seine Tage damit zu verbringen, sich zu fragen, wann er wohl aus der Hölle entlassen wird, zu der sein Leben geworden ist? Während du unbeschwert in teuren Restaurants essen gehst? Restaurants, die meinen Vater nicht einmal einstellen würden, um zu spülen oder den Boden zu wischen. Wusstest du das, Victor?«

Sie konnte nicht mehr weiterreden. Sie war außer Atem. Ein Kloß saß ihr im Hals, und Tränen stiegen ihr in die Augen, doch sie blinzelte sie fort, denn sie wollte nicht, dass Victor sie weinen sah.

Er stand einfach da und sagte keinen Ton. Sein Schweigen befeuerte ihre Wut aufs Neue.

»Das hatte ich auch nicht erwartet, Victor. Du kennst mich nicht mehr, kennst *uns* nicht mehr. Warum gehst du nicht zurück zu deiner Begleitung? Sie wartet sicher schon auf dich.«

Da griff er sie am Arm, womit sie nicht gerechnet hatte, und sie kam ins Straucheln. *Fass mich nicht an!,* wollte sie schreien. Stattdessen aber sah sie ihm direkt ins Gesicht, straffte die Schultern, richtete sich auf. Herausfordernd blickte sie ihm in die Augen. Er hatte ihren Arm so fest gepackt, dass sie sicher war, seine Finger würden einen Abdruck auf ihrer Haut zurücklassen.

»Du … du hast ja keine Vorstellung«, stammelte er. »Du verstehst es nicht. Du warst noch so jung, und ich … ich habe getan, was ich konnte.« Er ließ sie los und fuhr sich mit den Händen durch die Haare. Dann ließ er sich schwer auf die Betonmauer neben ihnen sinken. »Du weißt nicht, was es mich gekostet hat.«

»Ich weiß, was es meinen Vater gekostet hat. Dass er dich nicht mehr um sich hatte.«

Er sog scharf die Luft ein und hielt den Atem an, den Blick in die Ferne gerichtet. Gut. Sie hoffte, es tat ihm weh. Sie hoffte, es tat ihm weh, wie es ihr wehgetan hatte, als er ihr Haus verlassen und sie sehnsüchtig auf einen letzten Blick, einen Gruß zum Abschied gewartet hatte. Aber das Mädchen von damals gab es schon lange nicht mehr.

Auf einmal war sie todmüde, als wäre sämtliche Kraft aus ihr gewichen und hätte nur eine leere Hülle zurückgelassen. Langsam ließ sie sich neben ihn auf das Mäuerchen sinken.

»Sieh dir nur an, was aus uns geworden ist, Victor. Sieh dir an, was deine geliebte Partei aus uns gemacht hat.«

Natalia wusste, dass diese Worte einem Mann wie ihm gegenüber ihr ein Leben im Gulag bescheren konnten, aber es war ihr gleich, ob er sie verriet, ob die Geheimpolizei sie an Ort und Stelle abführte und mit einer Augenbinde an die Wand stellte. Ihr Leben gehörte schon seit Langem nicht mehr ihr selbst.

»Natalia, was weißt du denn über mein Leben?«, fragte Victor sie jetzt, und seine Stimme bebte. »Was weißt du von dem, was ich gesehen habe, was ich alles tun musste, seitdem wir uns das letzte Mal trafen?«

Da sah sie ihn an, und es war, als würde sie ihn erst jetzt wahrnehmen. Eine schmerzende Sehnsucht überkam sie und brachte sie durcheinander. Sie berührte ihren Arm dort, wo ihn eben noch Victors Finger umklammert hatten.

»Ich bin nicht mehr derselbe, Talia. Der junge Mann, den du kanntest, ist schon vor langer Zeit gestorben. Ich bin nur noch sein Geist.«

Sie wollte ihn fragen, was er damit meinte, was ihm widerfahren war, aber sie kam nicht mehr dazu. Absätze klapperten auf dem Bürgersteig, und als Natalia aufsah, entdeckte sie die junge Frau aus dem Café, die mit ihren glänzenden blonden Haaren auf sie zukam. Sie blieb vor ihnen stehen und lächelte Natalia unsicher an.

»Victor?«, fragte die Frau erstaunt, und ihr Blick schweifte zwischen ihnen beiden hin und her.

Sie hatte sich etwas breitbeinig vor ihnen aufgestellt, und Natalia kam nicht umhin, ihre feinen Lederpumps zu bemerken. Sie erinnerte sich, dass ihre Mutter einst ein ähnliches Paar besessen hatte. Das betretene Schweigen zwischen ihnen schien sich endlos in die Länge zu ziehen, bis Victor aufstand und zu der Frau trat.

»Liebling, das hier ist Natalia, eine alte Freundin. Ich stand ihrer Familie früher sehr nah. Wir haben uns seit Jahren nicht gesehen.« Dann drehte er sich mit sichtlichem Unbehagen zu Natalia um und sagte: »Talia, darf ich dir Katia vorstellen? Meine Frau.«

38

In diesem Jahr huschte die Zeit über Natalia hinweg wie Wolken am Himmel, sie merkte kaum, dass es Herbst geworden war. Eines Abends kam sie etwas später als sonst aus der Lagerhalle und stellte erstaunt fest, dass es bereits dunkel war. Sie zog ihren Regenmantel enger um sich und ging los. Es war Anfang November, und den niedrigen Temperaturen nach zu urteilen konnte es bald Schnee geben.

An der Straßenecke blieb sie neben ein paar anderen Fußgängern stehen und sah zu, wie ihr Atem in kleinen Wölkchen vor ihr aufstieg, als sie auf einmal jemanden ihren Namen sagen hörte.

»Talia.«

Sie horchte auf, drehte sich jedoch nicht um. *Vielleicht sollte ich weglaufen*, dachte sie. *Wenn ich klug wäre, dann würde ich es tun.* Aber dann drehte sie sich langsam um, und schon stand er neben ihr. Er hatte den Mantelkragen hochgeschlagen, so dass sein Gesicht halb dahinter verborgen lag. Lediglich seine Augen waren zu sehen, eindringlich, voller Unrast. Natalia warf einen Blick hinter ihn, um zu prüfen, ob er allein war, aber sie sah niemanden, der ihr verdächtig vorkam. Keine Männer in Trenchcoats, die sich im Schatten der Gebäude versteckten, nur einige Passanten, dick eingepackt gegen die Kälte, die an ihnen vorbeieilten.

»Darf ich dich nach Hause begleiten?«, fragte Victor leise.

»Nein, danke. Ich bin auf dem Weg zur Haltestelle.«

»Soll ich dich fahren? Ich kann –«

»Nein, Victor«, schnitt sie ihm das Wort ab und schüttelte den Kopf. »Ich will nicht, dass du mich fährst oder mich begleitest. Was auch immer du sagen wolltest, du hast es gesagt.«

Er legte den Kopf schief und betrachtete sie, die Augen verengt. »Hast du Angst vor mir, Natalia?«

Die Direktheit seiner Frage erstaunte sie. Vielleicht dachte er tatsächlich, dass sie aus Angst nicht mit ihm sprach. Nun, schließlich war er tatsächlich jemand, den man fürchten sollte. Wäre sie bei gesundem Menschenverstand, dann würde sie das auch tun.

»Victor, ich bin dankbar für alles, was du für meine Familie getan hast. Mein Vater hat dich einst geliebt wie einen Sohn, es ist also nicht an mir, zu urteilen. Aber du kennst mich nicht, du kennst *uns* nicht mehr. Das alles ist eine Ewigkeit her.«

Es war eine einfache Feststellung, und sie erforderte keine Antwort. Natalia hoffte, es würde ausreichen. Warum ließ er sie nicht einfach in Ruhe? Warum stand er immer noch da? Sie wusste, dass er nicht zum ersten Mal auf sie wartete. Sie hatte seinen Wagen schon zuvor gesehen, etwas weiter weg am Straßenrand geparkt, wo er mit dem übrigen Verkehr verschmolz. Aber erst seit ein paar Tagen kam er offen auf sie zu und sprach sie an. Doch sie hatte ihm nichts zu sagen. Was sollte es nach all dieser Zeit auch noch zu besprechen geben? Das Bild von ihm auf der Caféterrasse, wie er an seinem Brandy nippte und mit der Frau, seiner Ehefrau, lachte, ärgerte sie.

»Ich weiß nicht, was du von mir willst. Dort weitermachen, wo wir aufgehört haben? Willst du zum Essen zu uns kommen wie früher? Ich fürchte, es würde dir nicht schmecken, obwohl meine Mutter alles tut, um das Beste aus ein paar Kartoffeln und etwas Schweinefett zu machen. Wir konnten schon seit Wochen kein frisches Brot mehr kaufen. Ich kann mich nicht daran erinnern, wann ich das letzte Mal Fleisch gegessen habe.«

Ein Schatten huschte über sein Gesicht, es mochte Mitleid oder Reue sein, und zum ersten Mal fragte sich Natalia, ob er sich wohl Vergebung von ihr erhoffte. Nun, den Gefallen würde sie ihm nicht tun. Die Entscheidungen, die er gefällt hatte, das Leben, das er sich aufgebaut hatte, hatte er sich selbst zuzuschreiben. Er musste dazu stehen.

»Du kannst nicht mehr hierherkommen. Das wäre nicht klug. Hast du dich nicht deswegen überhaupt erst ferngehalten? Bist du nicht deswegen vor all den Jahren aus unserem Leben verschwunden?« Sie hielt inne und schluckte. »Bitte geh, Victor. Was auch immer du über uns zu wissen glaubst – du liegst falsch.«

»Du irrst dich«, entgegnete er da.

Er hatte seine Stimme also doch nicht verloren. Sie klang rau und erstickt und vollkommen fremd in ihren Ohren.

»Ich kenne dich sehr wohl, Talia. Ich kenne dich, seitdem du ein kleines Mädchen warst. Weißt du noch, wie ich dir zugehört habe, wenn du Klavier gespielt hast? Es war wunderschön. Ich dachte, dieses Mädchen hat Talent. Eines Tages wird sie eine großartige Pianistin. Wer sonst weiß das über dich?«

Ebenso gut hätte er ihr eine Ohrfeige verpassen können. Ja, ihr Flügel war das Kostbarste gewesen, das sie je besessen hatte, bis er ihr weggenommen worden war. Von Leuten wie ihm.

»Ja, früher habe ich wunderschön gespielt«, sagte sie traurig. »Bis man mir meinen Flügel nahm, zusammen mit allem anderen, was wir hatten.«

Er seufzte und schlug die Augen nieder. Jetzt bemerkte Natalia auch die dunklen Ringe unter seinen Augen und die kleinen Falten, die sein schiefes, trauriges Lächeln einrahmten. Die Jahre hatten sein Gesicht reifer werden lassen, und gleichzeitig war die Zeit stehengeblieben. Er hatte etwas an sich, das Natalia an den Victor aus ihren Kindheitstagen erinnerte, als er noch in der Dachwohnung über dem Geschäft ihres Vaters wohnte.

»Ich weiß noch mehr«, fuhr er unbeirrt fort. »Ich weiß, wie sehr du die goldenen Rubinohrringe geliebt hast, die dein Vater dir geschenkt hat, als du sieben warst. Dass du *Anna Karenina* mindestens ein Dutzend Mal gelesen hast, dass du gefüllte Paprika nicht magst, egal, wie köstlich deine Mutter sie zubereitet, dass dein Geheimversteck unter dem Schreibtisch im Laden deines Vaters war. Ich weiß, dass dein Lieblingstag Heiligabend war, wenn dein Vater dich und deine Cousinen für eine Schlittenfahrt in den Kiseleffpark mitnahm. Ich weiß, wie du mich angesehen hast, als ich damals euer Haus verließ, nachdem dein Vater aus dem Gefängnis entlassen wurde. Du warst vierzehn, Natalia, vierzehn, und ich war auch noch ein relativ junger Mann mit unerschütterlichen Überzeugungen.«

Tränen strömten ihr über die Wangen. Sie hasste sich dafür, dass sie nicht in der Lage war, ihre Gefühle unter Kontrolle zu halten. Wie brachte er es fertig, alles mit so schmerzhafter Genauigkeit wieder aufleben zu lassen? Sie hatte sich so sehr bemüht, jenes andere Leben zu vergessen, es irgendwo einzuschließen. Sie hatte ihre Erinnerungen begraben, und da trat er nun ungebeten wieder in ihr Leben und brachte sie alle ans Licht.

Sie öffnete den Mund, brachte aber keinen Ton hervor. Stattdessen stand sie einfach nur da und schüttelte den Kopf, ohne sich die Mühe zu machen, ihre Tränen wegzuwischen, bis Victor eine Hand nach ihr ausstreckte und mit dem Daumen sachte über ihre Wange strich. Sie zuckte zusammen. In ihrem Inneren löste sich etwas, und der Panzer, den sie um sich errichtet hatte, gab nach. Gegen ihren Willen schmiegte sie ihr Gesicht an das weiche Leder seines Handschuhs, und er zog sie an sich, vorsichtig, bis ihre Stirn an seiner Brust lehnte. Er umschlang sie mit seinen Armen, und sie war ihm so nah, dass sie seinen Herzschlag durch seinen Mantel hören konnte.

»Lass uns irgendwohin gehen und uns aufwärmen«, flüsterte er, das Kinn auf ihren Kopf gelegt, aber sie konnte nichts entgegnen, konnte sich nicht rühren.

Ich will für immer hier so stehen bleiben, Victor, wollte sie sagen. *Ich will so stehen bleiben und zuhören, wie dein Herz schlägt.*

39

Am nächsten Tag war er wieder da, er lehnte an einem silbernen Wolga, einem sowjetischen Luxusauto, das Diplomaten und hochrangigen Staatsbeamten vorbehalten war. Als Natalia zusammen mit ein paar Kolleginnen aus der fensterlosen Lagerhalle kam, versuchte sie, nicht zu lächeln, doch ihren besten Absichten zum Trotz hob sie die Hand. Es war eine instinktive Geste, und es geschah, ehe sie darüber nachdenken konnte, dass er es womöglich als Einladung verstehen würde.

Im Nu stand er unten an der Treppe, und sein Blick lag auf ihr, während sie die Stufen hinunterging. Hinter ihr blieben zwei junge Frauen stehen und beobachteten sie mit unverhohlener Neugier. Natalia konnte ihr Geflüster und ihr unterdrücktes Kichern hören, als Victor eine Hand nach ihr ausstreckte und ihr das Tuch von den Haaren streifte, um sachte mit den Fingern darüberzufahren und ihr Gesicht zu betrachten. Verlegen stieß sie ihn ein wenig von sich. Er lachte auf, ein leises Glucksen, und es gab ihr das Gefühl, wieder eine Jugendliche zu sein, für die alles unkompliziert war.

»Hallo, Talia«, flüsterte er und lächelte dabei auf eine Art, die die Fältchen um seine Augen stärker hervorhob.

»Hallo, Victor.«

Ohne zu fragen nahm er ihre Tasche. Diesmal erhob sie keine Einwände, und sie gingen los.

Trotz der Kälte hatte Natalia das Gefühl, sie würde von innen verglühen. Wieder ein Abend, an dem sie ohne Ziel neben ihm herging und die von Frost überzogenen Blätter unter ihren Füßen knirschten.

»Ich muss dir etwas sagen«, eröffnete er nach einer Weile das Gespräch. Vor einem schwach erleuchteten Café, dessen Markise zerrissen war, blieben sie stehen. Drinnen saßen ein paar Männer bei einem Drink an der Bar. Ansonsten gab es keine Gäste.

»Möchtest du etwas essen?«

Natalia schüttelte den Kopf. Ihr Magen hatte sich zusammengekrampft, sie hatte keinen Appetit.

»Dann etwas zu trinken.«

Es war keine Frage, und so öffnete er, ohne auf ihre Antwort zu warten, die Tür und ließ sie eintreten. Wie gewöhnlich irritierte seine Selbstsicherheit sie, die Art, wie er davon ausging, dass sie alles tun würde, was er ihr sagte, als hätte sie keine andere Wahl. Die Türglocke klimperte leicht, und ein beleibter Mann mittleren Alters eilte herbei.

»Victor Dimitrov, was für eine Freude!«

»Hallo, mein Freund. Schön, dass Sie heute Abend geöffnet haben.«

»Ihr Tisch steht jederzeit für Sie bereit. Hier entlang, bitte.«

Während er sie freundlich lächelnd an der Theke und ein paar leeren Tischen vorbei in den Gastraum führte, bemerkte Natalia, wie er sie prüfend musterte, und sie schrumpfte innerlich zusammen bei dem Gedanken daran, ob Victor wohl auch in Begleitung anderer Frauen über das Holzparkett hier gegangen war, das dringend eine Politur vertragen konnte.

Der Mann geleitete sie an einen von Kerzen erhellten Tisch hinten im Gastraum, und Natalia nahm steif auf einem der beiden Stühle Platz. Sobald sie saß, wusste sie nicht, wohin mit ihren Händen. Die Männer am Tresen schienen angetrunken und ins Gespräch vertieft, sie nahmen keine Notiz von ihnen. Einer von ihnen beugte sich zu seinem Nachbarn, um etwas zu sagen oder um sich zu stützen, und sie lachten schallend auf.

»Du musst dir keine Sorgen machen«, sagte Victor, der ihr Unbehagen bemerkt hatte. »Ich komme nie in Begleitung hierher. Schon gar nicht mit meiner Frau.«

Ah, seine Frau. Es genügte, dass er sie erwähnte, um Natalias Atem zum Stocken zu bringen. Es gab Einzelheiten, die sie nicht hören wollte, für die sie nicht bereit war. Sie wusste nicht, was in diesem Augenblick mehr wehtat: dass er seine Frau erwähnte oder dass es womöglich andere Frauen gab, die er angeblich nicht mit hierher nahm. Wusste seine Frau davon? Schenkte sie seinen Fehltritten keine Beachtung? Eine bittere Woge der Eifersucht stieg in ihr auf, als sie sich vorstellte, wie seine Frau neben ihm lag, wie er ihre elfenbeinfarbene Haut und ihre blonden Haare berührte. Sie stellte sich auch die anderen vor, denen er ebenfalls einen Teil von sich gab.

Ich bin weniger als das, dachte sie. *Ich bin nichts als ein flüchtiger Blick in seine Vergangenheit, eine Erinnerung an seine verflossene Jugend.*

Langsam stand sie auf und griff nach ihrer Tasche.

»Wo willst du hin?«

Benommen stand sie vor ihm und versuchte, die richtigen Worte zu finden. *Auf Wiedersehen, Victor*, sollte sie sagen, aber sie konnte nicht. Sie stand nur wie erstarrt da und kämpfte mit zusammengebissenen Zähnen gegen die Tränen an.

»Ich weiß nicht, was ich hier mache, Victor«, brachte sie

schließlich hervor. »Ich muss wirklich gehen. Ich muss nach Hause.«

»Nein. Du kannst jetzt nicht gehen.«

Bevor sie sich umdrehen konnte, hatte er nach ihrem Handgelenk gegriffen. Er hielt sie sanft fest, eher flehend als energisch, trotzdem jagte ihr die jähe Berührung einen Schrecken ein. Sie nahm wieder Platz, und der Kellner kehrte mit einer Karaffe Wasser und zwei leeren Gläsern an ihren Tisch zurück und platzierte sie feierlich auf dem Tisch.

»Zwei Wodka, bitte. Ihren besten«, bestellte Victor, ohne den Blick von Natalia zu wenden, und der Kellner nickte und eilte erneut davon.

»Talia, ich muss wirklich dringend mit dir reden«, setzte Victor an, als sie allein waren. »Ich wollte dir erklären ...«

Sie schloss die Augen, um ihm zu zeigen, dass sie es nicht hören wollte. *Sag nichts*, wollte sie ihn anflehen. *Entschuldige dich nicht, und rede dich auch nicht heraus. Schmälere nicht, was es mir bedeutet hat, dich wiederzusehen.*

»Das ist nicht nötig. Wir haben es bereits besprochen, und ich wünschte, du würdest –«

»Talia, weißt du, wer Iwan Wasilowitsch ist?«

Natürlich wusste sie das. Er war ein führender Funktionsträger der Sowjets, einer der ersten russischen Militärattachés, die sich nach König Michaels Abdankung im königlichen Palast eingerichtet hatten. In jenen ersten wirren Tagen, als der junge Monarch seiner Staatsbürgerschaft und seiner Besitztümer beraubt und ins Exil gezwungen worden war, hatte Iwan Wasilowitsch sich selbst zum Innenminister erklärt. Er war für die Verhaftung und Deportation Tausender verantwortlich, und er hatte praktisch über Nacht das gesamte Kabinett des Königs aus dem Weg geräumt.

»Ja, das weiß ich. Ich weiß alles über die großen Taten, die er für unser Land vollbracht hat. Er steht in den Geschichtsbüchern. Zumindest in den überarbeiteten. Was ist mit ihm?«

»Katia ist seine Tochter.«

Er hielt inne und holte eine Schachtel Zigaretten und Streichhölzer aus seiner Brusttasche hervor. Während er sich eine ansteckte, den Ellenbogen auf der Tischplatte abgestützt, verhärtete sich sein Gesichtsausdruck, und einen Augenblick lang bereute Natalia ihren Sarkasmus.

»Ein großer Mann, in der Tat«, sagte er. »Ein versierter, passionierter Mann. Temperamentvoll. Sogar so temperamentvoll, dass er jeden Abend, wenn er in seine Villa am Kiseleffpark zurückkehrte, seine Frau und seine Tochter grün und blau schlug. Mal nahm er dafür ein Brecheisen, mal einen Schürhaken, mal eine leere Flasche Whiskey, aber meistens begnügte er sich mit der Schnalle am Gürtel seiner Uniform. Davon hatte ich natürlich keine Ahnung, als ich meine Stelle bei ihm im Ministerium antrat. Ich lernte Katia einige Zeit später kennen, als sie eines Morgens ins Büro kam, um ihm sein Portemonnaie vorbeizubringen. Sie trug ein Tuch über einem ärmellosen Kleid, und als sie mir am Empfang sein Portemonnaie reichte, rutschte das Tuch herunter. Da habe ich die blauen Flecken entdeckt.«

Die Zigarette zwischen seinen Fingern zuckte unruhig. Er starrte die Glut an der Spitze an, bevor er den nächsten Zug nahm. Der Kellner trat zu ihnen, stellte die zwei Gläser Wodka ab und kehrte zurück an den Tresen.

»Iwan Wasilowitsch ließ sie niemals aus den Augen. Auf jede Reise nahm er sie mit, nach Warschau und Sofia und in ihre Heimatstadt Leningrad. Alle seine Angestellten kamen auf diese Reisen mit, und in den Zügen belegten wir sämtliche Waggons. Katia und ich haben uns schnell angefreundet. Eines Abends hörte ich sie im Gang vor den Schlafabteilen weinen, direkt vor meiner Tür. Ich schlüpfte hinaus und bot ihr etwas von meinem Wodka an. Sie erzählte mir, dass es da einen jungen Mann gebe. Er sei Medizinstudent, der Sohn eines Bauern, und ironischerweise befürworte ihr Vater das nicht. Anscheinend hatte er Größeres mit ihr vor. Der junge Mann sei die Liebe ihres Lebens. Sie könne sich keine Zukunft ohne ihn vorstellen. Ihre genauen Worte waren tatsächlich, dass sie ohne ihn nicht leben wolle, und etwas daran, wie sie es sagte, so entschlossen, jagte mir einen Schauer über den Rücken. Im nächsten Moment nahm sie mir die Flasche aus der Hand und trank einen kräftigen Schluck. ›Keine Sorge, so ist eben das Leben‹, sagte sie noch, bevor sie zurück in ihr Abteil ging. Eine Woche später lieferte ich ein paar Dokumente bei ihnen zu Hause ab. Sie machte mir nach einer Weile die Tür auf, und zuerst erkannte ich sie gar nicht. Ihr ganzes Gesicht war übersät von violetten Flecken, die Augen geschwollen. ›Er hat es herausgefunden‹, sagte sie nur. ›Er schickt mich aufs Internat nach Moskau.‹

›Wann?‹, wollte ich wissen. Ich war erschüttert, sie so zu sehen. ›In einer Woche‹, sagte sie. Sie hatte etwas an sich, das mir das Herz zerbrach, und ich nahm ihre Hand. Ich betrachtete ihr versehrtes Gesicht und sagte: ›Katia, komm morgen ins Büro. Ich möchte etwas mit dir besprechen.‹

Drei Tage später fuhr ich aufs Neue zu ihnen nach Hause, einen Strauß Blumen in der Hand, mit einer riesigen Schachtel Pralinen für ihre Mutter und einer Flasche vom besten russischen Wodka, den ich auftreiben konnte, für ihren Vater. Er begrüßte mich überschwänglich und wirkte aufrichtig froh, mich zu sehen. ›Komm rein, mein Junge‹, sagte er. ›Katia hat mir gesagt, dass du kommen würdest.‹

›Ich möchte etwas äußerst Wichtiges mit Ihnen besprechen‹, sagte ich ihm.«

Victor hielt inne, griff nach seinem Glas und nahm einen großen Schluck. Er sah nicht mehr Natalia an, sondern hatte den Blick auf die kahle Wand hinter ihr gerichtet.

»Zwei Monate später heirateten wir. Eine pompöse Hochzeit, fünfhundert Gäste. Jeder Würdenträger, jeder Regierungsmitarbeiter und Militärattaché war dabei – du kannst es dir vorstellen. Ihr Vater hatte uns den Ballsaal des Athenäums für den Anlass verschafft. Lächelnd schnitten wir unsere siebenstöckige Hochzeitstorte an, während alle uns zujubelten und ihre Gläser mit erstklassigem französischem Champagner erhoben. Als der Wagen uns später zu unserer Villa brachte, unser Hochzeitsgeschenk, ging Katia sich umziehen, und ich schenkte mir einen großen Drink ein. Während ich in die Flammen im Kamin starrte, trat sie zu mir, so leise wie eine Katze. Sie trug ein umwerfendes schwarzes Kleid. Sie legte die Arme um mich und ihr Kinn auf meine Schulter. Eine Weile saßen wir so da, Katia und ich, und ich wusste, was wir beide dachten. Sie war frei und konnte mit ihrem Arzt zusammen sein, und vor mir lag eine verheißungsvolle Zukunft. Wir hatten beide bekommen, was wir wollten. ›Ich liebe dich, Victor‹, flüsterte sie mir ins Ohr. ›Ich gehe jetzt. Warte nicht auf mich.‹ Dann küsste sie mich auf die Wange und ging aus der Tür.«

Natalia sah zu, wie Victor seine Zigarette im Aschenbecher ausdrückte und den Rest Wodka hinunterkippte.

»Und so, Talia, geht es seit fünf Jahren zwischen mir und meiner Frau zu.«

Eine Weile saßen sie schweigend da, und die Stille zwischen

ihnen lud sich auf mit allem, was ungesagt blieb. Victor griff über den Tisch nach Natalias Hand. Sie versuchte, sie wegzuziehen, aber er hielt sie entschlossen fest. Langsam hob er ihre Handfläche an sein Gesicht, und sie spürte seine warme Haut, seine weichen Lippen und die feinen Stoppeln an seiner Wange.

»Sieh mich an«, sagte er, aber sie konnte nicht, aus Angst, er könnte in ihren Augen lesen, was sie nicht länger zu verbergen imstande war. Doch sein Blick durchdrang bereits die Risse in ihrer Maske, und sie dachte: *Ich kann ihn nicht aufhalten, es gibt keine Schranken, die er nicht überwinden könnte, er will mein Innerstes.* Als sie schließlich den Blick hob und seinem begegnete, lächelte er, ein hoffnungsvolles, wissendes Lächeln, und alles um sie herum verblasste.

40

Sacht legte Natalia ihre Tasche in der Ecke des Gemeinschaftsbads am Ende des Flurs ab und schaltete das Licht ein. Während sie sich die Hände im kalten Wasser unter dem tröpfelnden Wasserhahn wusch, betrachtete sie sich im angelaufenen Spiegel. Ihre Wangen waren gerötet, ansonsten sah sie genauso aus wie am Morgen. Dabei hatte sich seitdem so vieles verändert. Sie betrachtete ihre leicht schräg stehenden grünen Augen, das lange kastanienbraune Haar, das inzwischen so dicht war, dass das Waschen zu einem Ärgernis wurde. Da war immer noch das Muttermal auf ihrem linken Wangenknochen. Dasselbe Gesicht, das trotz der Jahre in Armut aufgeblüht war, trotz der Verzweiflung, die sie umgab.

Erst vor Kurzem war Natalia bewusst geworden, dass sie hübsch war. Keine sofort ins Auge stechende Schönheit wie ihre Cousine Lidia, aber attraktiv auf eine weniger einschüchternde Weise. Erst als sie Victor gegenüberstand, hatte sie es durch seine Augen gesehen.

Wann bist du so wunderschön geworden, Talia? Lass mich dich ansehen. Lass mich dich einfach nur ansehen.

Aber nichts an ihrem Spiegelbild verriet den Aufruhr in ihrem Herzen.

Auf Zehenspitzen schlich sie zu ihrem Zimmer und zog vor der Tür die Schuhe aus. Sie trat, ohne das Licht einzuschalten, an den Schrank und holte ihr Nachthemd hervor.

Darauf bedacht, keinen Laut zu verursachen, zog sie sich in vollkommener Dunkelheit aus. Dann ließ sie sich rücklings auf die bestickte Tagesdecke auf dem Bettsofa fallen und breitete die Arme aus. Ihr Blick wanderte nach oben an die Decke. Es dauerte einen Augenblick, bis sie merkte, dass sie lächelte.

Selbst jetzt, da sie mit ihren Gedanken allein war, wollte sich ihr heftig klopfendes Herz nicht beruhigen. Wer war er? Wer war dieser Victor, der so unvermittelt wieder in ihr Leben getreten war, wie er es vor all den Jahren verlassen hatte? Es spielte keine Rolle. Sie wollte nichts wissen über sein Leben, seine Ambitionen, seinen Schmerz, seine Lieben, seine Taten. Sie wollte nicht an all das denken, was in den Jahren geschehen war, die sich zwischen ihnen erstreckten wie ein unüberwindbarer Abgrund.

Was weißt du von meinem Leben?, hatte er sie an jenem Nachmittag gefragt, als er sie vor der Caféterrasse bemerkt hatte. *Was weißt du von dem, was ich gesehen habe?* Nun, mehr als genug. Sie hatte gehört, wie kaltblütig Leute wie er waren. Wie viele Verhaftungen hatte er zu verantworten? Wie viele Deportationen in Zwangsarbeitslager nach Sibirien? Sahen die Gefangenen, bevor sie zur Wand gedreht wurden, als Letztes sein Gesicht? Der Gedanke ließ sie erschaudern, und dennoch klopfte ihr Herz schneller nur beim Gedanken an ihn.

Stunden später, als die Morgendämmerung durchs Fenster kroch und einen Lichtschimmer auf den abgewetzten Teppich warf, hatte Natalia noch immer kein Auge zugetan. Sie fühlte sich, als würde sie nie wieder schlafen können, tausende Erinnerungen an Victor erfüllten sie und purzelten wild durcheinander, so dass sie innerhalb einer Sekunde von

Hochstimmung in Verzweiflung verfiel und umgekehrt. Sie war zu müde, um sie von sich fernzuhalten oder dagegen anzukämpfen, also ließ sie sich von ihnen überspülen.

Victor. Der Victor von damals, Victor auf der Straße, der ihren Namen ruft. Victors Augen, die Traurigkeit darin, seine Schritte dicht hinter ihr. Victor in einem abgetragenen Hemd bei ihnen am Esstisch, wie er sich hitzig mit ihrem Vater unterhält. Victor damals in seinem Ledermantel, groß, mächtig, atemberaubend. Victors behandschuhte Hand, die ihr eine Träne wegstreicht, Victor, der flüstert: *Lass uns irgendwohin gehen und uns aufwärmen*. Und dann Victors Gesicht, das unter ihrer Berührung erzittert. Sein Atem an ihrer Wange, der sie alles andere vergessen lässt, die Vergangenheit und die Zukunft, alles bis auf diesen einen Moment.

Sie erinnerte sich an einen herrlichen Sommertag damals, noch vor dem Krieg. Sie konnte das frisch gemähte Gras riechen, konnte die Sonne auf ihrer blassen Haut spüren und wie die Grashalme im Garten sie an den Füßen kitzelten. Dort am Holztisch saß er neben ihrem Vater, und sie tranken einen Cognac, hatten die Gläschen großzügig bis oben hin gefüllt. Ihr Vater hatte ihm etwas ins Ohr geflüstert, etwas, das nur für sie beide bestimmt war, und Victor warf den Kopf in den Nacken und lachte. Sie hatte ihn schüchtern aus dem Augenwinkel beobachtet. Noch immer konnte sie sein Lachen hören, laut und hemmungslos.

41

»Ich muss mit dir reden«, sagte Natalia.

»Natürlich, Liebste. Lass uns reden.«

Victor nahm ihre Hand und legte sie sich auf die Brust. Das tat er gern, beinahe als würde er sie dadurch davon überzeugen wollen, dass sein Herz ihr gehörte, dass es nur für sie schlug. Vorsichtig zog sie ihre Hand weg und legte sie in ihren Schoß. Sie saßen auf einer Bank unter einem frühlingshaft silbrig glänzenden Weidenbaum am Ufer des Sees im Herastrau-Park, und Passanten spazierten an ihnen vorbei.

Natalia rückte ein Stück von Victor ab. Für das, was sie sagen wollte, brauchte sie ein wenig Abstand.

»Ich möchte mit dir über meinen Vater sprechen.«

»Ja?«, entgegnete Victor zögerlich.

Sie sah hinab auf ihre Hände. Victor schüchterte sie immer etwas ein, selbst wenn sie sich so nahe waren wie jetzt. »Ich möchte nicht, dass er jemals von uns erfährt.«

Er blickte sie erstaunt an. Diesen Ausdruck hatte Natalia noch nicht oft auf seinem attraktiven Gesicht gesehen.

»In letzter Zeit ist er nicht ganz er selbst«, erklärte sie mit einem verlegenen Räuspern. »Im Grunde schon seit einer ganzen Weile nicht mehr. Ich bin nicht sicher, ob es ihm guttäte, dich wiederzusehen. Nach all dieser Zeit.« Da war es. Sie hatte es ausgesprochen.

»Glaubst du das wirklich?« Er klang verletzt, so als wäre ihm diese Möglichkeit nicht in den Sinn gekommen. Als hätte er vergessen, wie viel seit der letzten Begegnung geschehen war.

Natalia schüttelte kläglich den Kopf. »Er verlässt meistens schon vor Sonnenaufgang das Haus. Meine Mutter hat es aufgegeben, ihn dazu bringen zu wollen, sich wieder hinzulegen und zu Hause zu bleiben. Wenn wir ihn fragen, wo er hingeht, sagt er nur, er habe etwas zu erledigen, er könne nicht den ganzen Tag untätig herumsitzen.«

Victor sah sie aufmerksam aus seinen von dichten schwarzen Wimpern umrandeten Augen an. Dann wanderte sein Blick auf die sich kräuselnde Wasseroberfläche des Sees, und er rieb sich nachdenklich das Kinn. Ein Lichtstrahl fiel durch das Blätterdach auf seine Wange und sein Haar, und ein paar vereinzelte silberne Strähnen leuchteten im Sonnenschein. Auch der Ehering an seinem Finger glänzte im Licht, als wollte er Natalia verhöhnen.

»Was erledigt er denn?«, fragte Victor leise.

»Das ist es ja, Victor. Erst vor ein paar Tagen, als ich ihm half, seine Schlüssel zu suchen, hat er mir einen schönen Tag in der Schule gewünscht. Ich gehe schon seit Jahren nicht mehr zur Schule.«

»Und wo geht er hin?«

Sie seufzte. Wie konnte sie erklären, dass ihr Vater einfach stundenlang verschwand? Dass sie keine Ahnung hatten, wo er abblieb? Letzten Mittwoch war er erst weit nach Mitternacht nach Hause gekommen. Ihre Mutter war außer sich vor Sorge gewesen.

»Ach, vermutlich ist es nichts«, sagte Natalia nun gespielt gleichgültig. Sie wünschte, sie hätte es gar nicht zur Sprache gebracht. »Wahrscheinlich trifft er sich einfach mit alten Freunden. Besucht Stefan.«

Wieder sah Victor sie prüfend an. Dann wandte er den Blick ab. Etwas an seiner Reaktion, wie er sich neben ihr verkrampfte, tröstete sie auf eine seltsame Art. Vielleicht war es ihm ja doch nicht egal, wie es ihrem Vater ging.

»Denkst du manchmal noch an ihn oder an meine Mutter?«

Er lächelte traurig. »Natürlich tue ich das, Talia. Sie sind mir immer noch wichtig, auch wenn du das vielleicht nicht glaubst. Oder es nicht so erscheinen mag.«

Sie sah ihn herausfordernd an. Sie wusste, dass sie es nicht tun sollte, aber sie konnte nicht anders. »Ach, tatsächlich?«

»Tatsächlich«, antwortete er knapp.

Endlich hatte sie etwas in ihm entfacht. Es verschaffte ihr ein klein wenig Genugtuung, dass sie es konnte.

»Ich will das nicht mit dir ausdiskutieren. Du weißt, was mir deine Familie bedeutet und dass ich alles auf der Welt tun würde –«

Sie wusste nicht, weshalb sie lachte. Es überkam sie unerwartet und überraschte auch sie selbst. Sie wollte ihn nicht verspotten, aber glaubte er tatsächlich noch an seine Ergebenheit ihrer Familie gegenüber? Nach seinem teuren Leinenjackett und der maßgeschneiderten Hose zu urteilen, lagen seine Treue und seine Hingabe allein bei ihm selbst.

Unbekümmert und ohne sich darum zu scheren, wie er es aufnehmen würde, brach es aus ihr hervor: »Und was ist mit dir, Victor? Glaubst du an das, was du tust? Glaubst du noch an dein Anliegen? Ich habe nämlich gesehen, was es mit meiner Familie gemacht hat. Was es meinem Vater angetan hat. Ihm wurde alles genommen, Victor. Sein Vermögen und sein Zuhause und seine Lebensgrundlage. Aber schlimmer als das: Man hat ihm seine Würde und seinen Lebenswillen genommen.«

Victor sah erschüttert aus. Sein Gesicht blieb unbewegt, aber sie sah, dass seine Hand zitterte, als er sich damit durch die Haare fuhr. Diesmal war sie zu weit gegangen. Womöglich hatte ein Teil von ihr das auch gewollt.

Sie griff nach ihrer Handtasche, wollte nur noch von hier fort, aber sie rutschte ihr aus der Hand, und so fiel alles heraus und landete zu ihren Füßen. Natalia hockte sich hin und sammelte den verstreuten Inhalt ein, ihre Schlüssel, ihr Rouge, den kleinen Flakon mit französischem Parfum und die goldene Bulova-Uhr, die Victor ihr erst kürzlich zum Geburtstag geschenkt hatte. Geschenke, die sie bereitwillig angenommen hatte, denn sie brachte es nicht über sich, ihn daran zu erinnern, dass sie sie niemals würde tragen können. Weder zu Hause, wo ihre Mutter sie sicher fragen würde, woher sie sie hatte, noch bei der Arbeit, denn schon für weit weniger könnte man ihr in einer Seitengasse auflauern und sie überfallen.

»Was ist mit Despina? Wie geht es deiner Mutter?«

Diesmal sah Natalia überrascht auf. Ein leichter Windstoß kam auf, als Victor sich vorbeugte und Natalia am Arm fasste und zurück neben sich auf die Bank zog. Sie zitterte, und Victor zog sein Jackett aus und legte es ihr über die Schultern.

»Um sie musst du dir keine Sorgen machen«, entgegnete sie nach einem Augenblick. »Meine Mutter wird immer weiter versuchen, uns das Leben so angenehm wie möglich zu gestalten. Sie lächelt den Fremden zu, mit denen wir zusammenleben, sie zuckt nur die Achseln, wenn es nichts zu essen gibt, und sie wäscht unsere Wäsche bei Kerzenlicht in der Badewanne im Gemeinschaftsbad. Sie sammelt Fallobst vom Bürgersteig, stell dir vor, und aus zwei Eiern und ein bisschen Mehl bereitet sie drei Mahlzeiten zu. Meiner Mutter geht es gut.«

Sie wollte ihn damit eigentlich nicht beruhigen, aber ein schwaches Lächeln umspielte seine Mundwinkel. Amüsierte ihn ihre Lebenssituation? Er, der in einer wunderbaren Villa mit einem Kamin aus Marmor und glänzenden Parkettböden und einem Hausdiener wohnte? Ihr kam der Gedanke, wie sich ihre Leben verändert hatten, und dafür brauchte es nichts weiter als einen Krieg und dass man die unglücklichen Umstände des einen gegen die glücklichen eines anderen eintauschte. Sie stand auf und warf ihm sein Jackett hin.

»Talia, bitte. Es tut mir leid, wenn ich dich aufgebracht habe. Geh nicht.«

Doch sie hatte bereits ihre Handtasche an die Brust gedrückt und ging den Weg entlang. Im Nu hatte Victor sie eingeholt, schlang die Arme um sie und hielt sie fest.

»Verzeih«, flüsterte er ihr ins Haar. »Ich weiß, wie schwer das hier für dich ist.«

Seine Nähe hatte die gleiche Wirkung auf sie wie immer. Sie ließ Natalias Entschlossenheit bröckeln, und gleichzeitig machte es sie wütend.

»Ich muss gehen, Victor. Bitte, lass mich los.«

»Nein.«

Er drehte sie zu sich um, und in seinen Augen lag ein Ausdruck, der an Verzweiflung grenzte.

»Talia«, flüsterte er, als er sich zu ihr beugte und ihr eine Strähne hinters Ohr strich. »Ich wünschte nur, das könnte ich.«

Was machen wir hier?, wollte sie schreien. *Was mache ich hier mit dir?* Aber sie spürte seine Fingerspitzen, die über ihr Haar strichen, seine warme Hand an ihrer Schläfe, und wie er sie sacht an ihre erhitzte Wange legte und sie näher zu sich zog. Ihre Blicke trafen sich und seine Lippen legten sich auf ihre. In ihr züngelte eine heiße Flamme empor.

Victor löste ihren Zopf und griff in ihr Haar. Als sie leise aufstöhnte, ließ er seine Hände sinken und vergrub sein Gesicht an ihrem Hals.

Eine Weile standen sie so im inzwischen menschenleeren Park, wo nur die zwitschernden Vögel und das Rauschen der Blätter zu hören waren. Natalia spürte Victors warmen, heftig gehenden Atem an ihrem Schlüsselbein und suchte verzweifelt nach Worten.

Wie wird es für uns ausgehen?, wollte sie fragen. *Wie wird das hier ausgehen, Victor? Wird der Tag kommen, an dem ich mit dir die Straße entlanggehen kann, meine Hand in deiner, an dem ich dich offen anlächeln und den Kopf an deine Schulter lehnen kann, ohne Angst davor haben zu müssen, gesehen zu werden?*

42

»Ich möchte mit dir ans Schwarze Meer fahren.«

Der transparente Baldachin flatterte in der warmen Junibrise. Als Natalia ihn zum ersten Mal gesehen hatte, war ihr fast schwindelig geworden. Doch Victors Hände und Lippen hatten sie augenblicklich eingenommen und sie alles um sie herum vergessen lassen. In den darauffolgenden Monaten hatte Natalia die teure Einrichtung von Victors Zuhause immer weniger wahrgenommen. Wie ein Dieb in der Nacht hatte sie beschlossen, sich auf das Hier und Jetzt zu konzentrieren.

»Nur für ein paar Tage«, fuhr Victor fort. »Ich will den ganzen Tag mit dir am Strand verbringen und abends vielleicht tanzen gehen. Ich kenne ein großartiges Hotel in Constanța. Es liegt ganz abgeschieden, nur ein paar Straßen vom Strand entfernt. Sie haben auch ein ausgezeichnetes Restaurant, eines der besten an der Küste, wir müssten also gar nicht von dort weg.«

Natalia zupfte nervös am Saum eines Seidenkissens.

»Na, was meinst du?«, fragte er und zog sie mit seinem schiefen, neckenden Lächeln, bei dem ihre Knie immer noch weich wurden, in seine Arme.

Sie wusste nicht, was sie sagen sollte. Natürlich klang es wie ein Traum, drei volle Tage mit ihm allein, ungestört. Drei Tage ohne seine beruflichen Verpflichtungen, seine Reisen, seine Frau. Aber sie hielt es nicht für möglich. Was würde sie ihren Eltern sagen? Wie konnte sie bei der Arbeit erklären, dass sie drei Tage fehlen würde?

»Ich weiß nicht, Victor«, sagte sie. »Ich bin nicht sicher, ob es der richtige Zeitpunkt ist.«

Er seufzte und zog seinen Arm unter ihr hervor. Er legte die Hand auf seine muskulöse Brust. »Kannst du dir nicht etwas einfallen lassen?«

»Welche Ausrede soll ich mir denn da ausdenken? Du kennst doch meine Mutter. Unsere Abende oder einen vollen Sonntag bei Lidia kann ich ja noch erklären – aber drei Tage? Wie könnte ich das jemals rechtfertigen? Und was ist mit meiner Arbeit?«

Mit einem erneuten Seufzen setzte Victor sich auf und lehnte sich an das Kopfteil des Betts. Auf dem runden Nachttischchen stand eine Kristalluhr mit silbrigem Ziffernblatt und tickte vor sich hin.

»Ich weiß nicht, was du von mir hören willst.«

»Ach, weißt du, Natalia«, fuhr er sie an, »nach allem, was wir tun, um Zeit miteinander verbringen zu können, dachte ich, dass du dir eventuell etwas Mühe geben würdest, das ist alles.«

Damit schlug er die Bettdecke zurück, ging ins Badezimmer und knallte die Tür hinter sich zu. Einen Moment später hörte Natalia das Rauschen der Dusche. Zum ersten Mal hatte er in einem solchen Ton mit ihr gesprochen. Nach jenem Tag im Park hatte es keine Anschuldigungen oder verärgert herausgeschleuderten Worte mehr gegeben. Es war, als hätte der Streit sie von all ihren Zweifeln befreit. Die Glückseligkeit, die darauf folgte, war noch herrlicher, als Natalia sich in ihren kühnsten Träumen ausgemalt hatte, intensiver, als sie sich die Liebe je hätte vorstellen können. Denn es stand außer Frage, dass sie einander liebten, dass er sie liebte, auch wenn er es nicht aussprach. Es reichte ihr, es zu spüren. Sie wollte nur in seiner Nähe sein, seine Lippen auf ihren spüren, den Duft seiner Haut einatmen.

In letzter Zeit jedoch hatte seine Nähe etwas Erdrückendes an sich, er forderte immer mehr ihrer Zeit ein, und seine Leidenschaft überwältigte sie. Wenn sie zusammen waren, vereinnahmte er sie mit Haut und Haaren, und sie gab ihm alles von sich, ohne zu zögern, aber schon bald begann sie zu befürchten, für einen Mann wie ihn würde es womöglich nicht genügen. Denn irgendwann hatte sich etwas zwischen ihnen verändert.

Seit ein paar Wochen war er unwirsch zu ihr. Sie wusste nicht mehr genau, womit es angefangen hatte, ob sie etwas Falsches gesagt hatte. Ein paarmal hatte er sie mitten im Satz unterbrochen. Oft hatte sie das Gefühl, er hörte ihr gar nicht zu, während er ununterbrochen rauchte und stirnrunzelnd an die Decke starrte.

Vielleicht hatte er von der ganzen Angelegenheit ja genug. Es ging jetzt immerhin schon seit fast acht Monaten so. Acht Monate, in denen sie ihr Leben auf den Kopf stellten, nur um hier und da einen Augenblick zu zweit zu erhaschen. Vielleicht war das der Grund für sein Verhalten. All die Ausreden, die ständige Planung und die Absprachen in letzter Minute waren ihm zu viel geworden. Es war kompliziert geworden. Mehr als das – es war gefährlich geworden.

Natalia hatte von Anfang an gewusst, was für ihn auf dem Spiel stand, dass nicht nur seine Karriere, sondern sein Leben in Gefahr wäre, sollte sein Verhältnis mit jemandem wie ihr ans Licht kommen. Die Geheimpolizei ging bekanntermaßen erbarmungslos gegen Mitglieder aus ihren eigenen Reihen vor, insbesondere gegen solche wie Victor, die schon so lange dabei waren und so viel über die bürokratischen Abläufe wussten. In seiner Welt wäre das, was sich zwischen ihnen entwickelt hatte, ein Grund, ihn zum Schweigen zu bringen. Sie machte sich große Sorgen um ihn. Jeden Tag begleitete sie die Angst, dass das Seil, das Victor in jahrelanger Arbeit geflochten hatte, sich jeden Moment zu einer Schlinge um seinen Hals legen konnte. Schaute er sich nicht deswegen immer um, wenn sie miteinander spazieren gingen, hatte er nicht deswegen immer auch die Umgebung im Blick?

Natürlich war es auch für sie nicht einfach gewesen. Victor hatte keine Ahnung, was es sie kostete, sich heimlich mit ihm zu verabreden, ihn im Dunkeln an Straßenecken zu treffen oder in Gassen, in denen sich keine anständige junge Frau herumtreiben sollte. Er wusste nicht, was es ihrem Stolz antat, wenn sie sich in einer Wohnung eines Freundes trafen, der gerade nicht in der Stadt war, oder wenn sie an der Ecke wartete, bis seine Frau aus dem Haus gekommen war, damit Natalia ein paar heimliche Stunden mit ihm verbringen konnte.

»Uns verbindet nur Freundschaft«, hatte Victor ihr erzählt. »Katia und ich sind einfach gute Freunde.« Und doch nahmen sie gemeinsam ihre Mahlzeiten ein; sie lebten zusammen unter einem Dach. Katia musste sich nicht heimlich mit ihm verabreden, nur um ihn kurz zu sehen oder ein Wort der Zuneigung von ihm zu hören.

»Ich muss los, Talia«, sagte Victor jetzt, als er in seinem Frotteebademantel aus dem Bad kam. Scheinbar mit den Gedanken bereits woanders, ging er durchs Zimmer, trat an die Kommode, durchwühlte seine Brieftasche und riss dann den Kleiderschrank auf, um seine imposante Sammlung von

Seidenkrawatten in Augenschein zu nehmen. Sein Haar war makellos glatt, und er duftete nach frischer Seife und teurem Shampoo, die Art, die man nur in exklusiven Exportläden fand.

»In einer Stunde habe ich einen Termin im Ministerium. Und Katia sollte auch bald zurück sein, auch wenn sie dir sicher erst mal einen Tee anbieten würde, wenn sie dich hier anträfe.«

Es war als Scherz gemeint, möglicherweise, um die Stimmung ein wenig aufzuheitern, aber auf Natalia hatte es die gegenteilige Wirkung. Nichts hätte sie mehr verletzen können. Wie konnte er die Situation so herunterspielen, als würde es ihm nichts bedeuten, dass sie hier war? Sie war nicht wie seine anderen Frauen, sie war keine bedeutungslose Ablenkung. Oder doch? Der Gedanke war schmerzhaft. Sie spürte, wie Tränen in ihr aufstiegen, aber sie schluckte sie hinunter. Genau wie ihren Stolz, ihren Schmerz, ihre Liebe und ihre Verachtung, ihre Eifersucht und ihren Selbsthass.

»Ja, Victor, ich gehe ja schon«, sagte sie so ruhig wie möglich. »Ich nehme auch die Hintertür. Bevor ich gehe, wasche ich noch die Gläser von der Bar und leere deinen Aschenbecher aus. Ich werde sämtliche Spuren meines Besuchs beseitigen, damit deine Frau niemals erfährt, dass ich hier war.«

Und schon war sie auf den Beinen und raffte fahrig ihre Strümpfe und ihr Kleid zusammen, die sie erst vor wenigen Stunden so leidenschaftlich auf den Stuhl in der Ecke geworfen hatten. In ihrer Eile stieß sie ein Glas Wasser um, und es zerschellte am Boden. Das genügte schon, und sie brach in Tränen aus.

»Talia, es tut mir leid, verzeih mir«, murmelte Victor, trat zu ihr und schlang seine Arme um ihre Taille. »Ich sollte nicht so ruppig zu dir sein. Ich möchte einfach nur ein paar Tage allein mit dir verbringen, das ist alles.« Er strich ihr sanft über das Haar und legte es ihr über die Schulter. »Meinst du, du könntest es irgendwie einrichten? Würdest du es versuchen? Es würde mir so viel bedeuten.«

Sie wischte sich mit den Handballen die Tränen fort, und auch Victor strich ihr über das Gesicht und nahm liebevoll ihr Kinn in die Hand. Wie konnte sie Nein sagen zu ihm? Wie konnte sie ihm jemals etwas ausschlagen?

»Einverstanden«, murmelte sie wider besseren Wissens. »Ich fahre mit dir ans Meer.«

Er beugte sich zu ihr, zog sie besitzergreifend an sich und küsste sie heftig, und sie erwiderte seinen Kuss leidenschaftlich, fuhr mit den Fingern durch seine Haare. Einen Augenblick lang hielt er inne, dann hob er sie hoch, als wäre sie federleicht, und mit einem verschmitzten Lächeln trug er sie zurück zu seinem Bett.

Aufs Neue verlor sie sich in ihm, spürte seinen starken Rücken unter ihren Fingerspitzen, seine Lippen auf ihrer bebenden Haut. Immer wieder murmelte sie seinen Namen, doch es wollte ihr nicht gelingen, die Stimme in ihrem Kopf zum Schweigen zu bringen, die sie so erbarmungslos verhöhnte.

Ja, Victor, ich lasse mir eine Ausrede einfallen. Ich tische meinen Eltern eine Lüge auf. Für dich hintergehe ich die einzigen Menschen auf der Welt, die mich brauchen. Ich werde betrügen und stehlen, für ein paar Tage mit dir werde ich alles tun. Ich habe schon einmal gelogen, und ich werde es wieder tun.

43

Für Victor zu lügen fiel ihr leichter, als sie für möglich gehalten hätte. Es erstaunte sie, wie mühelos sie ihren Eltern im Gemeinschaftsraum ihrer Wohnung gegenübersaß und ihnen von der Demonstration erzählte, die sie angeblich am Wochenende besuchen musste.

»Es findet in Timişoara statt«, sagte sie beiläufig. »Das bedeutet natürlich zwei Tage im Zug, aber sie stellen uns Unterkunft und Verpflegung. Alle meine Kollegen fahren hin.«

»Ach ja?«, sagte ihr Vater. »Und wofür ist die Versammlung?«

»Nun ja, Papa, für die Partei. Es soll eine Gelegenheit für junge Menschen aus dem ganzen Land sein, sich zur Unterstützung unserer großen Anführer zusammenzufinden. Natürlich muss ich da mitfahren, das weißt du. Es wird von mir erwartet, dass ich teilnehme, das versteht ihr doch.«

Den Blick auf ihren Teller gerichtet nahm Natalia noch einen Bissen. Natürlich rechnete sie damit, dass ihre Mutter alle möglichen Einwände hätte, sich erkundigen würde, wo genau sie untergebracht seien und ob es eine Telefonnummer gebe, unter der man sie erreichen könne. Natalia hatte sich nicht im Vorhinein überlegt, was sie darauf antworten würde, aber sie hatte einen beeindruckenden Einstieg hingelegt. Drei Tage allein mit Victor. Nur daran wollte sie denken.

Glücklicherweise bohrte ihre Mutter nicht weiter nach. Als sie mit dem Essen fertig waren, kündigte ihr Vater an, er sei müde und gehe zu Bett. Er ging jedoch nicht geradewegs in sein Zimmer. Er schob seinen Stuhl zurück, trat vor Natalia und hielt ihr die Hand hin. Als sie danach griff, zog er sie auf die Füße und nahm sie mit solcher Wucht in den Arm, dass sie kaum noch Luft bekam.

»Ich liebe dich von ganzem Herzen, mein Mädchen«, flüsterte er ihr ins Ohr.

»Ich weiß, Papa. Ich liebe dich auch. Schlaf gut.«

Noch immer ließ er sie nicht los, ungewohnt emotional hielt er sie weiter fest in seinen Armen. *Wie seltsam,* dachte Natalia. Sie fuhr doch nur für ein paar Tage weg. Ihr wurde jedoch klar, dass es seit dem Krieg das erste Mal war, dass sie so lange voneinander getrennt wären.

Schließlich löste sie sich aus seiner Umarmung, und sie bemühte sich um ein heiteres Lächeln, als sie vorschlug: »Lass uns bald wieder auf die Rennbahn gehen, Papa. Wenn ich zurück bin, ja? Nur du und ich, wie früher.«

Er entgegnete nichts, stattdessen nahm er ihre Hand, küsste sie und hielt sie sich einige Augenblicke an die Lippen, bevor er sie wieder losließ. »Genau wie früher, mein Liebling.«

Dann drehte er sich um und ging in sein Zimmer.

*

Als ihre Mutter später an dem Abend ihren kleinen Schwarz-Weiß-Fernsehapparat eingeschaltet hatte, um sich einen Spielfilm anzuschauen, legte Natalia ein paar Kleider, ihre Sandalen und einen Strohhut bereit – fast ihre gesamte Sommergarderobe. Unter dem Bettsofa zog sie einen kleinen Reisekoffer hervor, in den sie ihre Sachen packte. Allmählich wurden ihre Bewegungen jedoch immer langsamer, bis sie schließlich innehielt. Einen cremefarbenen Unterrock an die Brust gedrückt, drehte sie sich zu ihrer Mutter um.

»Mama, ich will dir etwas sagen. Ich weiß allerdings nicht wie.«

Ihre Mutter hörte ihr jedoch gar nicht zu. Ihr Blick lag auf dem kleinen Fernseher, wo Rita Hayworth zwischen den dünnen Streifen erschienen war, die sich von oben nach unten über den Bildschirm zogen. Die Schauspielerin warf ihre wallenden Haare zurück und lächelte kokett, während die Kamera ihr strahlendes Gesicht näher heranholte, und Natalia stockte der Atem. Als Kind hatte Natalia oft gehört, dass die Leute die verblüffende Ähnlichkeit zwischen Despina und Rita Hayworth kommentierten. Als Natalia nun ihren Blick von dem berühmten amerikanischen Filmstar zu ihrer Mutter wandern ließ, wurde ihr bewusst, wie sehr sich ihre Mutter mit den Jahren verändert hatte.

Auch Despina wirkte seltsam melancholisch gestimmt und ließ den Kopf auf die Sofalehne sinken. Der Regen trommelte leise gegen die Fensterscheibe, und Natalia setzte sich neben ihre Mutter. Auf dem Bildschirm flackerten die Bilder und tauchten das Zimmer abwechselnd in Dunkelheit und Licht. Ein Mann in schwarzem Smoking rauchte eine Zigarre am Kamin. Rita saß an einem Tisch in der Nähe und nippte an einem Glas Champagner. Sie stand auf, nahm ihre Stola von der Stuhllehne und ging mit elegantem Hüftschwung auf ihn zu. Sie trug ein cremefarbenes Seidenkleid, Diamanten, die im Licht glitzerten, und ihre Haut war makellos, die Lippen waren dunkel geschminkt.

Einen Augenblick lang, ehe sie sich an ihre Mutter schmiegte, betrachtete Natalia die weichen Linien ihres Profils, ihr Haar, das sie im Nacken zusammengesteckt hatte und das von wenigen silbernen Strähnen durchzogen war, die schmalen Schultern. Sie war noch immer wunderschön. Ihre Zerbrechlichkeit überwältigte Natalia; sie hatte ihre Mutter nie zuvor so gesehen. Despina war immer der Pfeiler ihrer Familie gewesen, diejenige, die sie während des Krieges zusammengehalten hatte. Es war Natalia nie in den Sinn gekommen, dass etwas auf dieser Welt sie jemals verändern könnte. Jäh wurde ihr bewusst, dass es womöglich nicht richtig wäre, ihr von Victor zu erzählen. Dass sie die Wahrheit, sosehr sie sie auch mit ihr teilen wollte, noch für sich behalten musste, zumindest für eine Weile.

»Mama, bist du sicher, dass es dir nichts ausmacht, dass ich wegfahre?«, fragte sie stattdessen.

Ihre Mutter stand auf und schaltete den Fernsehapparat aus. Als sie sich wieder neben Natalia gesetzt hatte, nahm sie sie bei den Händen. Natalia sah zu ihr auf, und sie war überrascht, dass in den Augen ihrer Mutter Tränen standen.

»Talia, das Einzige, was mir je etwas bedeutet hat, ist dein Glück. Das weißt du, nicht wahr?«

»Ja, Mama, das weiß ich«, flüsterte sie etwas verwirrt. Ahnte ihre Mutter, dass sie sie angelogen hatte? Dass sie nicht mit ihrer Cousine oder Freundinnen von der Arbeit so viel Zeit verbracht hatte, sondern Lidia tatsächlich seit Weihnachten nicht gesehen hatte?

»Ich liebe dich mehr als alles andere auf der Welt. Du bist das Kostbarste, was ich habe. Das warst du schon immer …«

»Ich weiß. Ich liebe dich auch, Mama.«

»Vergiss das nicht, Talia. Versprichst du mir das? Vergiss

nicht, wie viel du mir bedeutest. Du hast mein Leben zu etwas wahrhaft Wunderbarem gemacht.«

Natalia lächelte und schmiegte sich in ihre Arme. »Es sind doch nur drei Tage, Mama. Aber du wirst mir trotzdem fehlen.«

44

Seit Stunden lag sie wach. Die Zeiger der verrosteten Uhr wollten sich nicht schneller bewegen. Endlich fiel das schwache Licht der Dämmerung durchs Fenster, aber es war noch zu früh, um aufzustehen. Ihr geflochtener Koffer wartete gepackt an der Tür. Wahllos hatte sie das Allernotwendigste hineingeworfen, obwohl Victor ihr geraten hatte, auch warme Kleidung einzupacken, da das Wetter an der Küste unvorhersehbar war.

So oder so stand ihr keine große Auswahl an Kleidung zur Verfügung, und das einzige Kleidungsstück, das sie unbedingt dabeihaben wollte, war das rosenrote Seidenkleid, das wie Wasser schillerte, wenn sie sich darin bewegte. Es war ein abgelegtes Kleid von Lidia, aber darin sah Natalia erwachsener und ausgesprochen glamourös aus, ganz so wie die Schauspielerinnen im Film gestern Abend. Den Blick verträumt an die Decke gerichtet, malte sie sich aus, wie Victor sie ansehen würde, bevor er langsam auf sie zuging, die dünnen Träger von ihren Schultern schob und seine Fingerspitzen über ihre nackte Haut gleiten ließ. Noch zwei Stunden, zeigte ihr der Blick zur Uhr.

Es war erst wenige Tage her, dass sie ihn gesehen hatte, und doch konnte sie an nichts anderes denken als an ihn. Er hatte ihr gesagt, er sei beschäftigt, er habe noch einiges für die Arbeit zu erledigen, bevor sie abreisten. Aber er war nicht einmal nach Feierabend vorbeigekommen, und angerufen hatte er auch nicht. Es sah ihm gar nicht ähnlich, sich so lange nicht zu melden. Sie versuchte, sich daran zu erinnern, was genau er zum Abschied bei ihrem letzten Treffen gesagt hatte.

»Komm um Punkt sieben zur Konditorei bei euch um die Ecke. Wenn wir rechtzeitig in Constanța sind, können wir von unserem Balkon im Hotel aus den Sonnenuntergang sehen.«

Darauf sollte sie sich konzentrieren. Und sie sollte sich überlegen, wie sie sich aus der Wohnung schleichen konnte, ohne ihre Eltern zu wecken. Sie wusste, dass ihre Mutter ein großes Aufhebens machen und darauf bestehen würde, dass Natalia vor der langen Zugfahrt etwas frühstückte. Ihr Vater würde erneut wissen wollen, wohin genau sie fuhr, und die Lüge zu wiederholen, brachte sie nicht über sich. Nein, es war am besten, sie wäre bereits fort, wenn ihre Eltern aufwachten.

Als der Morgen endlich anbrach, stand Natalia auf, ging leise ins Badezimmer am Ende des Flurs und schloss hinter sich ab. Es war zwar nicht die ihrer Familie im Plan zugewiesene Zeit, aber sie wusste, dass um diese Zeit noch alle schliefen. Hastig spritzte sie sich etwas kaltes Wasser ins Gesicht und putzte sich die Zähne, dann bürstete sie ein Dutzend Mal ihr Haar und steckte es mit einer silbernen Haarspange zusammen. Als sie zurück in ihr Zimmer kam, um sich anzuziehen und ihren Koffer zu holen, war es bereits hell geworden. Sie ließ den Blick einmal durchs Zimmer wandern, um sicherzugehen, dass alles an seinem Platz war, dann eilte sie mit heftig klopfendem Herzen aus der Tür.

Sie nahm zwei oder drei Stufen auf einmal, flog an der Reihe von Briefkästen vorbei, stürzte durch die Eingangstür und auf die Straße. Nie zuvor hatte sie sich so lebendig gefühlt, die Aufregung durchströmte sie von Kopf bis Fuß, und sie rannte bis ans Ende der Straße. Doch als sie dort ankam, blieb sie abrupt stehen.

Vor der Konditorei war keine Menschenseele zu sehen, lediglich ein paar Tauben pickten Krümel vom Bürgersteig, und sie stoben auseinander, als sie Natalias Schritte hörten. Nervös sah sie auf ihre Armbanduhr. Sie war pünktlich, auf die Minute, genau wie Victor es gewollt hatte. Sie ließ ihren Koffer auf die Stufen fallen und lehnte sich an die Mauer. Hatte sie sich im Ort geirrt? In der Zeit? Sie war sicher, dass sie um Punkt sieben genau hier warten sollte.

Zwanzig Minuten vergingen, und immer noch keine Spur von ihm. Dann traf sie ein unliebsamer Gedanke: Was, wenn er es sich anders überlegt hatte? Sie setzte sich auf die Stufen und schloss die Augen, um nicht länger auf die leere Straße blicken zu müssen. Im Versuch, ruhig zu bleiben, atmete sie tief ein und aus, aber ihre Gedanken rasten. Wie lange konnte sie hier warten? Was würde sie ihren Eltern sagen, wenn Victor nicht kam und sie in die Wohnung zurückkehren müsste? Würde sie ihnen gestehen, dass sie sie schon fast ein ganzes Jahr lang anlog? Dass sie naiv genug gewesen war, sich in einen Mann zu verlieben, der einige Jahre älter war als sie, in jemanden, dem ihre Eltern selbst einst vertraut hatten?

Plötzlich, wie durch einen Nebel, hörte sie Motorengeräusche, und Victors Wagen tauchte am anderen Ende der Straße auf. Natalia stand auf und trat vorsichtig an die Bordsteinkante. Im hellen Morgenlicht erschien ihr alles nicht mehr romantisch, sondern nur noch grell und schroff.

»Hallo, Talia, verzeih, dass ich zu spät bin«, begrüßte er sie.

Er stieg aus dem Wagen und kam zu ihr, um ihr den Koffer abzunehmen. »Wartest du schon lange?«

»Eine Weile, aber noch nicht lange«, log sie und zwang sich zu einem Lächeln. Noch mehr Lügen. Aber sie wollte ihm nicht zeigen, dass sie vor wenigen Sekunden noch sicher gewesen war, sie würde ihn nie wiedersehen.

»Hallo«, sagte er noch einmal, und während er ihr die Beifahrertür aufhielt, gab er ihr einen flüchtigen Kuss auf den Mund. Ihr sank das Herz, als ihr auffiel, wie zerzaust er aussah. Es musste Tage her sein, seitdem er sich rasiert hatte, und seine Augen waren trübe und mit dunklen Schatten darunter. Noch nie hatte Natalia erlebt, dass er aus dem Haus ging, ohne sich die Haare nach hinten zu streichen.

»Ich bin bereit«, sagte sie etwas außer Atem mit einem unsicheren Blick. Sie ließ sich auf den hellbraunen Ledersitz sinken und zog sich das Tuch vom Kopf. Victor sprang neben ihr in den Wagen.

»Spät dran, Liebste. Wir müssen uns beeilen«, murmelte er, während er erst einen Blick auf seine Uhr warf und dann den Gang einlegte.

Der Wagen fegte über das Kopfsteinpflaster und bog scharf um die Ecken. Es begann zu nieseln, und Victor schaltete die Scheibenwischer ein. Eine Zeit lang war nur das Schaben von Gummi auf der Windschutzscheibe zu hören, hin und zurück, hin und zurück, und der Staub des Sommers schmierte in einem Halbkreis über die Scheibe, während es in Natalias Kopf schmerzhaft hämmerte.

Als das Labyrinth aus großen Straßenkreuzungen mit den darüber hastenden Fußgängern, den Autos und den scheppernden Straßenbahnen allmählich übersichtlicher wurde, hatte Victor noch immer keinen Ton gesagt. Schon bald verwandelten sich die Seitenstraßen in breite, von Wohnblöcken aus Beton gesäumte Durchgangsstraßen, die sich unter dem diesigen Morgenhimmel endlos hinzogen. Und dann verschwanden auch sie, und Victor fuhr auf einer schmaleren zweispurigen Straße, die durch ein weites Feld führte, und kilometerlang kamen sie an nichts vorbei außer an einer Ölraffinerie und einer Fabrik, in der Autoteile für den Export hergestellt wurden. Die ganze Zeit über hielt Victor den Blick stur geradeaus gerichtet und umklammerte mit beiden Händen das Lenkrad.

»Victor, stimmt etwas nicht?«, hörte Natalia sich schließlich fragen. Sie konnte ihre Besorgnis nicht länger für sich behalten.

Ohne zu lächeln warf er ihr einen kurzen Blick zu und griff nach ihrer Hand. Er drückte sie so fest, dass Natalia beinahe zurückzuckte. Es war ein Zeichen der Zuneigung, dessen war sie sich sicher, aber es machte sie nur noch nervöser.

Gegen die Tränen ankämpfend wandte sie den Blick wieder aus dem Fenster. Sie hatte Angst, dass ihre Tränen ein Gespräch hervorrufen würden, das sie nicht führen wollte. Wenn Victor den Mund aufmachte, würde er sagen, dass er sie immer noch liebte, aber dass das hier ihr Abschied war, dessen war sie sich sicher. Ihre letzten gemeinsamen Tage. Vielleicht würde er es sich sogar anders überlegen, den Wagen wenden und zurück in die Stadt fahren. Am besten, beschloss sie, sie behielt ihre Bedenken für sich, bis sie am Meer angekommen waren. Das verschaffte ihr Zeit zum Nachdenken, die sie dringend brauchte – Zeit, um sich zu überlegen, was sie ihm sagen würde, sobald sie angekommen waren, wie sie ihn davon überzeugen konnte, dass das zwischen ihnen noch nicht vorbei sein durfte.

Über ihnen dröhnte ein Flugzeug, es schnitt durch den grauen, bedeckten Himmel und riss Natalia aus ihrer Benommenheit. Sie beugte sich vor, sah durch die Windschutzscheibe nach oben und erhaschte einen Blick darauf, als es über sie hinwegflog. Es erinnerte sie an die Kampfflugzeuge der Luftwaffe während des Krieges, als sie so tief über die Dächer geflogen waren, dass Natalia das Zeichen der SS unter den Flügeln hatte ausmachen können. Noch ein Flugzeug flog über sie hinweg, diesmal noch niedriger und näher an der Straße. Wenige Minuten später ein drittes.

Nach ein paar Kilometern kamen sie an eine Kreuzung. Als der Wagen langsamer wurde und anhielt, wunderte sich Natalia, dass hier, mitten im Nirgendwo, eine Ampel stand. Mittlerweile sollten sie von nichts als grünen Wiesen und Kieferngrüppchen umgeben sein, und in der Luft sollte salziger Meeresduft liegen.

Mit einem Ruck drehte Natalia sich zu Victor um. »Victor, fahren wir in die richtige Richtung?«

Wieder erhielt sie keine Antwort. Sie warf einen Blick nach hinten, versuchte, das Straßenschild zu lesen, an dem sie gerade vorbeigefahren waren, aber es lag schon zu weit hinter ihnen.

Die Ampel schaltete auf Grün, und Victor trat aufs Gas, fuhr über die Kreuzung, aber anstatt weiter zu beschleunigen, scherte er an den Straßenrand aus. In der Ferne hoben sich die Umrisse eines Betonbaus vor dem Himmel ab. Natalia wusste nicht, was für ein Gebäude es war. Adrenalin durchströmte sie mit solcher Wucht, dass ihr schwindelig wurde.

»Talia, ich muss dir etwas sagen.«

Seine Worte trafen sie wie ein Schwall kaltes Wasser. *Da wären wir also*, dachte sie. Sie betrachtete ihre Hände, die sich zitternd zu Fäusten ballten, als gehörten sie zu jemand anderem. Die Kehle schnürte sich ihr zu, und sie bekam nur schwer Luft.

»Wir fahren nicht ans Schwarze Meer«, sagte er.

»Nein.« Ihre Stimme war tonlos. »Wohin dann?«

»Ich bringe dich zum Flughafen.«

Ehe sie etwas darauf erwidern konnte, griff er über ihre Knie und zog das Handschuhfach auf. Er holte ein kleines grünes Heftchen daraus hervor und hielt es ihr hin. Natalia starrte darauf, nahm es aber nicht entgegen.

»Das ist dein Pass. Ich bringe dich zum Flughafen. Du verlässt das Land, heute noch.«

Sie begriff nicht sofort. Was auch immer er gerade gesagt hatte, es kam nicht bei ihr an, ihre Gedanken waren woanders. Sie dachte an ihren letzten gemeinsamen Nachmittag, als er sie angefleht hatte, mit ihm wegzufahren, gerade so, als würde die Welt zusammenstürzen, sollte sie sich weigern. Als ob sein Leben davon abhinge, dass sie Ja sagte.

Sie starrte ihn an, starrte das Heftchen in seiner Hand an, und brach in Lachen aus. War das ein Scherz? Wollte er sie so loswerden? Er legte ihr einen Arm um die Schultern und hielt sie fest.

»Hör auf, Talia.«

»Warum tust du das?«, brachte sie krächzend hervor.

»Das ist kein Spiel. Ich will dich nicht hinters Licht führen. Das hier ist dein Pass. Und das hier ein Flugticket. Du fliegst in die Vereinigten Staaten, nach New York City.«

»Das ist unmöglich«, sagte sie. Niemand durchschritt einfach so den Eisernen Vorhang. Niemand außer Staatsbeamte, der Präsident und seine vertrauten Berater, die hochrangigsten Mitglieder der Geheimpolizei. Und ein Ticket nach Amerika kostete ein Vermögen. Selbst Victor, mit all seinen Kontakten zum Militär und dem Reichtum seiner Frau, konnte so etwas nicht zustande bringen.

»Dein Flug geht in zwei Stunden«, beharrte er. »In München hast du drei Stunden Aufenthalt. Dort steigst du in den PanAm-Flug über den Atlantik. Nach New York City.«

Sie sah auf das grüne Heftchen, das er auf ihren Schoß gelegt hatte. Bedächtig nahm sie es und schlug es auf. Darin sah sie ein Foto von sich, ein kürzlich aufgenommenes, ihren Namen, ihre Adresse, Nationalität, Geburtsdatum. Auf der nächsten Seite war mittig ein Stempelabdruck. Ein Einreisevisum von der Botschaft der Vereinigten Staaten.

»Ich verstehe das nicht, Victor. Was hat das alles zu bedeuten? Wenn du nicht mehr mit mir zusammen sein willst, mich nicht mehr treffen willst, dann kannst du es mir einfach sagen. Dazu musst du nicht diesen aufwendigen …« Sie hielt inne, Galle stieg in ihr auf. Sie hatte das Gefühl, sie müsste würgen.

»Das hier ist nicht mein Werk, Talia. Ich bringe dich nur zu deinem Flieger.«

Etwas zerbrach in diesem Moment in ihr. »Das ist verrückt!«, schrie sie. »Ich will nichts mehr davon hören!«

Der Türgriff klemmte, und sie musste daran zerren, um die Wagentür zu öffnen. Dann war sie draußen. Hätten ihre Beine nicht so sehr gezittert, wäre sie weggelaufen. Aber so taumelte sie lediglich wenige Schritte auf der Straße zurück. Sie wusste, dass Victor ihr folgen würde, so würde es wohl immer sein. Immer rannte sie, und immer holte er sie ein.

»Talia, bleib stehen!« Er fasste nach ihrem Arm und wollte sie zu sich umdrehen.

»Lass mich los!«, schleuderte sie ihm entgegen, während sie

sich aus seinem Griff zu befreien versuchte. »Lass mich sofort los, du gemeiner Hund! Geh zurück zu deiner Russin und deiner abscheulichen Arbeit! Ich hätte mich niemals auf dich einlassen dürfen.«

Seine Miene war ausdruckslos, als er sie zurück zum Wagen zog, Natalia sah keinerlei Emotionen in seinem Gesicht, nur etwas Unnachgiebiges. Er wirkte kalt, distanziert, leer. Mehr aus Angst als aus Wut hob sie ihre freie Hand und schlug ihm ins Gesicht. Das genügte, um ihn zum Stehenbleiben zu bewegen, aber er ließ sie immer noch nicht los. Sie schlug noch einmal zu, fester. Diesmal zuckte er nicht zusammen, denn er war darauf vorbereitet.

»Talia, sieh mich an!«

Sie hatte keine Kraft mehr, keine Wut, nichts mehr. Victor schüttelte sie an den Schultern, zwang sie, ihm in die Augen zu sehen – seine schönen Augen, die sie schon so lange liebte und von denen sie sich nun verraten fühlte.

»Du steigst heute in diesen Flieger«, sagte er streng, als erteile er einen Befehl. »Hast du eine Ahnung, wie viele Menschen ihr Leben für so eine Chance aufs Spiel setzen würden? Hast du mir nicht selbst erzählt, dass du den Hass hier satthast, das Leben hier satthast? Das hier ist deine Chance, Talia, deine einzige Chance, ein anderes Leben zu führen, eines, das deiner würdig ist.«

»Was ist mit meinen Eltern, Victor?«, rief sie immer noch zitternd. »Wie kannst du annehmen, ich würde sie jemals verlassen wollen? Wie kann ich meinen Vater allein lassen, wenn er so schwach und orientierungslos ist, oder meine Mutter, die mich mehr braucht als je zuvor? Wie kannst du glauben, dass ich sie jemals sich selbst überlassen würde?«

Er ließ sie los und ließ die Hände sinken. Sanft sagte er

dann: »Sie wissen es, Talia. Deine Eltern wissen Bescheid. Ich musste deiner Mutter versprechen, dass ich dich in das Flugzeug setze.«

Es war wie ein Schlag in die Magengrube. Ihre Knie gaben nach, und sie musste sich an der Autotür abstützen. Wann hatte Victor mit ihren Eltern gesprochen? Bis heute früh hatte er doch nicht einmal gewusst, wo sie wohnten. Er hatte sie seit zehn Jahren nicht gesehen. Sie hatten nichts von ihrer Beziehung zu ihm gewusst. Das ergab alles keinen Sinn.

Entschlossen hob sie den Blick und sah ihn kalt an. »Und was ist mit uns? Du hast mich so hartnäckig verfolgt, und jetzt willst du es so beenden?«

»Es gibt kein Wir, Talia. Es kann nie eines geben. Wir hatten schon das Beste, was uns passieren konnte.«

Endlich war es heraus, die ungeschminkte Wahrheit, nach der sie immer wieder in seinen Augen gesucht hatte und die herauszufinden ihr nie gelungen war. Victor hatte sie also nie geliebt, und es war ihm egal, wie sehr er ihr jetzt wehtat. Die Erkenntnis überwältigte sie, und sie begann zu schluchzen. Sie sank zu Boden und weinte hemmungslos, während er auf sie herabsah. Nach einer Weile hockte er sich neben sie und lehnte den Kopf an die Wagentür.

»Denk darüber nach, Talia«, sagte er, als keine Tränen mehr übrig waren, als nur noch ihr bebender Atem zu hören war. »Denk an die Möglichkeiten. Nur so kannst du deine Eltern wahrhaftig unterstützen. Du kannst ihnen Geld schicken, sobald du eine Arbeit gefunden hast. Womöglich können sie irgendwann nachkommen. Sie sind mittlerweile alt, sie stellen keine Bedrohung mehr für den Staat dar. So oder so, du wirst eine Zukunft haben und kannst ein Leben führen, in dem du dich nicht mehr verstecken und ständig auf der Hut sein musst. Genau das haben sich deine Eltern immer für dich gewünscht. Enttäusche sie nicht.«

Er hatte natürlich recht. Was auch immer Victor unternommen hatte, um ihr den Pass zu beschaffen, wie auch immer er ihr Flugticket bezahlt hatte, er lag richtig mit seinen Worten über ihre Eltern. Und es gab hier keine Zukunft für sie. Außer mit Victor. Und er gehörte ihr nicht, hatte ihr nie gehört. Das hatte er allzu deutlich gemacht.

»Wirst du fliegen, Talia?« Seltsam, wie seine Stimme brach, als er ihren Namen aussprach. Es klang, als würde er ihn zum letzten Mal sagen. »Lässt du mich dich zum Flughafen fahren? Wir haben nicht mehr viel Zeit.«

Sie trocknete sich die Tränen und richtete sich auf, den Blick in die Ferne gerichtet. Sie fühlte sich manipuliert, leer, von innen ausgehöhlt. Alles geschah viel zu schnell, sie hatte keine Ruhe, um richtig nachzudenken.

»Es gibt noch mehr Flieger. Ich brauche mehr Zeit. Ich muss mir das überlegen.«

»Das hier ist der einzige Flieger, meine Liebste. Selbst wenn danach noch Hunderte kämen, das hier ist der einzige, den du nehmen kannst.«

Als er ihr in die vom Weinen geröteten, verzweifelten Augen sah, erkannte er darin ihre Angst. Und dann, nur ganz kurz, bevor sie den Blick abwandte und wieder ins Auto stieg, sah er noch etwas. Wie ein helles Aufleuchten huschte ein Funken Hoffnung über ihr Gesicht.

45

Sie jagten über die Straße. Victor umklammerte das Lenkrad und sah stur geradeaus. Natalia saß neben ihm, die Knie angezogen und ihre Stirn darauf abgelegt. Sie weinte nicht mehr, sie saß einfach nur zitternd da, trotz der schwülen Hitze, die schon zu dieser frühen Stunde unerträglich war.

Von draußen drang ein fürchterlicher Gestank ins Wageninnere, ein Gemisch aus Dünger und Benzin. Er war das Einzige, was Natalia in der Realität hielt, so aufdringlich war er, dass ihr klar war, sie konnte nicht in einem Traum gefangen sein.

Während Victor mit ruhiger Stimme redete, wurde ihr bewusst, dass sie zum letzten Mal so nebeneinandersaßen. Er erzählte etwas davon, was sie tun sollte, wenn sie in New York ankam, wohin sie sich wenden sollte. Irgendjemanden sollte sie umgehend treffen, sobald sie gelandet war. Er nannte einen Namen, der englisch klang und den sie noch nie zuvor gehört hatte.

»Wie machst du das?«, unterbrach sie ihn. »Wie schaltest du deine Gefühle einfach ab?« Es war eine aufrichtige Frage. Sie wollte es wissen, damit auch sie es schaffen konnte.

»Talia, lass uns nichts mehr sagen. Ich flehe dich an, lass uns nicht unsere letzten Augenblicke zusammen verderben.«

Sie lachte bitter auf. »Unsere letzten Augenblicke zusammen? Bedeuten sie dir denn überhaupt etwas?«

»Du irrst dich«, sagte er leise. »Bald wirst du das verstehen.«

Die restliche Fahrt über schwiegen sie. Nach ein paar Kilometern fuhren sie auf den schmalen asphaltierten Streifen vor einem Gebäude mit einer Kuppel und einer langen Reihe hoher Fenster. Vor den enormen Glastüren marschierten etwa ein Dutzend Polizisten mit Wachhunden auf und ab. Victor schaltete den Motor aus und stieg aus dem Wagen. Er kam zur Beifahrerseite und zog die Tür weit auf, dann hielt er Natalia die Hände hin.

»Sie dürfen hier nicht parken!«, rief ihnen ein Wachmann mit einem Gewehr über der Schulter zu. Er wedelte mit den Armen und kam drohend auf sie zugelaufen. Victor zog eine Marke aus seiner Hemdtasche und hielt sie ihm ungeduldig hin, ohne ihn anzusehen.

»Oh, entschuldigen Sie vielmals, mein Herr«, stammelte der Wachmann in einem völlig veränderten Tonfall und blieb stehen. »Ich begleite Sie hinein.«

»Das ist nicht nötig«, brummte Victor. »Ich kenne den Weg.«

Natalia kam der Gedanke, dass das hier womöglich ihre letzte Chance war zu flüchten, zu ihrem alten Leben zurückzukehren, zu ihrem alten Zuhause, das sich jedoch schon so weit weg anfühlte, als hätte sie den Kontinent bereits überquert. *Ich kann noch immer die Hand ausstrecken und sein Gesicht berühren*, dachte sie. *Ich kann auf die Knie fallen und ihn bitten, mich gehen zu lassen. Ich kann vor den Flughafenmitarbeitern und den Wachmännern anfangen zu schreien.*

Aber es würde nichts nützen, das wusste sie. Victor würde sie in das Flugzeug setzen. Außerdem wusste sie nicht, wohin sie hätte laufen sollen. Irgendwo auf der Strecke hatte ihre

Entschlossenheit sie verlassen. Sie nahm Victors Hand und ließ sich von ihm aus dem Wagen helfen.

Er hielt sie am Ellbogen, holte ihr Gepäck aus dem Kofferraum und führte sie ins Gebäude. Eilig schritten sie durch das Labyrinth aus endlosen Gängen und hielten nur an den Kontrollen an, an denen ihr Pass begutachtet und ihr Koffer durchwühlt wurde. Mehrmals hasteten Wachmänner mit erhobenen Händen auf sie zu und wiesen sie barsch an, stehen zu bleiben. Jedes Mal hielt Victor seine Marke hoch, und jedes Mal machten die Wachen augenblicklich Platz und wirkten fast demütig, als sie sie passierten. Einer von ihnen schlug sogar die Hacken zusammen und salutierte militärisch, woraufhin der zerzauste und mürrische Victor in seiner Zivilkleidung nur abwinkte.

Am Ende des letzten Ganges führte er Natalia eine Betontreppe hinunter, die auf einen großen, mit Teppich ausgelegten Bereich führte. Unten angekommen ließ er ihren Arm los, und sie entfernte sich ein Stück von ihm, ließ den Blick durch den stickigen Raum schweifen und nahm die wenigen Menschen wahr, die hier und da auf den Stuhlreihen verteilt saßen. Ein älterer Herr mit weißem Haar las in einem Buch. Eine junge Frau mit gebleichten Haaren wippte ein weinendes Kleinkind auf ihrem Schoß. An der Fensterfront, die sich über die gesamte Länge des Raums erstreckte, unterhielt sich ein eindeutig westlich gekleidetes Pärchen eingehend im Flüsterton.

Natalia konnte jedoch den Blick nicht von dem abwenden, was sich hinter ihnen befand. Sie hatte es schon auf Fotos in Zeitschriften gesehen: das Rollfeld.

Reglos stand sie da und dachte daran, dass dieser Streifen Land das Letzte sein würde, was sie von ihrer Heimat sah, von der Stadt, in der sie geboren worden und aufgewachsen war. Wie war es möglich, dass ihre Eltern davon gewusst hatten? Victor sogar dabei geholfen hatten, es in die Wege zu leiten? Es verblüffte sie, dass die drei zu Komplizen geworden waren, dass sie ohne Natalias Wissen alles geplant hatten, ohne Rücksicht auf das, was sie wollte.

Aber wenn das wirklich der große Wunsch ihrer Eltern war, dann würde sie es tun. Für sie, für ihre Mutter und ihren Vater. Wenn es sie glücklich machte, wenn es ihnen ermöglichte, den Rest ihres Lebens in Frieden zu leben, würde sie keine Sekunde zögern. Tief in ihr wusste sie, dass Victor ihr die Wahrheit gesagt hatte. Niemals hätte er ohne die Zustimmung und den Segen ihrer Eltern gehandelt. Immer würde er den unsichtbaren Faden spüren, der ihn mit ihrem Vater verband, trotz der vergangenen Zeit, trotz der Klassenunterschiede, das hatte sie nun begriffen.

Mit diesem Gedanken drehte sie sich zu Victor um und sagte: »Du musst nicht Wache stehen, damit ich in das Flugzeug steige. Ich werde fliegen.«

Erschöpft kam er auf sie zu, blieb aber ein wenig von ihr entfernt stehen, so dass sie ihn nicht berühren konnte. Aus der Innentasche seines Trenchcoats zog er den Umschlag mit ihrem Pass und dem Flugticket hervor. Er zitterte leicht in seiner Hand, als Victor ihn ihr hinhielt. Sie meinte, auch seine Lippen leicht zittern zu sehen. Als sie den Umschlag entgegennahm, ließ Victor den Arm fallen. Das war es also. Aber so leicht wollte sie es ihm nicht machen.

»Wie soll ich denn an Geld kommen, wenn ich in New York angekommen bin, Victor? Soll ich unter einer Brücke schlafen? Mich von Abfällen ernähren? Hast du daran überhaupt gedacht?«

Er zuckte zusammen. »Der Brief«, entgegnete er, als hätte er sich eben erst daran erinnert. »Der Brief, von dem ich dir erzählt habe, vorhin im Auto.« Erneut griff er in seine Innentasche und zog einen cremefarbenen Umschlag hervor, der kleiner und aus dickerem Papier war.

»Weißt du noch, was wir besprochen haben? Mach ihn erst auf, wenn du im Flugzeug sitzt. Wenn ihr in der Luft seid.«

Sie sah erst ihn an, dann den Umschlag. Wann hatte er etwas von einem Umschlag erwähnt? Sie konnte sich nicht erinnern. Doch der gesamte Morgen kam ihr verschwommen vor. Zusammen mit dem Ticket und ihrem Pass schob sie den Brief in ihre Rocktasche.

»Noch mehr Überraschungen, Victor? Hast du noch irgendetwas für mich vorbereitet, bevor ich am Horizont verschwinde?«

Er atmete schwer aus und schloss die Augen. Eine Strähne fiel ihm in die Stirn, und er strich sie zurück. Vor den Fenstern rollte ein Flugzeug langsam über den Asphalt auf sie zu.

»Findest du, du handelst gerecht?«, fuhr sie mit scharfer Stimme fort. »Glaubst du, du handelst aus Loyalität zu meinem Vater? Rechtfertigst du es so vor dir selbst, dass du mich einfach loswerden wolltest? Nun ja, du hast die perfekte Lösung gefunden. Du befreist dich, und trotzdem stehst du in den Augen meines Vaters noch edel da.«

Er starrte sie an, und in seinen dunklen Augen erkannte sie, wie sehr ihre Worte ihn verletzten. Natalia hielt es nicht länger aus, ihn anzusehen, also drehte sie sich wieder zum Fenster und sah weiter zu, wie das Flugzeug anrollte.

»Verzeih mir, Talia«, sagte er da, ein wenig zu laut, denn einige Passagiere, die sich vor der ovalen Metalltür aufgestellt hatten, drehten sich zu ihnen um.

Seine Entschuldigung hatte sie nicht erwartet. Als Victor die Arme nach ihr ausstreckte und ihre Hand in seine nahm, zuckte sie zurück und wollte ihm ihre Hand wieder entziehen, aber dann sah sie, wie sich seine Brust heftig hob und senkte, und sie brachte es nicht über sich. Wie früher, wie in einem anderen Leben, legte er ihre Hand an seine Brust, auf sein Herz. Es klopfte wild unter ihren kühlen, klammen Fingern. Victor hielt ihre Hand auch dann noch fest, als ihr die Tränen in die Augen stiegen, als sie die andere Hand hob, um ihm damit langsam von seiner silbrigen Schläfe bis zum Kinn zu streichen, als würde sie sich die Umrisse seines Gesichts einprägen wollen.

Da ergriff er auch ihre andere Hand und drückte sie sich an die Lippen. Ihr Herz machte einen Hüpfer, und sie hoffte einen Moment lang, sie könne doch noch etwas von ihnen retten, dass das hier nicht das Ende sei, nicht das letzte Mal, dass sie sein schönes, gleichmütiges, unbeirrbares Gesicht betrachtete.

Aus feuchten Augen sah sie ihn an und lächelte. Und dann war der Augenblick vorbei.

Victor ließ ihre Hände los. Er sah klein aus, als er sich umdrehte und ging. Schwerfällig, so als koste es ihn unheimliche Mühe, stieg er die Stufen zum Gang hinauf, der ihn aus dem Flughafengebäude und zurück in sein altes Leben führen würde.

Natalia folgte ihm mit ihrem Blick, starrte selbst dann noch in die Richtung, in der er verschwunden war, als sie ihn nicht mehr sehen konnte.

Und dann tauchte das Bild eines jüngeren Victors wieder vor ihrem inneren Auge auf, wie er in einer Flut von Fußgängern verschwand, während sie in der Tür ihres Elternhauses stand und daran dachte, dass sie ihn nie wiedersehen würde.

46

Das Flugzeug sackte mit einem Ruck ab, und Natalia setzte sich aufrecht hin. Seit beinahe zwei Stunden saß sie nun im Flieger nach München, aber sie hatte sich noch nicht an diese Art der Fortbewegung gewöhnt. Sie wusste immer noch nicht, woher sie den Mut genommen hatte, über den Asphalt des Rollfelds zu gehen und die wackligen Metallstufen hinaufzusteigen, wie sie ruhig auf ihrem Platz saß, als die Maschine auf die Startbahn rollte, zuerst noch langsam, dann schwindelerregend schnell, bevor sie sich in den trüben vormittäglichen Himmel erhob. Sie hatte teilnahmslos zugesehen, wie sich alles abspielte, so als würde sie einen langweiligen Film schauen, als würde sich nicht *ihr* Leben mit dem Abheben der Räder vom Erdboden unwiderruflich verändern, sondern das einer anderen.

Doch auf etwa halbem Weg zwischen ihrer Heimatstadt und München erwachten ihre Sinne wieder zum Leben. Nach und nach wurde sie sich der an der weißen Decke der Kabine tanzenden Schatten bewusst, der blinkenden roten Lämpchen. Sie spürte einen dumpfen Schmerz in ihren Ohren. Und die Schwermut, die sich über sie gelegt hatte. Victor. Ihre Eltern. Diese drei Menschen hatten ihr alles bedeutet, und sie hatte sie verloren. Sie wusste nicht, was sie nach diesem Flug erwartete, oder nach dem Flug über den Atlantik. Sie wusste nicht, wie ihr Leben morgen aussehen würde, oder selbst in einer Stunde. Sie wusste lediglich, dass es ohne die Menschen weitergehen würde, die sie liebte.

Etwas später, als sie mit vom Weinen geröteten Augen aufsah, stockte ihr beim Blick aus dem Fenster der Atem. Ein unglaubliches Blau. Wolken, die aussahen wie Tiere, rosa wie Zuckerwatte und durchscheinend, schwebten an ihr vorüber, manche von ihnen so nah, dass sie meinte, sie berühren zu können. Ein Lichtstrahl blitzte am Horizont auf wie die Klinge eines Schwerts zur Mittagsstunde, und das Flugzeug neigte sich ihm entgegen, und die Kabine wurde so hell erleuchtet, dass Natalia sich die Augen bedecken musste. Ihre Eltern wüssten inzwischen, dass sie in einem Flugzeug irgendwo über den Alpen saß, über einem Gebirge, das nicht in ihrem Heimatland lag. *Sie ist frei*, mochte Victor ihnen wohl gesagt haben, ihnen gegenüber am Tisch oder in der Tür, während er seinen Hemdkragen lockerte und sich durch die Haare fuhr.

Würden sie zusammen um sie weinen? Und wären es Tränen des Kummers oder der Erleichterung? *Deine Eltern wissen Bescheid. Ich musste deiner Mutter versprechen, dass ich dich in das Flugzeug setze*, hatte Victor ihr in ihren letzten Augenblicken gesagt, und sie hatte ihm geglaubt. Ihre Eltern hatten es so gewollt, und das spendete ihr Trost. *Du hast mein Leben zu etwas wahrhaft Wunderbarem gemacht*, hatte ihre Mutter zu ihr gesagt, und Natalia wusste nun, dass das ihr Abschied gewesen war.

*

Als sie den Münchner Flughafen betrat, war es, als glitte sie in eine andere Welt, deren Glanz Natalia überwältigte. Ein Meer aus rubinroten Teppichen breitete sich vor ihr aus, als sie aus dem stickigen Tunnel trat, ihr Köfferchen an sich gedrückt wie ein Schutzschild. Über ihr unter der Dachkuppel, die wie eine Kathedrale anmutete, waren endlose Lampen angebracht, die ein sanftes Schimmern auf die bodentiefen und deckenhohen Fenster warfen, in denen sie ihr Spiegelbild im geschäftigen Trubel um sie herum erblickte.

Ein Kaleidoskop aus Farben und Formen explodierte vor ihr, als sie den breiten Gang entlangging, der die einzelnen Terminals miteinander verband. In der Menschenmenge wurde ihr mehr denn je bewusst, wie einsam sie war. An den Verkaufsständen zwischen den gedämpften Wartebereichen funkelte die in goldenes Papier eingewickelte Schweizer Schokolade sie einladend an, und die aufgestapelten Colaflaschen hinter der Glastür eines Kühlschranks erinnerten sie an eine Werbung, die sie einst in einer Zeitschrift aus dem Ausland gesehen hatte. Auf den Regalen daneben standen Dosen aufgereiht – identisch bis auf das Etikett – mit *Kaffee aus Brasilien* oder *Espresso*, *Edelkakao* oder *Schwarzer Tee aus England*. Getrocknete Früchte glitzerten in mit Schleifen verbundenen Zellophanhüllen, und schneckenförmiges Gebäck in Schachteln mit durchsichtigen Deckeln lockte mit üppigem Zuckerguss.

Am Ende des Ganges bog Natalia wie in Trance um die Ecke, und erneut stürmte alles auf ihre Sinne ein. In einem großen, kreisrund angelegten Bereich boten Geschäfte zollfreie Waren feil, ausländische Spirituosen und französische Seife und Parfum, und die Auslagen waren hell erleuchtet. Hinter den blitzblanken Schaufenstern beäugten Frauen auf hohen Absätzen die Vitrinen, während die Männer an den weißen Marmorwänden lehnten und ungeduldig auf die Uhr sahen. Zwischen Seidenkrawatten in allen Farben und kunstvoll hinter den Kassen drapierten Kaschmirschals lächelten einladend die Angestellten. Einen Augenblick lang zog Natalia in Erwägung, eines der Geschäfte zu betreten, einfach nur, um sie sich näher anzusehen und verstohlen die Stoffe zu berühren, doch dann überlegte sie es sich anders. Stattdessen wandte sie ein wenig verlegen den Blick ab, denn ihr wurde bewusst, dass sie mit offen stehendem Mund gestarrt hatte, ganz die Ausländerin, die sie war, ein Mädchen von hinter dem Eisernen Vorhang, das derlei noch nie zu Gesicht bekommen hatte.

Jemand rempelte sie von hinten an, und sie fuhr zusammen. Ein Mann in einer schmutzig grauen Trainingsjacke murmelte etwas, das wohl eine Entschuldigung auf Deutsch sein musste, aber sein Blick ging bereits an ihr vorbei, in Gedanken war er vielleicht bei dem Flieger, den er womöglich verpasste, oder dem Geschäftstermin, für den er spät dran war. Natalia lächelte, aber er war bereits weitergeeilt.

Sie verstärkte den Griff um ihren Koffer und beschleunigte ebenfalls ihre Schritte. Vor einer Wand stand ein Paar und küsste sich stürmisch, vermutlich war es ein Abschied, aber die junge Frau weinte nicht, sie lachte und warf ausgelassen den Kopf in den Nacken, die Arme hatte sie dem jungen Mann um den Hals gelegt, und Natalia begriff, dass es kein Abschied war, sondern ein Wiedersehen. Eine andere Frau eilte mit erhobenem Kopf an ihr vorbei, die braunen Haare trug sie offen, und wie ein Schleier flatterten sie hinter ihr. Ein kleiner Junge, nicht älter als zehn, folgte ihr, gestikulierte und jammerte in einer Sprache, die Natalia nicht verstand.

All diese Menschen hatten ein Ziel vor Augen. Irgendwo wartete eine Familie auf sie, geliebte Menschen, das Leben. Doch nicht auf Natalia. Am Ende ihrer Reise würde niemand sie in den Arm nehmen, kein warmes Essen würde sie empfangen, niemand würde ihr Zärtlichkeiten ins Ohr flüstern.

Doch etwas war mit ihr geschehen, seitdem sie diese neue Welt betreten hatte, diese opulente und hektische Welt, in der sie kaum zu Atem kam. Sie konnte nicht genau sagen, was sich verändert hatte, aber ein neues Gefühl war in ihr erwacht. Ihren Schmerz würde es nie auslöschen können, aber es reichte aus, um sie durch den Flughafen und bis zum PanAm-Terminal zu tragen, vor dem die Maschine, die sie über den Ozean bringen sollte, gerade an den Flugsteig rollte.

*

Der nächste Flug stand ihr bevor. Sicherheitsgurte, Lämpchen, die nächste Startbahn, das Röhren der Triebwerke, und die Geschwindigkeit, die ihr den Atem nahm – und dann der offene Himmel, weit und unermesslich.

Der zweite Flug stellte sich als weniger ruhig heraus als der erste. Mehrmals meldete sich der Kapitän zu Wort, um zu verkünden, dass sie bald das Schlimmste überstanden hätten, dass sie sich keine Sorgen machen sollten, die Turbulenzen seien nur aufgrund von Unwettern unter ihnen entstanden. Aber Natalia hatte keine Angst mehr. Es erschreckte sie nicht mehr, wenn die Maschine plötzlich anstieg oder sank, der Fußboden bebte, die Gepäckablagen über ihr klapperten.

Sie war sich jetzt nur noch der Entfernung bewusst, sie spürte sie in ihren Knochen, sie lag in der Luft, die sie einatmete. Sie erstreckte sich hinter ihr und zog sie gleichermaßen vorwärts.

Die Passagiere um sie herum rutschten auf ihren Sitzen herum, unterhielten sich miteinander, tauschten Reisegeschichten aus, lasen Zeitung, schrieben Postkarten, tranken Champagner aus Plastikgläsern. Champagner im Flugzeug. Wer hätte sich so etwas vorstellen können? Natalia wusste schon lange nicht mehr, wie es sich mit so unbekümmerter Nonchalance lebte. Sie dachte an Amerika. Ihre neue Heimat. Wie sah es dort aus? Sie schloss die Augen, versuchte, es sich vorzustellen, die Seen und Gebirgszüge, die Städte und Brücken und Wolkenkratzer aus Stahl und Glas, die in der Sonne funkelten.

Etwas später sank das Flugzeug unvermittelt, und Natalia schlug die Augen auf. Verwirrt setzte sie sich auf und blinzelte im grellen Sonnenlicht. In der Kabine herrschte Stille, da viele der Passagiere hinter ihren Schlafmasken eingeschlummert waren, und Natalia entspannte sich ein wenig.

Vorsichtig griff sie in ihre Rocktasche und tastete nach dem kleineren Umschlag, den Victor ihr bei ihrem Abschied überreicht hatte. Es kam ihr vor, als wäre es eine Ewigkeit her. Die Kanten des Umschlags fühlten sich an wie die Klinge eines stumpfen Messers. Über ein Dutzend Mal hatte sie den Brief schon hervorholen und lesen wollen, aber bisher hatte ihr der Mut gefehlt. Jetzt war der Zeitpunkt gekommen, denn es würde nicht mehr lange dauern, bis sie landeten. *Es ist so weit*, redete sie sich zu, und ihre Finger schlossen sich um den Umschlag und zogen ihn hervor.

Als sie ihn aufriss, fielen ihr mehrere Seiten auf den Schoß, verfasst von einem Briten oder Amerikaner, dessen Namen sie noch nie zuvor gehört hatte, und in ihre Muttersprache übersetzt. Noch etwas lag im Umschlag, ein dunkelgrünes Stück Papier, das ihr ebenfalls auf den Schoß fiel. Sie hielt es ins Licht und begutachtete es, die Beschriftung, Siegel und Seriennummer. *Einhundert Amerikanische Dollar.* Sie hielt mehr Geld in der Hand, als sie je in ihrem Leben gesehen hatte. Sie passte auf, den Schein nicht zu zerknittern, und schob ihn zurück in den Umschlag und in ihre Rocktasche.

Dann nahm sie die Seiten und begann zu lesen.

20. Mai 1960

Liebe Natalia,

mein Name ist John Fowley. Ich lebe in New York City, wo ich seit über fünfzehn Jahren als Anwalt tätig bin. Es wird Sie vielleicht überraschen, denn obwohl Sie mich nicht kennen und bis heute vermutlich noch nie von mir gehört haben, kenne ich Sie auf gewisse Weise.

Ich habe bereits unzählige Briefe geschrieben, um über Scheidungen und Todesfälle und Testamente zu informieren, aber keiner dieser Briefe war so komplex wie dieser. Verzeihen Sie also bitte, dass er so lang ist, aber ich muss ganz vorn anfangen.

1945, zu Beginn meiner Laufbahn, arbeitete ich für eine kleine Anwaltskanzlei für Familienrecht hier in Manhattan. Eines Morgens im Februar kam ein junges Paar – noch keine dreißig – in mein Büro. Mit starkem Akzent erklärte mir der junge Mann, er habe nicht viel Geld, aber er habe sich sagen lassen, ich sei ein gerechter Anwalt, den man für ein vernünftiges Honorar beauftragen könne. Ich hatte bereits mehrere Fälle auf dem Schreibtisch und hätte die beiden ohne Weiteres wieder wegschicken können. Aber etwas an ihrem Auftreten war so eindringlich, dass ich nicht anders konnte, als ihnen einen Platz anzubieten.

Stolz, wenn auch sichtlich aufgewühlt, erzählte mir der Mann, dass er und seine zerbrechlich wirkende Frau vier Jahre zuvor

vor dem Pogrom in Rumänien, als dort Juden zusammengetrieben und ermordet wurden, geflohen waren.

Ich wusste natürlich, was während des Kriegs in Europa passiert war, wusste von den Gräueltaten in Polen und Ungarn, von den Juden, die in sogenannte Arbeitslager geschickt wurden. Es kursierten noch schlimmere Gerüchte, die niemand, der an Gott und an menschlichen Anstand glaubte, für wahr halten wollte. Und doch saß dort dieses Paar vor mir, das mir seine Geschichte erzählte. Der Mann erklärte, erst, nachdem sie sich sechs Monate auf dem Dachboden eines Freundes versteckt hatten, konnten sie mit dem Zug außer Landes fahren, mit nichts als den Kleidern am Leib. »Aber wie kann ich Ihnen helfen?«, fragte ich. Nichts hätte mich auf das vorbereiten können, was ich als Nächstes von ihm erfuhr.

Er erzählte mir, dass sie gezwungen gewesen waren, ihre Tochter zurückzulassen. Sie lebe in Bukarest und sei inzwischen sieben Jahre alt. Sie seien getrennt worden, als sie noch keine vier Jahre alt war. Zunächst sei sie in einem Waisenhaus untergekommen, aber nun lebe sie in einer neuen Familie. Sie sei adoptiert worden.

Ich war sprachlos. Was sollte man zu so einer Geschichte sagen? Ich versuchte, mich auf die Tatsachen zu konzentrieren. Sie waren einer entsetzlichen Lage entflohen, so viel stand fest. Wie sie in die Vereinigten Staaten und nach New York City gelangt waren, war für mich nebensächlich. Ausschlaggebend war, dass ihre Tochter hinter der sowjetischen Grenze lebte. Kein Geld der Welt, kein Einfluss konnte diese Schranken durchbrechen.

Als würde er meine Gedanken lesen, fuhr der Mann fort, er arbeite sechs Tage die Woche am Hafen und sei auch mit anderen Arbeiten beschäftigt, erledige Auslieferungen, kellnere. Er habe etwas Geld gespart und werde noch mehr verdienen. Die

Familie, die ihre Tochter adoptiert hatte, sei wohlhabend und besitze eine Reihe Geschäfte in Bukarest. Er wollte wissen, was er Leuten wie ihnen anbieten müsse, um seine Tochter zurückzubekommen. Er fragte mich, wie er seine Tochter aus dem besetzten Ostblock holen könne. Aus einer Familie, die sie auf legalem Weg adoptiert hatte.

Ich sagte ihm, es sei unmöglich, da gebe es nichts zu machen. Aber er sah mich aus so schmerzerfüllten Augen an, dass ich ergänzte, ich würde mich erkundigen, nur könne es eine Weile dauern. In der Zwischenzeit solle er so viel zurücklegen, wie er konnte.

Ich gab ihm die nötigen Formulare, um einen Fonds anzulegen. Der Fonds laufe auf Ihren Namen, und ich könne ihm helfen, sein Geld anzulegen, und wenn Sie volljährig wären, würden wir versuchen, einen Weg zu finden, Ihnen das Geld zu übermitteln, damit Sie es einsetzen könnten, um in den Westen zu gelangen. Es war ziemlich aussichtslos, aber es war der beste Rat, den ich ihm erteilen konnte.

Er nickte und nahm die Formulare an sich. Wir gaben uns die Hand, und ich wies ihn an, in einem Monat wiederzukommen. Drei Wochen später stand er wieder vor meiner Tür. Und drei Wochen darauf aufs Neue. Die Monate wurden zu einem Jahr, dann zwei, und regelmäßig kam er vorbei. Sein Fonds wuchs beständig, Stück für Stück, genau wie unsere Kameradschaft, die sich schließlich zu einer Freundschaft entwickelte.

Einmal tranken wir ein Bier zusammen in der Kneipe gegenüber von meinem Büro. Er vertraute mir an, welchen Schmerz er durchlitten hatte, dass seine Frau sich immer noch jeden Abend in den Schlaf weinte, wie gedrückt die Stimmung zwischen ihnen war. Er erzählte mir, wie sehr er sie vermisste, ihre Beziehung vermisste, als sie noch jung und verliebt und eine Familie gewesen waren. Sie waren nach Amerika gekommen, erklärte er mir, weil es in Europa nichts mehr für sie gegeben hatte, und ich bot alles auf, was ich an tröstenden Worten finden konnte. Im Laufe des Abends vertraute auch ich ihm ein wenig von meinen eigenen Sorgen an, und vor der Tür verabschiedeten wir uns mit einer Umarmung.

Nach jenem Abend dauerte es beinahe zwei Jahre, ehe er unerwartet wieder vor meiner Tür stand. Er strahlte eine freudige Energie aus, die ich noch nie an ihm gesehen hatte.

»Ich weiß jetzt, wie wir sie herholen können!«, rief er aufgeregt. Er war der Meinung, nicht seine Tochter solle das Geld bekommen, sondern der rumänische Staat. Er hatte mit ein paar Leuten in der jüdischen Gemeinde gesprochen. Anscheinend hatte Rumänien ein geheimes Abkommen mit Israel geschlossen, das rumänische Juden aus dem Land schaffte. »Können Sie sich das vorstellen?«, fragte er mich. »Sie verkaufen Menschen, wie Vieh oder Öl. Da dachte ich mir, warum nicht auch sie? Warum nicht auch unsere Tochter? Wenn die rumänische Regierung Geld für ihre Freiheit annimmt, dann können wir sie doch sicher herholen.«

Er hatte bereits einige Spenden von vermögenden Bekannten erhalten, die gern etwas beisteuern wollten. Er bat mich, Erkundigungen einzuholen.

Ich sagte ihm, ich würde alles in meiner Macht Stehende tun, um ihm zu helfen. Ich wollte ihn warnen, er solle sich keine allzu großen Hoffnungen machen. Es hatte wenig Aussicht auf Erfolg, und selbst wenn es stimmte, wer vor Ort konnte uns dabei helfen, diese Art von Handel in die Wege zu leiten? Wer würde es überhaupt wagen, mit uns über etwas Derartiges zu sprechen? Doch in dem Moment brachte ich es nicht übers Herz, ihn auf das Offensichtliche hinzuweisen. So glücklich hatte ich ihn noch nie zuvor gesehen.

Viele Jahre vergingen nach diesem freudestrahlenden Besuch meines Freundes, Jahre, in denen ich immer wieder versuchte und daran scheiterte, die richtigen Leute ausfindig zu machen, unser Angebot den richtigen Händen zukommen zu lassen, ohne jegliche Fortschritte. Sämtliche Briefe an die rumänische Regierung blieben unbeantwortet, und ich hatte längst aufgegeben, einen Termin bei der rumänischen Botschaft zu bekommen. Mit meinen Freunden sprach ich nur wenig über diese vergeblichen Bemühungen, und wir trafen uns nicht mehr so häufig. Ich kümmerte mich zwar noch um den Fonds, aber an ihrem schwindenden Interesse daran erkannte ich, dass auch sie allmählich die Hoffnung verloren, dass ihnen das Geld nicht mehr viel bedeutete. »Tun Sie damit, was Sie wollen«, wies mein Freund mich mehr als einmal an. »Ich kann es nicht mehr ertragen, darüber zu reden.«

Dann, eines Tages, geschah etwas Außergewöhnliches. Einer meiner Briefe kam zurück, Zurück an den Absender *stand auf Englisch auf dem Umschlag. Als ich ihn umdrehte, sah ich, dass der Umschlag geöffnet und gut erkennbar wieder zugeklebt worden war.*

Hastig riss ich den Umschlag auf, und da war er, mein ursprünglicher Brief an das Außenministerium, alle drei Seiten, auf denen ich in einfachen Worten darlegte, weshalb ich sie kontaktierte sowie die Geldsumme nannte, die zu zahlen ich bereit war. Ich schaute aufs Neue in den Umschlag. Sonst befand sich nichts weiter darin. Und dann entdeckte ich es, eine kleine Notiz ganz unten auf der letzten Seite, in roter Tinte hingekritzelt.

Zahlen. Eine ganze Reihe Zahlen, getrennt durch Bindestriche und Doppelpunkte, je zu viert oder zu fünft. Ich brauchte einen Moment, bis ich begriff, dass es sich um die Bankleitzahl und Kontonummer einer Schweizer Bank handelte.

Ich weiß, dass viel von dem für Sie keinen Sinn ergeben mag, Natalia. Auch ich verstehe es kaum, obwohl ich lange genug gelebt habe, um zu wissen, dass das Schicksal bisweilen Pläne für uns hat, die wir uns nie hätten vorstellen können. Manchmal stehen die Sterne eben richtig, so rätselhaft uns das auch erscheinen mag.

Ich habe geschworen, niemandem von dem zu erzählen, was an jenem Tag in Bewegung gesetzt wurde. Vielleicht aus Angst davor, dass es sich als nichts als ein Schwindel herausstellen würde, dass das Geld verloren wäre. Angst vor dem Kummer, den ich dem Paar bereiten würde. Sie hatten bereits so viel durchlitten. Glücklicherweise zeigten unsere Bemühungen jedoch endlich Erfolg.

Wenn Sie in New York City eintreffen, melden Sie sich bitte umgehend unter einer der Telefonnummern auf meiner Visitenkarte, die ich Ihnen hier beifüge. Wir werden dann gemeinsam zur Bank an der Madison Avenue in Manhattan gehen, wo ich ein Schließfach auf Ihren Namen eingerichtet habe. Sie werden kein Vermögen darin vorfinden, aber es wird ausreichen, um Ihnen auf die Beine zu helfen, Ihnen einen Anfang zu ermöglichen. Das restliche Geld aus Ihrem Fonds wurde auf meine Anweisung hin auf das Schweizer Konto überwiesen. Es waren diese Gelder, die Ihnen die Freiheit gaben.

Im Schließfach finden Sie außerdem eine Adresse in Brooklyn. Suchen Sie sie so schnell wie möglich auf. Ich hoffe, dass Sie nun einer Zukunft entgegenblicken können, die Ihnen alle Ihre Träume erfüllt.

Hochachtungsvoll
John Fowley, Anwalt

Sie hatte nicht bemerkt, dass sie weinte, bis sie sah, dass ihre Tränen die Blätter in ihrem Schoß durchweicht hatten und die Schrift an mehreren Stellen unleserlich machten.

Vielleicht schämte sie sich, dass sie in all den Jahren kaum einen Gedanken an diese Menschen verschwendet hatte – an ihre leiblichen Eltern. Als sie vor einer halben Ewigkeit den Brief auf dem Dachboden gefunden hatte, hatte sie es so eilig gehabt, ihn wieder zu vergessen, hatte ihn abgetan, als würde er ihr nichts bedeuten. *Nur schweren Herzens habe ich sie freigelassen, damit sie leben konnte, damit sie die Chance auf ein Leben hatte, selbst wenn es für mich das Ende meines Lebens bedeutete.* Natalia hatte ihre leiblichen Eltern aus ihrem Herzen verbannt und die Tür dazu verriegelt.

Es war kühl in der Kabine, doch in Natalia breitete sich eine Wärme aus. Ihre Eltern hatten sie aus Liebe in jener Nacht zurückgelassen. Das Schicksal hatte sie überrollt wie eine Flutwelle, und sie hatten nichts tun können, um es aufzuhalten. Also hatten sie das getan, was ihnen noch übrig blieb, sie hatten ihre Tochter gerettet, bevor die Flut sie allesamt in ihre Tiefen zog.

Natalias Gedanken sprangen zurück zum gestrigen Abend, zu den letzten Augenblicken mit Anton und Despina, den einzigen Eltern, die sie je wirklich gekannt hatte. Nicht ihre Worte, sondern vielmehr das Schweigen zwischen ihnen erschien Natalia nun in einem neuen Licht. Sie begriff jetzt, was in den Augen ihres Vaters gestanden hatte, als er sie umarmte, bevor er ins Bett ging. Alles, was sie einander bedeuteten, alles, was er ihr hatte bieten wollen, aber nicht konnte, alles, was er sich immer noch für sie wünschte, lag dort, als er sie zum letzten Mal auf die Stirn küsste, in seinem verschleierten Blick.

Und ihre Mutter. Nichts an ihr hatte verraten, was ihnen bevorstand. Mit Sicherheit hatte sie, als Victor mit dem Brief zu ihnen gekommen war, der aus einem unerklärlichen

Grund auf seinem Schreibtisch gelandet war, ihre eigenen Bedürfnisse zum Verstummen gebracht und gesagt: *Tu es, Victor. Tu es. Bring sie fort von hier. Bring sie an einen Ort, an dem sie ein besseres Leben erwartet. Bring sie zu ihnen zurück. Es ist richtig so.*

Sei stark, Talia, würde sie ihr jetzt zuflüstern. *Sei stark und schau nicht zurück.*

Ich werde es versuchen, Mama, dachte Natalia, und erneut kamen ihr die Tränen. *Ich werde es versuchen, auch wenn ich keine Ahnung habe, wie ich es ohne dich schaffen soll, und ohne meinen Vater, meinen Helden.*

Du hast mein Leben zu etwas wahrhaft Wunderbarem gemacht, hatte ihre Mutter zu ihr gesagt, und Natalia wusste, dass es nicht als Abschied gemeint gewesen war, sondern als Bekräftigung, als etwas, das sie für immer in ihrem Herzen bewahren konnte.

Die Flugbegleiterinnen hatten begonnen, den Gang auf und ab zu laufen und nach den Passagieren zu sehen. Männer und Frauen rutschten auf ihren Sitzen herum, streckten die Arme, rieben sich die müden Augen und sahen in den Himmel hinaus, dessen hartnäckig anhaltendes Azurblau endlich etwas weicher wurde und sich gold verfärbte.

Auch Natalia blickte aus dem Fenster und dachte nach. Sie wusste, das hier war kein Ende, es war ein Anfang. Plötzlich, entdeckte sie im Fenster etwas, wovon sie bisher nur in der Zeitung gelesen hatte. Sie hatte nie ein Bild davon gesehen, aber sie wusste sofort, was es war. Eine Statue, dunkelgrün und stolz, hieß sie willkommen, und die Fackel in der erhobenen Hand winkte sie herüber in ihr neues Leben, von dem sie jetzt wusste, dass es ein Geschenk war.

47

New York, 1960

Mit ihrer Handtasche auf dem Schoß, den Lederriemen fest in ihren feuchten Händen, saß sie auf einem Treppenabsatz an einer von Platanen gesäumten Straße. In den Stunden kurz nach Sonnenaufgang blickte sie den Kindern nach, die lachend an ihr vorbeiliefen, und sah dem Obsthändler zu, wie er unter der bunten Markise kistenweise Obst aufstapelte – eine Explosion aus Orange und Rot und Grün, wie ein Gemälde von Cézanne. Sie sah zu, wie die Sonne am Himmel höher stieg, der Asphalt in der Mittagshitze flimmerte und sich Männer mit Baseballkappen und in Arbeitskleidung in einer langen Schlange vor einem Restaurant aufstellten, das sich Pizzeria nannte und noch nicht geöffnet hatte. Und sie beobachtete vor allem ein Gebäude, ein Brownstone aus der Vorkriegszeit mit lärmenden Klimaanlagen und einer rostigen Feuerleiter, die im Zickzack die Fassade empor bis in den vierten Stock reichte. Menschen gingen durch die nachlässig gestrichene Tür ein und aus.

Drei Tage hintereinander war sie in aller Frühe von dem winzigen Apartment, das sie in Ufernähe in diesem lebhaften Viertel von Brooklyn gemietet hatte, bis hierher gelaufen. Es schien ihr undenkbar, dass sie in den zehn Minuten, die sie dafür brauchte, so vollkommen den Mut verlieren konnte, doch genau das war geschehen, jedes Mal war sie wieder davongeeilt, und sie kam sich feige vor.

Heute Morgen jedoch spürte sie eine neue Energie in Williamsburg, zuerst angezeigt durch kleine Flaggen, die in den Fenstern auftauchten. Um zehn Uhr dann strömten die Menschen dutzendweise auf die Straße, Kinder wedelten mit noch mehr rot-weiß-blauen Fähnchen, eine Menschenansammlung, die Natalia an die Märsche erinnerte, an denen sie zu Hause hatte teilnehmen müssen, nur dass die Gesichter hier fröhlich waren und muntere Stimmen um sie herumschwirrten. Was auch immer hier vor sich ging, es zog sie in seinen Bann und ermutigte sie genug, dass sie unvermittelt aufsprang und über die Straße lief. Sie stellte sich in die Nähe der Eingangstür, und schlüpfte hindurch, als jemand herauskam.

»Vielen Dank«, sagte sie in ihrem besten Englisch und mit einem Lächeln zu dem aus der Tür tretenden Mann. Sie erinnerte sich nur an ein paar Brocken aus der Schule, und obwohl sie über Lehrbüchern gebrütet hatte, war sie selbst noch bei den einfachsten Formulierungen unsicher. »Ich habe meinen Schlüssel verloren.« Der Mann schien jedoch keine Erklärung hören zu wollen; er war schon die Straße hinuntergegangen, in Gedanken woanders.

*

Etwa fünfzehn Minuten waren vergangen, seitdem sie den dritten Stock erreicht hatte, und noch immer brachte sie es nicht über sich, vor die Wohnungstür zu treten. Es war heiß hier oben, heißer als draußen, und sie lehnte sich an die Wand, öffnete den obersten Knopf ihrer Bluse und blies ein wenig Luft darunter. Durch ein schmales Fenster fiel ein Lichtstrahl herein. Mit den Fingern fuhr sie durch die tanzenden Staubpartikel, und einen Moment lang zerstoben sie in der Luft.

Ob sie wohl zu spät kam, um das zu reparieren, was vor so langer Zeit zerbrochen war? Als sie gerade gehen wollte, hörte sie Geräusche hinter der Wohnungstür, und sie blieb stehen.

Die Tür ging auf. Erneut hörte sie ein Scheppern, Stimmen, etwas fiel zu Boden. Dann tauchte eine Gestalt vor ihr auf. Ein Paar Augen, hell wie Monde, sah sie an, und sie musste sich am Treppengeländer festhalten.

»Es … es tut mir leid«, stammelte sie. »Ich glaube, ich habe mich geirrt.«

Doch sie konnte sich nicht abwenden, so intensiv starrte der Junge sie an. Zuerst dachte sie, es läge an ihrer oben aufgeknöpften Bluse, und hastig schloss sie den oberen Knopf, doch sein Blick verdüsterte sich, und er zerknüllte das Papierhütchen in seiner Hand und ging in die Wohnung zurück. Gerade wollte er die Tür zuschlagen, da hob Natalia die Hand.

»Warte!«, sagte sie.

»Ich geh nicht mit Ihnen mit!«, rief der Junge wütend, der inzwischen rot angelaufen war. »Ich gehe nirgendwohin. Sie können mich nicht dazu zwingen! Hören Sie? Das können Sie nicht!«

Hinter ihm tauchte ein zweites Kind auf. Und ein drittes. Sie waren zwischen fünf und zehn Jahre alt, zwei Jungen und ein Mädchen.

»Es tut mir leid«, wiederholte Natalia. »Ich muss die falsche Wohnung erwischt haben …« Sie kramte in ihrer Handtasche, konnte aber den Zettel mit der Adresse darauf nicht finden. »Ich suche nach einem Ehepaar«, fuhr sie tapfer fort.

»Vielleicht könnt ihr mir ja helfen?«, bat sie die Kinder, die sich nicht von der Stelle gerührt hatten.

»Unser Vater ist nicht da«, sagte die Kleinste mit erhobenem Kinn. Sie lispelte ein wenig, und ihre blonden Haare waren zu Zöpfen geflochten. »Er ist auf einer Baustelle in Rhode Island. Er bringt uns Geschenke mit.«

»Sei still, du Dummerchen«, wies der älteste Junge sie zurecht und stieß sie sanft an. »Hab ich dir nicht gesagt, dass du nicht mit Fremden reden sollst?«

Beschützend legte er ihr einen Arm um die Schultern, und sie lehnte sich an ihn und biss sich auf die Lippe. Dann richteten alle ihren Blick wieder erwartungsvoll auf Natalia, bis noch eine Gestalt hinter ihnen erschien und sie sich zu ihr umdrehten und ihr Platz machten.

»Kinder«, sagte die Frau, dann hielt sie inne.

Sie war eine zarte Gestalt in einem grünen, fließenden Kleid, das volle Haar oben auf dem Kopf zu einem Dutt aufgetürmt, aus dem sich ein paar rötlich leuchtende Strähnen gelöst hatten, die ihr Gesicht umrahmten. Im schummrigen Licht sah sie jünger aus, als sie es vermutlich war – die hohen Wangenknochen und die makellose Haut –, denn als sie einen Schritt näher kam, konnte Natalia die Fältchen an ihren Mundwinkeln erkennen. In den Händen hielt sie einen Strauß Margeriten mit einer rot-weiß-blauen Schleife.

»Kann ich Ihnen helfen?«, erkundigte sie sich mit einem freundlichen Lächeln.

»Ja. Ich bin hier, weil … Ich suche …« Ein Kloß hatte sich in ihrem Hals gebildet, und sie schluckte. Sämtliche Sätze, die sie sich sorgfältig zurechtgelegt hatte, waren wie weggeblasen. Sie konnte ohnehin nur ein paar Worte auf Englisch sagen, kaum ausreichend, um etwas derart Komplexes zu erzählen, doch dann wurde ihr bewusst, dass sie das auch gar nicht musste. Wenn sie am richtigen Ort gelandet war, dann gab es auch einen anderen Weg.

So leise, dass sie selbst ihre Worte kaum hören konnte, sagte sie auf Rumänisch: »Ein gemeinsamer Freund hat mich hergeschickt. Ein Mann namens John Fowley.«

Der Blumenstrauß in den Händen der Frau fiel zu Boden.

*

Sie hatte die Kinder nach draußen geschickt, mit etwas Geld, um sich etwas zu essen zu kaufen, eine Pizza und Limonade, und zum Nachtisch ein Eis vom Straßenverkäufer. Danach sollten sie in den Park gehen. Es war genug Geld für ein Festmahl, angemessen für einen Feiertag, und voll Vorfreude verließen sie die Wohnung, ohne der unbekannten Besucherin weiter Beachtung zu schenken.

»Ein Glas Wein?«, fragte die Frau, nachdem sie die Tür geschlossen hatte und zögernd zu ihr in die Küche gekommen war, eine Fremde in den eigenen vier Wänden. Sie sah totenblass aus.

Natalia fühlte sich genauso benommen und hätte gern vorgeschlagen, dass sie sich setzen sollten, aber sie sagte nichts.

Die Frau nahm zwei Gläser aus dem Küchenschrank und füllte sie bis oben hin aus der rubinroten Karaffe, die sie aus dem Kühlschrank holte. Sie stellte die Gläser auf den Tisch, auf dem zwei Kerzenständer aus Messing auf der zwar leicht zerkratzten, aber glänzend polierten Holzplatte standen. Hier und da waren Blumen in Marmeladengläsern arrangiert, und auf dem Sofa und den Sesseln lagen dicke Brokatstoffe, obwohl die Kissen darunter schon längst ihre Fülligkeit eingebüßt hatten. Natalia war seltsam berührt. Ihre Wohnung in Bukarest war auf die gleiche sorgsame Weise eingerichtet gewesen, mit der gleichen Absicht, die Bescheidenheit mit einigen hübschen Akzenten zu vertuschen.

»Es heißt ja, Chianti solle bei Zimmertemperatur getrunken werden, aber ich konnte mich nie so richtig daran gewöhnen«, sagte die Frau. »Ich vermute, bei warmem Wetter trinke ich Wein am liebsten gekühlt, wie der Muscat, den wir immer in Moldawien auf dem Land getrunken haben. Die ganzen edlen Tropfen, die es hier gibt, haben es mir nie wirklich angetan …«

Als Natalia das Glas entgegennahm, das die Frau ihr hinhielt, berührten sich ihre Hände, und die Frau hielt in der Bewegung inne. Sie erstarrte förmlich, und auch ihr Gesicht zeigte keine Regung. Natalia hörte lediglich, wie sie scharf den Atem einsog.

Ihre Begegnung verlief vollkommen anders, als Natalia es sich ausgemalt hatte, seitdem sie vor gerade mal zwei Wochen aus dem Flieger gestiegen und immer wieder gedanklich durchgegangen war, was sie sagen wollte. Jetzt dominierte das Schweigen, nicht die Worte, und es spielte sich auch kein Drama ab, wie sie es sich vorgestellt hatte. Sie waren einfach zwei Frauen, deren Haare beinahe den gleichen Farbton hatten und die ein Glas Wein zusammen tranken.

»Sie scheinen lieb zu sein«, sagte Natalia nach einer Weile des Schweigens. »Deine Kinder.« Doch sie spürte noch immer, wie sich die Blicke der Kinder auf sie geheftet hatten, als ihre Mutter in ihrer Handtasche nach dem Geld für sie gekramt hatte. »Du musst ihnen nicht von mir erzählen.«

Die Frau lächelte. Sie faltete die Hände auf der Tischplatte, aber dennoch sah Natalia, dass sie zitterten. Ihre Lippen zitterten ebenfalls, und Natalia wurde bewusst, dass sie darum kämpfte, ihre Emotionen im Zaum zu halten.

»Es ist nicht so, wie du denkst. Ich liebe sie von ganzem Herzen, jedes Einzelne von ihnen, aber …« Sie schüttelte leicht den Kopf und rieb sich die Schläfe. Dann hob sie den Blick. »Es sind meine Pflegekinder.«

Danach veränderte sich etwas zwischen ihnen. Sie wurden etwas offener miteinander. Natalia erzählte, welche außergewöhnlichen Umstände sie nach Amerika gebracht hatten, wie sie ihr Zuhause mit kaum mehr als den Kleidern, die sie trug, verlassen hatte, ohne zu wissen, wohin sie reiste. Sie ging noch weiter zurück in die Vergangenheit, beschrieb, was sie und ihre Familie in den Jahren nach dem Krieg durchgemacht hatten, wie sehr sich ihr Leben verändert hatte, wie viel sie verloren und doch noch aneinander gehabt hatten. Wie sie tief in ihrem Herzen wusste, dass sie eines Tages wieder vereint sein würden. Von Victor und davon, was er ihr bedeutet hatte, sprach sie nicht. Sie konnte weder von ihm erzählen noch an ihn denken, ohne dass sich ein Loch in ihrer Brust auftat. Und so verflog der Nachmittag wie in einem Dunst, und erst als das Tageslicht allmählich schwand und die Dämmerung eintrat, verstummte Natalia, und ihr wurde bewusst, dass sie die meiste Zeit über geredet hatte.

»Was ist mit dir?«, fragte sie. »Erzähl mir etwas von dir. Von dir und deinem …« Sie wusste nicht, wie sie ihn nennen sollte. »Deinem Mann.«

»Was würdest du denn gern wissen?«, erkundigte sich die Frau sanft.

»Ich weiß nicht genau.« Sie dachte nach. »Vielleicht etwas über eure Kinder?«

Sie erhielt keine Antwort. Ein langer Augenblick verstrich, dann stand die Frau auf und verschwand im Nebenzimmer. Als sie zurückkam, hielt sie etwas in der Hand. Sie setzte sich nicht wieder hin, sondern stellte sich neben Natalia und legte den Gegenstand auf den Tisch. Es war ein Kleidungsstück, altrosa und aus Baumwolle.

Noch bevor sie es berührte, fing Natalias Herz heftig an zu klopfen. Sie streckte die Hand aus, fuhr mit den Fingern über den feinen Stoff, über die Schleife aus Spitze und die Paspel aus Seide, die den Saum verzierte. Dann nahm sie es in die Hand.

Ein Kindermützchen. Ihre Hände bebten, als sie es an ihr Gesicht hob. Sie legte es an ihre Wange, atmete ein, suchte nach einem vertrauten Geruch. Doch da war nichts, der Duft war schon lange verflogen, aber etwas anderes ergriff von ihr Besitz, und sie schloss die Augen und zerknüllte den Stoff in ihrer Hand. Ihr Herzschlag stieg ihr bis in die Kehle.

Ein dunkler, stickiger Heizungskeller. Ein Kellerfenster. Das Schneegestöber, das wie Glühwürmchen aussah, und sie drei, die seit Stunden schon in ihrem Versteck ausharrten. Draußen die Straßenlaternen, ihr schwaches Licht zu später Stunde, das Zersplittern von Glas. *Sei tapfer.* Es war in Ordnung, sie war in Sicherheit, auch wenn es draußen auf der Straße kalt war und sie nach Hause wollte. Sie wollte nach Hause.

»Ich weiß nicht, ob …«, setzte Natalia an. »Ich weiß nicht, ob ich bereit bin für das hier.« Sie hatte das Gefühl, ihr Herz würde gleich explodieren, und Panik überkam sie. »Ich weiß nicht, ob ich das schaffe«, sagte sie aufs Neue, machte Anstalten, aufzustehen, stützte sich an der Tischplatte ab, doch eine Hand legte sich warm und beruhigend auf ihre Schulter. Da verließ sie ihre Kraft.

Die Hand wanderte weiter zu ihrer Wange, über ihre Schläfe. Und da war er plötzlich, der vertraute Duft, nach dem sie gesucht hatte. Wie ein helles Licht in einem Wald, in dem sie sich verlaufen hatte und aus dem sie verzweifelt den Weg hinaus suchte.

48

In den ersten Monaten, nachdem Despina und Anton sie adoptiert hatten, hatte Natalia an fürchterlichen Alpträumen gelitten, aus denen nur ihr Vater sie hatte retten können. Jede Nacht erwachte sie schreiend, die Hände in ihr Kissen gekrallt, und Anton kam in ihr Zimmer gelaufen und nahm sie in seine Arme. »Ich bin ja da, mein Herz«, flüsterte er ihr zu, während er sie fest an seine Brust gedrückt hielt. »Ich bin immer für dich da. Was hat dir denn solche Angst gemacht? Du kannst es mir erzählen.«

Sie konnte sich nicht daran erinnern, wovon sie geträumt hatte. Sie wusste nur noch, dass ihr Vater ihr über die Haare strich und aufmerksam zuhörte, während die Wörter nur so aus ihr hervorsprudelten. Wenn sie sich dann beruhigt hatte, stand er auf und gestikulierte ausladend mit den Armen, als wollte er die Alpträume einfangen. Dann trat er ans Fenster, riss es auf und warf die Träume hinaus in die Dunkelheit. Manchmal kam ihre Mutter ins Zimmer, und wenn sie sah, wie Anton an den flatternden Vorhängen stand, rief sie: »Hast du den Verstand verloren, Anton? Ihr holt euch noch eine Erkältung!« Aber weder Natalia noch ihr Vater entgegneten etwas. Wichtig war nur, dass das, was Natalia im Schlaf heimgesucht hatte, nicht zurückkehren würde – zumindest nicht mehr in dieser Nacht.

Die alten Dämonen. Sie hatten Natalia nie ganz in Ruhe gelassen, auch dann nicht, als die Alpträume längst aufgehört hatten. Sie hatte einen Großteil ihres Lebens damit verbracht, sich ihnen zu entziehen, ihren Schatten auszuweichen.

Und jetzt, ausgerechnet hier in Amerika, als es Abend wurde, stellte sie fest, dass sie sich ganz von allein verflüchtigten.

Die Kinder waren schon längst nach Hause gekommen, und die Frau hatte ihnen etwas zum Abendessen gemacht und sie ins Bett gebracht. Jetzt saßen nur noch sie beide im stillen Wohnzimmer, sprachen aus Nervosität mal gleichzeitig, mal gar nicht, und nur ein paar Kerzen, in deren flackerndem Licht die Umrisse der Möbel kaum auszumachen waren, leisteten ihnen Gesellschaft.

Die Frau wirkte auf einmal wehmütig. Sie setzte sich aufrecht auf dem Sofa hin und ließ Natalias Hand, die sie fast den ganzen Abend über gehalten hatte, los.

»Oh, Natalia. Wenn du nur wüsstest … Es war eine furchtbare Zeit. Ich …« Sie fuhr sich über die Haare und stützte sich dann mit den Ellenbogen auf den Knien ab. »Ich dachte, ich würde es nicht überleben. Es tat so furchtbar weh – deinem Vater auch.« Ihre Stimme brach, und sie hielt inne.

»Erzähl mir davon.«

Nachdem sie ein paar neue Kerzen angezündet hatte, setzte sie sich wieder, griff nach der Wolldecke, die über der Sofalehne hing, und legte sie ihnen über den Schoß. Doch sie sagte nichts.

»Was auch immer damals geschehen ist, erzähl mir davon«, bat Natalia sie. »Ich muss es wissen.«

Also fing sie leise an zu reden, kehrte zurück an den Anfang, zu der schicksalshaften Nacht, die bestimmt hatte, wie ihrer aller Leben weiter verlaufen würde. Jene Nacht, die alles verändern sollte.

*

Zu jener Zeit hatten Zora und Iosef nicht von Amerika geträumt. Damals, als sich das junge Paar in der Trostlosigkeit ihrer Anfänge in Genf durchschlug, galt ihr einziger Gedanke ihrer Rückkehr nach Rumänien, obwohl sie nur wie durch ein Wunder mit dem Zug hatten fliehen können. Es waren die ersten Jahre des Krieges, und keiner von beiden hatte in Betracht gezogen, dass eine Rückkehr womöglich nur eine Wunschvorstellung war, die mit jedem Tag undenkbarer wurde.

Ein freundlicher Herr, der trotz seiner noch jungen Jahre einen Gehstock benutzte, hatte sie am Bahnhof in Empfang genommen, ein Freund von Stefan aus dem Jurastudium, den er als Austauschstudent kennengelernt hatte und mit dem er in Kontakt geblieben war. Die Schweizer Regierung ließ zu der Zeit nicht viele Flüchtlinge, die keine Kriegsgefangenen waren, ins Land, und obwohl Zora und Iosef sich nicht mehr verstecken mussten, unterschied sich ihre Wohnsituation trotz der Gastfreundschaft und des freundlichen Wesens ihres Gastgebers kaum von der zuvor – ihre Unterkunft war nichts als ein kleines Zimmer mit einem altmodischen Waschtisch direkt über einem ausgedienten Blumenladen, der dem Mann gehörte. An ihrem ersten Abend hatte er ihnen bei einem einfachen Abendessen erzählt, dass es ihm zu großen Kummer bereitete, nach dem Tod seiner

Frau noch den Laden zu betreten, so dass er ihn geschlossen hatte.

Zora und Iosef warfen sich nur einen kurzen Blick zu, ehe sie ihm ihr Angebot unterbreiteten. Die harte Arbeit und langen Tage im Geschäft, so versicherten sie ihm, könnten ihnen eine willkommene Ablenkung sein, ganz zu schweigen davon, dass sie so für Kost und Logis aufkommen könnten. Ihr Gastgeber willigte ein, und sie stießen an.

So verging das erste halbe Jahr. Zora erinnerte sich kaum an jene Zeit, nur an die vierzehn Stunden Arbeit täglich und an die Menschen, denen sie begegneten, als sie das Geschäft wiedereröffnet hatten. Exilierte und Verbannte, Menschen, die ihnen nicht unähnlich waren und vor Hitler geflohen waren, trudelten ohne Unterlass bei ihnen ein, und ihre Leidensgeschichten – wie auch sie von ihren Liebsten getrennt worden waren und sich danach sehnten, wieder vereint zu sein – hielten Zora und Iosef über Wasser. Sie alle hatten es geschafft, sich in Sicherheit zu bringen, und wenn Zora und Iosef in der Morgendämmerung Blumen schnitten und in Papier wickelten, erfüllten die guten Wünsche ihrer Kunden sie mit einer Energie und einem Überlebenswillen, den sie beinahe schon verloren hatten.

Dieser kleine Schub von Optimismus brachte die beiden dazu, etwas zu riskieren, ohne die Hindernisse zu beachten, die ihnen im Weg standen. Zora beispielsweise schrieb heimlich Briefe an einen Cousin zweiten Grades aus Bukarest. Iosef sagte sie nichts davon, denn sie befürchtete, er könne etwas gegen ihren gefährlichen Plan einzuwenden haben. Doch inzwischen zählte nur noch, dass dieser Cousin – der als Führungskraft in einem Ölkonzern ständig außer Landes reiste – sich dazu bereit erklärt hatte, zu versuchen, Natalia auf seiner nächsten Reise hinauszuschmuggeln. Wenn er erklärte, dass sie seine Tochter sei, hatte Zora ihn in einem ihrer fiebrigen Briefe gedrängt, dass sie bei schlechter Gesundheit sei, dass sie ihre Mutter verloren habe, ließen sie sie eventuell mitfahren.

Darüber, wie sie selbst von Genf an die österreichisch-ungarische Grenze gelangen sollte, an der es vor SS-Leuten nur so wimmelte, hatte sie nie genauer nachgedacht, ebenso wenig wie darüber, dass Natalia, die inzwischen sieben war, womöglich nicht so begeistert von der Aussicht wäre, mit einem Mann mitzugehen, den sie nicht kannte und an den sie sich nicht erinnerte. Die ganze Angelegenheit war zum Scheitern verurteilt. Zora ahnte es zwar tief in ihrem Inneren, doch als sie die Nachricht erhielt, dass es nicht nach Plan verlaufen war, dass selbst der Versuch ihres Cousins, Natalia in die Schweizer Botschaft zu bringen, missglückt war, kehrte ihr Kummer mit voller Wucht zurück und setzte sich noch tiefer in ihrem Herzen fest.

Über ein Jahr lang konnte sie kaum noch schlafen. Mittlerweile schaffte sie es nur mit Müh und Not durch den Tag, es fiel ihr schwer, morgens überhaupt aufzustehen, und noch schwerer, im Geschäft mitzuhelfen, so dass sie sich unten fast gar nicht mehr blicken ließ. Dann, von einem Tag auf den anderen, während sie erneut in der Teilnahmslosigkeit verschwand, traf ein Brief von Stefan ein, und in ihrem Herzen regte sich wieder etwas, sie fand einen neuen Grund zu leben. Ja, sie konnte nicht bei ihrer Tochter sein, sie konnte sie nicht berühren, nicht neben ihr aufwachen, konnte ihr nicht über die Wange streichen, aber zumindest konnte sie etwas tun. Selbst wenn sie ohne ihre Tochter weiterleben musste, selbst wenn sie sie nie wiedersehen würde, konnte sie ihr dieses eine Geschenk machen, ein Geschenk, das ihr im Gegensatz zu allen anderen nicht verwehrt war.

Diesmal verlief alles nach Plan, und zwar so reibungslos, wie sie es kaum zu hoffen gewagt hatte. Penicillin war mehr als je zuvor Mangelware, Zehntausende Soldaten starben, weil es ihnen daran fehlte, doch der Zufall wollte es so, dass ihr Vermieter in Genf, an dessen Schulter sie sich schon so oft ausgeweint hatte, sich, seit er im Ruhestand war, ehrenamtlich im Internationalen Komitee vom Roten Kreuz engagierte und Verbindungen zu gewissen Kreisen im Westen hatte. Und wenn das Rote Kreuz ihr auch nicht ihre Tochter wiederbringen konnte, so wusste Zora doch, dass es Natalia zumindest mit dem Medikament versorgen konnte, das ihr das Leben retten könnte.

Und sie überlebte, und eine Zeit lang schöpfte Zora wieder Hoffnung – doch es war nicht von langer Dauer. Sobald die Euphorie abgeebbt war, landete sie aufs Neue in einer endlosen Schleife aus Gebeten und Verzweiflung und wartete darauf, dass sich das nächste Wunder ereigne, sich ein weiteres Fenster öffnen möge.

Eines Tages war der Krieg vorbei, doch für Zora und Iosef bedeutete es nur noch eine weitere Sackgasse. Als sie an jenem Tag im Radio die Nachrichten hörten, hielten sie sich in den Armen und weinten bitterlich, denn sie wussten, dass nun alles verloren war. Ihre Hoffnung hatte vielleicht den Krieg überdauert, vier lange Jahre, aber sie war nicht stark genug, um die sowjetische Grenze zu durchbrechen, hinter der ihre Tochter nunmehr gefangen war.

Erst da zogen sie Amerika in Erwägung. Das Land erschien ihnen wie eine Oase. In Amerika, wo sich ein neuer internationaler Kreis formierte, wo die Vereinten Nationen ihren Hauptsitz begründen würden, würden auch Zora und Iosef wieder Halt finden und Kräfte sammeln, um weiterzukämpfen, und mehr benötigten sie nicht, um wieder zueinander zu finden.

*

Zora nahm einen Schluck Tee und stellte ihre Tasse ab. Sie war still geworden, ihre Stimme heiser vom Reden. Aus John Fowleys Brief wusste Natalia auch so, was sich ereignet hatte, nachdem sie mit all ihren Hoffnungen in New York angekommen waren, nur um aufs Neue gegen Enttäuschungen anzukämpfen.

»Du siehst also«, flüsterte Zora, »du warst nie weit weg. Die ganze Zeit über warst du in unseren Herzen bei uns, jeden Tag, jedes Jahr. Dich zurückzulassen war das Schwerste, was man sich vorstellen kann, aber hätten wir es nicht getan, hätte wahrscheinlich niemand von uns überlebt. Trotz allem habe ich immer fest daran geglaubt, dass ich das Richtige getan habe.«

»Und dann die Kinder«, sagte Natalia mit erstickter Stimme. »Du hast dich ihrer angenommen, nachdem ich so eine Lücke hinterlassen hatte.«

Zora liefen die Tränen über die Wangen. »Sie waren unsere Rettung. Wir haben sie bei uns aufgenommen, als sie noch ganz klein waren, die beiden jüngsten waren noch Säuglinge, und sich um sie zu kümmern hat unsere Ehe gefestigt. Mit der Zeit hat es das zwischen uns geheilt, was zerbrochen war. Es ist viel leichter, zu lieben, als zu verzweifeln. Obwohl ich trotzdem glaube, dass meine Liebe dich zu mir zurückgebracht hat, weil ich sie am Leben gehalten habe. Davon bin ich überzeugt.«

Schweigend saßen sie da und hielten sich fest in den Armen. Als das Licht der Morgendämmerung das Zimmer um sie herum wieder erhellte, war es Natalia, als würden sich die Dämonen, die sie schon ihr Leben lang verfolgten, endlich zurückziehen.

*

Sie traf ihn eine Woche später am Rockaway Beach in Queens. Natalia war nicht sicher, warum sie diesen Ort ausgesucht hatte, sie wusste nur, dass sie ihn im Freien treffen wollte. Sie saß am Wasser, und ihr dunkelrotes Kleid (das sie, wie ihr erst jetzt wieder bewusst wurde, für Victor eingepackt hatte) loderte wie eine Flamme auf dem hellen Sand. Über ihr am Himmel hingen die Wolken so tief, dass sie den Regen schon fast spürte, und trotzdem war sie froh, hier zu sein, wo sich die Weite vor ihr erstreckte und sie bis zum Horizont blicken konnte, an dem der Himmel und der Ozean sich in einer klaren silbernen Linie trafen.

Sie musste nicht lange warten. In der Ferne nahm ein Umriss Gestalt an, und sie wusste, dass er es war – und hätte sie nicht gesessen, hätten ihre Knie wohl unter ihr nachgegeben. Unsicher strich sie ein paar Sandkörner von ihrem Kleid, während sie ihn aus dem Augenwinkel beobachtete, denn sie wollte ihn nicht anstarren. Als er schließlich vor ihr stand, war sie überrascht, dass er anders aussah als in ihrer Vorstellung – er hatte nicht die hoch gewachsene Statur, die sie aus der kalten Winternacht in Erinnerung hatte, in der er sie durch die Straßen von Bukarest getragen hatte, immer verborgen im Schatten. Er war ein schmaler, mittelgroßer Mann mit dunkler, hochgekrempelter Jeans, der barfuß im Sand etwas mühsam voranschritt. Doch als er sich dann neben sie setzte, strahlte er eine enorme Energie aus, und Natalia begriff, dass seine Lebenskraft nicht im Körper steckte, sondern in etwas viel Mächtigerem: in einem starken Geist.

»Natalia«, sagte er und legte die Hände auf die Oberschenkel. »Natalia.«

Sie konnte ihm nicht ins Gesicht sehen, also hielt sie den Blick auf seine Hände gerichtet. Es waren die Hände eines Arbeiters, zu rau, um sie mit Salbe oder Cremes wieder sanft und geschmeidig zu machen. Natalias Herz machte einen Satz, weil seine Hände den ihren so sehr glichen. Die gleichen langen Finger mit rundem, breitem Nagelbett. Ihre Schüchternheit verflog ein wenig, und sie sah auf und entdeckte noch mehr Ähnlichkeiten. Seine Augen hatten die gleiche Farbe wie ihre, die gleiche Form, und auch er hatte ein Konzentrationsfältchen über der rechten Augenbraue. Die gleiche Unterlippe, voller als die Oberlippe. Nie hätte sie gedacht, dass es so etwas gab, dass sie ihre Gesichtszüge so in jemand anderem gespiegelt sehen könnte. Nur seine Haare hatten einen anderen Farbton.

Iosef streckte seine Hand nach ihrer aus, zog sie jedoch sogleich wieder zurück, als hätte er Angst, sie zu berühren. Natalia hingegen hatte keine Angst mehr vor dem, was diese Begegnung für sie beide bedeutete, und so nahm sie seine Hand in ihre. Schweigend saßen sie einfach nur da und betrachteten die Wellen.

»Es gibt einen Gott«, sagte er nach einer Weile. »Ich könnte hier und jetzt als glücklicher Mensch sterben.«

Sie lachte, wenn auch etwas verunsichert. »Nach all diesen Jahren gibt es, glaube ich, einen viel besseren Grund, um am Leben zu bleiben, Iosef.«

Es war fast nicht zu ertragen, mit welcher Ehrfurcht er sie ansah. Plötzlich hielt er etwas in der Hand. Er legte es vor Natalia in den Sand, und sie betrachtete es einen Moment lang, denn sie wusste, sobald sie es in die Hand nahm, würde sie die nächste Schicht abziehen, noch mehr Wahrheiten enthüllen.

Es war ein altes Tagebuch, dessen Einband sich an den Rändern einrollte. Mitten auf dem Buchdeckel hatte eine Tasse einen Abdruck in der Form eines Halbmondes hinterlassen, und der Rücken war mit glänzendem Klebeband verstärkt worden. Auf der ersten Seite klebte ein Foto, eine Schwarz-Weiß-Aufnahme eines Babys mit dunklen Locken und runden Bäckchen, das das Mützchen trug, das Natalia kannte.

Sie hielt das Notizbuch näher vors Gesicht, als sie die Seiten umblätterte, und auf jeder Seite entdeckte sie ein neues handgeschriebenes Gedicht. Über jedem von ihnen stand das Datum, immer das gleiche, nur das Jahr veränderte sich.

»Die habe ich für dich geschrieben«, erklärte Iosef. »Jedes Jahr an deinem Geburtstag. Das erste, als wir noch in Bukarest waren, als wir uns bei Stefan auf dem Dachboden versteckten und dachten, es werde sich nur um ein paar Tage handeln, bis wir dich zu uns holen könnten. Aber dann verging immer mehr Zeit, und ich wäre verrückt geworden, hätte ich nicht die Gedichte geschrieben.«

Er stieß bebend die Luft aus und sah in die Ferne. »Auch noch nachdem wir Europa verlassen hatten und hierherkamen, sogar dann noch, als ich die Hoffnung aufgegeben hatte, je wieder zu dir zu finden, habe ich weitergeschrieben. Deine Mutter hatte die Kinder, sie waren der Grund, weshalb sie morgens aufstand, sie konnte ihnen ihre Liebe schenken, aber ich …« Er hielt inne. »Ich habe dich auf diese Weise am Leben gehalten. Indem ich mir dich vorstellte, wie du dich verändert hattest, wie dein Leben zu jeder Zeit aussah.«

Natalia fand keine Worte. Stattdessen blätterte sie zur letzten Seite des Tagebuchs, strich mit dem Finger über die letzten Verse, wischte ein paar Sandkörner von der Seite. Dann fing sie mit stockendem Atem an zu lesen:

Was ist ein Leben ohne Dich,
Wenn es durch Dich allein seinen Sinn bekam?
Wie soll ich morgen je ertragen,
Ohne dass ich Deinen Atem auf meiner Wange spür,
Ohne Deinen Blick auf mir?
Und dann am Ende, wenn man mich begräbt,
Und Deine Hand liegt nicht auf meiner Brust,
Wem gilt mein letzter Gedanke, wenn nicht Dir,
Geliebte Tochter?

»Ich habe immer noch das Gefühl, das hier ist ein Traum«, sagte Iosef, als Natalia sich wieder gefangen hatte. Es lag Verwunderung in seinem Blick, als könnte er noch immer nicht glauben, dass sie hier war, an seiner Seite. Als wäre sie eine Erscheinung, die in hellem Licht erstrahlte.

»Das stimmt«, sagte sie und sah ihm in die Augen. »Es ist wirklich ein wenig wie ein Traum. Und wir können ihn träumen. Mit ein bisschen Mut für den Rest unseres Lebens.«

Da zog er sie plötzlich fest an sich, und sie erwiderte seine Umarmung. Dass sie so heftig geliebt wurde, von so vielen! Wer hatte schon so ein Glück? Noch nie hatte sie dergleichen verspürt – eine Mischung aus Freude und Schmerz, zwei so gegensätzliche Gefühle, doch in diesem Augenblick harmonierten sie mehr als je zuvor. Die Vergangenheit und die Zukunft, die aufeinanderprallten.

»Danke«, sagte sie. »Danke, dass du mir deine Gedichte gezeigt hast.«

Sie hätte noch so viel mehr sagen können, aber es war gar nicht nötig. Sie standen auf, und Natalia küsste ihn auf die Wange, einmal, noch einmal, dann drehte sie sich wieder zum Meer. Es war Zeit, zu gehen – es schien, als wären sie schon seit Stunden hier –, doch sie blieben reglos stehen und betrachteten die Wellen, während Natalia sich an Iosef schmiegte. Dann spürte sie ein zweites Paar Arme, die sich ihr um die Schultern legten, und wie Zora ihre warme Wange an die ihre legte. Natalia wusste nicht, woher sie gekommen war, aber sie war hier, zusammen mit den Kindern. Das kleine Mädchen schlug Räder, ihre blonden Haare streiften den feuchten Sand, und die Jungen warfen sich hinter ihnen eine Frisbee zu, sie lachten und neckten sie und forderten sie auf, mitzuspielen.

EPILOG

Seit einem Jahr nenne ich New York City nun mein Zuhause. Heute Abend, am Jahrestag meiner Ankunft hier, sitze ich im Erkerfenster meiner Wohnung und schaue den Schiffen zu, die unter der Williamsburg Bridge hindurchfahren. Ich bin stolz, aber gleichzeitig auch nostalgisch gestimmt. Die Traurigkeit überkommt mich unerwartet, wie sie es manchmal tut, und schnürt mir die Luft ab. Ich lasse den Blick weiter nach oben auf die funkelnden Lichter der Brücke wandern. *Warum bin ich nur so melancholisch?*, frage ich mich.

Im Grunde gibt es keinen Anlass, denn ich weiß nur zu gut, dass das Glück seinen Preis hat. Ich sollte nicht all das aus den Augen verlieren, was mir geschenkt wurde, denn wer hätte gedacht, dass ich in dieser überfüllten und geschäftigen Stadt so zufrieden sein würde? Es genügt mir, in schwach erleuchteten Jazzkneipen Downtown auf ungestimmten Klavieren zu spielen und dabei zuzusehen, wie die aus meinen Händen entströmende Musik den Zuhörern ein Lächeln entlockt. Es treibt mir die Tränen in die Augen, wenn sie mir applaudieren, nach einer Zugabe rufen, wenn ich hin und wieder Entzücken auf einem Gesicht in der Menge entdecke. Und wenn ich dann unerwartet ein Angebot von einer größeren und bekannteren Bar in Manhattan bekomme, bin ich überzeugt davon, dass ich dafür bestimmt bin, genau das hier bis ans Ende meiner Tage zu tun, und dass ich mich glücklich schätzen kann, dass es mir ermöglicht wurde.

Heute Abend aber bin ich mit den Gedanken nicht bei meiner Musik. Stattdessen schweben sie über den Ozean an einen anderen Ort. Vor meinem inneren Auge sehe ich die kleine Wohnung, die ich mit den Menschen teilte, die mich großzogen, und zwar so deutlich, als wäre ich noch immer dort. Ich denke an meine Eltern, die zu dieser frühen Stunde noch schlafen. Bald werden sie aufwachen und vorsichtig aus dem Bett klettern. Mein Vater wird die Füße in seine abgetragenen Lederpantoffeln stecken und auf die Uhr schauen. Er wird in seinem gestreiften Seidenpyjama, derselbe, den er schon trug, als ich noch ein kleines Mädchen war, zum Badezimmer am Ende des Flurs gehen. Meine Mutter wird ebenfalls aufstehen und sich im Wohnzimmer auf das Bettsofa setzen, in dem ich immer schlief. Dann wird sie mein Kissen an ihr Gesicht pressen, um noch einen Hauch des allmählich verfliegenden Dufts einzuatmen.

Bald wird ein abgewetztes und ramponiertes Kuvert mit einem Stempel aus den USA auf der Anrichte im Wohnzimmer liegen. Meine Mutter wird es mit zitternden Händen aufreißen, dann aber wieder hinlegen, weil sie noch nicht bereit ist, den Brief zu lesen. Sie weiß schon, was darinsteht. Meine Bitte um Vergebung wiederholt sich in jedem Brief an sie, und jedes Mal sende ich den Großteil meines Trinkgelds mit. Meine Briefe stecken voller Versprechungen, dass ich meine Eltern eines Tages holen werde.

Ich werde Euch holen lassen, lauten meine Worte. *Ich komme Dich holen und meinen Papa, denn ich liebe Euch von ganzem Herzen. Pass gut auf ihn auf. Pass gut auf ihn auf und auch auf Dich, bis wir wieder vereint sind.*

Und meine Mutter wird lächeln, voller Liebe und Stolz, in dem Wissen, dass ich jedes Wort ernst gemeint habe, dass ich alles versuchen werde, um sie wiederzusehen.

Weitere Monate werden ins Land ziehen, möglicherweise ein halbes Jahr, bis der nächste Brief sie erreicht. Diesmal schreibe ich ihnen von den Wundern, die mich umgeben, wohin ich auch blicke. Lange nachdem ich aufgehört habe, die hell erleuchteten Schaufenster, die reichhaltig bestückten Metzgereien und die betriebsamen Cafés zu bestaunen, gibt es immer noch etwas, das mich ungemein bewegt. Wenn ich an manchen Tagen unter den ausladenden Bäumen im Central Park, an dessen dunkelgrünen Rändern die Gebäude der Stadt aufragen, auf einer Bank sitze, ein Buch in der Hand, kann ich nicht anders, als die Menschen zu bestaunen. Es sind einfache Leute, die ihrem Leben nachgehen, aber in ihren Gesichtern liegt stiller Optimismus, ihre Schritte sind schwungvoll, die Schultern gestrafft, ihre Stimmen selbstbewusst und nicht gedämpft. Von allen Wundern dieser Stadt erstaunen und inspirieren mich die Einwohner am meisten. Ich habe schon viele Briefe an meine Eltern verfasst, in denen ich mein Leben in allen Einzelheiten schildere, jeden Gedanken und jede verblüffende Entdeckung.

Dann denke ich an Zora und Iosef, meine leiblichen Eltern. Es ist kein Geheimnis, dass ich sie liebe, schon von dem Augenblick an, als Zora mir an jenem Tag im Juli gegenüberstand und ihr der Blumenstrauß aus der Hand fiel. Iosef mit seinen ernsten Augen und dem von einem harten Leben gezeichneten Gesicht, Zora mit ihrer sanften Stimme und der Anmut eines Schwans, sogar ihre drei Pflegekinder – sie sind auch mir zur Familie geworden. Und so geht das Leben weiter. Sonntags gehen wir in den Prospect Park, und abends spazieren wir über die Brücke, nur um die Gebäude von Manhattan wie im Bilderbuch glitzern und leuchten zu sehen. Zora kocht die erstaunlichsten Gerichte für mich – mit Gewürzen besprenkelte, goldbraune Braten, Pasta mit Muscheln, Gerichte, von denen sie behauptet, sie seien alltäglich, dabei explodiert ihr Aroma derart in meinem Mund, dass ich am liebsten weinen möchte. Aber hauptsächlich lachen wir. Wir sitzen in ihrer winzigen Küche und reden über unsere Pläne, über Orte, die sie mir zeigen möchten und noch mehr Wunder, die es in dieser überwältigenden Stadt, die wir unser Zuhause nennen, zu entdecken gibt. Doch immer sehe ich noch etwas anderes in ihren Augen. Ich sehe das, was sie verloren haben, all die Jahre, die ich ihnen nicht zurückgeben kann.

Seit einiger Zeit habe ich mich aufgemacht, um genau das zu tun. Ich fülle die Lücken. Das kleine Mädchen, die Jugendliche, die junge Frau. Ich versuche Schritt für Schritt, eine Brücke zu errichten, die zurück zu den Menschen führt, deren Liebe ich noch immer so klar und deutlich spüren kann. Sogar Victor zeigt sich hier und da, Victor, der mir das Herz brach, mir jedoch im Gegenzug das größte Geschenk überreichte. Victor, der Freund aus meiner Kindheit, meine erste Liebe, die ich über all jene, die ihr folgen mögen, niemals vergessen werde. Victor, dem ich vor langer Zeit vergeben habe, genau wie er mich an jenem Tag gebeten hatte. In meinen Wünschen und Träumen finden wir alle endlich zueinander.

Schließlich schreibe ich einen Brief: *Ich bin glücklich, Mama. Ich bin wahrhaft glücklich, und ich werde meine Träume leben, hier in diesem Land, in dem alle Träume möglich sind.*

Mehr braucht sie nicht, um zu lächeln, wenn sie morgens aufsteht und die Vorhänge aufzieht. Mehr braucht sie nicht, wenn sie in der Morgendämmerung in den Himmel schaut und weiß, dass ich in denselben Himmel schaue und dass unser Band niemals zerreißen wird.

ANMERKUNG DER AUTORIN

Schätzungen zufolge wurden zwischen Oktober 1940 und dem Ende des Zweiten Weltkriegs auf rumänischem Gebiet mindestens 280 000 Juden ermordet. Eines der bekanntesten Ereignisse, der Bukarest-Pogrom, fand im Januar 1941 statt, als die als Eiserne Garde bekannte antisemitische und extremistische Splittergruppe die jüdischen Viertel von Bukarest plünderte in dem Versuch, unter General Antonescus faschistischem Regime politische Macht zu erlangen. Tausende Juden wurden auf die Straße gezerrt und zusammengeschlagen, gefoltert oder getötet. Zu den Berichten über ihre Gräueltaten gehört jene über eine Gruppe Juden, die halb bewusstlos zum städtischen Schlachthaus gebracht worden war, wo man sie an die Viehhaken hängte und sterben ließ. Während dieser brutalen drei Tage fand man meine Mutter, ähnlich wie Natalia, verängstigt und halb erfroren vor einer Haustür und brachte sie in ein Waisenhaus. In der Tasche ihres hübschen Samtkleids fand man einen Zettel mit folgender Botschaft: *Voller Kummer und Verzweiflung geben wir unser Kind in die Hände Gottes, in der Hoffnung und im Glauben daran, dass es gerettet werden möge.*

Das Rätsel, das die Herkunft meiner Mutter umgab, ließ mich lange Zeit nicht los, nachdem ich als junger Teenager mit meiner Familie von Bukarest nach Kalifornien gezogen war. Was war mit meinen leiblichen Großeltern geschehen?

Hatten sie die furchtbaren Massaker überlebt? Und wenn ja, was hielt sie davon ab, nach ihrer Tochter zu suchen? Erst 2011, als mein Vater starb, begann ich ernsthaft, die Geschehnisse zu Papier zu bringen, einen Abschluss zu formulieren für eine Geschichte, die im wahren Leben kein Ende hatte.

An Anton und Despina, meinen Adoptivgroßeltern, und ihrer eigenen herzzerreißenden Geschichte änderte ich wenig. Die Anmut und Würde, mit der sie allen Widrigkeiten entgegentraten, offenbarte sich mir in den wenigen Jahren, die ich mit ihnen verbrachte, und womöglich lernte ich von ihnen am meisten. Ich entferne mich nie weit von der Gemeinschaftswohnung, in die sie nach dem Krieg ziehen mussten und in der meine Kindheit von ihrer Tatkraft und ihrem Sinn für all das Schöne erfüllt wurde, das trotz allem im täglichen Leben liegt. Auf gewisse Weise habe ich dieses Buch für sie geschrieben.

Auch wenn meine Mutter nicht auf die dramatische Weise wie Natalia das Land verließ, ist es wichtig, zu erwähnen, dass Zehntausende rumänische Juden genau das taten – sie erkauften sich ihre Freiheit durch geheim gehaltene Transaktionen mit der rumänischen Regierung. Diese Abkommen, die Ende der vierziger Jahre ursprünglich mithilfe des in den USA ansässigen Joint Distribution Committee zwischen Israel und Rumänien geschlossen wurden, wurden in den Fünfzigern als sogenannte »Gentlemen's Agreements« bekannt und vor der rumänischen Bevölkerung geheim gehalten. Unter Ceaușescu erweiterten sich die Abkommen und schlossen nun auch Rumänen deutscher Herkunft ein, die in ihr Heimatland zurückkehren wollten. Es heißt, dass diese Zahlungen bis zum Sommer 1978 je nach Alter, Ausbildung sowie Beruf auf bis zu 50 000 US-Dollar pro Person anstiegen. Dieser Verkauf von Menschen war ein einmaliges und verstörendes Vorkommnis der neueren Geschichte, und nicht nur diejenigen, denen schließlich eine Ausreise gewährt wurde, spürten dessen Auswirkungen, sondern das gesamte Land, da die unausgewogene Verteilung von Reisevisa zum immer noch im Land schwelenden Antisemitismus beitrug.

Rumäniens turbulente und komplexe Geschichte in einen Roman zu flechten, war kein Kinderspiel, und so war ich dankbar, einige Quellen als Unterstützung zu haben. Besonders erwähnenswert darunter sind *Balkan Ghosts: A Journey Through History* von Robert D. Kaplan; *The Oxford History of Modern Europe: Romania 1866–1947* von Keith Hitchins; *Kiss the Hand You Cannot Bite: The Rise and Fall of the Ceaușescu* von Edward Behr sowie *The Ransom of the Jews: The Story of the Extraordinary Secret Bargain between Romania and Israel* von Radu Ioanid, Leiter der Abteilung für Internationale Archivarische Programme im Holocaust-Gedenkmuseum der Vereinigten Staaten. Ebenso wertvoll war der Bericht von Ion Pacepa, dem ehemaligen Chef der rumänischen Geheimpolizei, der, nachdem er 1978 in die USA übergelaufen war, in seinem *Red Horizons* einige der korruptesten Pläne enthüllte, die das kommunistische Regime ausgeheckt hatte.

Inzwischen ist Rumänien aus vier Jahrzehnten Dunkelheit aufgetaucht und entfaltet sich aufs Neue als eine aufblühende europäische Nation. Doch die Schatten der Vergangenheit sind noch da. Man erkennt sie in den Augen der Alten, die viel deutlicher als alle Denkmäler von dem sprechen, was sie ertragen haben, wofür sie gekämpft haben, wem sie standgehalten haben.

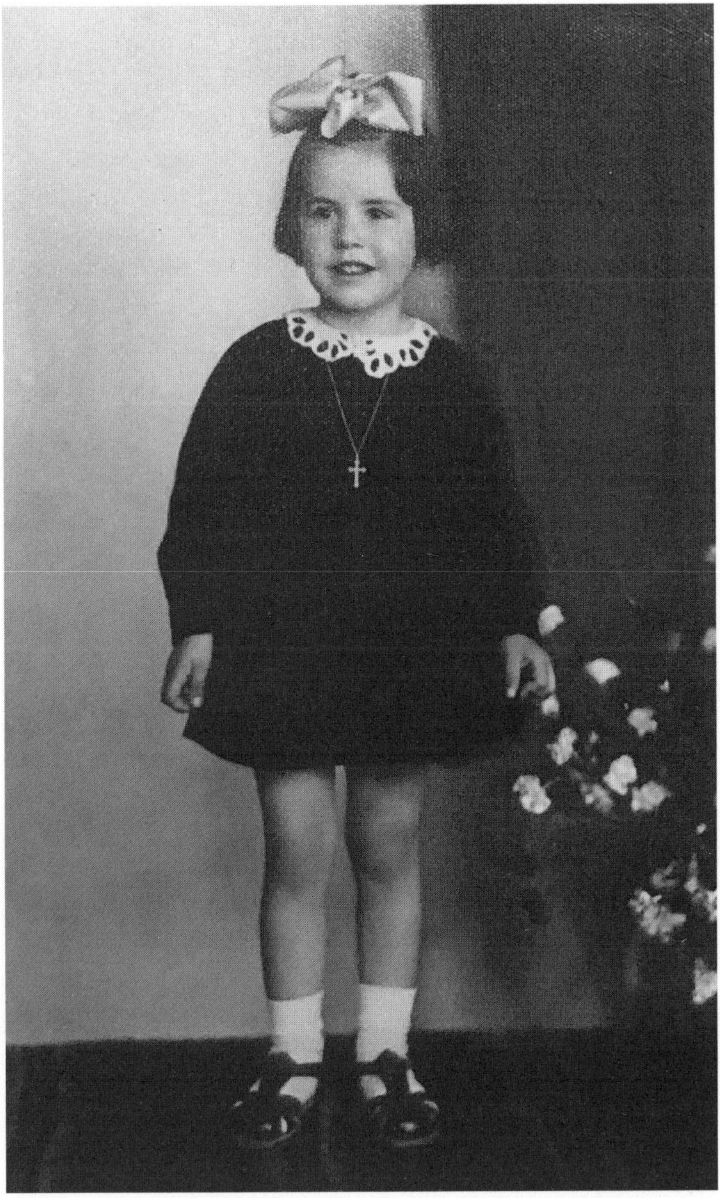

Roxanne Veletzos' Mutter ungefähr zur Zeit ihrer Adoption

Despina, 1920er Jahre

Anton, 1930er Jahre

Despina und Anton kurz nach ihrer Hochzeit, 1930er Jahre

Despina und Anton, 1940er Jahre

Anton, Despina und Roxanne Veletzos' Mutter, um 1944

v. l. n. r. Despinas Schwester Octavia mit ihrer Tochter und Despina mit Roxanne Veletzos' Mutter, 1940er Jahre

Roxanne Veletzos' Mutter im Alter von sechs Jahren, 1945

Roxanne Veletzos' Mutter, 1960er Jahre

Despina und Anton an ihrem 50. Hochzeitstag, 1980er Jahre

DANKSAGUNG

Diesen Roman als Buch in den Händen zu halten ist wahrhaftig ein Traum, der in Erfüllung gegangen ist, und dafür bin ich zwei Menschen im Besonderen zu Dank verpflichtet: meiner hervorragenden Lektorin Johanna Castillo für ihre intensive Beratung, für ihre Unterstützung dabei, die Geschichte zu etwas zu machen, das ich niemals für möglich gehalten hätte. Gleichermaßen dankbar bin ich meiner Agentin Elizabeth Copps von der Maria Carvainis Agency, die mir so großzügig ihre Zeit, ihre Unterstützung und ihren kreativen Input zur Verfügung stellte und durch all meine Höhen und Tiefen stets an meinen Roman glaubte. Euch beiden verdanke ich alles. Ihr seid meine Heldinnen.

Außerdem möchte ich dem gesamten Team von Atria für ihre ausgezeichnete Arbeit danken. Dank gilt auch meinen ersten Leserinnen Heidi Epstein, Cris Genovese, Michelle Childers, Jodi Stuart, Denise Miller und Annie Manfredi dafür, dass sie sich gemeinsam mit mir durch die ersten Entwürfe gearbeitet und mir ihr schonungsloses Feedback gegeben haben. Dank an meine liebe Freundin Laura, die es stets schafft, mir ein Lächeln auf die Lippen zu zaubern, und an meine Schwester Arina für ihre Ermutigungen und tröstenden Schultern – ich schätze mich unendlich glücklich, euch an meiner Seite zu haben.

Ungeheuer dankbar bin ich meinen Kindern Luca und

Dominic für ihre Geduld, und insbesondere meinem geliebten Mann Philippe, ohne den dieser Roman nicht fertiggestellt worden wäre. Dank an dich, dass du dich zusammen mit mir auf dieses Buch eingelassen hast, für deine Beharrlichkeit, deinen Glauben daran.

Zuletzt danke ich meinen Großeltern Anton und Despina, die für immer in meinem Herzen sein werden, sowie meiner Mutter Alexandra, deren fesselnde und schillernde Geschichten den Anstoß für diesen Roman gegeben haben. Ihr seid meine Schutzengel. Ich liebe euch.

BIBLIOGRAPHIE

Behr, Edward. *Kiss the Hand You Cannot Bite: The Rise and Fall of the Ceaușescu*. New York: Villard Books, 1991.

Hitchins, Keith. *The Oxford History of Modern Europe: Romania 1866–1947*. Oxford: Clarendon Press, 1994.

Kaplan, Robert D. *Balkan Ghosts: A Journey Through History*. New York: St. Martin's Press, 1993.

Pacepa, Ion Mircea. *Red Horizons: The True Story of Nicolae and Elena Ceaușescu' Crimes, Lifestyle, and Corruption*. Washington D. C.: Regency Gateway, 1987.